Franca Düwel

Überleben für Anfänger

Weitere Bücher von Franca Düwel im Arena Verlag:
Julie und Schneewittchen (Band 1)
Julie uns die Schwarzen Schafe (Band 2)
Julie und das Herzschlamassel (Band 3)
Julie und die Frage, was Jungs wollen (Band 4)
Julie und der achte Himmel (Band 5)

Franca Düwel,
geboren 1967, studierte Literaturwissenschaft und Pädagogik. Nach diversen Stationen in der Filmbranche erfand sie die TV-Serie »Die Pfefferkörner«, die inzwischen als Deutschlands erfolgreichste Kinderserie gilt. Neben zahlreichen Drehbüchern (»Berlin, Berlin«, »Vier gegen Z«) schrieb sie die Mädchenbuchreihe »Julie« und eroberte damit die Herzen der Leserinnen im Sturm. Franca Düwel lebt mit Mann, Töchtern, Eltern, Katzen, Eidechsen und Schildkröten in der Nähe von Hamburg. »Überleben für Anfänger« ist ihr sechster Roman.

Miri D'Oro,
geboren 1983, wuchs in Deutschland und Spanien auf und lebte ab ihrem 18. Lebensjahr in den USA, wo sie studierte und arbeitete. Seit 2013 ist sie in Köln als Illustratorin im Bereich Buch, Musik, Theater und Editorial tätig. 2010 erhielt sie den New Yorker Holly T. Popper Award und den Peggy Guggenheim Award Venedig. 2017 war sie für den deutsch-französischen Jugendliteraturpreis nominiert.

Franca Düwel

ÜBERLEBEN FÜR ANFÄNGER

Mit Bildern von Miri D'Oro

Arena

Arena

Ein Verlag der westermann GRUPPE

www.blauer-engel.de/uz195
· ressourcenschonend und umweltfreundlich hergestellt
· emissionsarm gedruckt
· überwiegend aus Altpapier
Dieses Druckprodukt ist mit dem Blauen Engel ausgezeichnet

MIX
Papier aus verantwortungsvollen Quellen
FSC® C110508

1. Auflage 2020

Rottendorfer Str. 16, 97074 Würzburg

Cover und Innenillustrationen: Miri D'Oro
Umschlaggestaltung: Miri D'Oro
Lektorat: Antonia Thiel
Satz: Manja Hellpap

Gesamtherstellung: Westermann Druck Zwickau GmbH
Printed in Germany

ISBN 978-3-401-60542-5

Besuche den Arena Verlag im Netz:
www.arena-verlag.de

»Wenn einer keine Angst hat, hat er keine Phantasie.«

Erich Kästner

An: Dr. G. Müller, Stewa-Tech
Von: E. Wolgast
Gesendet: 9. Juni, 11.07 Uhr
Betreff: Fighting Pandas

M. wie erwartet bei erster Kontaktaufnahme eher unzugänglich. Nutzen weiterer Gespräche insofern fraglich. Aufenthalt auf P. weiterhin erforderlich? Erbitte Anweisung.

An: E. Wolgast

Von: Dr. G. Müller, Stewa-Tech

Gesendet: 9. Juni, 11.14 Uhr

Betreff: Re: Fighting Pandas

Kontakt bitte weiterführen und intensivieren, da Aufenthalt auf P. nach derzeitiger Lage unbedingt erforderlich. Ich wiederhole: unbedingt erforderlich.

Hamburg, den 14. Juni, 15.17 Uhr

Liebes Tagebuch oder noch besser:

Liebe Miss Shlimazl![1]

Letzten Dienstag war ich das erste Mal bei Frau Dr. Wolgast, dieser Psychologin, von der Papa die ganze Zeit redet. Eigentlich wollte ich da überhaupt nicht hin, aber dann ist Mama am Montag beim Abendbrot wegen mir wieder in Tränen ausgebrochen und da hab ich mich notgedrungen doch dazu bereit erklärt. Obwohl ich das eigentlich nach wie vor völlig absurd finde. Aber gut, egal.

Auf alle Fälle hat mir diese Frau Dr. Wolgast (die mit ihrem grauen Lockenkopf und der dicken Hornbrille genauso aussieht, wie ich mir eine Psychologin immer vorgestellt habe) letzte Woche lang und breit erklärt, wie hilfreich es in meinem Alter wäre, regelmäßig Tagebuch zu schreiben, und eigentlich war ich schon richtig genervt davon. Aber dann stand eben, als ich aus der Schule gekommen bin, wieder der schwarze Volvo mit der Nummer Pi:FD 121 in einer Parklücke vor dem Haupteingang und mir ist vor lauter Schreck fast das Herz stehen geblieben. Na, und weil ich mit meinen Eltern nicht darüber reden kann, weil sie garantiert wieder glauben würden, dass ich mir das alles nur ausdenke, hab ich mich jetzt doch entschlossen, das mit dem Tagebuchschreiben mal auszuprobieren.

1 So hat Papa mich als Kind immer genannt, wenn ich einen schlechten Tag hatte, weil das auf Jiddisch so viel wie »Pechvogel« heißt.

Irgendwas muss ich schließlich tun, sonst raste ich noch aus!

Immerhin ist dieser schwarze Volvo genau dasselbe Auto, das mich schon letzte und vorletzte Woche auf dem Schulweg verfolgt hat, und inzwischen bin ich mir absolut sicher, dass das kein Zufall mehr ist. Never ever! Vor allem, weil der Mann hinter dem Steuer diesmal sogar ausgestiegen ist! Ich hab nämlich versucht, über den Fußweg hinten bei der Turnhalle abzuhauen, aber das hat er anscheinend bemerkt, denn als ich bei dem kleinen Kiosk rausgekommen bin, stand der Fahrer, ein Typ mit tief ins Gesicht gezogenem Baseball-Cap, schon da und hat auf mich gewartet. Weswegen ich dann auch gleich wieder kehrtgemacht hab und in die nächste Seitenstraße rein bin, aber die hat sich als Sackgasse entpuppt und ab da ist alles nur noch schiefgelaufen.

Wie in drei Teufels Namen konnte ich auch nur so dämlich sein, mich ausgerechnet in einem Müllcontainer zu verstecken? Und dann auch noch einem *Kita*-Müllcontainer? Ich mein, hätte mich nicht wenigstens der Gestank warnen müssen? Ganz abgesehen von der bräunlichen Masse an der Innenseite dieser durchsichtigen Mülltüten, die da obenauf lagen? Was zum Donnerwetter hab ich mir bloß dabei GEDACHT???

Eine Hundertstelsekunde, bevor ich reingeklettert bin, hab ich sogar noch vermutet, dass das jetzt nicht unbedingt die genialste meiner Ideen ist, aber dann habe ich hinter mir ein Auto in die Sackgasse einbiegen hören. Und da hat mein Gehirn quasi aufgehört zu denken und ich bin einfach reingesprungen – mitten rein in den Haufen durchsichtiger weicher Plastiktüten, der auf den ersten Blick gar nicht so schlimm aussah. Was sich allerdings zwei Sekunden später als größtmöglicher Irrtum entpuppt hat. Denn was befand sich *unter* der obersten Schicht verknoteter Mülltüten? Ja, genau: ein gigantischer Haufen benutzter Windeln OHNE Mülltütenumhüllung, sozusagen eine Jahresladung mehr oder weniger eingetrocknetes Baby-Aa. Und ich mittendrin!

Im selben Augenblick, wo ich vor Ekel aufschreien wollte, ist draußen ein Auto vorgefahren. Und weil ich mir in dem Moment hundertprozentig sicher war, dass das jetzt garantiert der schwarze Volvo ist, hab ich mir panisch die Hand vor den Mund gehalten und gleichzeitig hat mein Herz so laut geklopft, dass ich ernsthaft Angst hatte, dass der Kerl mit dem Cap jede Sekunde den Deckel aufreißt und mich mit einem eiskalten »Na, wen haben wir denn da?« zum Aussteigen auffordert. Aber das ist dann doch nicht passiert. Gott sei Dank!

Stattdessen war einige Minuten später von draußen ein wütendes »Fuck!« zu hören (ich glaub, mit amerikanischem Akzent, aber ich kann's nicht beschwören) und kurz darauf ertönte dann erneut ein Motorengeräusch und danach – Stille. Puh.

Anschließend bin ich noch bestimmt fünf Minuten mit klopfendem Herzen in dem stinkenden Container hocken geblieben, aber irgendwann hab ich mich doch getraut, den Deckel hochzuschieben, und na ja, dabei ist es dann passiert: Gerade als ich mein rechtes Bein über den Rand des Müllcontainers geschwungen und mich von unten abgestoßen hab, hab ich ihn draußen stehen sehen. Nael. Meinen Nael. Beziehungsweise Anakondas Nael.[2]

Gott, in dem Moment hab ich echt gedacht, ich kollabiere! Da meide ich diesen Typen seit Wochen wie die Pest, entwickele sogar einen generalstabsmäßigen Nael-Vermeidungsplan, der beinhaltet, dass ich 90 % aller Pausen nur noch auf dem Schulklo verbringe, um ihm bloß nicht über den Weg zu laufen, und was passiert? Ich begegne ihm genau in dem Moment, wo ich wie eine stadtbekannte Irre, zitternd und mit Babykacke im Haar, aus einem Kita-Müllcontainer klettere. Finde den Fehler!

Vielleicht wäre es nicht ganz so schlimm gewesen, wenn er allein gewesen wäre, aber nein! *Wenn* ich beliebtheitstechnisch schon Selbstmord begehe, dann natürlich gleich vor allen drei tonangebenden Playern aus dem elften Jahrgang gleichzeitig. Tja, bei so etwas macht Mia keine halben Sachen! Jetzt hat Naels ätzende Pflegeschwester Anakonda wenigstens *noch* einen Grund mehr, mich in der ganzen Schule als Verrückte abzustempeln. Oh, verflucht! So eine Riesen-, Ober-, Megakacke! (Im wahrsten Sinne des Wortes, grrr ...)

Ich mein, warum musste ich beim Rausklettern auch noch hinfallen? Sonst hätten sie mich vielleicht gar nicht bemerkt. Und dann ist Nael auch noch auf mich zugelaufen, um mir zu helfen und ... Ohhhhh ... Ich darf gar nicht daran denken. Allein was sich auf seinem Gesicht abgespielt hat, als er gemerkt hat, dass ich das bin, die da aus dem Container gefallen ist. Erst Erschrecken und dann Ungläubigkeit

2 Auch wenn ich nach wie vor nicht verstehe, wie das Schicksal ausgerechnet diesem Miststück jemand so ~~Gutaussehenden Sensiblen~~ Außergewöhnlichen wie Nael als Pflegebruder kredenzen konnte.

und anschließend Abscheu, gekoppelt mit Verwirrung und noch etwas anderem, das ich nicht deuten konnte ...

Und dann auch noch der blöde Spruch von seinem Freund: »Ey, Nael, ist das nicht die Kleine aus der Neunten, die bei Anna-Constanzas Party die Feuerwehr gerufen hat?«

»Nein, ich ... äh ...«

»Doch, klar. Mia, richtig? Scheiße, was machst du hier? Und warum kletterst du aus einem Müllcontainer?«

»Äh ... Ich ... Ich ...«

Leider war mein Gehirn in dem Moment komplett leer, aber selbst wenn ich was gesagt hätte, hätte das wahrscheinlich auch nichts gebracht, weil Naels anderer Freund im selben Augenblick bereits seine Lippen zu einem breiten Grinsen verzogen und sich feixend zu seinen beiden Kumpels umgedreht hat.

»Na, ist doch klar, was die hier macht! Die stalkt ihn! Ey, Nael, deine Schwester hatte recht, du hast 'ne Stalkerin! Die klettert sogar in Mülltonnen, um dir nahe zu sein ...«

FUCK! Fuck, fuck, fuck!!!!

Gott, wenn ich das hier aufschreibe, dreht sich mir sogar noch nachträglich der Magen um. Außerdem wird mir, je länger ich darüber nachdenke, eines zunehmend klar: Nach der Sache kann ich morgen unmöglich in die Schule gehen! Da kann ich mich genauso gut selbst filetieren! Das ist für Anna-Constanza und ihre beiden Scherginnen schließlich ein gefundenes Fressen. Aber wenn ich Mama noch mal erzähle, dass ich tierische Regelschmerzen hab, dann wird sie garantiert misstrauisch. Und das mit dem Kopfweh hab ich letzte und vorletzte Woche schon zu oft verbraten und außerdem schreiben wir morgen Mathe, was Mama weiß und weswegen sie mich garantiert nie und nimmer zu Hause bleiben lässt. Und zu allem Überfluss ist morgen auch noch Dienstag, was bedeutet, dass ich gleich noch diesen ätzenden Aufsatz für Frau Dr. Wolgast schreiben muss. Verdammt! Als ob ich nicht schon genug auf dem Zettel hätte – nein, jetzt kann ich auch noch einmal die Woche nervige Briefe an eine Psychologin schreiben. Und das alles nur wegen Papa. Aaaaahhhhhh!! Wie zum Teufel konnte mein Leben in so kurzer Zeit nur so vollkommen aus dem Ruder laufen???

An: Kinder- und Jugendpsychotherapeutin
Dr. Elisa Wolgast
Von: Mia Fromberg
Gesendet: 14. Juni, 16.02 Uhr
Betreff: Hausaufgabe vom 8. Juni:
»Wie ich meine Familie sehe«

Liebe Frau Dr. Wolgast,

hiermit schicke ich Ihnen meine erste wöchentliche Brief-Hausaufgabe zum Thema »Wie ich meine Familie sehe«, obwohl ich das – wie ich Ihnen bei unserem Kennenlernen letzte Woche schon gesagt habe – völlig überflüssig finde. Schließlich müssten gerade Sie als Kinder- und Jugendpsychologin eigentlich wissen, dass man in der neunten Klasse schon genug Hausaufgaben aufbekommt.
Der einzige Grund, warum ich mich entschlossen habe, diese wöchentlichen Briefe *trotzdem* zu schreiben, ist Ihr Angebot, dass ich dann nicht zweimal, sondern nur einmal wöchentlich zu Ihnen kommen muss. Außerdem hoffe ich, dass Sie möglichst schnell feststellen, wer das *eigentliche* Problem in unserer Familie ist. Das bin nämlich nicht ich, sondern das sind meine Eltern.
Immerhin sind sie es, die mir nicht die Wahrheit über ihre wahre Identität sagen, obwohl ich ihnen x-mal versprochen habe, darüber zu schweigen wie ein Grab. Aber nein, offenbar schicken sie ihre einzige Tochter lieber zu einer Psychologin, als gegen ihren Schweigeschwur (ich nehme an, so etwas in der Art mussten sie beim Geheimdienst

wohl leisten) zu verstoßen. Wenn das nicht traurig ist, weiß ich auch nicht ...
Das soll jetzt allerdings nicht heißen, dass ich Ihnen als Psychologin einen Vorwurf daraus mache, dass Sie auf die Geschichte meiner Eltern über mich und meine vermeintlichen Wahnvorstellungen hereingefallen sind. Ich weiß ja, Mama und Papa können sehr überzeugend sein, und gerade wenn's drauf ankommt, ausgesprochen »echt« wirken. Wahrscheinlich haben der BND oder die CIA sie auch aus genau diesem Grund für ihre Arbeit rekrutiert. Außerdem kann ich mir gut vorstellen, was Mama Ihnen vor unserem ersten Treffen erzählt hat: höchstwahrscheinlich, dass sie sich furchtbare Sorgen um mich macht, weil ich, seit Anna-Constanza, Levke und Vanessa mich bei Whatsapp blockiert haben, immer nur in meinem Zimmer sitzen und zeichnen oder irgendwelche Serien gucken würde, die überhaupt nicht für mein Alter geeignet sind. Darauf schieben meine Eltern im Moment nämlich alles. Auf meinen, wie Mama es nennt, »exzessiven Medienkonsum«, der mich in ihren Augen zunehmend von der Realität entfernt. Aber das ist blanker Unsinn!!
Und zu dem anderen, was Mama Ihnen erzählt hat, von wegen, ich würde ja so unter meiner neuen Außenseiterrolle in der Klasse leiden, kann ich auch nur sagen: Die, die noch viel mehr darunter leidet, ist meine Mutter! Wer ist neulich schließlich halb ausgerastet, als er erfahren hat, dass Levke sich im Sportunterricht geweigert hat, mich in ihre Volleyballmannschaft zu wählen?

Genau: sie! Auch wenn ich das natürlich ebenfalls nicht gerade toll fand, vor allem nicht, als Anna-Constanza vor allen laut gesagt hat, ich hätte nicht nur eine Schraube locker, sondern würde auch noch nach billigem Deo stinken.
Das war selbst für Anakonda ultra-fies.
Aber Ihnen deshalb zu erzählen, dass ICH psychologische Hilfe bräuchte, ist trotzdem absurd. Schließlich besteht das eigentliche Problem unserer Familie keineswegs aus Anakondas widerlichen Mobbingattacken, sondern vielmehr darin, dass entweder nur Papa oder Papa *und* Mama israelische oder amerikanische Spione sind, die seit Jahren verdeckt in Deutschland leben.[3] UND ZWAR OHNE DAS GEGENÜBER IHRER EIGENEN TOCHTER ZUZUGEBEN! Nein, anstatt mir endlich reinen Wein einzuschenken, schickt Mama mich lieber zu einer Psychologin, was ja wohl bereits überdeutlich zeigt, dass sie entgegen ihrer Aussage, sie wüsste genau, wie es mir gerade geht, nicht die geringste Ahnung von mir hat.
Und Papa ist in der Beziehung noch schlimmer. Wenn's nach dem ginge, dann hätten Mama und er mich wahrscheinlich schon längst in diesem Survival-Sommer-Camp für Mobbingopfer angemeldet. Von dem redet er nämlich andauernd, seit er aus dem Jemen zurück ist. Dabei würde ich lieber einen Paartanzkurs mit meiner persönlichen

---

3 Wobei ich Ihnen das nur erzähle, weil Sie unter ärztlicher Schweigepflicht stehen. Das ist Ihnen klar, oder? Falls nicht, möchte ich das hier noch einmal betonen: SIE STEHEN UNTER ÄRZTLICHER SCHWEIGEPFLICHT!

Erzfeindin Anna-Constanza machen, als drei Wochen mit einem Haufen durchgeknallter Jugendlicher in einem Zeltlager am Ende der Welt zu verbringen. Aber das ist ihm anscheinend piepegal! Warum sonst hätte er letzte Woche einen ganzen Stapel dieser bekloppten Camp-Flyer auf unserem Küchentisch liegen lassen? Vorne drauf waren drei Jugendliche abgebildet, die neben ihren Rucksäcken auf irgendeiner Lichtung saßen und dümmlich grinsend Stockbrot überm Lagerfeuer geröstet haben. Und innen drin stand dann, dass gerade hochsensible und/oder sozial auffällige Teenager von diesem Programm profitieren würden, weil das Ganze unter der Leitung zweier auf Pubertätsschwierigkeiten spezialisierter Pädagogen stattfinden würde. Ach ja, und dass die bisherigen Teilnehmer *ganz begeistert* von der Erfahrung gewesen wären, drei Wochen lang tagsüber durchs Unterholz zu trotten und abends in den Wald zu kacken, um nachfolgend im strömenden Regen in eiskalte Schlafsäcke zu krabbeln, in denen es von Spinnen und Ameisen nur so wimmelt. (Im Flyer haben sie es natürlich anders formuliert, aber genau das war gemeint.)
Falls man noch einen weiteren Beweis dafür bräuchte, dass meine Eltern nicht den geringsten Schimmer davon haben, wie es zurzeit in mir aussieht – hier wäre er! Nur weil ich seit einem Vierteljahr einen Selbstverteidigungskurs mache, heißt das ja wohl nicht, dass ich in meinen Ferien gleich eine paramilitärische Ausbildung am anderen Ende der Welt absolvieren will.

Schließlich habe ich Zeltlager, Nachtwanderungen und diesen ganzen Pfadfinderkram schon IMMER gehasst! Und mich jetzt allen Ernstes bei etwas anmelden zu wollen, wo man sich drei Wochen damit beschäftigt, »Feuer unter erschwerten Bedingungen zu machen« (übersetzt: bei sintflutartigem Regen), »Abenteuerspiele von Naturvölkern nachzuspielen« (übersetzt: nackt und überall am Körper mit Schlamm bemalt) und dafür bereits »*vor* Sonnenaufgang aufzustehen« (übersetzt: um 4.00 Uhr morgens), ist einfach komplett realitätsfremd!!! Wie bitte schön kann mein Vater bloß glauben, ein Aufenthalt in diesem Teenager-Guantanamo würde mir *guttun?*
Gott, merke schon wieder, wie ich mich aufrege, dabei will ich das gar nicht. Außerdem muss ich sowieso gleich zum Luta Livre (übermorgen haben die Judo-Kiddies irgendeinen Wettkampf, deswegen trainieren wir ausnahmsweise heute) und anschließend auch noch meine »echten« Hausaufgaben erledigen. Insofern mache ich jetzt lieber Schluss. Ach ja, und davon abgesehen sagten Sie ja auch, dass vier bis acht Seiten ausreichend sind, und das hier sind immerhin fast sechs.

Mit freundlichen Grüßen
Ihre Mia Fromberg

An: Mia Fromberg
Von: Kinder- und Jugendpsychotherapeutin
Dr. Elisa Wolgast
Gesendet: 14. Juni, 17.30 Uhr
Betreff: Re: Hausaufgabe vom 8. Juni:
»Wie ich meine Familie sehe«

Liebe Mia,

vielen Dank für Deine Mail. Ich freue mich, dass Du Dich entschlossen hast, mir einmal die Woche zu schreiben.
Bevor wir uns morgen wieder zum Gespräch treffen, wollte ich Dir nur kurz eine Rückmeldung darüber geben, dass Deine »Hausaufgabe« (die ich ehrlich gesagt lieber »Brief« nennen würde, »Hausaufgabe« klingt in meinen Augen so nach unangenehmer Pflicht und das soll es ja nun wirklich nicht sein) bei mir angekommen ist und ich sie als vollkommen – um in Deiner Formulierung zu bleiben – »ausreichend« empfinde. Natürlich sollen weder Deine schulischen Leistungen noch Deine Hobbys unter unserem Briefwechsel leiden. Schließlich sagte mir Deine Mutter schon, dass Du, was Deinen Kampfsport Cuba Libre anbelangt, außerordentlich begabt bist, und so ein Talent sollte man schließlich pflegen.

Noch einen schönen Abend wünscht Dir
Deine Elisa Wolgast

An: Kinder- und Jugendpsychotherapeutin
Dr. Elisa Wolgast
Von: Mia Fromberg
Gesendet: 23. Juni, 19.05 Uhr
Betreff: Hausaufgabe vom 22. Juni: »Warum ich mir sicher bin, dass Anna-Constanza mich hasst«

Sehr geehrte Frau Dr. Wolgast,

dass Sie mir gestern bei unserem Gespräch angeboten haben, Sie Elisa zu nennen, war bestimmt nett gemeint, aber ehrlich gesagt möchte ich Sie lieber nicht duzen. Fremde Erwachsene zu duzen, ist einfach nicht mein Ding (ich hatte mal einen Schlagzeuglehrer, der das auch unbedingt wollte, und das fand ich definitiv grenzwertig) und Sie als meine Therapeutin zu duzen, finde ich *noch* unpassender.
Duzen möchte ich nur meine Freunde, und auch wenn meine Mutter mir schon dreimal erzählt hat, dass man es in den USA »rent a friend« nennt, wenn man zum Psychologen geht, halte ich es nicht für sonderlich wahrscheinlich, dass wir irgendwann Freunde werden. Nicht nur wegen des Altersunterschieds oder weil Sie meinen Selbstverteidigungskurs die ganze Zeit Cuba Libre nennen (wobei das ein Cocktail mit Cola und Rum ist, während ich Luta Livre, einen brasilianischen Bodenkampfsport, trainiere, nur zu Ihrer Information), sondern auch sonst. Immerhin zahlt meine Krankenkasse Ihnen einen ganzen Batzen Geld dafür, dass Sie mir gegenüber so tun, als würden

Sie sich wahnsinnig für mein Seelenleben interessieren, und das hat meiner Meinung nach mit Freundschaft ungefähr so viel zu tun wie Ameisenkotze mit Zahnzwischenraumbürsten: nämlich gar nichts.
Davon unabhängig fand ich das, was Sie mir gestern Nachmittag erzählt haben, ohnehin etwas ... na ja, sagen wir mal: am Thema vorbei.
Dass Sie mich erst noch besser kennenlernen wollen, ehe Sie mit mir weiter über die Agententätigkeit meiner Eltern reden, kann ich ja noch nachvollziehen. Schließlich könnte es theoretisch natürlich schon sein, dass ich irgendeinen psychischen Vollschaden habe und mir die ganze Spionagesache nur ausdenke.
Aber diese These von wegen, ich würde die kleine Mia, die doch eigentlich nur geliebt und gemocht werden will, unter einer Schutzhülle verstecken, die ich eventuell ja gar nicht bräuchte, weil meine Klassenkameraden möglicherweise gar nicht so böse sind, wie ich denke – also, die verkennt das eigentliche Problem in meinen Augen komplett. Ich mein, JEDER will ja wohl geliebt und gemocht werden! Um das zu erkennen, muss man nun echt nicht jahrelang Psychologie studiert haben.
Außerdem hatte ich das Gefühl, dass Sie anscheinend denken, wenn ich von jetzt an nur noch nett zu Anna-Constanza, Vanessa und Levke wäre, dann würden die sich schon wieder beruhigen und alles würde sich – Abrakadabra – in Eitel-Sonnenschein auflösen. Aber glauben Sie mir: Auch wenn ich ab jetzt nur noch super-nice zu Anna-Constanza

wäre und ständig beseelt lächelnd durch die Schule latschen würde, würde sie mich noch immer hassen. Da können Sie Gift drauf nehmen! Schließlich hatte sie wegen meiner Feuerlöscher-Aktion nicht nur vier Wochen Hausarrest, sondern schuldet ihren Eltern auch noch immer fünfhundert Euro für die Renovierung ihres Zimmers. (Das ist der Eigenanteil, den die Hausratversicherung ihrer Eltern nicht bezahlt hat.)
Und außerdem sind Herr und Frau Zitzewitz anscheinend noch immer so sauer auf ihre Tochter wegen dieser entgleisten Party in ihrer Abwesenheit, dass sie in den Sommerferien allein nach Amerika fliegen, während Anna-Constanza und Nael in irgendein Ferien-Jugendlager müssen. (Das sagt zumindest der Schulflurfunk beziehungsweise Aylin, die als Einzige aus der Klasse noch mit mir spricht.) Und der Umstand, dass Anna-Constanzas Eltern nicht mir, sondern ihrer Tochter die Alleinschuld an dem Ganzen geben, macht es im Grunde nur noch schlimmer. Weil Anna-Constanza mich deswegen gleich doppelt hasst.
Dabei hatte ich es auf dieser Party damals eigentlich nur gut gemeint. (Ich weiß, das klingt im Nachhinein schräg, aber es stimmt!) Schließlich war, als ich die Tür zu Anna-Constanzas Zimmer aufgerissen hab, wirklich alles total verqualmt. Und zusätzlich hat der Rauchmelder gepiept und alle haben wie verrückt gehustet und rumgebrüllt – da hätte jeder gedacht, es brennt. Ich mein, wer bitte schön hätte denn ahnen können, dass der ganze Rauch nur deshalb da war,

weil sie und ihre bescheuerten Freunde versucht haben, aus ihrem Zimmer eine Hot Box zu machen? Ehrlich gesagt wusste ich vor dieser Scheiß-Party noch nicht einmal, dass es so etwas wie Hot Boxen oder Kiffersaunen oder wie auch immer man das nennt, überhaupt gibt! Und im Grunde kapiere ich selbst jetzt noch nicht, wie man so blöd sein kann, sämtliche Ritzen im Raum mit irgendwelchen Klamotten zu verstopfen, um sich anschließend darin einen Joint nach dem anderen anzuzünden. So stoned, nicht an den Rauchmelder zu denken, kann man doch gar nicht sein, oder? Anscheinend ja doch. Bräuchte man noch einen Beweis dafür, dass zu viel Dope zu Gehirnschwund führt, hier wäre er.

Gut, ich weiß, was Sie jetzt sagen. Wahrscheinlich, dass meine Aktion mit dem Feuerlöscher trotzdem etwas vorschnell war. Genauso wie die Sache, dass ich Levke angeschrien hab, sie soll sofort 112 anrufen, ohne vorher nachzugucken, ob es wirklich brennt. Und dass ich, seit ich das mit der Agententätigkeit meiner Eltern vermute, schon öfter etwas extrem auf Gefahrensituationen reagiert hab und die Geschichte mit der Party dafür nur *ein* Beispiel ist. Das stimmt ja auch. Ich weiß, dass ich mich ziemlich oft umgucke und dass das auf einige meiner Klassenkameraden wohl etwas komisch wirkt. Das haben Levke und Aylin mir mal gesagt. Und ja, ich bin schon ein paarmal früher aus dem Bus ausgestiegen, weil mir jemand darin verdächtig vorkam.

Aber das heißt noch lange nicht, dass ich gleich

eine durchgeknallte Psycho-Else bin! Selbst wenn ein Teil meiner Mitschüler so etwas anscheinend rumerzählt. Ich bilde mir diese Dinge schließlich nicht ein! Dieser Mann im schwarzen Volvo mit dem Baseballcap existiert – umsonst hab ich mich letzte Woche schließlich nicht in einem (im wahrsten Sinne des Wortes) beschissenen Müllcontainer versteckt!
Und noch mal wegen der Party – ich schreibe das hier auch nicht, um mich irgendwie herauszureden. Ich weiß, dass ich da Mist gebaut hab. Sie glauben gar nicht, wie gern ich diesen ganzen Abend ungeschehen machen würde! In Gedanken hab ich das Ganze bestimmt tausendmal durchgespielt und mich jedes Mal wieder gefragt, warum ich nicht wenigstens gleich, als klar war, dass es nicht wirklich brennt, noch mal die Feuerwehr angerufen hab, um Bescheid zu sagen, dass es ein Fehlalarm war. Dann hätten Naels und Anna-Constanzas Eltern zumindest nicht den überflüssigen Einsatz bezahlen müssen. Das war einfach nur bescheuert von mir! Genauso wie die Geschichte, dass ich mich überhaupt von Vanessa dazu überreden lassen hab, auf diese blöde Party zu gehen. Schließlich waren wir ja noch nicht mal richtig eingeladen! Und normalerweise würde ich NIE auf eine Party gehen, zu der ich nicht eingeladen bin. Aber Nessi hat ständig davon geredet, dass unsere halbe Schule da sein würde und wie cool das alles werden würde, und deswegen haben Levke und ich uns dann irgendwann doch von ihr breitschlagen lassen.

Na ja, und außerdem dachte ich damals auch noch, dass es ganz schön wäre, Nael da zu sehen. Aber zu dem Zeitpunkt war ich wie gesagt auch erst vierzehn und tierisch naiv und hab wirklich noch geglaubt, Nael wäre nett. Dabei ist Anna-Constanzas Pflegebruder für »nett« zu halten, leider ungefähr so schlau, wie einen Haifisch mit einem Delfin zu verwechseln – da hätte es die Total-Blamage mit der Mia-Fromberg-rettet-die-Welt-mit-einem-Feuerlöscher-Einlage im Grunde gar nicht mehr gebraucht.
Aber das ist ein anderes Thema und eigentlich hab ich auch überhaupt keine Lust, jetzt noch weiter über Nael nachzudenken. Das macht mir nur schlechte Laune und wir sehen uns ja ohnehin nächsten Dienstag, dann können wir noch immer darüber reden. (Oder es auch lassen.)

Ihre Mia Fromberg

PS: Wollte die Mail gerade losschicken, aber eben ist meine Mutter in mein Zimmer gekommen und meinte, sie hätte gerade mit Papa in Libyen telefoniert und es gäbe auf seinen Wunsch jetzt bei uns eine neue Regel: Ich müsste sowohl mein iPad als auch mein Notebook abends um 18 Uhr im Wohnzimmer abgeben und würde beides erst am nächsten Tag um 16 Uhr wiederbekommen.
Und das ist noch nicht alles! Außerdem wollte sie meinen PIN-Code wissen, weil Papa und sie jetzt regelmäßig meine Verläufe kontrollieren wollen. Unfassbar! Anscheinend wollen meine Eltern mich

jetzt komplett überwachen! Und das, wo sie mir letztes Jahr noch x-mal versichert haben, dass sie nie so wie Vanessas Vater werden würden, der aus Kontrollsucht ständig die Chatverläufe seiner Tochter checkt. Haben *Sie* meinen Eltern diese neue Regelung vorgeschlagen? Wenn ja, muss ich Ihnen sagen, dass ich das KOMPLETT DANEBEN finde!!! Von wegen »rent a friend«! So ein Verhalten ist in meinen Augen definitiv nicht dazu geeignet, unser Vertrauensverhältnis zu verbessern!!! **Nicht im Mindesten!**

Hamburg, den 23. Juni, 18.14 Uhr

Liebe Miss Shlimazl,

VERDAMMT! Gerade hat Mama sowohl mein Handy als auch meinen Laptop einkassiert. Ich fass es nicht! Im Moment passiert wirklich nur Mist! Allein der heutige Morgen! Der war schon wieder die Vollkatastrophe! Dabei hab ich eine halbe Stunde vorher noch gedacht, ich wäre top vorbereitet. Aber denkste!

Zwar bin ich wegen der Mathearbeit in der Ersten extra früh los, aber dann ist mir draußen beim Bücken nach der Fahrradpumpe die Naht von der Hose aufgeplatzt. Und zwar mitten zwischen den Beinen, so richtig schön bescheuert. Also bin ich zurück in den Waschkeller, um zu gucken, ob meine Mutter die schwarze Jeans, die ich mir vorgestern neu gekauft hab, schon gewaschen hat. Tja, und dabei hab ich dann erfahren, dass Mama die schwarze Jeans zwar in der Tat gewaschen, aber danach – dadadadam – weggeworfen hat. Weil sie angeblich »eingelaufen« wäre! Pah! Wer's glaubt, wird selig!!!

Innerlich bin ich nach Mamas Nachricht natürlich halb ausgerastet, vor allem weil ich mir zu 99 % sicher bin, dass sie die Hose mit voller Absicht weggeschmissen hat. Sozusagen aus pädagogischen Gründen. Weil ich weiß, dass sie es pervers findet, wenn etwas erst hergestellt und dann gleich wieder zerrissen wird. Und außerdem, weil sie dahinter immer gleich Kinderarbeit vermutet. Aber als ich sie deswegen zur Rede stellen wollte (von wegen, dass eine neue Hose, die man einfach wegwirft, NOCH unökologischer ist als eine, die vorher getragen wurde), hat das Telefon geklingelt und Mama ist rangegangen. Na ja, und weil ich nicht so lange warten konnte, bis sie mit ihrer neuen besten Freundin Rachel (die aus unerfindlichen Gründen seit zwei, drei Wochen ständig hier anruft) jede einzelne Macke ihres Steuerberater-Chefs durchgehechelt hat, bin ich dann notgedrungen in der dunkelroten Jeans (die ich eigentlich hasse, weil sie voll fett macht) im strömenden Regen los zur Schule.

Tja, und da ging es dann genauso ätzend weiter. Als ich um fünf nach acht nämlich völlig durchweicht die Tür zu unserem Klassenzimmer aufgerissen habe, war der ganze Raum komplett leer und an der Tafel stand, dass wir Mathe im Musikraum schreiben würden. Aber im Musikraum hat nur irgendeine fünfte Klasse »Ja, ja, ja, der Sommer, der ist da!« auf Blockflöte gespielt und die Lehrerin hatte keine Ahnung, wo die 9c abgeblieben ist. Also bin ich mit fliegenden Fahnen wieder runter ins Sekretariat, wo ich ewig warten musste, bis unsere Schulsekretärin endlich meinte, dass ich es ja mal im Physikraum versuchen könnte. Na ja, und da waren sie dann Gott sei Dank auch, aber inzwischen hab ich in den nassen Klamotten so gefroren, dass meine Stimme total gezittert hat, als ich mich bei unserem Klassenlehrer entschuldigt hab. »Tut mir leid, dass ich zu spät bin, Herr Mäder, aber an der Tafel im Klassenzimmer stand, wir würden im Musikraum schreiben, und da hab ich gedacht ...«

Während ich außer Atem abgebrochen hab, hat Herr Mäder mich irritiert angesehen und dabei genervt den Kopf geschüttelt. »Wieso denn im Musikraum? Das kann ich mir überhaupt nicht vorstellen. Ich hab Vanessa extra gebeten, an die Tafel zu schreiben, dass wir im Physikraum sind. Nicht wahr, Vanessa?«

Herr Mäder hat Vanessa, die neben Anna-Constanza vorne in der ersten Reihe gesessen hat, einen fragenden Blick

zugeworfen, aber ehe Nessi noch den Mund aufmachen konnte, hat Anna-Constanza sich schon stöhnend gemeldet. »Können wir das nicht später klären, Herr Mäder? So kann ich mich echt nicht konzentrieren. Und außerdem kann Vanessa ja nun wirklich nichts dafür, wenn Mia nicht lesen kann, oder?!«

Anna-Constanza hat unseren Mathelehrer so treuherzig angelächelt, als könne sie kein Wässerchen trüben, und während Vanessa meinen fassungslosen Blick zwanghaft vermieden hat, hat Herr Mäder sich zu mir umgedreht. »Gut, also, Mia, dann setz dich irgendwo hin und nutz wenigstens noch die Zeit, die dir bleibt ...«

»Aber ich ...«

»Mia, bitte!« Herr Mäder hat gereizt den Kopf geschüttelt und ich bin unter den Augen der anderen wie die Inkarnation des Wortes »Opfer« zu dem einzig noch freien Platz vorn in der ersten Reihe getapert und hab dabei die ganze Zeit Anna-Constanzas zufriedenes Grinsen wie einen Giftpfeil im Rücken gespürt.

Tja, und wie die Mathearbeit gelaufen ist, war dann natürlich klar. Weil ich noch immer so sauer war, konnte ich mich überhaupt nicht auf die Aufgaben konzentrieren, mit dem Effekt, dass ich, als es geklingelt hat, gerade mal am Anfang von Aufgabe vier war. Von insgesamt sieben! Wahrscheinlich kann ich von Glück sagen, wenn ich dafür noch eine Fünf und keine Sechs kriege. Und alles nur wegen Anna-Constanza! Ich wette, *sie* hat Vanessa dazu angestachelt, statt Physik- Musikraum an die Tafel zu schreiben. Schließlich ist Nessi zwar immer gern dabei, wenn's um Mistbauen geht, aber so richtig bösartig ist sie von allein normalerweise nicht. Das ist mehr so

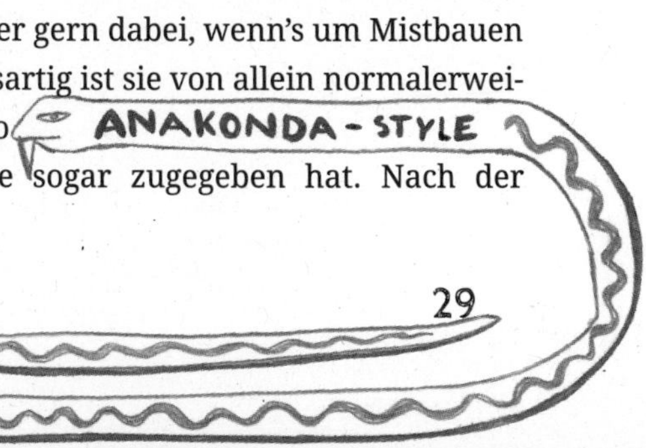

Was sie im Grunde sogar zugegeben hat. Nach der

Mathearbeit, als ich völlig fertig meine Sachen eingepackt hab, ist Anna-Constanza nämlich tatsächlich noch zu mir gekommen und hat mir mit übertrieben freundlichem Lächeln ein »Na, war's schön im Musikraum?« zugezischt.

Deutlicher geht's ja wohl kaum! Und später im Klassenraum war die Tafel natürlich schon wieder abgewischt, sodass ich Herrn Mäder noch nicht mal beweisen konnte, dass da wirklich *Musikraum* stand. Gott, ich verabscheue diese fiese Schlange so sehr, ich kann gar nicht sagen, wie doll!!!!!! Warum bin ich damals bloß auf ihre bescheuerte Party gegangen? Warum war ich nur so dermaßen naiv und dämlich?

An: Mia Fromberg
Von: Kinder- und Jugendpsychotherapeutin
Dr. Elisa Wolgast
Gesendet: 29. Juni, 17.16 Uhr
Betreff: Aufgabe für Deinen nächsten Brief

Liebe Mia,

manchmal bin ich wirklich vergesslich. Du bist gerade aus der Tür und erst jetzt fällt mir ein, dass ich über unsere Diskussion zum Thema Handy-Nutzungszeiten ganz vergessen habe, Dir die Fragestellung für Deinen nächsten Brief mitzugegeben. Bevor ich sie Dir nenne, würde ich allerdings gern noch etwas loswerden: Mir ist durchaus bewusst, dass Du allmählich ungeduldig wirst, weil wir die ganze Zeit über Deine Mitschüler reden, während Du mit mir viel lieber über die Agententätigkeit Deines Vaters sprechen möchtest. Aber leider muss ich Dich dabei noch um ein kleines bisschen Geduld bitten. Wenn Du willst, können wir uns in der nächsten Stunde gern ausführlicher mit Deiner CIA-/Mossad-/BND-Theorie beschäftigen. Vorher möchte ich aber doch noch einmal auf Nael zurückkommen.
Wie in Deinem letzten Brief erwähnest Du ja auch heute bei unserem Gespräch, dass Du Nael anfangs gemocht hättest, ihn jetzt aber verabscheuen würdest, weil er sich öfter negativ über Dich geäußert hätte. Da ich durchaus gemerkt habe, wie emotional Du bei diesem Thema reagierst, erscheint es mir wichtig, hier noch einmal nach-

zuhaken. Insofern würde ich Dich bitten, bis zum nächsten Dienstag über die Frage »Warum ich Nael für einen Haifisch halte« nachzudenken. Im Anschluss daran können wir uns dann gern deinem Vater und dem von dir belauschten nächtlichen Telefonat im Keller zuwenden.

Bis dahin wünsche ich Dir viel Spaß
beim Schreiben
Deine Elisa Wolgast

Hamburg, den 30. Juni, 15.09 Uhr

LIEBE MISS SHLIMAZL,

hatte eben beim Mittagessen ein absolutes Horrorgespräch mit Mama! Manchmal könnte ich sie echt erwürgen! Und Frau Wolgast gleich mit! Eigentlich *wollte* ich meiner Mutter nämlich gar nicht erzählen, dass der schwarze Volvo heute wieder vor der Schule aufgetaucht ist und mich eine Frau aus dem Auto heraus gefilmt hat. Weil ich schon geahnt hab, dass das nichts bringt. Aber gestern in der Praxis hat mir Frau Wolgast noch mal so eindringlich geraten, mich unbedingt zeitnah jemandem anvertrauen, wenn ich wieder etwas Beängstigendes erlebe, dass ich eben gedacht hab: Okay, dann starte ich halt noch mal einen letzten Versuch und erzähl meiner Mutter, was passiert ist. Aber das hätte ich mir genauso gut sparen können!

Während ich geredet hab, hat Mama mich nämlich immer zweifelnder angeguckt, und als ich fertig war, hat sie so besorgt ausgesehen, als hätte ich ihr gerade eröffnet, dass ich überall weiße Mäuse sehe, die Shisha rauchend Lieder von Rolf Zuckowski singen. »Mia, Hase. Was du da eben erzählt hast, das glaubst du doch nicht wirklich, oder? Warum sollten irgendwelche fremden Frauen in einem schwarzen Volvo dich denn filmen wollen? Dafür gibt es doch überhaupt keinen Grund ...«

In einem stillen Winkel meiner Seele war mir schon in dem Moment klar, dass das hier gerade völlig sinnlos ist, aber weil ich die Hoffnung, dass sie mir vielleicht doch noch glaubt, auch nicht aufgeben wollte, hab ich ihr noch mal einen flehenden Blick zugeworfen. »Und wenn doch? Ich weiß, Papa will mich da raushalten, aber vielleicht versuchen irgendwelche anderen Agenten ja jetzt, über mich an ihn ranzukommen, und deshalb ...«

Eigentlich wollte ich ihr meine Fremder-Geheimdienst-Theorie noch genauer erklären, aber no way. Ehe ich überhaupt den Mund aufmachen konnte, hat sie schon aufgeregt den Kopf geschüttelt. »Mia, hör auf! Bitte! Du machst mir Angst!! Das ist doch alles Blödsinn! Weder Papa noch ich sind Geheimagenten! Ich arbeite halbtags in einem Steuerbüro und ...«

»Du vielleicht, aber Papa ...« Ich bin Mama ins Wort gefallen, aber die hat sich überhaupt nicht unterbrechen lassen.

»Papa baut Anlagen, die Dünger herstellen. *Völlig normalen Mais- und Getreidedünger!* Ich hab keine Ahnung, wieso du deswegen auf die Idee kommst, er wäre beim Mossad. Das ist doch absurd!«

»Ist es nicht!«

Mama und ich haben uns mit Blicken gemessen, aber so leicht hab ich nicht aufgegeben. Auch wenn Mamas Reaktion zugebenermaßen ziemlich glaubhaft wirkte. Aber darüber hab ich mir schon Gedanken gemacht. Weil es natürlich auch sein könnte, dass sie *wirklich* keine Ahnung von Papas Verbindungen zum Mossad hat. Schließlich könnte er sie über sein Doppelleben bisher genauso getäuscht haben wie mich. Also hab ich entschlossen weitergeredet.

»Und weißt du, warum nicht? Weil ich das mit dem Dünger gegoogelt hab. Und da stand, dass sämtliche Firmen, für die Papa im Nahen Osten arbeitet – und zwar ausnahmslos *alle* –, in der Lage sind, chemische Kampfstoffe herzustellen, und deshalb ...«

»Oh, mein Gott! *Chemische Kampfstoffe!* Mia, hörst du dir eigentlich manchmal selber zu?!«

»Ja, durchaus, aber du hörst *mir* einfach nicht z...«

»CHEMISCHE KAMPFSTOFFE!«

»Ja, genau! Chemische Kampfstoffe, wie zum Beispiel Sa... Sarin und ... und ...« Vor lauter Aufregung hab ich angefangen zu stottern und das hat mich so wütend gemacht, dass ich Mama angemotzt hab, obwohl ich das eigentlich gar nicht wollte. »Verdammt, tust du nur so oder kapierst du wirklich nicht, was hier los ist?! Papas Firma ist genau *die* Art Firma, bei der Israel versuchen würde, Agenten einzuschleusen. Und dass niemand bei ihm im Büro wissen soll, dass er Jude ist, passt dazu wie die Faust aufs Auge und ...«

Eigentlich wollte ich noch weiterreden, aber im selben Moment hat meine Stimme zu zittern angefangen. Und während meine Augen sich gegen meinen Willen mit Tränen gefüllt haben, hat Mama stöhnend gemeint, dass sie meine Gedankengänge manchmal wirklich nicht nachvollziehen könne.

»Herrgott, Mia, das hier ist doch nicht *Homeland* oder *Fauda* oder wie deine ganzen Agentenserien bei Netflix noch heißen! Nur weil deine Oma Jüdin war, arbeitet dein Vater doch nicht gleich für den israelischen Geheimdienst! Was ist denn das für eine Logik?! Als Nächstes unterstellst du noch Herrn Mäder, dass er für die Schweizer Garde spioniert, nur weil er katholisch ist ...«

»Ich hab doch gar nicht gesagt, dass es der Mossad ist! Vielleicht ist es ja auch die CIA oder der BND, aber auf alle Fälle führt Papa nachts heimliche Telefonate auf Hebräisch und ...«

»Das ist doch Humbug, Mia! Ich hab dir schon mal gesagt: Papa kann überhaupt kein Hebräisch!«

»Das glaubst du vielleicht, aber ...«

»Das glaube ich nicht nur, das *weiß* ich.« Mama hat ein

grimmiges Schnauben ausgestoßen und ich hab den Mund aufgemacht, aber ehe ich noch etwas dazu sagen konnte, hat sie schon entschlossen weitergeredet: »Und außerdem ist es ja wohl allein Papas Sache, mit wem er über die Religion seiner Mutter redet und mit wem nicht. Ich habe der Steuerberaterin, für die ich arbeite, ja auch nicht erzählt, dass ich mit zwanzig mal für sechs Wochen in einem buddhistischen Kloster war und ...«

»Aber du arbeitest auch nicht als Jüdin in einer Firma, die Anlagen für arabische Chemiefabriken baut, oder?«

Ich hab meine Mutter finster angesehen, aber als einzige Antwort hat sie mir nur einen Blick der Marke »Herrgott, jetzt mach es mir doch nicht so schwer!« zugeworfen.

»Hase, bitte. Ich versteh ja, dass du es in der Schule zurzeit nicht leicht hast, und ich kann mir vorstellen, dass du dich durch Papas häufige Abwesenheit manchmal vernachlässigt fühlst, aber ...«

»Was hat das denn jetzt damit zu tun??« Ich hab Mama

irritiert angeguckt, aber dann ist bei mir der Groschen gefallen. »Äh, Moment. Du glaubst jetzt aber nicht etwa, ich denk mir das alles nur aus, um eure *Aufmerksamkeit* zu kriegen, oder?«

»Nein, aber ...« Mama hat innegehalten, doch an ihrem Gesichtsausdruck habe ich plötzlich gemerkt, dass ich damit den Nagel auf den Kopf getroffen habe. Anscheinend glaubt sie *tatsächlich*, dass ich mir die ganze Geschichte mit dem Volvo nur ausgedacht habe, um endlich mal wieder im Mittelpunkt zu stehen!

»Genau das denkst du! Herrgott! Ich fass es nicht!« Ich hab empört den Kopf geschüttelt, aber meine Mutter hat überhaupt nicht gemerkt, was sie da gerade für einen Bolzen geschossen hat, und weiter irgendetwas erzählt von wegen, wenn Papa das nächste Mal zu Hause sei, würden wir auch wieder mehr gemeinsam unternehmen. Ich glaub, sie hofft echt, wir müssten nur mal wieder zusammen ins Kino gehen, und schon wären wir wieder eine heile *Rama*-Familie. So viel also zum Thema »Hase, ich weiß ja so gut, was in dir vorgeht!«. Aber sicher. Für einen Augenblick ist mir vor lauter Enttäuschung richtig schlecht geworden, aber dann hat sich mein Magen zum Glück wieder beruhigt und ich bin ohne ein weiteres Wort in mein Zimmer abgerauscht, wo ich erst mal eine halbe Stunde durchgeheult hab. Fuck!

Ich befürchte, Mama hat nicht einmal den Bruchteil einer Sekunde in Betracht gezogen, dass ich wirklich verfolgt werden könnte. Das letzte Mal, als ich ihr von dem Volvo erzählt habe, hat sie ja wenigstens noch so *getan*, als ob sie mir glauben würde. Aber diesmal hat sie noch nicht mal mehr das für nötig gehalten! ARGH!! Weißt du, was mir gerade klar wird? Dass meine Mutter mir vermutlich NIE glauben wird – ganz egal, was passiert. Dafür ist sie in ihrem

Innersten viel zu fest davon überzeugt, dass Papas Job ein ganz normaler Durchschnittsjob ist, der halt nur ab und zu eine längere Geschäftsreise in den Nahen Osten mit sich bringt. Wahrscheinlich könnte ich auch direkt vor ihren Augen gekidnappt werden und sie würde noch immer denken, dass mich nur gerade irgendwelche neuen Freunde zum Fußballspielen abgeholt haben ...

Ach, verdammt! Am liebsten würde ich mir die Bettdecke über den Kopf ziehen und mich einfach wegbeamen! Irgendwohin, wo alle mich mögen und mir glauben und wo es keine Anakondas und keine schwarzen Volvos gibt. Aber stattdessen darf ich gleich diesen bescheuerten Brief über Nael an Frau Wolgast schreiben! Wonach es mir wahrscheinlich NOCH schlechter geht! Grr! Manchmal wünschte ich wirklich, ich wäre wieder klein. Da hab ich mich immer ganz geborgen und beschützt gefühlt, und wenn ich dann noch eine Tafel Schokolade und ein Donald-Duck-Heft hatte und mich ins Bett kuscheln konnte, bin ich mir vorgekommen wie im Paradies! Das war so schön!! Gott, zurzeit kommt es mir vor, als wäre das EWIG her!!!

An: Kinder- und Jugendpsychotherapeutin
Dr. Elisa Wolgast
Von: Mia Fromberg
Gesendet: 30. Juni, 16.47 Uhr
Betreff: Hausaufgabe vom 29. Juni:
»Warum ich Nael für einen Haifisch halte« 

Liebe Frau Wolgast,

irgendwie hab ich schon geahnt, dass Sie sich in das Thema »Nael« verbeißen werden. Aus unerfindlichen Gründen interessieren Sie sich ja immer besonders für die Sachen, über die ich nicht sprechen will. Ist wahrscheinlich so eine Berufskrankheit nach dem Motto »Ah, da ist ihr schwacher Punkt, da bohren wir jetzt mal besonders tief drin rum!«. Aber glauben Sie mir – auch wenn Sie den Eindruck hatten, ich würde bei diesem Thema auffallend »emotional« reagieren: Was Nael von mir denkt oder nicht denkt, hat nicht das Geringste mit meinem eigentlichen Problem zu tun! Schließlich ist er weder beim Geheimdienst, noch tyrannisiert er mich in der Schule, noch bin ich in ihn verknallt. Nichts von alledem. Er ist einfach nur der Pflegebruder der Würgeschlange, den ich früher mal für ganz nett gehalten habe und heute nur noch zum Kotzen finde. Punkt.
Warum ich also trotzdem eine ganze Stunde meines Lebens opfern soll, um mir – dazu auch noch schriftlich – über Nael klar zu werden, ist mir ehrlich gesagt schleierhaft. Vor allem, weil es in meinen Augen zurzeit weitaus dringendere

Themen gibt. Heute Morgen stand nämlich wieder genau derselbe schwarze Volvo vor meiner Schule, der mich schon am Montag vor zwei Wochen verfolgt hat. Diesmal saß zwar nicht der Typ mit dem Baseballcap hinterm Steuer, sondern eine Blondine, und das Nummernschild war auch ein anderes, aber ... Ich bin mir absolut sicher: Es war DEFINITIV dasselbe Fahrzeug! Das hab ich an den zwei Kratzern erkannt, die ich mir letztes Mal gemerkt hab und die sich genau an derselben Stelle befanden! Und auch wenn die Frau die ganze Zeit so getan hat, als würde sie telefonieren – wissen Sie, was ich glaube? Ich glaube, sie hat das nur gefaked, um mich so unauffälliger filmen zu können.
Und jetzt meine Frage: Sind Sie in Anbetracht der Umstände noch immer der Meinung, dass ich diesen Aufsatz über Nael schreiben soll? Oder sollten wir die Zeit nicht lieber nutzen, um herauszufinden, ob das Fahrzeug vielleicht gestohlen wurde oder sonst irgendetwas damit ist? Wobei mir gerade einfällt: Kennen Sie eventuell einen Polizeibeamten, der uns in dieser Sache helfen könnte, ohne allzu viel Staub aufzuwirbeln? Ich könnte sonst auch Aylin aus meiner Klasse fragen, die kennt sich mit Computern ziemlich gut aus und kann vielleicht auf die Art etwas herausbekommen. Aber ein Polizist wäre wahrscheinlich noch hilfreicher.
Hoffentlich lesen Sie diese Mail relativ bald. Je länger ich über die ganze Sache mit dem Auto nachdenke, umso mehr Sorgen mache ich mir

nämlich. Auf den ersten Blick sah der Mann mit dem Cap wie ein Araber aus und die Frau könnte durchaus eine blonde Perücke getragen haben, was auf den saudi-arabischen, türkischen oder ägyptischen Geheimdienst hinweisen könnte. (Ich hab's recherchiert, die drei sind zurzeit in Deutschland wohl am aktivsten.)
Allerdings sah die Frau am Steuer tendenziell eher westlich aus (genau konnte ich das nicht erkennen, weil sie die meiste Zeit das Handy vorm Gesicht hatte), was eventuell auch für einen europäischen Geheimdienst sprechen könnte, wie zum Beispiel den MI6 oder den DGSE der Franzosen. Na ja, und der Bundesnachrichtendienst könnte natürlich auch dahinterstecken, genauso wie die Amerikaner! Gott, so viele Möglichkeiten. Das ist echt gruselig! 
Ach ja, und wenn Sie jetzt wieder damit ankommen, dass ich darüber doch bitte unbedingt noch mal mit meinen Eltern reden sollte – das habe ich gemacht! Habe eben zum x-ten Mal versucht, meiner Mutter davon zu erzählen (Papa ist schon wieder in Libyen), aber sie hat mir kein Wort geglaubt! Und das mit dieser PEP-Klopftechnik bei Angst- und Panikattacken, die Sie mir letzte Woche in der Praxis gezeigt haben, hat auch nichts gebracht! Nicht nur, dass ich mir dabei ultradämlich vorgekommen bin – ich mein, welche Fünfzehnjährige sitzt schon nachmittags eine halbe Stunde in ihrem Zimmer und beklopft sich ihr Gesicht?? –, nein, außerdem hab ich mir beim Beklopfen meiner Schläfe auch noch aus Versehen mit

dem Finger ins Auge gepikt und jetzt kann ich links nur noch verschwommen sehen.
Gibt es nicht irgendeine *einfachere* Art, etwas gegen diese Kack-Panikanfälle zu tun? Eine, die vielleicht auch nicht ganz so grenzbescheuert aussieh...
Oh, fuck. Hab gerade auf die Uhr geguckt, ich muss los zum Luta Livre, bis nächsten Dienstag.

Ihre neuerdings matschäugige Mia (Fromberg)

An: Mia Fromberg
Von: Kinder- und Jugendpsychotherapeutin Dr. Elisa Wolgast
Gesendet: 1. Juli, 13.16 Uhr
Betreff: Dein Vater und der schwarze Volvo

Liebe Mia,

bin gerade auf dem Sprung, deshalb nur ganz kurz: Das mit Deinem Auge tut mir wirklich leid! Den meisten meiner jugendlichen Patient*innen hilft diese Klopftechnik recht gut, aber wir können nächste Stunde auch gern noch etwas anderes ausprobieren.
Bezüglich der Nael-Hausaufgabe und Deiner Nachfrage, ob sie überhaupt sinnvoll ist, melde ich mich in den nächsten Tagen noch einmal. Jetzt wollte ich Dir nur schnell eine kurze Rückmeldung zu dem Gespräch mit Deiner Mutter geben und um ein bisschen Verständnis für sie werben: Liebe Mia, ich kann gut verstehen, dass Du wütend und enttäuscht darüber bist, dass sie Dir nicht glaubt, aber sieh es doch mal so: Für Deine Mutter ist das Ganze auch nicht einfach. Schließlich ist das, was Du ihr da erzählt hast, ausgesprochen ungewöhnlich, und da sie im Gegensatz zu Dir davon ausgeht, dass Dein Vater ein ganz normaler Maschinenbau-Ingenieur ist, ist es doch in gewisser Hinsicht auch verständlich, dass ihr Deine Geschichte seltsam vorkommt. Findest Du nicht?
Und noch ein anderer Gedankengang: Selbst wenn Du recht hättest und Dein Vater wirklich Mitglied

eines Geheimdienstes wäre – müsste er dann nicht ausgesprochen besorgt über das Auftauchen dieses mysteriösen schwarzen Volvos sein? Und könnte die Tatsache, dass er deswegen anscheinend keineswegs besorgt ist, nicht ein Hinweis darauf sein, dass er a) doch kein Spion ist beziehungsweise b) der schwarze Volvo ganz harmlos ist?
Dies nur als kleine Gedankenspielerei für Dich, um die Zeit bis zu unserem nächsten Treffen am 13. Juli zu überbrücken. (Für nächste Woche muss ich aus privaten Gründen leider absagen. Ich hoffe, Du hast meine diesbezügliche Nachricht auf Eurem Anrufbeantworter bereits abgehört.)

Herzliche Grüße
Deine Elisa Wolgast

Hamburg, den 1. Juli, 16.27 Uhr

Liebe Miss Shlimazl!

Mist! Habe eben eine E-Mail von Frau Wolgast bekommen, die mich total verunsichert hat. Darin hat sie mich nämlich gefragt, ob es nicht seltsam sei, dass Papa wegen des schwarzen Volvos die ganze Zeit so cool bleibt, und irgendwie hat sie damit natürlich recht. Ich mein, merkwürdig ist das schon. Habe deswegen eben bestimmt eine halbe Stunde hin und her überlegt und kurzzeitig sogar an meiner Spionage-Theorie gezweifelt, aber dann hab ich gedacht: nein! Wenn ich Frau Wolgast jetzt zurückschreibe, dass ich mir das auch nicht erklären kann, dann wittert sie garantiert Morgenluft und zählt mir zum hundertsten Mal die Argumente auf, die gegen meine Geheimdienst-Vermutung sprechen, und dann werde ich nur wieder unsicher und fange an, alles und jedes infrage zu stellen.

UND DARAUF HABE ICH DEFINITIV KEINEN BOCK MEHR

Schließlich *weiß* ich, dass sich alles, was ich denke, wie eine gigantische Räuberpistole anhört. Ich bin ja nicht blöd! *Natürlich* klingt es total unwahrscheinlich, dass mein Vater Geheimagent ist, und *natürlich* spricht der Umstand, dass ich mit sechs Jahren schon mal für ein paar Wochen bei einer Kinderpsychologin war, weil ich eine unsichtbare Freundin namens »Line« hatte, mit der ich stundenlange Gespräche über meine Barbie-Puppen geführt habe, nicht unbedingt für die Zuverlässigkeit meiner Angaben.

Aber nur weil ich schon immer viel Fantasie hatte, muss das doch nicht heißen, dass ich mit meiner These jetzt unrecht habe, oder? Ich mein, nehmen wir mal an, ich hätte recht – eigentlich *kann* mein Vater doch nur so tun, als wenn ihn der schwarze Volvo kein bisschen beunruhigen würde, oder? Denn wenn er zugeben würde, dass er sich wegen des schwarzen Volvos Sorgen macht, dann würde er ja gleichzeitig automatisch anerkennen, dass da *tatsächlich* jemand ist, der mich verfolgt – und das will er ja partout vermeiden. Keine Ahnung, ob er Angst hat, dass der Geheimdienst ihn dann wegen Verrats rausschmeißen würde, oder ob er befürchtet, dass er mich damit in Gefahr bringt ...

Auf alle Fälle scheint er eine Riesenpanik davor zu haben, dass ich herausfinden könnte, was wirklich los ist. Sonst hätte er mir letztens ja wohl kaum so dreist ins Gesicht gelogen! Was ich ihm übrigens noch immer übel nehme! Das mit dem Lügen, meine ich. Schließlich erinnere ich noch sehr genau, wie er mir damals mit zwölf, als ich wegen dieser bescheuerten Mutprobe beim Klauen erwischt worden bin (dämliche dunkelblaue Herrensocken in Größe 46!), eine ewig lange Standpauke zum Thema Ehrlichkeit gehalten hat. Aber davon war vor ein paar Wochen, als ich ihn am Frühstückstisch gefragt hab, mit wem er da eigentlich letzte Nacht im Keller telefoniert hätte, definitiv nichts mehr zu merken.

Zuerst hat er so getan, als wenn er meine Frage nicht gehört hätte, aber seine Augenlider haben kurz geflackert, woran man voll gemerkt hat, dass er sie durchaus verstanden hatte. Na, und dann hat er den Spieß einfach umgedreht und einen auf »Angriff ist die beste Verteidigung« gemacht, wie er das manchmal tut, wenn er keinen Bock auf Erklärungen hat. »Ich glaub, ich versteh deine Frage nicht, Mia. Und davon mal ganz abgesehen – was hast *du* eigentlich nachts im Keller zu suchen? Solltest du da nicht schlafen?«

»Ja, klar, aber ...«

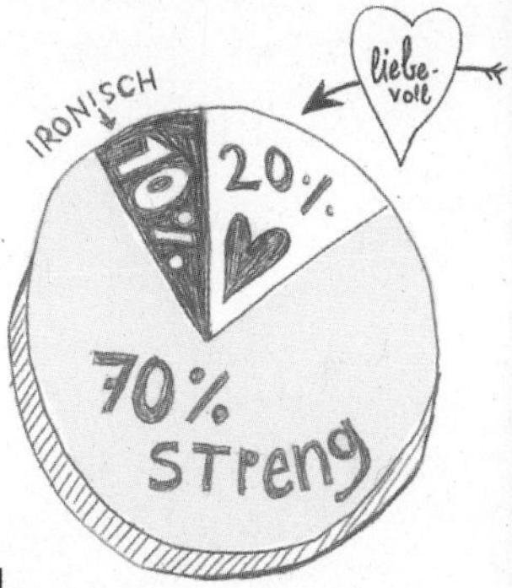

»Na, wenn's so klar ist, dann wundere ich mich, dass du trotzdem nachts durchs Haus geisterst. Und das, wo ihr, wenn ich mich recht erinnere, heute in der zweiten Stunde eine Chemiearbeit schreibt.« Papa hat mich mit diesem ganz speziellen Papa-Blick angeguckt, der zu siebzig Prozent streng, zu zwanzig Prozent liebevoll und zu zehn Prozent ironisch ist, und fast wäre ich ihm dabei auf den Leim gegangen, aber nur fast.

»Chemie ist erst morgen dran und ...«

»Nicht ablenken, Mia. Chemie ist viel wichtiger, als du denkst. Schließlich ist die ganze Arzneimittelbranche ohne Chemie nicht vorstellbar, genauso wenig wie große Teile der Industrie und die gesamte Kommunikationstechnik. Denk nur mal an dein Handy, das ohne LC-Display gar nicht funktionieren würde, und ...«

»Ich weiß, aber das erklärt noch immer nicht, warum du nachts um halb zwölf mit jemandem bei uns im Keller auf Hebräisch telefonierst!«

Yes! Für eine Sekunde war ich richtig stolz, dass ich mich von Papas altbekanntem Chemievortrag nicht hab einlullen lassen, sondern glashart bei meiner Frage geblieben bin. Aber ehe ich mich darüber freuen konnte, hat mein Vater bereits irritiert die Stirn gerunzelt. Na, und mit der Antwort, die dann von ihm kam, hab ich echt nicht gerechnet.

»Auf Hebräisch? Nein, das musst du falsch verstanden haben, Mia. Kann sein, dass ich mir gerade im Keller eine Flasche Wein geholt hab, als das Telefon geklingelt hat, aber das war nur Tareq aus dem Jemen, der Probleme mit der Steueranlage hatte ...«

Wirklich, *das* hat er gesagt! »Kann sein, dass ich mir gerade im Keller eine Flasche Wein geholt hab, als das Telefon geklingelt hat.« Mhm. Total klar.

»Und dazu nimmst du dein Handy mit in den Keller? Zum Weinholen?« Ich hab Papa einen skeptischen Blick zugeworfen, aber anstatt die Chance zu nutzen, seiner Tochter endlich zu gestehen, dass er regelmäßig mit dem israelischen und/oder amerikanischen Geheimdienst in Kontakt steht, hat er Mama nur seufzend angeguckt und anschließend völlig ungerührt gemeint, tja, das müsse dann wohl so gewesen sein. »Aber wie auch immer, Hase, das, was du gehört hast, war auf jeden Fall kein Hebräisch, sondern Arabisch ...«

»Aber ...«

»Und damit Ende der Diskussion. Schließlich hab ich Mama versprochen, gleich noch den Rasen zu mähen. Das macht er nämlich leider nicht von allein. Also auf ins Gefecht!«

Tja, und damit ist er dann aufgestanden und hat mich sprachlos am Tisch sitzen lassen. Unglaublich, oder?

Ich lass mir ja viel erzählen, aber SO dämlich bin ich dann doch nicht! Es war eindeutig Hebräisch – und wenn er es noch so oft abstreitet! Immerhin hat Papa mir früher, als wir noch Chanukka gefeiert haben[4], selbst ein paar Brocken beigebracht. Und als wir damals zu Besuch bei seinem Bruder in Tel Aviv waren, haben auch alle hebräisch geredet. Ich *weiß* also, wie sich die Sprache anhört! Und davon mal abgesehen: Seit wann verabschiedet man sich auf Arabisch bitte schön mit einem »Shabbat sha-

4 Inzwischen feiern wir nur noch Weihnachten und Ostern, was ich ehrlich gesagt ziemlich blöd finde, aber Mama meint, alle Feiertage zu begehen, sei einfach zu stressig, und Papa steht ja sowieso nicht so auf Religion.

lom«? Und dann noch von einem muslimischen Kollegen??

Gott, ich werde schon wieder stocksauer, wenn ich nur daran denke! Für wie doof hält mein Vater mich eigentlich?! Ein Telefonat mit Tareq! Aber sicher! Ich mein, ich nähe extra für ihn eine tierisch komplizierte Laptop-Hülle zum Geburtstag, sogar aus Leder, obwohl das richtig teuer war, und er lügt mich an und tut anschließend noch so, als wenn ICH einen an der Klatsche hätte! Das ist so respektlos und verletzend und ...

Ach, verdammt. Im Moment fühle ich mich echt beschissen, aber was soll's. Ich kann Mama und Papa ja schlecht dazu zwingen, mir zu vertrauen. Letztlich bleibt mir wahrscheinlich nur die Möglichkeit, so lange Beweise zu sammeln, bis Mama mir doch irgendwann glaubt und Papa sich dadurch gezwungen fühlt, sein Lügengebäude aufzugeben und endlich mit der Wahrheit herauszurücken. Und zwar hoffentlich bald! Langsam sind mir das hier wirklich ein paar Baustellen zu viel.

In der Schule war's heute nämlich auch wieder grässlich. Heute Mittag hatte ich in der Mensa kurzzeitig das Gefühl, als wenn Nael zu mir herübergucken würde, aber als ich hingesehen hab, ist er abrupt aufgestanden und weggegangen. Und in Deutsch hat Vanessa überall rumgefragt, ob jemand eine Tintenpatrone für sie hätte, aber als ich ihr eine rüberreichen wollte, hat sie ganz laut gesagt, von mir würde sie keine nehmen, nachher würde ich sonst wieder die Feuerwehr rufen. Ha, ha, ha! Fand den Spruch nicht im Geringsten lustig, aber Anakonda und Levke haben trotzdem hysterisch losgegackert und ich bin mir superdämlich vorgekommen. Aber gut, was soll's. Habe immer noch die stille Hoffnung, dass es ihnen irgendwann zu langweilig wird, schlechte Witze über mich zu machen, und dann wird vielleicht endlich wieder alles wie vorher. Das wär echt, echt schön!!!!!!!!

An: Mia Fromberg
Von: Kinder- und Jugendpsychotherapeutin
Dr. Elisa Wolgast
Gesendet: 5. Juli, 14.05 Uhr
Betreff: Deine Anfrage

Liebe Mia,

entschuldige bitte, dass ich mich jetzt erst wieder bei Dir melde, aber auch bei mir läuft manchmal nicht alles rund. Vorhin hat mich nämlich mein 82-jähriger Vater angerufen, der sich gerade aus seiner Fuhlsbüttler Wohnung ausgeschlossen hat. Und zwar, *nachdem* er den Wasserhahn der Badewanne voll aufgedreht hatte. Du kannst Dir meine Sorge vielleicht vorstellen. Aber zum Glück ist alles gut ausgegangen und nach zwei Stunden Aufwischen war sein Badezimmer auch wieder betretbar. Dies nur als Erklärung, warum Dich meine Antwort jetzt erst erreicht. Jetzt aber zu Deiner Frage.
Ehrlich gesagt fände ich es schon gut, wenn Du die Hausarbeit trotzdem wie besprochen beantworten könntest. Nur weil ich Dein Verhältnis zu Nael gern noch etwas genauer beleuchten würde, bedeutet das ja nicht, dass ich an Deinem Erlebnis mit dem schwarzen Volvo zweifele. Das tue ich nämlich nicht. Wenn du sagst, der schwarze Volvo, aus dem Dich damals dieser dunkelhaarige Mann beobachtet hat, stand vor ein paar Tagen wieder vor Deiner Schule, **dann stand der Volvo auch vor ein paar Tagen da.** Punkt. Schließlich

bin ich mir absolut sicher, dass Du keine Wahnvorstellungen hast.
Allerdings halte ich es für durchaus denkbar, dass Du die Dinge ab und zu etwas anders als ich interpretierst. Das heißt: Wo Du den Spion eines fremden Geheimdienstes hinterm Steuer vermutest, vermute ich vielleicht nur den Elternteil eines Mitschülers. Beweisen kann ich das aber genauso wenig wie Du, weil ich leider keinen Polizeibeamten kenne, den man mit einer entsprechenden Nummernschild-Recherche beauftragen könnte. Aber ich werde mich mal schlaumachen, wie man sonst noch herausfinden könnte, wem das Auto gehört – allein schon, um Dich zu beruhigen. Versprochen.
Und noch mal kurz zu Nael: Ich weiß, im Augenblick bewegen Dich ganz andere Dinge, aber vielleicht sorgt die Beschäftigung mit diesem Thema ja dafür, dass Du mal ein bisschen auf andere Gedanken kommst. Das wäre schon gut, denn eines kann ich Dir versichern: Mit Angst im Bauch kann man schlecht denken – mit Ruhe und Besonnenheit hingegen selbst übermächtigen Gegnern (wie zum Beispiel ausländischen Geheimdiensten und/oder den eigenen Ängsten) ein Schnippchen schlagen. Und: Auch wenn Deine Eltern an Deinen Worten zweifeln, lieben sie Dich doch mehr als alles andere auf dieser Welt. Das zumindest kann ich Dir nach den Gesprächen mit ihnen versichern.

Herzliche Grüße
Deine Elisa Wolgast

An: Kinder- und Jugendpsychotherapeutin
Dr. Elisa Wolgast
Von: Mia Fromberg
Gesendet: 5. Juli, 16.06 Uhr
Betreff: Hausaufgabe vom 29. Juni:
»Warum ich Anakondas Pflegebruder Nael
für einen Haifisch halte, Teil II« 

Liebe Frau Wolgast,

okay, Sie haben gewonnen. Ich schreibe diesen Aufsatz, wenn Sie sich um den schwarzen Volvo kümmern. (Der heute Gott sei Dank nicht vor der Schule stand, was mich ehrlich gesagt *total* erleichtert hat.) Immerhin haben Sie ja auch mit Mama wegen der Notebook- und Handy-Zeiten geredet, wie ich gerade beim Mittagessen von ihr gehört habe, und das war schon nett. Auch wenn es nichts gebracht hat, aber da können Sie ja nichts für.

Gut, also, Sie sagten, Sie würden nicht begreifen, warum ich Nael für einen Idioten halte, obwohl er mich doch damals nach meinem Erdnuss-Allergieschock auf dem Schulsportfest extra zum Parkplatz zurückbegleitet hat. Was im Grunde genommen natürlich ziemlich nett von ihm war.

Aber wissen Sie was? Inzwischen bezweifele ich das. Dass Nael das nur aus Nettigkeit getan hat. Meiner Meinung nach gibt es dafür nämlich auch zwei andere mögliche Erklärungen:

Variante A: Seine Hilfe damals war nichts als reine Einschleimerei bei den Lehrern. Mit anderen

Worten: Nael Helou, der »sexiest boy alive« unserer Schule (zumindest laut Levke und Vanessa), wollte durch sein Angebot, mich nach dieser blöden Nummer mit dem Schokoriegel zurück zum Auto zu bringen, einfach nur ein paar Extrapunkte bei unserer Sportlehrerin Frau Hansen sammeln. So nach dem Motto »Guckt mal, wie sozial ich bin!«. Schließlich weiß jeder, wie sehr
Frau Hansen auf so was steht, und insofern könnte das Ganze auch bloß ein taktisches Manöver für eine bessere Deutschnote gewesen sein. (Nael hat Frau Hansen nämlich in Deutsch.)

Oder aber – Variante B – er wollte dadurch, dass er sich freiwillig gemeldet hat, nur seine Pflegeschwester ärgern. Schließlich weiß er haargenau, wie sehr Anna-Constanza mich seit diesem Party-Gau hasst. Also hat er meinen anaphylaktischen Schock vielleicht auch nur benutzt, um ihr eins auszuwischen.

Also, das sind meine beiden Theorien zu der Parkplatzsache. Und dann wollten Sie, glaube ich, auch noch wissen, was ich an Nael am Anfang so gut gefunden hätte. Und die Antwort auf diese Frage ist leider ziemlich peinlich. Tatsächlich kam Nael mir nämlich ... Oh, Shit. Jetzt wird's dämlich. Aber egal. Okay, also er kam mir sensibel vor. Und nicht nur sensibel, sondern auch rücksichtsvoll und klug und auf der Suche nach etwas, ohne genau zu wissen nach was, und dabei gleichzeitig auch irgendwie wütend und ratlos und ... na ja, fast ein bisschen so wie ich. Gott, wenn ich daran denke, wie ich Aylin und

Levke am nächsten Tag, nach diesem gemeinsamen Rückweg zum Auto, von ihm vorgeschwärmt habe, wird mir jetzt noch schlecht. Ich glaub, in einem Anfall von Schwachsinn hab ich sogar gesagt, ich hätte meinen Seelenpartner gefunden. Uahh! Und das alles nur, weil Nael mir anvertraut hat, dass ihm seine Freunde manchmal auf die Nerven gehen würden und er lieber öfter allein wäre, weil man dann nicht so viel posen müsste. Wie blöd kann man sein, das zu glauben?! Anscheinend ja ziemlich blöd, wie man sieht ... 🙄
Okay, so viel also dazu. Ich hoffe, das reicht Ihnen erst mal als Antwort. Bis morgen in der Praxis
Ihre Mia

Hamburg, den 5. Juli, 16.14 Uhr

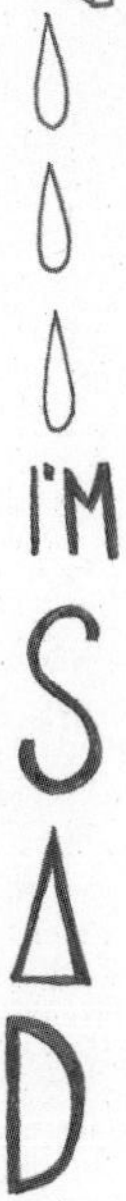

Gerade hab ich diesen bescheuerten Brief über Nael an Frau Wolgast geschrieben und plötzlich ist alles wieder hochgekommen: die ganze Sache mit dem Spaziergang an der Elbe und dem Kuss, diesem wirklich unglaublich schönen, superromantischen Kuss, und dem Augenblick, in dem er meine Hand genommen hat, und wie ich gedacht hab, dass ich noch nie in meinem Leben so glücklich war und ...

Oh, verdammt! Ich hab schon gewusst, warum ich diese Kack-Hausaufgabe nicht machen wollte. Ich will da nicht mehr dran denken müssen. Am besten nie wieder! Schließlich war das Ganze ohnehin superschnell vorbei. Letztlich waren es ja nur fünf Tage, an denen ich blöde Kuh gedacht hab, ich hätte vielleicht Chancen bei ihm. Fünf Tage, an denen wir uns zwei Mal zum Spazierengehen getroffen haben. Im Grunde ein Witz!

Obwohl ... Okay, die beiden Spaziergänge waren schon extrem schön, und wenn man mich damals gefragt hätte, ich hätte meine Hand dafür ins Feuer gelegt, dass Nael das alles total ehrlich meint. Irgendwie war ich mir damals ganz sicher, dass ich als Einzige seinen wahren Kern entdeckt hätte – einen Nael, der gar nicht so cool ist, wie er nach außen wirkt, sondern eher verletzlich und ... na ja, sogar ein bisschen einsam. Schon irre, wie man sich bei diesem ganzen Liebeskrempel selbst belügen kann.

Aber selbst wenn ich heute weiß, dass das mit Naels Verletzlichkeit allem Anschein nach nur eine Masche war – als wir da zusammen am Wasser langgelaufen sind und er mich nass gespritzt hat und ich dieses Stück Treibholz nach ihm geworfen hab, das er später eingesteckt hat, damit es ihn immer an mich erinnert – das war einfach ein total magischer Moment. Wobei im Grunde der ganze Tag magisch war. Noch nicht mal das schlechte Wetter hat was ausgemacht. Und dass ich eigentlich tierischen Hunger hatte, weil ich vorher vergessen hatte, etwas zu essen, auch nicht. Nael und ich haben einfach nur miteinander gelacht und rumgeblödelt und er hat sogar extra sein Training abgesagt, um länger mit mir zusammenbleiben zu können. Ehrlich, nach den fünf Stunden, die wir da zusammen durch den Nieselregen gelaufen sind (nachher sogar Hand in Hand, auch wenn sonst nichts passiert ist), hätte ich schwören können, dass er unser Zusammensein genauso schön fand wie ich. Sonst hätte er mir auf dieser Bank am Strand, wo wir zum Schluss noch so lange gesessen haben, ja wohl auch kaum so persönliche Dinge anvertraut. Dinge, wie zum Beispiel dass er manchmal Angst hätte, das Abi nicht zu schaffen, weil seine leiblichen Eltern nur ein paar Jahre zur Schule gegangen sind und er in dem IQ-Test, den er mal fürs Jugendamt hatte machen müssen, auch nur knapp überm Durchschnitt lag, was ihn wahnsinnig wurmt, weil er Intelligenz total wichtig findet.

Shit! Wenn ich daran denke, wie lange wir da saßen und an diesem einen Apfel rumgekaut haben, den er noch in seinem Rucksack gefunden hat, dann versteh ich das Ganze immer weniger. Ich mein, er hat mir zum Schluss sogar ein Foto von seiner kleinen Schwester gezeigt, die damals auf der Flucht gestorben ist. Dabei hat Anakonda sich neulich erst bei Levke darüber beschwert, dass sie überhaupt nichts über Naels Familie weiß, weil er nie mit ihr oder ihren Eltern darüber spricht. Aber mir hat er an dem Nachmittag bestimmt eine Viertelstunde lang erzählt, wie er und sein

Papa früher zusammen eine Schaukel für seine Schwester gebaut haben. Warum zum Donnerwetter hat er das bitte schön gemacht? Um mich anschließend umso besser in die Pfanne hauen zu können? Das hätte er doch einfacher haben können! Dafür hätte er mir nur einmal kurz in die Augen blicken müssen – und Bingo. So naiv, wie ich damals noch war, hätte ich mich wahrscheinlich schon nach einem Fingerschnipsen in ihn verknallt. Stattdessen ist er mit dem, was er mir da alles über seine Familie berichtet hat, doch ein tierisches Risiko eingegangen! Schließlich hätte es ja auch sein können, dass ich die ganze Geschichte von seinem leiblichen Vater, der in Syrien gar kein erfolgreicher Geschäftsmann war, wie er immer erzählt hat, sondern nur ein einfacher Gelegenheitsarbeiter, aus Rache für sein blödes späteres Verhalten in der gesamten Schule herumposaune. Was ich natürlich nie tun würde, aber trotzdem. Wissen konnte er das ja nicht. Also, warum hat er mir das alles anvertraut? Weil er mich zweimal fünf Stunden lang nett fand und danach nicht mehr? Gibt es so etwas? Zeitweilige Verliebtheitsschübe mit anschließenden Abscheuanfällen?

Egal. Eigentlich hab ich auch überhaupt keinen Bock darauf, mir schon wieder über die leidige Frage »Was ist damals bloß in Nael vorgegangen?« den Kopf zu zerbrechen. Damit hab ich mir in den letzten Wochen schließlich schon genug Lebenszeit versaut. Vielleicht gibt's auf manche Fragen ja einfach keine Antworten. Oder Nael gehört eben zu der Sorte Typen, die einem erst ihr Herz ausschütten und einen anschließend dafür bestrafen, dass man sie ausnahmsweise mal schwach und ehrlich erlebt hat. Oder er ist von Natur aus megasprunghaft und fand mich halt erst ganz ansprechend, aber im Nachhinein tendenziell dann doch eher scheiße. Oder er hat auf der Flucht vor sechs Jahren einen mitgekriegt und hat jetzt eine gespaltene Persönlichkeit so wie Dr. Jekyll und Mr. Hyde. Who knows?

Das Einzige, was ich auf alle Fälle noch immer tierisch bereue, ist, dass ich Nael bei diesen Spaziergängen blöderweise auch einiges von mir erzählt habe. Gut, Gott sei Dank nicht sooo viel, aber von der Sache mit dem Mann im schwarzen Volvo habe ich ihm schon berichtet. Und leider auch davon, dass ich seit ein paar Monaten abends nur noch einschlafen kann, wenn ich vorher meinen Schreibtisch vor die Tür schiebe. Was auf Außenstehende eventuell doch etwas seltsam wirkt. Wobei ich zugeben muss, dass seine Reaktion darauf echt erstaunlich war. Weil er nämlich nicht einmal gelacht oder einen blöden Spruch gebracht hat, gar nichts in der Art.

Wenn ich so darüber nachdenke, dann waren die beiden Nachmittage mit Nael an der Elbe vielleicht wirklich die letzten Male, an denen ich das Gefühl hatte, jemand empfindet mein Verhalten nicht als durchgeknallt und gestört, sondern als ganz normal. Oder zumindest nachvollziehbar.

Oh, verflucht. Gerade merke ich, dass ich unbewusst schon wieder anfange, Nael in einem netten Licht darzustellen. Dabei will ich das gar nicht, weil das nachher nur wieder dazu führt, dass es mir total beschissen geht! Argh! Ich weiß, warum ich diese Kack-Hausaufgabe nicht machen wollte! **Verdammt!!!!!**

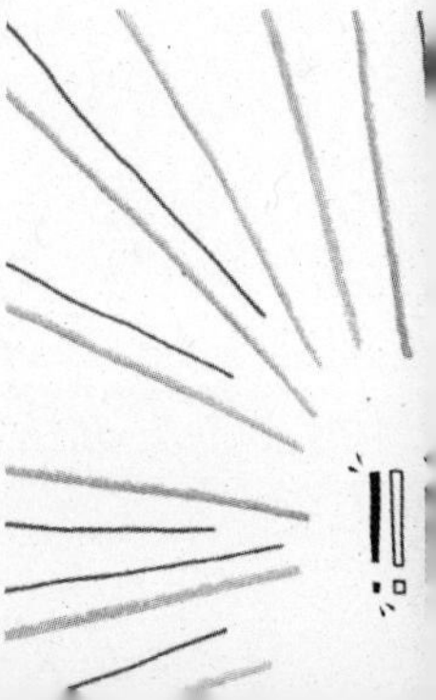

An: Kinder- und Jugendpsychotherapeutin
Dr. Elisa Wolgast
Von: Mia Fromberg
Gesendet: 5. Juli, 17.56 Uhr
Betreff: Hausaufgabe vom 29. Juni:
»Warum ich Anakondas Pflegebruder Nael
für einen Haifisch halte, Teil III«

Liebe Frau Wolgast,

ich habe bisher ja vermieden, Ihnen mitzuteilen, was im Anschluss an diesen zweiten Spaziergang mit Nael passiert ist, aber vielleicht ist es doch besser, wenn ich Ihnen davon erzähle. Nur damit Sie endlich begreifen, dass es keinen Zweck hat, auf dieser ganzen Nael-Angelegenheit noch länger herumzureiten.
Der zweite Spaziergang am Strand endete nämlich mit einem Kuss. Einem wahnsinnig schönen Kuss, übrigens, und damit, dass Nael mich gefragt hat, ob wir am nächsten Tag zusammen ins Kino gehen wollen. Woraufhin ich natürlich strahlend genickt habe, war ja klar. Vor lauter Verknalltheits-Endorphinen hätte ich wahrscheinlich selbst bei der Frage »Wollen wir uns mit diesem Fleischermesser selbst entleiben?« verzückt »Au ja!« gerufen. Dumm nur, dass es anschließend ganz anders gekommen ist. Denn wer ist am nächsten Tag nicht vor dem Kino aufgetaucht, obwohl ich anderthalb Stunden im strömenden Regen auf ihn gewartet habe? Genau! Nael Helou, mein vermeintlicher Seelengefährte.

Aber das ist noch nicht alles. Denn wie lautete seine Antwort, als ich ihn per Whatsapp gefragt habe, ob ich mich vielleicht in der Uhrzeit oder beim Treffpunkt geirrt hätte und er gerade ganz woanders auf mich warten würde? Sie lautete: »Sorry, keine Lust!« Kein Scherz. Sie lautete wirklich »Sorry, keine Lust!«.
Als ich den Satz auf meinem Display gelesen habe, wollte ich es erst gar nicht glauben und dann hab ich mir eingeredet, dass das ein Irrtum sein muss und er mir vielleicht aus Versehen eine Nachricht geschickt hat, die für jemand anderen bestimmt war, oder irgendwie so was in der Art. Na, und irgendwann war ich dann so fest von diesem vermeintlichen Irrtum überzeugt, dass ich ihn sogar angerufen hab. Und soll ich Ihnen sagen, was Nael gesagt hat, als ich ihn nach weiteren vierzig Minuten Wartezeit im Regen endlich erreicht habe? Er hat genervt aufgestöhnt und gesagt: »Scheiße, Mia, was soll ich denn *noch* tun, damit du's endlich begreifst?! Ich hab echt Besseres vor, als mit so einer blöden Schnalle wie dir ins Kino zu gehen! Und jetzt verpiss dich!«
Tja, und das waren die letzten Worte, die Nael und ich miteinander gewechselt haben. Mal abgesehen von den netten Beleidigungen, die Anakonda mir ab und zu von ihm ausrichten lässt und von denen »Gestörte Kuh« noch die freundlichste ist. Echt, ich glaube, wenn es *einen* Menschen auf dieser Welt gibt, den ich noch mehr hasse als Anna-Constanza, dann ist das Nael. Und zwar mit

Ansage. Levke hat ja früher mal gesagt, sie könnte nie jemanden hassen, der so gut aussieht wie Nael, und damals hat mir das auf eine verquere Weise auch eingeleuchtet. Aber ich glaube, inzwischen würde ich Nael selbst dann noch hassen, wenn er der letzte Mensch auf Erden wäre.

Außerdem finde ich inzwischen auch gar nicht mehr, dass er so gut aussieht. Was wahrscheinlich ein gutes Zeichen ist: Anscheinend bin ich endlich über diese schlimme Phase in meinem Leben hinweg. Verstrubbelte dunkle Haare haben heutzutage schließlich die Hälfte aller Typen, die einem auf der Straße begegnen, und Jungs mit sanften braunen Augen gibt's auch wie Sand am Meer. Und diese Geschichte von der Sportreferendarin, die beim Anblick von Naels freiem Oberkörper zu stottern angefangen haben soll, ist garantiert auch frei erfunden. Wahrscheinlich von Anna-Constanza, die ja ohnehin immer so tut, als wäre er ein römischer Halbgott. Dabei ist der Typ nur eines: ein beschissener Blender und Lügner! Aber was soll man auch anderes erwarten bei *der* Schwes...

Egal.

Ich hoffe, das reicht Ihnen hier erst mal zum Thema »Nael«. Ich fände es nämlich echt gut, wenn wir uns endlich auf mein eigentliches Problem konzentrieren könnten: die Agententätigkeit meines Vaters und die Leute im schwarzen Volvo, die mir inzwischen so viel Angst machen, dass ich trotz Schreibtisch vor der Zimmertür kaum noch einschlafen kann. (Und das, obwohl ich mir von meinem Taschengeld schon seit Monaten Baldriantabletten kaufe, die irre teuer sind und trotzdem nicht die Bohne helfen.)

Bis gestern war ich ja manchmal noch zweifelnd, aber inzwischen bin ich mir zu 99% sicher, dass der schwarze Volvo mit Papas geheimem Agentenleben zu tun hat. Gestern habe ich in Abwesenheit meiner Eltern nämlich noch mal ihre Schränke auf eventuelle Geheimverstecke durchsucht und dabei habe ich in Papas Kommode eine Art doppelten Boden entdeckt, in dem **zwei verschiedene Pässe (!!!)** lagen. Beide waren auf den Namen meines Vaters ausgestellt, der eine enthält jedoch nur arabische Einreisestempel und der andere fast ausschließlich israelische. Was sagen Sie nun? Glauben Sie noch immer, dass mein Vater nichts mit dem Geheimdienst zu tun hat?

In Erwartung einer hoffentlich baldigen Antwort
verbleibt voller Sorgen
Ihre Mia

An: Mia Fromberg
Von: Kinder- und Jugendpsychotherapeutin
Dr. Elisa Wolgast
Datum: 5. Juli, 18.20 Uhr
Betreff: Nael/Pässe Deines Vaters

Liebe Mia,

eigentlich könnte ich Dir das, was ich jetzt schreibe, auch nächste Woche in der Praxis sagen, aber nach der Lektüre Deines Briefs hatte ich das Gefühl, dass Du eine schnellere Reaktion gut gebrauchen könntest. Vielleicht kannst Du nach dem Lesen dieser Zeilen ja wenigstens heute Nacht etwas besser einschlafen.
Also, erst einmal vielen Dank für Deinen Brief zum Thema »Nael«. Ich kann mir vorstellen, wie schwer es Dir gefallen sein muss, mir das alles anzuvertrauen, aber glaub mir: Aufschreiben hilft! Schreiben ist nämlich wie ein Pflaster für die Seele, weil das Erlebte automatisch ein Stück weit von einem wegrückt und man dadurch den emotionalen Abstand gewinnt, den man gerade in Krisensituationen so nötig braucht.
Jetzt aber zu Naels Verhalten. Dazu kann ich nur sagen: So etwas geht wirklich GAR NICHT! Da hast Du vollkommen recht. Jungs, die einen so behandeln, sind es nicht wert, dass man auch nur einen weiteren Gedanken an sie verschwendet. Daher werde ich Dich auch nicht weiter mit dem Thema behelligen, versprochen.
Bezüglich Deiner Theorie über die beiden Pässe

Deines Vaters muss ich Dich allerdings bremsen. Da du mich mit Deiner Passentdeckung selbst nachdenklich gemacht hast, habe ich eben eine alte Freundin von der Handelskammer angerufen, die mir etwas erklärte, was ich vorher auch nicht wusste: Anscheinend gibt es einige deutsche Geschäftsleute, die zwei Pässe besitzen. Hintergrund ist, dass sowohl Israel als auch diverse arabische Länder aufgrund der Spannungen im Nahen Osten empfindlich auf Ausländer reagieren, die mit Arabern *und* Israelis Handel treiben. Tja, und um etwaige Misstöne in dieser Hinsicht zu vermeiden, gibt es wohl Ausnahmeregelungen, die bestimmten Fachleuten (wie anscheinend auch Deinem Vater) den Besitz mehrerer Pässe (in denen jeweils nur israelische oder arabische Landesstempel zu finden sind) erlauben. Du siehst also: Die Existenz der beiden Pässe ist kein Beweis für eine eventuelle Mossad- oder CIA-Mitgliedschaft Deines Vaters.
Und auch zu dem nächtlichen Telefonat hätte ich noch eine Anmerkung: Soweit ich gehört habe, können sich die gesprochene arabische und hebräische Sprache durchaus ähneln – vor allem in den Ohren von Menschen, die keine der beiden Sprachen sprechen. Meine Freundin von der Handelskammer sagte mir zum Beispiel, dass »ma'a s-salamah« eine gebräuchliche arabische Verabschiedungsfloskel wäre, die – schnell ausgesprochen – durchaus Ähnlichkeit mit dem hebräischen »Shabbat Shalom« haben könnte.
Versteh mich bitte richtig, Mia: Das alles

bedeutet nicht, dass Du mit deiner Geheimdienst-Theorie unrecht hast oder dass ich Dir nicht glaube. Das tue ich. Nichtsdestotrotz würde ich mich freuen, wenn Du zwischendrin in Erwägung ziehen könntest, dass es auch Argumente für die These gibt, dass Dein Vater doch nur ein ganz normaler Maschinenbau-Ingenieur ist. Wie gesagt, ich sage nicht, dass es so ist. Ich sage nur, dass es so *sein könnte*. Meinst Du, Du bekommst das hin?

Über alles Weitere sprechen wir nächste Woche. Genieß bis dahin noch die schönen Sommertage!

Es grüßt Dich herzlich
Deine Elisa Wolgast
(die im Gegensatz zu Dir zwei absolut linke Hände hat und niemals eine lederne Laptophülle nähen könnte ...)

Hamburg, den 9. Juli, 19.03 Uhr

Liebe Miss Shlimazl,

Es ist etwas TIERISCH ÄTZENDES passiert!!! Papa ist nach wochenlanger Abwesenheit endlich wieder aus Libyen zurück, aber anstatt dass wir jetzt endlich das versprochene Familienleben zelebrieren, das Mama die ganze Zeit angekündigt hat, ist er superschlecht drauf. Und zwar wirklich super-superschlecht! Das hat man gleich schon gemerkt, als Mama und ich ihn gestern Abend vom Flieger abgeholt haben, und seitdem ist es quasi stündlich schlimmer geworden. Gestern ist er gleich nach dem letzten Bissen Pizza in den Keller verschwunden, um da stundenlang mit seiner Firma zu telefonieren. Na, und heute war er dann den ganzen Tag so grottenhaft gelaunt, dass es stellenweise schon richtig grotesk war. Als der Paketbote vorhin geklingelt hat, hat er mir quasi verboten, die Tür aufzumachen. Und als Mama meinte, dass Rachel heute eigentlich vorbeikommen wollte, sie ihr aber abgesagt hätte, weil wir doch sicher unter uns sein wollten beim Abendessen, hat er ihr einen ewig langen Vortrag darüber gehalten, dass man Freunde nicht so ohne Weiteres vor den Kopf stoßen dürfe. Fast so, als wenn er auf gar keinen Fall mit Mama und mir allein sein wollte!

Aber so richtig eskaliert ist die ganze Situation dann erst eben beim Abendbrot. Da hat er nämlich die Bombe gezündet und mir eröffnet, dass er mich in gut zwei Wochen mutterseelenallein auf eine einsame Insel schicken will und zwar – jetzt kommt's – **notfalls auch gegen meinen Willen! Hat er wirklich gesagt!**

»Normalerweise hör ich mir deine Einwände ja gerne

an, Mia, aber diesmal machst du einfach mal, was wir dir sagen. Ist das klar, Hase?« Und dabei hat er mich angesehen, als wenn ich ein Paket wäre, das schon halb auf dem Weg nach Timbuktu ist.

Ich mein, ist das noch zu fassen? Was glaubt Papa denn bitte schön, wer er ist? Stalin??

Weil ich mich natürlich geweigert habe, mich mal so eben für einundzwanzig Tage zwangsdeportieren zu lassen, hatten Mama, Papa und ich gerade einen wirklich schlimmen Streit ... mit dem Ergebnis, dass selbst Mama (die normalerweise immer eher auf meiner Seite ist) am Ende gesagt hat, wenn mein Vater das für so wichtig hielte, müsste ich eben dahin – Ende der Diskussion.

Dabei ist das TOTAL unfair

Zuerst hab ich noch gedacht, Papa macht einen Scherz, als er beim Abendbrot gesagt hat, ich könne mich freuen, weil ich nun doch noch in den Sommerferien weiter wegfahren würde.

»Hä? Aber ich dachte, wir müssen sparen? Oder haben wir auf einmal im Lotto gewonnen?« Ich hab Papa einen irritierten Blick zugeworfen, woraufhin er kopfschüttelnd gemeint hat, keineswegs, Mama und er hätten einfach beschlossen, dass sechs Wochen allein zu Hause in meiner momentanen Situation nicht das Richtige für mich wären, und deshalb würde es gleich nach den Zeugnissen für mich losgehen.

»Erst von Lissabon nach Faial und von dort dann weiter mit der Fähre nach Pico. Drei Wochen mal ganz ohne Handy und Internet, dafür aber mit viel frischer Luft und neuen Freunden ...«

»Äh ... *was??* Ich glaub, ich versteh nicht so ganz ...« Ich hab meine Eltern ungläubig angestarrt, und während Mama so getan hat, als würde der Salzstreuer gerade ihre gesamte Aufmerksamkeit benötigen, hat Papa gemeint, das müsse ich auch nicht.

»Das Einzige, was du musst, ist in zwei Wochen deine Koffer packen und losfliegen. Mama und ich denken, das ist genau das, was du jetzt brauchst: einfach mal raus aus dem Alltag hier. Und weißt du, was du da noch sehen kannst, wenn du Glück hast? Wale! Echte Wale! Stell dir das mal vor!«

Bei »Stell dir das mal vor!« hat Papa so übertrieben mit den Händen hin und her gewedelt, als könne er dadurch seine gespielte Vorfreude auf mich übertragen, aber das hat natürlich nicht funktioniert. Ganz so leicht bin ich ja nun doch nicht zu manipulieren.

»Äh, Moment. Ihr wollt mich *wohin* verfrachten? Auf eine Insel ohne Internet? Irgendwo in der Pampa? MAMA??« Während ich fassungslos von Papa zu Mama geguckt hab, die ihr Ei-Brötchen inzwischen so konzentriert mit Salz bestreut hat, dass es schon eine weiße Kruste hatte, hat Papa sich geräuspert und dann stirnrunzelnd gemeint, Mama hielte das auch für eine gute Idee und außerdem könne von Verfrachten überhaupt keine Rede sein.

»Jetzt gib dem doch mal eine Chance, Mia. Die Welt kommt nicht zu dir nach Hause, manchmal musst du auch selbst hinaus in die Welt! Außerdem hat das Camp einen hervorragenden Ruf und Herr Mäder hat mir berichtet, dass euer Schulpädagoge es auch schon einigen anderen Eltern empfohlen hat. Anscheinend leisten die dort ausgesprochen gute Arbeit. Und Pico ist wirklich schön. Deine Mutter und ich haben uns vorhin im Internet einen Film darüber angeguckt und waren geradezu begeistert. Die ganze Insel ist voller Kühe und Hortensien und nirgendwo ein Mensch, außer natürlich deine Gruppe, die Panda-Fighters …«

Meine GRUPPE? Die PANDA-FIGHTERS ???

Ich hab bei dem dämlichen Namen automatisch an diesen Zeichentrickfilm für Kinder denken müssen, in dem ein verfressener Pandabär zum Kung-Fu-Kämpfer wird, und Papa infolgedessen noch entsetzter als vorher angestarrt. Aber leider hat der sich von meiner ungläubigen Miene überhaupt nicht aus der Ruhe bringen lassen, sondern nur gemurmelt, ja, so würden die lustigerweise heißen.

»Ich weiß, der Name klingt etwas gewöhnungsbedürftig, aber das Konzept von diesen FTF-Leuten ist wirklich toll. Ich hab dir doch neulich ein paar Flyer mitgebracht. Du weißt schon, die mit diesen coolen Jungs vorne drauf ...« Papa hat mir so verschwörerisch zugezwinkert, als wenn er schlagartig zu einer hormongesteuerten Fünfzehnjährigen mutiert wäre, die voll auf »coole Jungs« abfährt, und im gleichen Moment hat sich mir schlagartig der Magen umgedreht. Weil ich plötzlich begriffen habe, dass meine Eltern es tatsächlich getan haben: Sie haben mich in diesem Scheiß-Sommercamp für labile Jugendliche am Ende der Welt angemeldet! Fuck!

Beim bloßen Gedanken rollen sich mir schon die Fußnägel auf: Ich allein mit zwei schrecklichen Betreuern (der Anblick von dem einen im Prospekt hat mir schon gereicht) und fünf anderen Teenagern, die alle irgendwie gestört sind, auf einer gottverlassenen Insel irgendwo im Nirwana. Und das drei Wochen lang! Ein absoluter Albtraum!

Ich will da nicht hin! Und davon abgesehen: Ich *kann* da

auch gar nicht hin! Schließlich steckt mein Vater wegen seiner Agententätigkeit gerade in irgendwelchen Schwierigkeiten (anders ist das mit dem schwarzen Volvo ja wohl nicht zu erklären) und deshalb muss jemand auf Mama und ihn aufpassen, und wer sollte das bitte schön anders sein als ich?

Oh, verdammt! Das darf alles nicht wahr sein!! Was tue ich denn jetzt? Was in drei Teufels Namen mache ich jetzt bloß???

An: Kinder- und Jugendpsychotherapeutin
Dr. Elisa Wolgast
Von: Mia Fromberg
Gesendet: 9. Juli, 20.23 Uhr
Betreff: HILFE!!!

Liebe Frau Wolgast,

eben haben meine Eltern mir eröffnet, dass sie mich in diesem komischen FTF-Camp angemeldet haben, von dem Papa seit Wochen geredet hat, und jetzt brauche ich *dringend* Ihre Hilfe. **Ich will da nämlich nicht hin! Auf gar keinen Fall!!** Können Sie bitte irgendetwas tun, damit meine Eltern die Reise wieder stornieren? **BITTE!** Mein Bedarf an Abenteuern ist zurzeit mehr als gedeckt. Insofern wäre es wirklich wahnsinnig nett von Ihnen, wenn Sie meine Eltern kurz anrufen und ihnen sagen könnten, dass sie das mit diesem FTF-Camp **überdenken sollten.** Im Augenblick sitzen Mama und Papa noch unten in der Küche, sie sind also erreichbar.
Schicken Sie mir eine Nachricht, wenn Sie mit ihnen geredet haben? Eigentlich hätte ich meinen Eltern Notebook und Handy schon vor über zwei Stunden wieder runterbringen müssen, aber nach dem Krach eben trauen sie sich wahrscheinlich nicht in mein Zimmer und insofern behalte ich beides heute Nacht hier. Sie können mir also einfach zurückschreiben.

Bis gleich
Ihre Mia

An: Mia Fromberg
Von: Kinder- und Jugendpsychotherapeutin
Dr. Elisa Wolgast
Gesendet: 9. Juli, 20.24 Uhr
Betreff: Re: Hilfe!!!

ABWESENHEITSNOTIZ:

Liebe Patient*innen,

zurzeit kann ich Ihre Anfragen leider nicht beantworten. Ab Montag, den 12. Juli, erreichen Sie mich wieder wie gewohnt unter dieser E-Mail-Adresse.

Mit freundlichen Grüßen
Ihre Dr. Elisa Wolgast

An: Kinder- und Jugendpsychotherapeutin
Dr. Elisa Wolgast
Von: Mia Fromberg
Gesendet: 9. Juli, 20.36 Uhr
Betreff: Re: Re: Hilfe!!!

Liebe Frau Wolgast,

das darf doch nicht wahr sein! Warum sind Sie denn jetzt nicht mehr erreichbar? Hat man als Psychologin nicht so eine Art Erreichbarkeitspflicht?? Es könnte doch sein, dass sich einer Ihrer Patienten gerade jetzt umbringen will und Ihnen vorher noch einen letzten Abschiedsbrief hinterlässt. Lassen Sie den dann auch so einfach vom Hochhaus springen, nur weil gerade Wochenende ist? Ehrlich gesagt finde ich das total unverantwortlich! Ich versteh ja, dass Sie auch mal freihaben müssen, aber trotzdem. Das hier ist echt wichtig!!!
Ich möchte nämlich **wirklich nicht** zu diesen komischen Forest-Therapie-Fredis! Nicht nur, weil ich Mama nicht allein lassen will, sondern auch, weil ich echt Schiss vor den Leuten da hab. Haben Sie sich die Seite im Internet mal genauer angesehen? Die betonen da andauernd, dass sie auf Jugendliche mit psychischen Problemen spezialisiert sind, und das klingt definitiv mehr als gruselig, wenn Sie mich fragen. Ich mein, was, wenn die anderen Teilnehmer da voll die abgedrehten Freaks sind? Muss ich dann

jede Nacht mit einem Messer in der Hand schlafen, nur damit mir keiner von denen im Dunkeln an die Wäsche geht? Das ist doch der Horror!
Und selbst wenn die anderen da keine schwerwiegenden Persönlichkeitsstörungen haben, sondern »nur« ein bisschen depressiv sind ... So ätzend, wie ich mich zurzeit manchmal fühle, könnte es durchaus sein, dass ich mich von der ganzen Atmosphäre da anstecken lasse und auf einmal *auch* depressiv werde, und das will ich einfach nicht! Ich will nicht drei Wochen lang mit irgendwelchen Klapskallis auf einer abgelegenen Insel sein und nachher selber noch verrückt werden! 
Also bitte, bitte, Frau Wolgast, könnten Sie meinen Eltern gleich am Telefon erklären, dass ich Ihrer professionellen Meinung nach *nicht* verrückt bin und deshalb auch *nicht* in ein Sommercamp für Verrückte gehöre? Könnten Sie das bitte für mich machen? DANKE!

Ihre allmählich wirklich panisch werdende
Mia
(der es ehrlich sehr, sehr leidtut, Sie mit dieser Nachricht erneut stören zu müssen)

An: Mia Fromberg
Von: Kinder- und Jugendpsychotherapeutin
Dr. Elisa Wolgast
Gesendet: 9. Juli, 20.37 Uhr
Betreff: Re: Re: Re: Hilfe!!!

ABWESENHEITSNOTIZ:

Liebe Patient*innen,

zurzeit kann ich Ihre Anfragen leider nicht beantworten. Ab Montag, den 12. Juli, erreichen Sie mich wieder wie gewohnt unter dieser E-Mail-Adresse.

Mit freundlichen Grüßen
Ihre Dr. Elisa Wolgast

An: Kinder- und Jugendpsychotherapeutin Dr. Elisa Wolgast
Von: Mia Fromberg
Gesendet: 12. Juli, 16.11 Uhr
Betreff: Ihr Telefonat mit meinem Vater gerade eben

Hallo Frau Wolgast,

Ihr Ernst? Ihr beschissener Ernst?? Es ist Montag, **drei Tage,** nachdem ich nichts – ich wiederhole: NICHTS – von Ihnen gehört habe, und gerade eben war mein Vater bei mir im Zimmer und hat mir mitgeteilt, dass er vor zwei Minuten ein »total nettes« Telefonat mit Ihnen geführt hätte.
Ein Telefonat, in dem Sie ihm zum einen erzählt hätten, dass ich »nur ungern« in dieses Camp fahren möchte (was die Untertreibung des Jahrhunderts ist, ich möchte da **NICHT** »nur ungern« hin – ich will da **AUF GAR KEINEN FALL** hin), und zum anderen, dass diese FTF-Leute laut Aussage Ihres Kollegen ja einen sehr guten Ruf hätten. Tja, und jetzt ist Papa dank Ihrer Empfehlung (den Ausdruck hat er wirklich benutzt, dank Ihrer *»Empfehlung«*) natürlich erst recht begeistert von der Idee, mich in zwei Wochen dahin zu schicken!
Was bitte schön war DAS denn? Wollten Sie mir nicht eigentlich *helfen*???
Ehrlich gesagt habe ich nach der Sache eben nicht mehr den geringsten Bock, morgen bei Ihnen in

der Praxis aufzuschlagen, aber Papa meinte, wenn ich die Termine bei Ihnen jetzt schmeiße, dann meldet er mich statt für das dreiwöchige gleich für das fünfwöchige Therapie-Camp an (das es unfassbarerweise wohl auch gibt) und deshalb komme ich jetzt doch. Aber eins kann ich Ihnen versichern: Das mit dem Rent-a-friend können Sie nach der Nummer vergessen!

Mia

An: Mia Fromberg
Von: Kinder- und Jugendpsychotherapeutin
Dr. Elisa Wolgast
Gesendet: 14. Juli, 10.03 Uhr
Betreff: Dein Verhalten bei unserem Treffen gestern

Liebe Mia,

es tut mir leid. Anscheinend hast Du mich nach meinem Anruf bei Deinen Eltern am Montag in die Rubrik »Feinde« einsortiert, aber das bin ich nicht. Ganz im Gegenteil. Auch wenn Dein 45-minütiges Schweigen gestern in der Praxis für mich beileibe nicht angenehm war, habe ich durchaus Verständnis für Deine Empörung. Mir ist schon klar, dass Du derzeit nicht gut auf mich zu sprechen bist, weil ich bei Deinem Vater wegen des Sommercamps nichts ausrichten konnte, aber bitte glaube mir: Da war einfach nichts zu machen. Ich habe wirklich alles versucht, doch Dein Vater hat trotz meiner Einwände keinen Zweifel daran gelassen, dass er diesen Urlaub für eine gute Idee hält. Und auch Deine Mutter (die ich gestern Abend deswegen ebenfalls noch einmal kontaktiert habe) scheint in dieser Hinsicht vollkommen seiner Meinung zu sein.
Da ich früher als Jugendliche genau wie Du kein großer Fan von betreuten Jugendfreizeiten war und meinen Eltern eine entsprechende Ferienanmeldung ebenfalls mehr als übel genommen habe, kann ich Deine Wut – zumindest ansatzweise – sehr gut

nachvollziehen. Immerhin kennt man dort niemanden und weiß nicht, was auf einen zukommt, und das macht einem natürlich Angst. Das ist ganz normal. Nichtsdestotrotz kann ich Dir eines aber aus tiefstem Herzen versichern: Deine Eltern haben diese Reise bestimmt nicht gebucht, um Dich zu ärgern, sondern einzig und allein, weil sie Dich lieben und glauben, dass dieser Aufenthalt dort Dir guttun könnte.
Außerdem bin ich mir sicher, dass es den anderen Jugendlichen, die an diesem Camp teilnehmen, wahrscheinlich im Moment genauso geht wie Dir! Das sind keine »Verrückten«, wie Du sie nennst. (Die würden vom Veranstalter gar nicht mitgenommen werden.) Das sind ganz normale Teenager, die genau wie Du gerade eine schwere Zeit durchmachen – zum Beispiel, weil sie in ihrer Schule gemobbt werden oder zu Hause mit ihren Eltern Probleme haben. Auf gar keinen Fall ist irgendjemand von ihnen gefährlich, darauf gebe ich Dir mein Wort! Vielleicht gewinnst Du da ja sogar neue Freunde! Hast Du daran schon mal gedacht?

Lass Dir das Ganze doch einfach noch einmal
in Ruhe durch den Kopf gehen,
bis dahin liebe Grüße
Deine Elisa Wolgast

PS: Manchmal bin ich dummerweise etwas vorschnell – so auch gestern. Da ich im Internet gelesen hatte, dass während der Forest-Therapie-Ferien keine Laptops und Handys erlaubt sind,

habe ich kurzerhand mit dem Veranstalter des Camps telefoniert und ihn tatsächlich davon überzeugen können, dass Du als Einzige jeden Abend für eine halbe Stunde das Notebook des Betreuers benutzen darfst, um mir via Satellitenverbindung zu schreiben. Ist das nicht prima?
Genaueres können wir ja nächste Stunde bei mir in der Praxis besprechen. Ich jedenfalls freue mich auf Dich. 😊

An: Kinder- und Jugendpsychotherapeutin
Dr. Elisa Wolgast
Von: Mia Fromberg
Gesendet: 14. Juli, 17.09 Uhr
Betreff: Re: Dein Verhalten bei unserem Treffen gestern

Hallo Frau Wolgast,

ich hab keine Ahnung, ob Sie wissen, dass mein Vater heute früh wieder zurück nach Libyen geflogen ist (anscheinend macht seine Phosphatanlage da irgendwelche Schwierigkeiten), aber auch, wenn Papa jetzt weg ist, ändert das nichts an meiner Meinung, dass ich an diesem schwachsinnigen Therapie-Camp nicht teilnehmen werde! Unter keinen Umständen!!! 
Weitere Überredungs- oder Bestechungsversuche können Sie sich also sparen. Schließlich bin ich keine zehn mehr und meine Eltern können mich wohl kaum zwingen, nach Piko oder Pico oder wie auch immer diese absurde Insel heißt, zu fliegen, um dort mit fünf psychisch auffälligen Teenagern ein Dschungelcamp für Arme durchzuziehen. Auch wenn sie es gerade mit allen Tricks versuchen. (Mama war erst vor ein paar Minuten bei mir im Zimmer und hat mir den Telefonhörer gereicht, damit Papa mir aus Bengasi noch mal mitteilen konnte, dass Mama und er diesem komischen Veranstalter schon eine tierisch hohe Anzahlung überwiesen hätten, die jetzt garantiert verfallen würde, wenn ich nicht hinfliege, wodurch ich quasi verantwortlich

für den drohenden Totalbankrott unserer Familie wäre.)
Ehrlich gesagt hätte ich den Telefonhörer während des Gesprächs am liebsten in hohem Bogen aus dem Fenster geschmissen. Aber weil Mama mich vorher inständig darum gebeten hat, hab ich mir Papas ganzen Sermon brav noch einmal angehört: von »Ich bin mir ganz sicher, dass die anderen Jugendlichen da supernett sind!« bis zu »Verdammt, Mia, wenn *meine* Eltern mir früher so eine Reise geschenkt hätten, wäre ich ausgerastet vor Begeisterung und du veranstaltest hier so ein Drama!«
Letztlich bin ich sogar bei seinem üblichen Totschlagargument hart geblieben und das will echt was heißen. Mit seinem »Jetzt denk doch bitte *ein Mal* nicht nur an dich, sondern auch an andere!« kriegt er mich sonst ja immer. Aber diesmal hat er es einfach ein Mal zu oft benutzt. Das Einzige, was ich Papa versprochen hab, war, die Reiseunterlagen, die diese FTF-Leute ihm zugeschickt haben, noch einmal in Ruhe durchzulesen. Tja, und nachdem ich das eben getan habe, bin ich definitiv NOCH entschlossener als vorher, da auf gar keinen Fall hinzufahren!
Was da drin steht, ist nämlich total unfassbar! Wissen Sie, wie viel Gepäck man zu dieser Reise mitnehmen darf? Für drei Wochen auf einer touristisch kaum erschlossenen Insel, auf der es laut Internet andauernd regnet? (Ich hab's gegoogelt und da stand, es sei auf Pico nur deswegen so grün, weil da ständig Schauer runtergehen, und

außerdem gebe es keinen, ich wiederhole **keinen** einzigen Sandstrand.) Ganze zehn Kilo! Zehn Kilo! Das ist GAR NICHTS! Allein mein Schlafsack, die Taschenlampe und das Pfefferspray wiegen schon über vier Kilo. Und da sind meine Klamotten und die Kulturtasche noch nicht mal dabei! (Ich hab das eben mal kurz gewogen, weil Papa meinte, zehn Kilo seien gar nicht mal so wenig, aber von wegen. Das ist MEGA wenig!) 

Aber das ist noch nicht mal das Schärfste.

Das Schärfste ist die zweite Liste, die sie Papa mitgeschickt haben. Die, auf der draufsteht, was man alles *nicht* mitbringen darf. Dazu fällt einem dann endgültig nichts mehr ein! Verboten sind nämlich nicht nur Handy und Laptop, sondern außerdem auch noch:

— jegliche elektronischen Geräte (inklusive Tablet, Spielekonsole, CD-Player etc. – das heißt, auch ALLES zum Musikhören)
— Süßigkeiten (inklusive Kekse, Schokolade, Chips, Kaugummi und jegliche Art von Fast Food)
— das Tragen von Schmuck (inklusive Piercings)
— das Mitführen von Geld (inklusive Kreditkarten)

Hammer, oder? Und das ist noch nicht alles. Verboten ist nämlich auch – tara – *jegliches Make-up!* Echt wahr! Die verbieten einem sogar, Lipgloss mitzunehmen! Das ist wie im Knast! Beziehungsweise noch schlimmer. Meines Wissens darf man im Gefängnis zumindest Schminke

benutzen, aber bei den bekloppten »Panda-Fighters« – keine Chance.
Wissen Sie, woran mich die Liste erinnert? An diese Sendung, die es auf *Kabel eins* gibt, die über die strengsten Eltern der Welt. Schätze, Sie sind mehr so der Typ für *3Sat* und *Arte* und kennen sie deshalb nicht, aber auf alle Fälle werden da irgendwelche schwer erziehbaren Jugendlichen nach Usbekistan oder Kirgisistan geschickt, also irgendwohin, wo die Leute richtig wenig Geld haben. Und da müssen sie dann unter den Augen irgendwelcher finster guckenden tatarischen Schnauzbartträger so lange völlig versiffte Plumpsklos schrubben, bis sie mittels Spontanheilung zu angepassten Strebern werden, die sich fortan nichts Schöneres vorstellen können, als ihren Eltern immer und überall im Haushalt zu helfen.
Im Grunde ist das so richtig Assi-TV und Mama und Papa tun ja immer so, als ob sie das komplett daneben fänden. Aber von wegen! Anscheinend stehen sie da voll drauf. Warum sonst hätten sie jetzt genau so etwas mit mir vor? Ehrlich, wenn ich mir dieses FTF-Programm durchlese, klingt das eins zu eins nach den »Strengsten Eltern der Welt«. Nur dass sie mich nicht zu den Plumpsklos nach Tadschikistan, sondern zu den Panda-Spackos nach Portugal schicken. Und da soll ich dann mit einem Rucksack auf dem Rücken so lange durchs Dickicht kriechen, bis ich endlich einsehe, dass der schwarze Volvo einzig und allein meiner Fantasie entsprungen ist. Aber das stimmt nicht!!!

Gott, ich kann noch immer nicht glauben, dass meine Eltern diese Reise *wirklich* gebucht haben! Das hätte ich ihnen definitiv nicht zugetraut! Ich mein, wenn ich voll die Hardcore-Pubertierende wäre, die ständig klaut und kifft und schwänzt – okay. Aber so? **FUCK!** Das ist sooo ungerecht! Aber gut, das habe ich, glaube ich, schon mal gesagt. Insofern mache ich jetzt einfach Schluss. Schließlich habe ich meine Hausaufgabe mit diesem Brief für diese Woche erfüllt und das scheint meinen Eltern ja zurzeit das Wichtigste zu sein: dass ich brav das mache, was sie von mir wollen, und ansonsten die Klappe halte. 
Was ich hiermit tue.

Ihre Mia

Hamburg, den 15. Juli, 16.22 Uhr

LIEBE MISS SHLIMAZL,

Oh, fuck! Im Moment geht wirklich alles schief!!! VERDAMMT!!! Erst diese ätzende Camp-Anmeldung von meinen Eltern – und jetzt auch noch das! Ich hab jemanden verletzt! So richtig mit Blut! Am Kopf! Dabei hab ich sogar extra noch versucht, Anna-Constanza auszuweichen, als sie heute früh vor der Schule mit diesem gehässigen Grinsen im Gesicht auf mich zugekommen ist, aber dooferweise war es bei den Fahrradständern so voll, dass ich nicht rechtzeitig weggekommen bin, und deshalb hat sie mich dann voll erwischt.

»Hey, Leute, habt ihr schon gehört, was Mia abends in ihrem Zimmer so treibt?« Das war ihr Auftakt und danach hatte sie natürlich die Aufmerksamkeit aller. Ist ja logisch. Selber mobben, das traut sich kaum noch einer aus unserer Klasse – dafür hatten wir schon zu viele Projekttage zu dem Thema, wo wir stundenlang irgendwelche Rollenspiele durchexerzieren mussten. Aber wenn einer für die anderen die Drecksarbeit übernimmt, dann hören sie natürlich alle begeistert zu, diese Feiglinge.

Levke, Nessi, Nico und ein paar andere haben neugierig innegehalten, und während ich fieberhaft nach einem Fluchtweg Ausschau gehalten habe, hat sich die Würgeschlange so zwischen den Fahrrädern platziert, dass ich nicht an ihr vorbeikonnte. Und dann ging es auch schon los.

»Als mir Nael davon erzählt hat, wollte ich's ja zuerst gar nicht glauben, aber eigentlich passt das total zu unserer Psycho-Mia ...«

Anna-Constanza hat mich provozierend angeguckt und

ich hab gewusst, wenn ich jetzt nichts tue, dann wird's noch schlimmer. Also hab ich mir notgedrungen einen Ruck gegeben und bin mit finsterer Miene einen Schritt auf sie zugegangen. »Nenn mich noch einmal Psycho-Mia und ich zeig dir, was *wirklich* psycho ist, verstanden?«

Die Augen der Würgeschlange haben kurz geflackert und einen Moment lang sah es fast so aus, als wenn mein Spruch was gebracht hätte, aber das war leider ein Irrtum.

»Mein Gott, Mia, jetzt krieg dich mal wieder ein. Niemand will dir hier was Böses. Wir machen uns doch alle nur Sorgen um dich. Ich mein, wenn du nicht aufpasst, wirst du nachher noch zu 'ner Bedrohung für andere und das will ja niemand ...«

Anna-Constanza hat mich so pseudo-mitleidsvoll gemustert, als wäre ich eine stadtbekannte Selbstmordkandidatin, und für einen Augenblick hatte ich das übermächtige Bedürfnis, sie mit diesem neuen Luta-Livre-Griff, den unser Trainer uns letzten Mittwoch gezeigt hat, so lange in den Schwitzkasten zu nehmen, bis sie blau anläuft.

Aber dann habe ich sie nur so angewidert gemustert, als krabbele ihr gerade eine ganze Kompanie Kellerasseln aus der Nase. »Wer hier eine Bedrohung für andere ist, ist ja wohl noch die Frage: jemand, der versucht, ein Haus vorm Abfackeln zu bewahren, oder jemand, der völlig bescheuerte Hot Boxen baut, nur um seinem blöden Pflegebruder zu imponieren ...«

Wham! Das hat gesessen. Ich hab Anna-Constanza einen Blick der Marke »Meine Faust, dein Friedhof!« zugeworfen und sie hat so wütend zurückgestarrt, als ob sie mich am liebsten via Todesstrahl pulverisieren würde.

»Du miese kleine Schlampe! Ich baue ganz bestimmt keine bescheuerten Hot Boxen, nur um Nael zu imponieren, klar?! Und wenn du noch weiter so ’ne Scheiße erzählst, dann erzähle *ich* den anderen mal, wie durchgeknallt du tatsächlich bist!«

»Ach, ja? Dann tu’s doch!«

»Das tu ich auch, Bitch!«

»Tja, viel Spaß dabei, Miststück!«

Anna-Constanza und ich haben uns grimmig gemustert und ein kleiner Teil meines Gehirns hat die ganze Zeit inständig gehofft, dass die Schulglocke endlich klingelt, bevor die Situation noch vollends entgleist. Aber weil mein Urahn im Geiste leider nicht Gustav Gans, sondern Donald Duck heißt, hat das natürlich nicht geklappt, und deshalb hat Anna-Constanza eine Sekunde später erneut das Wort ergriffen.

»Tja, Leute, anscheinend ist unsere kleine Mia hier inzwischen so krank im Kopf, dass sie ernsthaft glaubt, jemand würde allabendlich in ihr Zimmer einsteigen und sie und ihre hässliche Spießer-Mutter vergewaltigen wollen. Und wisst ihr, was sie dagegen tut?? Und zwar *jeden einzelnen Abend?* Sie schiebt ihren scheiß-schweren Schreibtisch vor die ...

»Ahh!«

»AU! FUCK!!«

Tut mir leid, aber das mit der hässlichen Spießer-Mutter war einfach eins zu viel. Ich mein, ich halt ja viel aus, aber wenn’s um Mama geht, dann ist echt Schluss. In derselben Sekunde, in der Anna-Constanza sich ihre blonden Haare nach hinten über die Schulter geworfen hat, habe ich mich mit einem Wutschrei auf sie gestürzt, aber blöderweise ist sie so geschickt zur Seite gesprungen, dass ich voll gegen unseren Klassenstreber Arne geknallt bin und wir beide, also Arne und ich, mit Karacho zu Boden gegangen sind. Krawumm!

»Mann, Mia, spinnst du?«

»Tut mir leid, Arne, ich wollte dich nicht ...«

»Scheiße, wo ist meine Brille? Ich seh überhaupt nichts!«

»Warte, ich helf dir! Mist ...« Ich hab mich fluchend aufgerappelt und anschließend auf allen vieren versucht, Arnes Brille irgendwo zwischen den Fahrrädern zu entdecken, aber null Chance. Letztlich bin ich nur wie eine Blöde am Boden rumgekrabbelt, Arne hat neben mir irgendetwas rumgeblökt von wegen »Wenn die kaputt ist, bezahlst du mir die aber!« und Anna-Constanza hat sich kopfschüttelnd wieder zu den anderen umgedreht.

»Seht ihr, was ich meine? Die hat sie doch nicht mehr alle! Als Nächstes sticht Mia noch jemanden ab, nur weil sie denkt, der hätte es auf sie abgesehen ...«

Als ob die ganze Situation nicht schon ätzend genug gewesen wäre, hat sich in dem Moment auch noch Nico, das dümmste Großmaul unserer Klasse, zu Wort gemeldet.

»Schick sie zu mir. In so was bin ich gut!«

»Und ob er das ist! Komm, zeig's ihr, Nico!«

»Genau, besorg's ihr! Du schaffst das, Digger!«

Weil Nicos schwachsinniges Echo leider nie lange auf sich warten lässt, haben Bennet und Jason, Nicos bräsige Kumpels, auch noch ihren Senf dazugegeben, und während der Kreis um Anna-Constanza, Arne und mich immer größer geworden ist, habe ich eine Sekunde ernsthaft überlegt, einfach am Boden sitzen zu bleiben und so zu tun, als ob ich unsichtbar wäre. Aber weil das natürlich schon irgendwie kindisch gewesen wäre, bin ich letztlich dann doch aufgestanden und hab Nico einen drohenden Blick zugeworfen.

»Halt dich da raus, Nico! Das hier geht dich echt nichts an!«

»Ach ja? Und das sagt *wer?*«

Nico hat mich angriffslustig angeguckt und ich hab innerlich die Augen verdreht, aber ehe ich noch irgendetwas sagen konnte, hat uns von hinten plötzlich eine zitternde Stimme unterbrochen. »Du hast sie doch gehört, Nico! Lass sie einfach in Ruhe!«

Aylin, der ich das nie zugetraut hätte, weil sie normalerweise nie den Mund aufmacht, wenn jemand bei uns geärgert wird, hat tatsächlich versucht, mich zu verteidigen. Wow. Aber da man ihrem Tonfall angemerkt hat, dass sie das ziemlich viel Überwindung gekostet hat, hat Nico sich davon leider nicht die Bohne einschüchtern lassen.

»Ey, Leute, habt ihr das gehört? Es spricht! Was soll das denn werden, Aylin? Willst du einmal in deinem Leben das Maul aufreißen, oder was?«

»Nein, aber ich ...«

»Aber ich, aber ich ... Kauf dir mal 'ne Stimme, die nicht wie die von 'nem Chipmunk klingt!«

Nico hat Aylin mit fiesem Grinsen nachgeäfft, woraufhin die in Sekundenbruchteilen in sich zusammengesunken ist wie ein Luftballon, aus dem man gerade die Luft gelassen hat, und damit waren die Fronten dann wieder klar. Aylin hat stumm den Kopf gesenkt und Nico hat sich unter dem Gekicher der anderen selbstgefällig zu mir umgedreht.

»Okay, Mia, ich würd sagen, wir beide machen es uns jetzt hinten bei der Turnhalle ein bisschen gemütlich, und du wirst sehen, anschließend geht's dir gleich viel besser. Da bist du dann ganz entspannt und relaxt und ...«

»Nico, hör auf! Ich hab jetzt keinen Bock auf deine Scheißsprüche, verstanden?« Ich hab Nico böse angeblitzt, aber das hat ihn nicht im Geringsten gestört.

Während die anderen uns weiterhin so fasziniert angestarrt haben, als wären wir Darsteller in einer Soap, ist dieser Hirni mit einem »Hey, Mia, versuch einfach, dich nicht dagegen zu wehren!« weiter auf mich zugegangen und ich bin fluchend nach hinten ausgewichen.

»Verdammt, Nico, ich hab gesagt, du sollst deine blöde Klappe halten!«

»Ist ja schon gut, Baby, entspann dich! Ich weiß doch, du brauchst das ...« Nico hat seinen Kumpels dämlich zugelacht und ist noch einen Schritt auf mich zugegangen und ich hab mich durch seinen herausfordernden Blick mehr und mehr in die Enge getrieben gefühlt.

»Bleib stehen, Nico! Hast du gehört? Ich hab gesagt: BLEIB STEHEN!!« Ich hab selber gemerkt, dass meine Stimme zunehmend hysterisch geklungen hat, was mich super geärgert hat, weil es natürlich zehnmal angemessener ge-

wesen wäre, diesen Idioten einfach nur mit einem lässigen »Du spinnst doch!« zur Seite zu schieben und dann wegzugehen. Aber aus unerfindlichen Gründen war ich dazu leider nicht in der Lage.

»Mann, Mia, du schwitzt ja richtig! Wow! Langsam glaub ich echt, Anna-Constanza hat recht und du bist wirklich ein bisschen balla-balla. Dabei tu ich dir doch gar nichts. Ich geh nur ein bisschen auf dich zu. Siehst du, so: einen Meter und noch einen Meter und jetzt noch einer ...«

Nico hat einen weiteren Schritt auf mich zugemacht und ich bin erneut nach hinten ausgewichen, aber plötzlich war da nur noch die Wand und im selben Augenblick hat sich meine sämtliche Selbstbeherrschung auf einmal in Nichts aufgelöst und ich hab, ohne es zu wollen, laut aufgeschrien.

»Nico, NEIN!!!«

»Pass bloß auf, Nico!« Anna-Constanza hat Nico bei meinem Schrei einen warnenden Blick zugeworfen. »Die sieht aus, als wenn sie gleich ihre Pump-Gun rausholt.«

»Keine Sorge!« Nico hat grinsend abgewinkt und sich dann wieder zu mir umgedreht. »Na, komm schon, Mia! Ich fass dich auch nicht an. Oder wenn, dann nur ein ganz kleines bisschen. Upps, abgerutscht ...«

Nico hat so getan, als wolle er meinen Arm berühren, aber dabei ist seine Hand voll auf meiner rechten Brust gelandet, und während Levke und Nessi noch lauter als vorher gekichert haben, ist plötzlich irgendetwas in mir gerissen.

Für einen Moment hab ich den johlenden Nico und die ganzen lachenden Gesichter vor mir wie in Zeitlupe gesehen und dann hat es in meinen Ohren zu rauschen angefangen und eine Sekunde später hab ich nur noch gedacht: »Ich hasse euch! Ich hasse euch alle sooo sehr!!!« Na, und dann hab ich gar nichts mehr gedacht, sondern nur noch wie in Trance nach der Luftpumpe gegriffen, die neben mir in einem der Fahrradkörbe lag, und sie mit voller Wucht in Nicos Richtung geschleudert.

»Halt deine verfluchte Fresse, Nico Schneider, oder ich ...«

»Au!«

Weil ich so wütend war, habe ich den Schrei erst gar nicht gehört, aber einen Augenblick später hab ich plötzlich gesehen, wie sich ein Mädchen zwei Meter von Nico entfernt mit schmerzverzerrtem Gesicht an den Kopf gefasst hat. Und da erst hab ich begriffen, dass ich nicht Nico, sondern sie mit der Luftpumpe getroffen hab. Fuck! Das war so bescheuert! Noch nicht mal treffen kann ich!! Eine Sekunde lang hab ich völlig fassungslos auf das Mädchen gestarrt. Na, und kurz darauf ist schon die Hölle losgebrochen.

»Oh, mein Gott!«

»Sag mal, spinnst du, Mia?? Drehst du jetzt völlig durch??!«

»Scheiße, sie blutet!«

»Hol mal jemand Hilfe! Schnell!«

Irgendjemand hat mich von der Seite angepöbelt, aber ich konnte überhaupt nicht reagieren, weil ich die ganze Zeit wie paralysiert auf die blutende Stirnwunde des Mädchens gucken musste, um das sich in Sekundenschnelle ein ganzer Pulk von Leuten gebildet hat.

»Fuck, ich glaub, die wird ohnmächtig!«

»Warum holt denn keiner Hilfe, verdammt??«

Das blutende Mädchen ist in sich zusammengesackt und

zwei aus meiner Parallelklasse haben aufgeregt nach der Pausenaufsicht gerufen, aber ich war aus unerfindlichen Gründen noch immer nicht in der Lage, irgendetwas zu tun. So, als wenn ich gar nicht wirklich da wäre, sondern nur eine schockgefrostete Hülle von mir.

»Oh, Gott, das hört überhaupt nicht auf zu bluten!«

»Wartet, ich hab ein Taschentuch ...«

»Mann, Mia, jetzt geh wenigstens zur Seite.«

»Die tickt doch nicht mehr ganz richtig! Guck sie dir doch nur mal an!«

Während sich die eine Hälfte der Leute um das noch immer blutende Mädchen gekümmert hat und die andere Hälfte ängstlich von mir zurückgewichen ist, als wäre ich eine gefährliche Amokläuferin, die gleich in die Menge schießt, hab ich die Stimmen der anderen wie aus weiter Ferne gehört und zeitgleich haben sich die Gedanken in meinem Kopf überschlagen und ich hab überhaupt nicht mehr gewusst, was ich jetzt machen soll: Hilfe holen oder mich entschuldigen oder in Tränen ausbrechen oder alles drei gleichzeitig. Aber im selben Moment hat es endlich zum Unterricht geläutet und da haben sich meine Beine auf einmal wie von selbst in Bewegung gesetzt, und anstatt dem Mädchen zu helfen, wie ich es eigentlich vorhatte, bin ich plötzlich wie ferngesteuert losgespurtet, so schnell, als wäre eine Horde Monster hinter mir her.

»Hey, die haut ab!«

»Das gibt's doch nicht! He, bleib stehen!«

Levke hat noch irgendetwas hinter mir hergerufen, aber ich hab das nicht mehr mitbekommen. Ich bin einfach nur weitergelaufen und hab mir dabei blindlings einen Platz durch die Menge gebahnt und ein paar Sekunden später war ich dann schon weit weg von den Fahrradständern und von Nico und Anna-Constanza und Nessi und Levke und weg von dem blutenden Mädchen und meinem Kack-Leben, das zurzeit jeden Tag gruseliger wird und furchtbarer und überhaupt keinen Spaß mehr macht, nicht den geringsten.

Tja, und das war mein Mittwochmorgen, erster Teil. Und der zweite Teil fand – nachdem mich Herr Mäder heulend in der hintersten Ecke des Schulhofs gefunden hatte – eine halbe Stunde später im Büro des Rektors statt, der völlig entsetzt darüber war, wie ich mich gegenüber der armen Lisa so »gewalttätig« und »unsozial« verhalten konnte, obwohl sie mir doch überhaupt nichts getan hätte. Na ja, und weil der arme Arne jetzt dank mir eine kaputte Brille und die arme Lisa dank mir eine Platzwunde am Kopf hat und weil Anna-Constanza, Nico und die anderen natürlich alle schwören, dass ich ganz plötzlich, völlig ohne Grund nach der Luftpumpe gegriffen und sie auf Lisa geschleudert hätte, trudelt hier jetzt in den nächsten Tagen ein blauer Brief an meine Eltern ein. Ein blauer Brief, in dem sie um ein Gespräch über mich in der Schule gebeten werden, was natürlich GENAU das ist, was mir zu meinem Glück noch gefehlt hat: ein offizielles Schreiben, in dem Mama und Papa darüber informiert werden, dass ihre Tochter ein ernsthaftes Gewaltproblem hat. Was für ein super, mega, ultra, extrem beschissener Morgen!

Und das nicht nur wegen Anakondas bescheuertem Auftritt und Nicos blöder Anmache und meinem bekloppten Luftpumpen-Weitwurf und dem ganzen Drama heute früh. Sondern auch, weil mir dadurch noch einmal klar geworden ist, wie wahnsinnig naiv ich bisher in Sachen Nael gewesen bin. Außer meinen Eltern und ihm wusste das mit dem Schreibtischverrücken schließlich niemand, womit jetzt also auch noch dem letzten Trottel klar wäre, dass Nael seiner Schwester *tatsächlich* davon erzählt hat. Was wiederum bedeutet, dass wahrscheinlich *alles*, was ich ihm an diesen beiden Nachmittagen anvertraut habe, und zwar tutto completto *alles*, inzwischen seinen direkten Weg zu Anakonda gefunden hat.

Gott, im Moment erscheint mir mein Leben wirklich wie eine einzige Ansammlung von Super-GAUs! Und ich hab keine Ahnung, wie es dazu kommen konnte! Scheiße! Jetzt heul ich schon wieder, dabei hab ich mir geschworen, ich mach das nicht mehr ... Noch nicht mal das kann ich! Arghhhhhhh!!!!!!!!!!!!!!!!

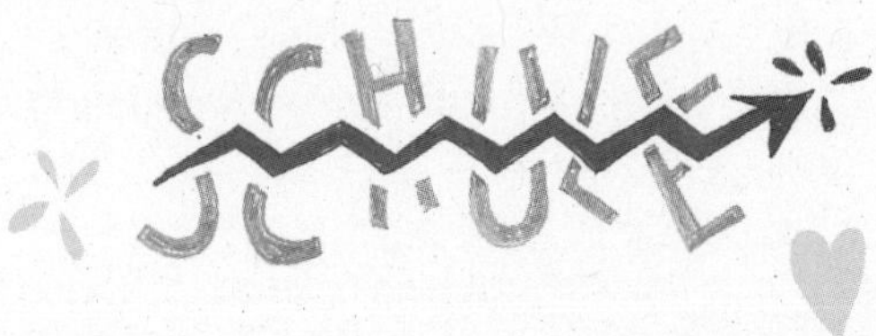

An: Kinder- und Jugendpsychotherapeutin
Dr. Elisa Wolgast
Von: Mia Fromberg
Gesendet: 16. Juli, 15.05 Uhr
Betreff: Recherche schwarzer Volvo

Liebe Frau Wolgast,

bestimmt wundern Sie sich, dass ich Ihnen noch mal schreibe, obwohl ich meine Brief-Hausaufgabe für diese Woche ja eigentlich schon erledigt hab, aber gestern in der Schule ist etwas echt Schreckliches passiert: Ich hab aus Versehen ein Mädchen mit einer Luftpumpe beworfen und jetzt hat sie eine Platzwunde am Kopf und ich hab letzte Nacht vor lauter Selbstvorwürfen kein Auge zugemacht. 
Heute bin ich dann mit einem Brief, einem Blumenstrauß und einer Tafel Schokolade in die Schule geradelt, um mich gleich vor der ersten Pause bei ihr zu entschuldigen, aber jedes Mal, wenn ich im Gewühl auf sie zugehen wollte, ist sie plötzlich verschwunden. Zuerst konnte ich mir das gar nicht erklären, aber irgendwann dann doch – nämlich in dem Moment, als ich gehört hab, wie ein Fünftklässler seinen Freund mit den Worten »Geh da nicht hin, da steht Amok-Mia!« vor mir weggezogen hat.
Tja, und da hab ich dann begriffen, dass sich die ganze Luftpumpen-Geschichte anscheinend wie ein Lauffeuer verbreitet hat, mit dem Resultat, dass ich jetzt nicht nur einen neuen Spitznamen

habe, sondern mich die gesamte Schule anscheinend endgültig für eine gemeingefährliche Zeitbombe hält. 
Außerhalb des Unterrichts hat außer Aylin (die wenigstens einmal kurz »Hallo« gesagt und mich dabei angelächelt hat) niemand auch nur ein Sterbenswörtchen mit mir geredet und deshalb hab ich die restlichen Pausen wieder mal auf dem Klo verbracht. Tja, und eben hat mir Aylin dann auch noch eine Nachricht geschrieben, in der steht, dass sie es zwar gemein fände, wie Anna-Constanza mich zurzeit in der Schule behandeln würde, aber dass es ihr trotzdem lieber wäre, vorerst nur übers Handy mit mir zu kommunizieren. Oh, Mann. Anscheinend wirke ich mittlerweile selbst auf Aylin so bedrohlich, dass sie sicherheitshalber zehn Meter Abstand zu mir hält. Oder Anakonda hat sie unter Druck gesetzt und ihr sonst was angedroht, wenn sie in der Schule weiter mit mir spricht. Kann natürlich auch sein. Oh, Gott!
Das ist alles so absurd ...
Aber das wollte ich Ihnen eigentlich gar nicht schreiben. Was ich *eigentlich* schreiben wollte, ist, dass Aylin rausgekriegt hat, wem der schwarze Volvo gehört. Und jetzt kommt's! Halten Sie sich fest! Der schwarze Volvo ist nämlich auf eine Leihwagenfirma zugelassen, die ihn an den beiden betreffenden Tagen an einen gewissen Gerd Müller verliehen hat, einen Gerd Müller von der Firma Stewa-Tech in Aachen.
Das Unglaubliche an der ganzen Sache ist aber, dass es in ganz Aachen keinen Gerd Müller gibt! 

Und auch keine Firma Stewa-Tech! Zumindest findet sich im Internet kein einziger Eintrag dazu und das ist ja wohl mehr als seltsam. Ich mein, was für eine Firma findet im Internet überhaupt nicht sta...

An: Kinder- und Jugendpsychotherapeutin
Dr. Elisa Wolgast
Von: Mia Fromberg
Gesendet: 16. Juli, 17.43 Uhr
Betreff: Recherche schwarzer Volvo, Teil II

Liebe Frau Wolgast,

tut mir leid, dass Sie gerade nur eine halbe Mail bekommen haben, aber eben ist Mama mit völlig verheulten Augen in mein Zimmer geplatzt und hat mir etwas ganz und gar Furchtbares erzählt und da hab ich vor lauter Schreck statt auf »Speichern« auf »Senden« gedrückt. Gott, im Moment herrscht in meinem Leben wirklich nur Chaos! Und jetzt auch noch das! Verdammt! Anscheinend hat mein Klassenlehrer vor einer halben Stunde meine Mutter angerufen, um ihr von der Luftpumpensache zu erzählen, und zuerst hab ich gedacht, Mama wäre deswegen so von der Rolle, aber das war's überhaupt nicht. Das Ganze ist viel schlimmer!!! Eine Minute nach dem Gespräch mit Herrn Mäder hat Mama nämlich einen Anruf von Papa aus Libyen bekommen, bei dem seine Stimme ganz seltsam geklungen hat, und deshalb hat sie ihn gefragt, ob irgendwas los ist, und da ist er auf einmal in Tränen ausgebrochen. Mein Vater! Der sonst nie weint!
Zuerst hab ich Mama gar nicht verstanden, weil sie beim Reden so durch den Wind war, dass sie sich ständig verhaspelt hat. Aber irgendwann hab ich das mit Papa und dem Weinen dann doch

geschnallt und da musste ich natürlich sofort an den schwarzen Volvo und Papas merkwürdiges Telefonat im Keller denken. Ist ja klar. Also hab ich meiner Mutter mit zitternden Fingern über den Arm gestreichelt und sie dabei schluckend gefragt, ob es um den Geheimdienst geht.
»Hat Papa deswegen geweint? Wird er von den Israelis erpresst? Oder von einem anderen Dienst? Vom BND?«
Ich hab im Kopf in Sekundenschnelle alle möglichen Varianten durchgespielt, aber anstelle einer angemessenen Reaktion hat Mama nur hysterisch aufgelacht und anschließend kopfschüttelnd gemeint, nein, natürlich ginge es *nicht* um den Geheimdienst, das wäre ja noch schöner.
»Nein, Mia-Hase, das hier hat überhaupt nichts mit deinen CIA-Fantasien zu tun, sondern mit Papas Phosphat-Anlage in Bengasi. Du weißt doch ... Die, die so viel Probleme macht, weil ständig irgendwelche Maschinenteile verschwinden ...«
»Aber ich dachte, die funktioniert jetzt. Wollte Papa die nicht diese Woche in Betrieb nehmen?«
Ich hab Mama irritiert angeguckt, woraufhin sie unglücklich genickt hat.
»Ja, wollte er. Allerdings ...« Mama hat abgebrochen und mir ist beim Anblick ihrer vibrierenden Unterlippe plötzlich ein ganz blöder Gedanke gekommen.
»Aber die haben Papa jetzt nicht entlassen, nur weil die Arbeiter da ständig irgendwelche Teile klauen, oder? Das war doch bei der Anlage

in Jordanien genauso! Vielleicht sollten die ihren Leuten einfach mehr Gehalt zahlen, dann müssten die auch nicht ständig ihre Firma beklauen und ihre blöden Düngemittelanlagen würden endlich mal funktionieren ...«
Ich hab mich zunehmend in Rage geredet, weil ich bei dem Wort »Entlassung« immer sofort an Hartz IV denken muss. Aber glücklicherweise hat Mama im selben Moment schon den Kopf geschüttelt und gemurmelt, ich solle mich nicht aufregen, niemand wolle Papa entlassen.
»... wobei das mit den fehlenden Maschinenteilen eventuell schon mit dem zusammenhängt, was heute passiert ist. Zumindest hat Papas Kollege Tareq mir schon letzte Woche am Telefon erzählt, dass er glaubt, jemand würde die Anlage bewusst sabotieren ...«
»Im Ernst? Aber wieso ... Ich mein, hat Tareq darüber mit Papa geredet?« Ich hab Mama einen fragenden Blick zugeworfen und sie hat genickt.
»Ich glaub schon, aber das ändert jetzt auch nichts mehr. Oh, Gott, der Arme! Ich mein, nicht Papa. Sondern Tareq und seine Familie. Das ist alles so schrecklich ...«
Mama hat wieder zu schniefen angefangen und mir ist beim Anblick ihrer Tränen allmählich ganz komisch geworden. So, als würde das Böse direkt vor meiner Zimmertür stehen und nur darauf lauern, endlich hereinzukommen.
»Nicht weinen, Mama ... Bitte! Was ist denn überhaupt passiert? Ich versteh noch immer nur Bahnhof!«

»'tschuldige, Hase. Also heute ...« Mama hat noch einmal tief Luft geholt und sich dann einen Ruck gegeben. »Also heute früh wollten Papa und Tareq die Anlage für einen Probelauf in Betrieb nehmen. Aber dabei ist es leider zu einer Explosion gekommen, bei der Tareq schwer verletzt worden ist und ...«

»Oh, Gott, nein!« Ich hab Mama angestarrt und dabei gemerkt, wie mein Herz plötzlich wie verrückt zu klopfen angefangen hat. »Ist Papa ...?«

Meine Stimme hat sich selbst in meinen Ohren ganz seltsam angehört, aber ehe ich meine Frage noch beenden konnte, hat Mama zum Glück schon den Kopf geschüttelt. »Keine Sorge, Hase. Papa geht's gut ...«

»Gott sei Dank!!«

Vor lauter Erleichterung ist mir ganz schwummrig im Kopf geworden, was Mama wohl gemerkt haben muss, denn im selben Moment hat sie mich schon tröstend an sich gezogen und gemeint, ich wüsste doch, Papa hätte zum Glück einen hyperaktiven Schutzengel.

»Allerdings will die Klinik in Bengasi ihn noch ein paar Tage dabehalten, sodass er nicht wie geplant nächste Woche nach Hause fliegen kann und ...«

»Papa ist *im Krankenhaus*??«

Ich hab Mama entsetzt angeguckt, und sie hat mich instinktiv noch ein bisschen fester an sich herangezogen.

»Ich weiß, Häschen, das hört sich schlimm an.

Aber außer einem Knalltrauma wegen der Explosion hat er nur ein paar Prellungen und Schrammen ...«
»Und können wir zu ihm? Ich hab doch nur noch eine Woche Schule. Da findet im Grunde sowieso nichts mehr statt. Bitte!«
Ich hab Mama einen flehenden Blick zugeworfen, aber sie hat so schnell den Kopf geschüttelt, dass ich gemerkt hab, auf die Frage war sie schon vorbereitet.
»Tut mir leid, Mia, aber das klappt nicht. Papa meinte, er hätte schon alles versucht, aber anscheinend gibt's da irgendwelche Probleme mit den libyschen Behörden und deswegen muss seine Firma wohl etwas anderes probieren ...«
Ich hab Mama fragend angeguckt, woraufhin sie mir entschuldigend über den Arm gestrichen hat.
»Na ja, für mich hat Papas Firma wohl unter abenteuerlichen Umständen noch einen Flug nach Tripolis organisieren können, aber für dich kriegen sie nicht so schnell die erforderlichen Papiere zusammen und deshalb wollte ich ohnehin noch mal mit dir reden ...«
Mama hat abgebrochen und ich hab ein Stöhnen unterdrückt, weil ich sofort vermutet hab, dass Mama mich bestimmt wieder bei Vanessas Familie parken will, wie letztes Jahr, als sie ins Krankenhaus musste und Papa irgendwo im Nahen Osten auf Montage war. Also habe ich vorsorglich schon mal mein Veto eingelegt.
»Sorry, Mama, aber zu Nessi oder Levke kann ich echt nicht, dafür verstehen wir uns zurzeit einfach zu schlecht. Und Aylins Mutter hasst

Übernachtungsbesuch und außer Aylin fällt mir keiner ein, der ...«
»Keine Sorge, Mia. Du gehst nicht zu Aylin. Und auch nicht zu Levke oder Vanessa.«
»Nicht? Okay ... Das heißt, äh ...«
Ich hab irritiert gezögert, aber im selben Moment hat sich Mama einen sichtlichen Ruck gegeben und gemeint, dass Papa und sie übereingekommen wären, dass ich ohne Diskussion und in jedem Fall zu den Panda-Fighters nach Pico muss.
»Ich weiß, dass du da nicht hinwillst, Mia, aber es gibt einfach keine andere Möglichkeit. Dass du hier allein zu Hause bleibst, kommt für Papa und mich nämlich absolut nicht infrage. Insofern ist das mit dem Camp jetzt alternativlos, okay?«
»Äh, nee. Also eigentlich ...« Ich hab ungläubig den Mund geöffnet, aber Mama hat mich gar nicht erst zu Wort kommen lassen.
»Herrgott, Mia. Würdest du bitte ein einziges Mal einfach das machen, was wir dir sagen? Oder ist das schon wieder zu viel verlangt?« Mamas Stimmlage hat inzwischen ziemlich hysterisch geklungen und ich hab gemerkt, wie sich meine Nackenmuskeln bei ihren Worten automatisch zu zwei eisenharten Strängen verspannt haben, aber ehe ich noch etwas sagen konnte, haben sich Mamas Gesichtszüge verhärtet und eine Sekunde später hat sie bereits mit einem grimmigen »Okay, Mia, dann eben nicht!« den Kopf geschüttelt.
»Ich hab verstanden. Ich hatte zwar gehofft, dein Denken wäre inzwischen nicht mehr ganz so

pubertär, aber anscheinend hab ich mich getäuscht. Nun gut. Dann bleiben wir eben *beide* hier. Papa ist schließlich erwachsen, und wenn er sagt, ihm ginge es den Umständen entsprechend gut, dann muss ich ihm das wohl glauben. Wäre ja auch vermessen gewesen, von meiner fünfzehnjährigen Tochter zu erwarten, dass sie ausnahmsweise mal ihre eigenen Interessen zurückstellt ...«
Mama hat mit vibrierender Unterlippe ihren Arm geknetet und dabei geguckt, als würde sie gleich wieder zu weinen anfangen, und ich hab fieberhaft überlegt, ob ich noch irgendeine Chance hab, aus der Sache rauszukommen, ohne die nächste Anwärterin auf den Titel »Egoistischste Tochter der Welt« zu sein, aber mir ist einfach keine eingefallen.
Immerhin kenne ich Mama gut genug, um zu wissen, dass mit ihr in dieser Stimmung eh keine Diskussion möglich ist, und damit ist die Sachlage im Grunde klar: Entweder ich fliege in einer Woche in ein portugiesisches Survival-Camp für durchgeknallte Jugendliche oder Mama heult sich vor lauter Sorge um Papa die Augen aus und ich bin daran schuld. Wow! Was für eine Alternative!
»Okay, Mia, du hast gewonnen. Dann werde ich Papa mal anrufen und ihm Bescheid sagen, dass ich doch nicht nach Tripolis fliege und er gucken muss, wie er allein zurechtkommt ...«
Mama hat sich seufzend in Richtung Telefon umgedreht und ich hab beim Anblick der neuen Tränenspur auf ihrer linken Wange einen abgrundtiefen Seufzer ausgestoßen.

»Herrgott! Du kannst den Hörer wieder hinlegen. Ich mach's ja.«

Mama ist stehen geblieben und hat sich mit einem Hoffnungsschimmer im Gesicht zu mir umgedreht.

»Du machst es? Heißt das, du ...?«

Ich hab Mama schicksalsergeben angesehen. »Ja, natürlich heißt es das. Oder denkst du, ich lass Papa im Ernst irgendwo wochenlang allein ohne dich im Krankenhaus liegen? Natürlich nicht. Also los! Ruf ihn an und sag ihm, dass alles wie geplant läuft und dass ich mich schon riesig darauf freue, meine Ferien auf einer Insel zu verbringen, auf der es andauernd regnet ...«

»Wirklich? Oh, Mia, das ist so lieb von dir! Danke! Danke!!«

Mama ist mir wie eine Ertrinkende um den Hals gefallen und ich hab stöhnend versucht, sie zu bremsen, aber das hat nicht im Mindesten funktioniert.

»Mama, nicht! Au! Das war mein Ohrläppchen ...«

»Tut mir leid, Hase, aber du glaubst gar nicht, wie glücklich du Papa und mich damit machst. Und was diese Luftpumpensache anbelangt, von der dein Klassenlehrer mir erzählt hat ...«

Mama hat innegehalten und ich hab innerlich aufgestöhnt, weil ich den Anruf von Herrn Mäder über dem Ganzen schon wieder vergessen hatte. Aber das war zum Glück auch gar nicht schlimm, denn eine Sekunde später hat Mama mir schon berichtet, dass Herr Mäder sich vorhin am Telefon für sein Verhalten mir gegenüber entschuldigt hätte, und da war ich natürlich mehr als perplex.

»Herr Mäder hat sich ***entschuldigt?*** *Wieso das denn??*«
Ich hab Mama ungläubig angestarrt und sie hat seufzend die Schultern gezuckt und dann gemeint, anscheinend sei er bei dem Gespräch mit mir noch von einer ganz falschen Sachlage ausgegangen.
»... na, aber jetzt, wo Aylin heute nach der Schule bei ihm war und ihm berichtet hat, dass dieser Nico dich bedrängt hat und du dich nur wehren wolltest, da ist ihm seine Reaktion dir gegenüber wohl mehr als unangenehm und ...«
»Im Ernst? Aylin war bei ihm?? Oh, verdammt!«
Keine Ahnung, ob es noch immer an der Sache mit Papa lag oder daran, dass Aylin zu Herrn Mäder gegangen ist, obwohl ich mir vorstellen kann, was sie das für eine Überwindung gekostet haben muss – auf jeden Fall hab ich plötzlich gemerkt, wie sich ein gigantischer Felsbrocken in meiner Brust gelöst hat, ein Felsbrocken, der mindestens so groß war wie der Eisberg der Titanic. Na, und eine Sekunde später hat der Felsbrocken dann mit einem Riesenknall die Schleusentore vor meinen Tränendrüsen zur Seite gesprengt und ich hab angefangen zu weinen, als würde ich dafür bezahlt werden.
»Oh, Scheiße! Eigentlich will ich gar nicht heulen, aber ...«
»Ach, Hasekind ...«
Während ich in kürzester Zeit mein gesamtes T-Shirt nass geheult hab, hat Mama mir beruhigend über den Rücken gestrichen, was sich genauso angefühlt hat wie früher, als Papa noch nicht

andauernd weg und ich noch nicht das unbeliebteste Mädchen der gesamten Schule war. Na, und eine Sekunde später haben wir uns dann beide wie sterbende Schwäne in den Armen gelegen und so lange geschluchzt und geschnieft, bis unsere Wimperntusche total zerlaufen war. Oh, Mann!
Ich glaub, so viel geflennt hab ich das letzte Mal, als Milli, unsere Katze, von diesem Auto angefahren worden ist und Mama und ich sie beim Tierarzt einschläfern lassen mussten. Und selbst da wahrscheinlich nicht.
Aber anschließend haben Mama und ich uns beide so viel besser gefühlt und jetzt bin ich fast so etwas wie erleichtert, dass dieser ganze Hickhack mit dem Camp vorbei ist und ich endlich eine Entscheidung getroffen hab. Eine Entscheidung, die dafür sorgt, dass Mama nächste Woche zu Papa fliegen kann, damit er ganz schnell wieder gesund wird, was im Moment einfach das Wichtigste ist, dieses bekloppte FTF-Camp hin oder her. Schließlich ...

Upps! Stelle gerade fest, dass es schon fast sechs ist. Und da ich Papa gleich noch eine Mail nach Bengasi schicken will und es da wegen der Zeitverschiebung noch später als hier ist, mache ich jetzt lieber Schluss.

Also bis Dienstag
Ihre Mia

An: Mia Fromberg
Von: Kinder- und Jugendpsychotherapeutin
Dr. Elisa Wolgast
Gesendet: 17. Juli, 11.22 Uhr
Betreff: Dein Entschluss,
an dem FTF-Camp teilzunehmen

Liebe Mia,

vielen Dank für die lange Mail und herzlichen Glückwunsch zu Deiner Entscheidung! In meinen Augen hast Du Dich gestern im Gespräch mit Deiner Mutter ungemein erwachsen verhalten und dafür möchte ich Dir meine Anerkennung zollen. Das hast Du wirklich gut gemacht!
Außerdem wollte ich Dir noch eine kurze Information in Sachen »schwarzer Volvo« weiterleiten, die hoffentlich zu Deiner Beruhigung beiträgt. Laut meiner Recherche gibt es im Aachener Telefonverzeichnis zwar wirklich keinen Gerd Müller, aber dafür vier »G. Müller«, von denen doch leicht einer »Gerd« heißen könnte. Meinst Du nicht?
Und was den Firmennamen anbelangt, bin ich ebenfalls fündig geworden. Es hat zwar ein bisschen Mühe gekostet, aber ich hatte Dir ja versprochen, in der Sache noch einmal nachzuhaken. Also: Zum Glück ist die Firma Stewa-Tech ein völlig harmloses mittelständisches Computer-Unternehmen, das aufgrund einer Rechtstreitigkeit gerade seinen Firmennamen ändern musste, weshalb Du es im Internet auch nicht finden konntest. Bei meinem

Anruf erwähnte der freundliche Geschäftsführer aber, dass einige seiner Mitarbeiter öfter in Hamburg zu tun hätten und es gut sein könnte, dass Du einen ihrer Firmenwagen in der Nähe Deiner Schule gesehen hast, weil sie da im Umkreis einen Vertriebspartner hätten. Das sind doch gute Nachrichten, nicht wahr?
Bezüglich des schwarzen Volvos herrscht also keinerlei Gefahr im Verzug – was bedeutet, dass Du Dich in den nächsten Tagen ganz aufs Packen konzentrieren kannst. Zehn Kilo sind schließlich wirklich nicht viel und insofern wird es bestimmt nicht leicht sein zu entscheiden, was mitmuss und was besser zu Hause bleibt.

Hierbei gutes Gelingen und noch einen schönen Samstag wünscht Dir
Deine Elisa Wolgast

An: Kinder- und Jugendpsychotherapeutin
Dr. Elisa Wolgast
Von: Mia Fromberg
Gesendet: 20. Juli, 16.55 Uhr
Betreff: Volvo-Fahrer auf Homepage von FTF

Liebe Frau Wolgast,

es ist Dienstag, und ich weiß, sie haben mir gerade erst vor zwei Stunden in Ihrer Praxis lang und breit erklärt, warum ich mir das mit dem schwarzen Volvo wahrscheinlich doch nur eingebildet hab und ich hätte das fast schon selbst geglaubt, aber ... Sie kommen nicht drauf, was ich gerade entdeckt hab!! Etwas absolut Unfassbares!!! Tschuldigung, wenn meine Rechtschreibung im Moment ziemlich gruselig rüberkommt, aber das, was ich eben gesehn hab, ist so spooky, das das jetzt einfach mal egal ist.
Vor ein paar Minuten wollte ich nämlich nochmal gucken, ob ich nicht wenigstens die Kette mit dem kleinen Kompass mitnehmen kann, die gestern in einem Päckchen aus Bengasi hier angekommen ist und die Papa mir extra für die Reise geschenkt hat, oder ob das auch als Schmuck gilt. Deshalb habe ich auf meinem Laptop die Seite von diesem FTF-Camp aufgerufen und wissen sie, wen ich dabei auf einem der Fotos vom letzten Jahr entdeckt hab? ***Den Fahrer des schwarzen Volvos! Als Betreuer bei dem bekloppten Fuck-the-Forest-Camp!*** Kein Scherz! Oh Gott, ich fass es einfach nicht!!!!!! 

Im Augenblick bin ich halb am Durchdrehn. Ich mein, wie bitteschön kann das gehen?? Am liebtsen würde ich sofort mit Mama darüber reden, aber andererseits will ich sie mit dem ganzen Thema nicht mehr belasten, weil sie wegen Papa ohnehin schon völlig neben der Spur ist. Und davon abgesehen ist sie gerade eh bei Rachel, weil die vor dem Flug unbedingt noch irgendetwas Wichtiges mit ihr besprechen wollte. Aber mit irgendwem *muss* ich einfach darüber sprechen!

Das auf dem vorletzten Foto, dem Foto unter dem *»N. Zimmer und seine Kohorte am Lagerfeuer«* steht, ganz links an der Seite, ist wirklich der Mann, der mich auf dem Rückweg von der Schule verfolgt hat! Auch, wenn er hier kein Baseball-Cap aufhat, wie damals, aber es ist trotzdem derselbe Typ. Definitiv! Nur, dass er auf dem Foto nicht hinterm Steuer sitzt und so tut, als würde er irgendeine Straße suchen, sondern breit grinsend mit irgendwelchen Jugendlichen Stockbrot brät. Oh, verdammt. Das ist alles so absurd. Ich mein, dass der Typ da anscheinend arbeitet, kann doch kein Zufall sein, oder? So viel Zufall – das gibt's doch einfach nicht!!!! 

Aber wenn das KEIN Zufall ist, dann kann das im Grunde nur eins bedeuten: Dass diese Leute, die es auf mich und meine Familie abgesehen haben, viel schlauer sind, als ich bisher angenommen hab. Und dass sie überall sind. **ÜBERALL!!!** Vielleicht hören sie sogar unsere Telefonate ab! Wie sollten sie sonst herausbekommen haben, dass mein Vater mich ausgerechnet in diesem Camp angemeldet hat?

Oh, Gott! Anscheinend stecken viel mehr Leute mit diesen komischen Typen unter einer Decke, als ich angenommen hab! Und ich bin in diesem Camp ganz allein, ohne Handy und ohne jede Möglichkeit, mit irgendjemand Kontakt aufzunehmen. Ein leichteres Opfer gibt es ja wohl nicht! Scheiße! Vielleicht ist der Mossad oder einer der anderen Geheimdienste längst dabei, einen Entführungslpan auszuarbeiten, oder das ist alles ein gigantisches Komplott, in dem Papa, Mama und ich nur ein Spielball sind, ein Spielball gegen ... ich hab keine Ahnung wogegen. Gegen die Firma, für die mein Vater arbeitet? Gegen den israelischen Staat? Oder die deutsche Regierung? Oder ... Oh, mein Gott!!

Oder es ist alles ganz andres, als ich bisher gedacht hab! Das fällt mir gerade erst ein! Was zum Beispiel, wenn dieser dunkelhaarige Typ und die blonde Frau im Volvo es gar nicht auf mich abgesehen haben, sondern mich stattdessen *beschützen* wollen? Das könnte doch auch sein! Dass Papa mich seit Wochen aus einem ganz bestimmten Grund in dieses Camp verfrachten will – nämlich, weil er weiß, dass die Leute aus seiner Organisation dort auf mich aufpassen! Vielleicht sind der Mann und die Frau aus dem Volvo ja gar keine feindlichen Agenten, sondern gehören stattdessen zu Papas Leuten. Dann würde auch Papas Begeisterung für dieses Camp plötzlich Sinn ergeben.

Aber warum, verfluchte Kacke, redet er dann nicht mit mir? Warum sagt er mir nicht, warum er mich

wirklich in dieses Camp schickt und was hinter dem Ganzen steckt? Warum hat er so scheiß-wenig Vertrauen zu mir? WARUM?? 
Oh, Mann. Gerade wirbelt in meinem Kopf alles nur noch wild durcheinander wie in einem völlig verknoteten Kettenkarusel, und insofern wäre es wirklich toll, wenn Sie mir kurz antworten könnten, ob ich jetzt endgültig anfange durchzudrehen oder ob es irgendeine andere logische Erklärung für das alles gibt. Könnten Sie das vielleicht tun? Mir so schnell wie möglich antworten? BITTE!!!!

Bis (hoffentlich) gleich
Ihre Mia

An: Mia Fromberg
Von: Kinder- und Jugendpsychotherapeutin
Dr. Elisa Wolgast
Gesendet: 20. Juli, 18.47 Uhr
Betreff: Re: Volvo-Fahrer auf Homepage von FTF

Oh, Mia.

Mia, Mia, Mia. Darf ich ehrlich zu dir sein? Ich mache ja viel mit und das Gedankenkonstrukt, das Du mir da vor anderthalb Stunden präsentiert hast, klingt auch wirklich spannend, aber ... ehrlich gesagt, sonderlich einleuchtend klingt es nicht. Vor allem nicht, weil ich trotz sofortiger Suche kein Foto auf der FTF-Homepage gefunden habe, das mit Deiner Beschreibung übereinstimmt. Und dabei habe ich eben, sofort nachdem ich Deine Mail bekommen habe, intensiv danach gesucht. Letztlich habe ich die gesamte Homepage des Veranstalters von FTF-Reisen bestimmt zwanzigmal hoch- und runtergescrollt, aber kein einziges Foto mit einem Stockbrot bratenden Mann gefunden. Das einzige Bild, das halbwegs Deiner Beschreibung entspricht, zeigt eine Frau mit kurzen Haaren und beeindruckender Nase, die mit ein paar Jugendlichen auf einem Felsen sitzt. Meintest Du vielleicht die und hast Dich aufgrund der Aufregung der letzten Tage und weil Du ein bisschen übermüdet bist, nur im Geschlecht getäuscht?

Herzliche Grüße
Deine Elisa Wolgast

An: Kinder- und Jugendpsychotherapeutin
Dr. Elisa Wolgast
Von: Mia Fromberg
Gesendet: 20. Juli, 18.56 Uhr
Betreff: Re: Re: Volvo-Fahrer
auf Homepage von FTF

Liebe Frau Wolgast,

das versteh ich nihct! Eben, vor etwas weniger als zwei Stunden war da definitiv noch ein Foto von einem Mann, der am Stockbrot-Braten war. WIRKLICH! Das müssen sie mir glauben!! So etwas denke ich mir doch nicht aus!!! Irgendwas läuft hier total schief. Ich begreif das nicht! Als ich Mama das Foto eben zeigen wollte, war es auch nicht mehr da. Aber das kann doch nicht sein, oder? ICH HABE ES DOCH GESEHEN! Könnten sie mir bitte, bitte sagen, was das hier gerade bedeutet? Ich hab doch keine Halluzniationen! Und ich bin auch nicht verückt! Wirklich nicht! Das würde ich jawohl merken. Ich mein, das merkt man doch, oder?
Aber wenn ich nicht verrückt bin und mir das mit dem Foto eben auch nicht eingebildet hab, dann überwachen die (wer auch immer das ist) auch unseren Mailverkehr und haben das Foto deswegen jetzt von der Seite genommen. Verstehen sie? Das müssen die *extra* gemacht haben, damit ich ihnen nicht beweisen kann, dass ich Recht habe. Eine andere Erklärung dafür gibt es einfach nicht. Auch wenn ich zugeben muss, dass sich das selbst

in meinen Ohrn verdammt creepy anhört, aber ich weiß einfach nicht ... Ich mein, ich verstehe nicht, wie das sonst gehen soll. Ich mein,
ich ...
Glauben sie, dass man sich so was wirklich einbilden kann? Das kann man doch nicht, oder????

An: Mia Fromberg
Von: Kinder- und Jugendpsychotherapeutin Dr. Elisa Wolgast
Gesendet: 20. Juli, 19.17 Uhr
Betreff: Re: Re: Re: Volvo-Fahrer auf Homepage von FTF

Liebe Mia,

ganz ruhig. Natürlich denkst Du Dir das nicht aus. Aber die letzten Tage waren emotional mehr als anstrengend für Dich und da kann einem so etwas schon mal passieren. Das ist überhaupt nichts Ungewöhnliches und auch gar nicht schlimm. Immerhin liegt Dein Vater mit einem Schädel-Hirn-Trauma in einem Krankenhaus in Bengasi – da wäre jeder durch den Wind.
Mach Dir über dieses Foto auf der Homepage jetzt bitte keinen Kopf, das wäre in der momentanen Situation wirklich kontraproduktiv. Viel wichtiger erscheint mir zurzeit, dass wir Dich mental wieder etwas stabilisiert bekommen. In diesem Fall vielleicht auch ausnahmsweise mit ein bisschen Hilfe von außen ... 😊
Was die Homepage anbelangt, verspreche ich Dir, ich behalte sie in den nächsten Tagen verstärkt im Auge und sollte so ein Foto, wie Du es mir beschrieben hast, dort auftauchen, melde ich mich sofort und dann recherchieren wir gemeinsam, um wen es sich bei dem Mann handelt. Großes Ehrenwort.
Jetzt würde ich Dich aber bitten, den Laptop zu

schließen und heute früh ins Bett zu gehen, denn »morgen ist auch noch ein Tag«, wie Scarlett O'Hara in *Vom Winde verweht* so schön sagt (was übrigens ein wunderschöner alter Film ist, den ich Dir für einen verregneten Ferientag nur empfehlen kann).

Deine Elisa Wolgast

PS: Weil ich mir eben aufgrund der Foto-Geschichte doch ein bisschen Sorgen gemacht habe, habe ich noch einmal kurz mit Deiner Mutter telefoniert, wobei sie mir berichtete, dass Du heute den ganzen Schultag in Deiner verschwitzten Sportkluft zubringen musstest, da dir jemand während des Sportunterrichts die Kleidung gestohlen hätte. Das klang gar nicht gut. Warum hast Du vorhin in der Praxis denn gar nichts davon berichtet? Könntest Du mir morgen bitte noch einmal kurz in einer Mail erläutern, was da heute in der Schule vorgefallen ist? Ich würde das wirklich gern wissen, damit ich notfalls mit Deinem Lehrer über diese Anna-Constanza reden kann. Jetzt heißt es aber erst einmal: Laptop aus! 😊

PPS: Wundere Dich nicht, wenn Deine Mutter Dir morgen oder übermorgen eine kleine gelbe Tablette auf den Abendbrottisch legt. Normalerweise halte ich nicht viel von einer Medikamententherapie bei Teenagern, aber das Rezept, das ich Deiner Mutter gleich noch rausschicke, ist wirklich sehr gut verträglich und in den meisten Fällen überaus hilfreich. Außerdem denke ich, dass wir Dein Portemonnaie, was den Kauf von Baldrianpillen anbelangt, entlasten sollten – zumindest für den Zeitraum Deines Urlaubs. Schlafmangel wird schließlich nicht umsonst als Foltermethode benutzt und ich vermute, nach ein paar Wochen mit gesundem Schlaf sieht Deine Welt schon wieder ganz anders aus. Also, vertrau mir und schluck den kleinen Drops einfach mit einem Glas Wasser herunter – dann geht es Dir bestimmt bald besser.

An: Kinder- und Jugendpsychotherapeutin
Dr. Elisa Wolgast
Von: Mia Fromberg
Gesendet: 20. Juli, 19.29 Uhr
Betreff: Schädel-Hirn-Trauma

Liebe Frau Wolgsat,

Papa hat ein Schädel-Hirn-Trauma? Im ernst??! Meine Mutter hat nur von ein paar schrammen und Problemen mit dem Trommelfell geredet, aber ... Ein Schädel-Hirn-Trauma wäre jawohl viel schlimmer!!!
Woher wissen sie das? Hat Mama ihnen das erzählt? Können sie mir bitte schnell nochmal antworten? Ich verspreche ihnen, anschließend mache ich auch den laptop aus und geh ins bett, aber vorher muss ich das einfach wissen, sonst mache ich die ganze Nacht garantiert kein Auge zu. Also, könnten sie mir bitte nochmal ganz kurz zurükcschreiben? Danke!

Mia

An: Mia Fromberg
Von: Kinder- und Jugendpsychotherapeutin
Dr. Elisa Wolgast
Gesendet: 20. Juli, 19.31 Uhr
Betreff: Re: Schädel-Hirn-Trauma

ABWESENHEITSNOTIZ:

Liebe Patient*innen,

zurzeit kann ich Ihre Anfragen leider nicht beantworten. Ab Mittwoch, den 21. Juli, erreichen Sie mich wieder wie gewohnt unter dieser E-Mail-Adresse.

Mit freundlichen Grüßen
Ihre Dr. Elisa Wolgast

An: Kinder- und Jugendpsychotherapeutin
Dr. Elisa Wolgast
Von: Mia Fromberg
Gesendet: 20. Juli, 19.42 Uhr
Betreff: Re: Re: Schädel-Hirn-Trauma

Liebe Frau Wolgast,

nein! Verdammt!!! Jetzt sind sie schon nach Hause gegangen. Dabei hatten sie tatsächlich recht: Papa ist zwar ansprechbar und auch nicht im Koma oder so was (Gott sei Dank!!), aber er hat wirklich ein Schädel-Hirn-Trauma! Mama hat mir eben gebeichtet, dass sie mir das verschwiegen hat, weil sie nicht wollte, dass ich mir deshalb Sorgen mache, aber ehrlich gesagt finde ich das einfach unfassbar.
Wie bitteschön soll ich meinen Eltern unter solchen Voraussetzungen vertrauen? Wie?? Mein Vater hat eine schwerwiegende Kopfverletzung und meine eigene Mutter tut mir gegenüber so, als hätte er nur ein paar kleine Schrammen. So viel zum Thema: »Nein, Mia, wir behandeln dich doch nicht wie ein Kleinkind, wir nehmen dich absolut ernst.« Aber sicher. *Wie* ernst, hat man ja vor ein paar Minuten wieder gesehen. 
Ehrlich gesagt weiß ich langsam gar nicht mehr, was ich Mama in Sachen Papa überhaupt noch glauben kann. Ich mein, mich bei so etwas Wichtigem zu belügen – das hätte ich ihr echt nicht zugetraut. Wie kann sie nur?! Und wer weiß, ob sie wirklich jetzt die Wahrheit sagt. Gott,

manchmal finde ich diese Art von ihr, mich vor allem Unangenehmen auf der Welt zwangs-beschützen zu wollen, so was von zum Kotzen! Sie glauben gar nicht, wie sehr!
Aber gut, im Grunde wollte ich mich bei ihnen auch gar nicht über Mama beschweren, sondern nur fragen, woher sie das mit Papas Verletzung eigentlich wissen. Mama meinte nämlich, sie hätte mit Ihnen nur ganz kurz über die Explosion in Bengasi gesprochen und Papas Schädel-Hirn-Trauma dabei gar nicht erwähnt. Insofern verstehe ich das nicht ganz. Stehen Sie vielleicht heimlich mit Papa in Kontakt? Ich weiß, das hört sich jetzt komisch an, aber ... anders kann ich mir das einfach nicht erklären. Also – könnten sie sich bitte kurz noch mal melden, wenn Sie das hier lesen, und mir sagen, ob sie nach dem Unfall mit Papa in Bengasi telefoniert haben und wenn ja, warum?

Mia

An: Mia Fromberg
Von: Kinder- und Jugendpsychotherapeutin
Dr. Elisa Wolgast
Gesendet: 21. Juli, 9.11 Uhr
Betreff: Re: Re: Re: Schädel-Hirn-Trauma

Liebe Mia,

vielen Dank für Deine gestrige Mail. Tut mir leid, dass ich sie jetzt erst beantworten kann, aber irgendwann haben selbst Kinder- und Jugendtherapeuten einmal Feierabend.
Jetzt bin ich aber wieder in meiner Praxis und muss sagen: Dieses Mal hast Du mich mit Deinem Brief doch ein wenig auf Zinne gebracht. Schließlich impliziert Deine Frage durchaus eine Art Verdächtigung und das hat mich ein bisschen gekränkt. Immerhin dachte ich, unser Vertrauensverhältnis wäre inzwischen besser. Nichtsdestotrotz kommt hier die Antwort auf Deine Frage: Nein, liebe Mia, ich stehe *nicht* in heimlichem Kontakt mit Deinem Vater – so verlockend Dir diese These gestern Abend auch vorgekommen sein mag. Dass ich Dir gegenüber ein Schädel-Hirn-Trauma erwähnt habe, war einfach nur ein Missverständnis. Anscheinend habe ich die Begriffe »Schädel-Hirn-Trauma« und »Knalltrauma« (ein Ausdruck, den Deine Mutter gestern Abend am Telefon erwähnte) im Eifer des Gefechts verwechselt und jetzt stellt sich heraus, dass Dein Vater *wirklich* ein Schädel-Hirn-Trauma erlitten hat! So etwas Verrücktes!

Du siehst, auch mir passieren manchmal merkwürdige Dinge. Das scheint weiter verbreitet zu sein, als man denkt, und nicht jeder macht sich deswegen einen Kopf oder wittert gar gleich eine Verschwörung. Manche Dinge muss man einfach als das hinnehmen, was sie sind: simple Zufälle.

In diesem Sinne noch einen schönen letzten Mittwoch vor den Ferien
Deine Elisa Wolgast

PS: Denk bitte daran, mir noch eine kurze Mail zum Thema »verschwundene Kleidungsstücke im Sportunterricht« zu schicken. Und davon abgesehen – mach Dir bitte nicht allzu große Sorgen um den Gesundheitszustand Deines Vaters. Bei Schädel-Hirn-Traumata gibt es wirklich eine Skala »Von-bis« und Dein Vater scheint nach Aussage Deiner Mutter nur das zu haben, was man früher eine leichte Gehirnerschütterung nannte, also nichts Lebensbedrohliches.

PPS: Und wenn Du Dir und mir einen Gefallen tun willst, dann glaube mir bitte endlich, dass ich auf Deiner Seite stehe und nicht Teil einer wie auch immer gearteten Verschwörung gegen Dich oder Deine Familie bin. Falls Dir das nicht gelingt, müssen wir die Therapie nämlich abbrechen und das täte mir ausgesprochen leid.

An: Kinder- und Jugendpsychotherapeutin
Dr. Elisa Wolgast
Von: Mia Fromberg
Gesendet: 21. Juli, 16.39 Uhr
Betreff: Verschwundene Klamotten nach Sportunterricht

Liebe Frau Wolgast,

oh, Scheiße. Ich glaub, Sie haben mich gestern Abend völlig falsch verstanden! Ich wollte Sie wirklich nicht verdächtigen oder so was! Ganz bestimmt nicht! Und ich will die Therapie auch auf gar keinen Fall abbrechen!! Im Augenblick sind Sie – mal abgesehen von Aylin (die übrigens in der Schule wieder mit mir spricht, Gott sei Dank) – doch quasi so etwas wie meine einzige Freundin. Ich mein, ohne Sie wüsste ich im Moment doch überhaupt nicht mehr ... 
Also, was ich eigentlich sagen will, ist: Seien Sie jetzt bitte nicht sauer auf mich, ja?! Natürlich war das mit dem Schädel-Hirn-Trauma nur ein Missverständnis. Und dass ich kurzzeitig irgendeinen Schwachsinn vermutet hab, lag nur daran, dass mir zurzeit jeder bescheuerte Minifleck an der Wand verdächtig vorkommt.
Und nun zu dieser ätzenden Sportklamottensache ... Tut mir leid, dass ich Ihnen in der Praxis nicht gleich davon erzählt hab. Ich weiß, dass Sie es immer wichtig finden, über so etwas zu sprechen, aber einige Dinge möchte ich am liebsten ganz schnell wieder vergessen und diese

Geschichte gehört definitiv dazu. Und dass Sie deswegen mit Herrn Mäder reden, möchte ich auch nicht. Sonst macht Anna-Constanza nur wieder eine Riesensache daraus und tut so, als ob ich meine Klamotten selbst versteckt hätte oder so, und das muss ich mir nun wirklich nicht geben. Und außerdem hat Aylin mein Handy ja inzwischen auch wiedergefunden (es lag im Papierkorb neben der Turnhalle) und einen Beweis dafür, dass Anna-Constanza dahintersteckt, hab ich ohnehin nicht. Schließlich würden sich Levke und Nessi eher die Zunge abbeißen, als etwas gegen ihr bewundertes Idol zu sagen, und Kira und Ludmilla, die Einzigen, die sonst noch dabei waren, halten sich bei so was sowieso immer raus. 
Also: Haben wir einen Deal? Verzichten wir ausnahmsweise mal auf das übliche Durchkauen unerfreulicher Begebenheiten und setzen stattdessen auf die heilsame Kraft der Verdrängung? Dafür wäre ich Ihnen echt dankbar! Zurzeit fühle ich mich nämlich wie ausgekotzt und würde wahnsinnig gern einfach nur die Augen zumachen und endlich aufhören zu denken.

Ihre Mia

PS: Oh, und das mit den Tabletten geht für mich übrigens klar. Im Moment würde ich ohnehin alles dafür geben, endlich mal wieder eine Nacht durchschlafen zu können, insofern – danke!

Schaltet euch aus, Gedanken!

TiRED

I can't Sleep

Hamburg, den 21. Juli, 17.08 Uhr

Liebe Miss Shlimazl,

liege gerade im Bett und versuche, eine Art Mittagsschlaf zu machen, aber es klappt nicht. Dabei bin ich hundemüde. Gestern Nacht hab ich nämlich trotz Baldriantabletten und Schreibtisch vor der Tür höchstens drei Stunden geschlafen. Na, und heute Morgen bin ich dann wie ein Zombie auf Drogen in die Schule geradelt, um mir meine Fünf in der Mathearbeit abzuholen und zusätzlich gleich auch noch einen Anschiss von Frau Trempe, weil ich vor zwei Wochen vergessen hab, mein Heft bei ihr abzugeben, weshalb ich jetzt übermorgen statt einer Drei eine Vier im Zeugnis bekomme. Und das in Geschichte, wo ich letztes Jahr noch eine Zwei hatte. Oh, Mann! Zurzeit geht wirklich alles schief!

Vermute, mein Notendurchschnitt wird die Totalkatastrophe, was bedeutet, dass Mama nach einem Blick auf mein Zeugnis garantiert wieder mit den Tränen kämpft, weil sie mich vor ihrem geistigen Auge schon mit einer Bierflasche in der Hand vor Aldi hocken sieht. Und da Papa nicht da ist, um ihr Horrorszenario mit ein paar Scherzen wieder auf Normalmaß herunterzuschrauben, werde ich Mama wahrscheinlich den gesamten Nachmittag dabei zugucken, wie sie verzweifelt Nachhilfe-Institute googelt, um meinen drohenden Niedergang zur Schulversagerin noch in letzter Sekunde aufzuhalten. Und Samstag geht's dann gleich weiter zum Flughafen, wo ich in den Flieger zu den Verrückten steige. Yippie! Das wird ein Spaß!

Als ob die letzte fiese Aktion von Anakonda gestern nicht schon gereicht hätte! Oh, verdammt. Ich kapier das einfach nicht! Was in drei Teufels Namen bringt es einem bloß, so gemein zu anderen zu sein? Fühlt man sich dann besser? Keine Ahnung. Aber irgendetwas muss es wohl sein – sonst hätte die Würgeschlange ja wohl kaum so zufrieden in sich reingegrinst, als ich gestern nach Sport panisch die Umkleide nach meinem Handy und meinen Klamotten abgesucht hab.

Dabei wollte ich ihr eigentlich gar nicht mehr zeigen, wie sehr mich solche Aktionen verletzen. Aber einfach *nicht* darauf zu reagieren, wenn jemand deine Sachen versteckt (beziehungsweise klaut, meine Hose und mein Sweatshirt sind nämlich noch immer weg), funktioniert ja auch nicht. Und deshalb hab ich Anna-Constanza irgendwann, als nur noch Kira, Ludmilla, Levke, Vanessa und sie in der Umkleide waren, *doch* gefragt, ob sie eventuell etwas damit zu tun hat. Na, und ihre Antwort darauf war natürlich mal wieder oberätzend.

»Vielleicht verwundert es dich ja, Mia, aber ich hab wirklich andere Dinge im Kopf, als zu wissen, was jemand wie du mit seinen Sachen macht. Vielleicht verbrennst du sie ja, weil du denkst, dass sie vergiftet sind. Oder ein Teil deiner multiplen Persönlichkeit versteckt sie heimlich, damit der andere Teil sie anschließend suchen kann. Keinen Schimmer, was in so Gehirnen wie deinem vorgeht ...« Die Würgeschlange hat mit den Schultern gezuckt und sich dann grinsend kopfüber gebeugt, um ihre langen blonden Haare so andächtig zu bürsten, als wären sie aus Gold, und ich hab mich innerlich gezwungen, ruhig zu bleiben und ihr nicht die Bürste aus der Hand zu reißen, wie ich es eigentlich am liebsten getan hätte.

»Scheiße, Anna-Constanza, ich hab keinen Bock mehr, mich ständig von dir verarschen zu lassen! Du sagst mir jetzt sofort, wo du meine Sachen hingetan hast! Ansonsten ist das nämlich Diebstahl, klar?!«

»Äh, Moment mal, verstehe ich das jetzt richtig? Du glaubst im Ernst, ich würde dich bestehlen? Ich mein ... Ich? Dich?«

Anna-Constanza hat sich aufgerichtet und mich mit einem mehr als verächtlichen Blick von oben bis unten taxiert, aber ich hab mich davon nicht kirre machen lassen, sondern einfach nur grimmig genickt. »Ja, exakt das glaube ich.«

»Ach, ja?« Eine Sekunde später hat Anna-Constanza sich wieder nach vorn gebeugt und dabei erneut ihre dämlichen Haare geschüttelt. »Und was genau soll ich gestohlen haben? Dein Uralt-Handy und deine miefigen Ein-Euro-Socken? Glaubst du wirklich, *das* hätte ich nötig?«

»Keine Ahnung, ob du das nötig hast, ah-bahh ...« Ich wollte gerade antworten, da ist Anakonda plötzlich mit einem Ruck hochgekommen und hat mir ihre Haare dabei so heftig ins Gesicht geschleudert, dass ich instinktiv ausspucken musste. »Mann!«

»Upps ...« Anna-Constanza hat so getan, als wenn sie mich nicht gesehen hätte, und gleichzeitig haben Levke und Nessi so laut gekichert, dass ich automatisch diesen bitteren Geschmack im Mund bekommen hab, den ich immer kriege, wenn ich kurz vorm Losheulen bin. Aber eine Sekunde später habe ich es Gott sei Dank doch noch geschafft, die aufsteigenden Tränen herunterzuschlucken und eine halbwegs coole Reaktion zu performen.

»Sehr lustig. Meinetwegen kannst du mir deine blöden Haare so oft ins Gesicht schleudern, wie du willst – ich weiß trotzdem, dass du dahintersteckst. Immerhin warst du die Einzige, die mitten in der Stunde draußen war und ...«

»Ich war auf dem Klo, ja? Oder ist das neuerdings verboten??« Anna-Constanza hat gereizt ihre Bürste gesenkt und mir dabei einen ihrer »Wenn-du-wüsstest-wie-scheiße-ich-dich-finde«-Blicke zugeworfen, aber so leicht hab ich mich davon nicht beirren lassen.

»Auf Klo! Aber sicher. Das dauert auch ganz bestimmt über zehn Minuten ...«

»Und wenn schon. Kann dir doch egal sein, wie lange ich auf Klo bin. Oder glaubst du im Ernst, ich finde deine hässlichen Langweiler-Klamotten so toll, dass ich sie unbedingt klauen muss? Gott, Nael muss echt 'ne Sehstörung gehabt haben, als er meinte, du hättest was. Das Einzige, was du hast, ist ein kompletter Hirnschaden und jetzt lass mich in Ruhe, du gestörter Psych...«

»Sag ›Psycho‹ und es passiert was, klar? Sag es und ich schwör dir, ich hol aus und dann ...«

Okay, ich gebe zu, das war nicht die feine englische Art, und eigentlich weiß ich auch, dass es nie sinnvoll ist, auf eine Provokation mit einer Gegenprovokation zu reagieren, aber --- Verdammt, ich war so sauer, ich musste einfach irgendwas Bedrohliches sagen! Weil ich ihr sonst wahrscheinlich *wirklich* eine gezimmert hätte!!!

Ich mein, ich bleib sonst immer ruhig, wirklich! Ich bin ruhig geblieben, als Anna-Constanza die gesamte Klasse mit Ausnahme von mir spontan zum Grillen bei sich zu Hause eingeladen hat, weswegen ich an meinem 15. Geburtstag allein mit Mama und Aylin an einem Achtertisch beim Chinesen saß und acht Portionen chinesisches Essen aufessen musste, weil wir das schon vorbestellt hatten. Und ich bin ruhig geblieben, als Papa mir erzählt hat, dass er dieses Jahr an Heiligabend wahrscheinlich wieder nicht nach Hause kommt, obwohl er mir das letztes Jahr megafest versprochen hatte. Und ich bin ruhig geblieben, als ich Anna-Constanza und Levke vor vier Wochen, als ich mir die schwarze Jeans gekauft hab, zufällig bei H&M getroffen hab und sie sich die ganze Zeit vor meiner Kabine über meine ach so fetten Waden lustig gemacht haben, aber ....

... als Anna-Constanza das mit dem gestörten Psycho gesagt hat, *konnte* ich einfach nicht ruhig bleiben! Weil das alles so unendlich ungerecht ist: Papas beschissener Unfall und das mit Nael und dann noch diese ätzende Anna-Constanza und ...

Ach, Mist. Jetzt hätte ich fast schon wieder zu heulen angefangen, dabei hab ich mir geschworen, dass ich mir eher die Tränendrüsen rausoperieren lasse, als dass mich diese dumme Schnalle noch einmal zum Weinen bringt. Und deswegen werde ich jetzt auch nicht ...

Verdammt, jetzt hab ich doch geheult. Aber jetzt geht's mir zumindest ein kleines bisschen besser. Und weißt du, was ich mir eben auch noch überlegt hab? Eigentlich könnte ich, anstatt zu heulen, viel eher stolz auf mich sein. Schließlich hab ich's letztlich ja nicht getan. Sie geschlagen, mein ich. Und das, obwohl Ingo, mein Luta-Livre-Trainer, letzten Mittwoch meinte, dass ich mit meiner Grifftechnik inzwischen fast jeden in die Knie zwingen könnte. Und obwohl Anna-Constanza nach meiner Drohung mit der Ohrfeige ganz laut »Tu's doch und du fliegst von der Schule!« geschrien hat und ich ganz kurz davor war, mich auf sie zu stürzen und die Sache ein für alle Mal zu klären. Und zwar wirklich GANZ KURZ davor! Aber im selben Augenblick sind die anderen

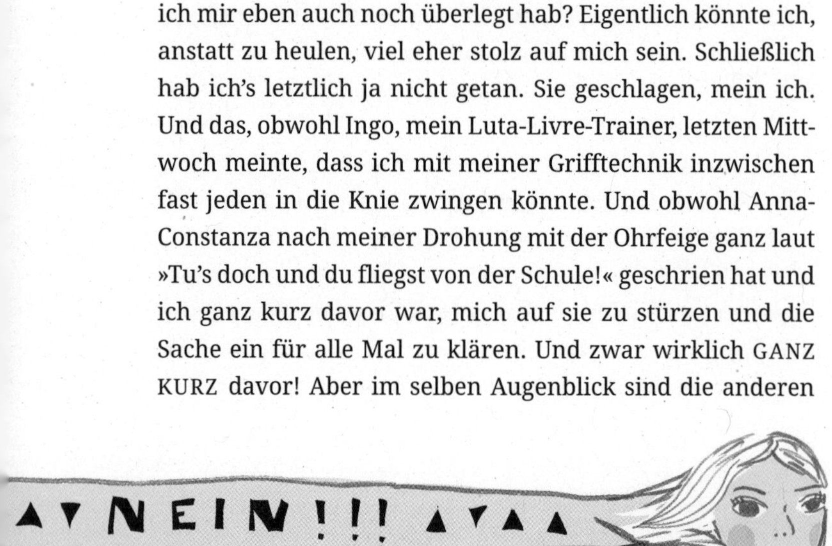

zum Glück dazwischengegangen und das war quasi meine beziehungsweise Anna-Constanzas Rettung. Sonst wäre das Ganze nämlich bestimmt völlig entgleist und ich hätte jetzt eine schriftliche Missbilligung mehr und Anakonda ein paar Zähne weniger.

Kira und Ludmilla haben mich festgehalten und Levke und Vanessa haben die Würgeschlange festgehalten, und während Anna-Constanza irgendetwas von wegen »Los, schlag mich! Schlag mich und ich mach dich fertig!« gekreischt hat, hab ich mich unter Aufbringung sämtlicher Körperbeherrschung wieder eingekriegt. Na, und als ich wieder halbwegs klar denken konnte, hab ich ihr dann gesagt, dass sie schon andere Kaliber auffahren muss, um mich fertigzumachen, weil so ein bisschen Klamottenklau dafür nämlich nicht ausreicht.

»Ach ja? Das sah aber eben noch ganz anders aus!« Anna-Constanza hat mich höhnisch angefunkelt und ich wollte ihr gerade etwas Vernichtendes entgegenschleudern, da hat sie sich schon zu den anderen umgedreht und gemeint, dass ich endlich dazu stehen soll, weil es außer mir ja ohnehin schon alle wüssten. »Gib doch endlich zu, dass du dich nicht im Griff hast, Mia! Du hast einfach 'ne Schraube locker und wir müssen das hier ausbaden, nur weil du so eine kack-kranke Tussi bist, die wahrscheinlich demnächst noch Amok läuft und ...«

Ich glaub, Anakonda hat noch mehr von sich gegeben, aber letztlich hab ich das gar nicht mehr mitbekommen, weil ich mich im selben Moment nämlich endlich an das erinnert hab, was Ingo uns am Ende jeder Trainingseinheit immer rät: dass wir uns bloß nicht von irgendwelchen Heiopeis provozieren lassen sollen und dass man, wenn es trotzdem jemand versucht, einfach eiskalt weggehen soll. Und das hab ich dann auch gemacht. Während die Würgeschlange noch immer Gift und Galle gespuckt hat, hab ich mich mit schier übermenschlicher Selbstbeherrschung umgedreht, bin mit geballten Fäusten zur Tür gegangen und eine Sekunde später war ich dann tatsächlich allein draußen auf dem Flur. Ha! Unfassbar! Ich hab es tatsächlich geschafft, mich *nicht* auf die Würgeschlange zu stürzen und sie *nicht* zu Fischfutter zu verarbeiten. Wer hätte das gedacht?! Vielleicht kriege ich das alles hier ja doch noch irgendwie auf die Reihe.

Gut, Anakonda und ihre beiden Scherginnen haben mich heute in der Schule die ganze Zeit so finster angestarrt, als planten sie demnächst mein Ableben via Waterboarding. Und gestern den ganzen Tag in verschwitzten Sportklamotten herumzulaufen, war auch nicht gerade das Highlight meines bisherigen Lebens. Aber trotzdem. Irgendwie habe ich die Hoffnung darauf, dass alles gut (oder zumindest besser als jetzt) wird, noch nicht ganz aufgegeben.

Immerhin gab es auch zwei Lichtblicke: Aylin hat mich gestern nach diesem Horrortag in der Schule gefragt, ob ich Zeit hätte, und wir waren shoppen und haben über Anakonda und Nico gelästert und anschließend hat sie mich sogar noch zu Frau Wolgast begleitet. (Was ich echt lieb von ihr fand!) Na, und außerdem ist da immer noch die Sache mit Anna-Constanzas Bemerkung über Nael, sprich: dass er zu einem bestimmten Zeitpunkt seines Lebens anscheinend tatsächlich gesagt hat, dass ich »etwas hätte«. Was schon ein ziemlicher Hammer ist! Ich mein, vielleicht haben mich meine Gefühle damals ja doch nicht getäuscht! Vielleicht hat er damals an der Elbe *doch* etwas für mich empfunden! Oh, mein Gott! Stell dir nur mal vor, Nael fand damals vielleicht wirklich, dass ich »etwas hätte«, das wäre so unglaublich, unglaublich fanta...

Oh, fuck! NEIN! Ich fang schon wieder an. Das darf doch nicht wahr sein! Mia, hör sofort auf damit! Hast du gehört?? Nael findet dich scheiße und du ihn auch und damit hat es sich! Ein für alle Mal!!! Reiß dir den Typen aus dem Herzen! Und zwar sofort! Wo bleibt verflucht noch mal deine Würde?? Du bist doch keine Masochistin! Du *hasst* Nael, hast du verstanden? Du hasst ihn!!!!

An: Mia Fromberg
Von: Kinder- und Jugendpsychotherapeutin
Dr. Elisa Wolgast
Gesendet: 22. Juli, 10.00 Uhr
Betreff: Re: Verschwundene Klamotten
nach Sportunterricht

Liebe Mia,

vielen Dank für Deinen gestrigen Brief, und wie schön, dass Du so deutlich gemacht hast, dass Du die Therapie weiterführen willst. Das freut mich wirklich sehr!
Was mich allerdings weniger freut, ist Deine Scheu, mit mir über den erneuten Streit zwischen Anna-Constanza und Dir zu sprechen. Natürlich verstehe ich Dein Bedürfnis, unangenehme Erlebnisse schnell zu vergessen, aber ganz so einfach funktioniert unsere Psyche leider nicht. Manchmal tauchen diese Ereignisse (oder die Gefühle, die man bei dem betreffenden Ereignis hatte) nämlich zu einem späteren Zeitpunkt an ganz anderer Stelle wieder auf und sind dann viel schwieriger in den Griff zu bekommen als vorher. In diesem Sinne – meinst Du nicht, ich sollte doch mal mit Deinem Klassenlehrer Herrn Mäder über Anna-Constanza und Dich reden? Ich weiß, Du glaubst nicht an die Kraft klärender Gespräche, aber manchmal funktioniert so etwas besser, als Du denkst.
Vielleicht brauchst Du für einen solchen Entschluss aber auch noch Zeit. Und selbstverständ-

lich können wir uns darüber auch nach Deiner Azorenreise Gedanken machen. Immerhin geht die ja schon übermorgen los und dafür wollte ich Dir ohnehin erneut Mut zusprechen: Du kriegst das hin, Mia! Ganz bestimmt! Und was Deine Sorgen bezüglich des Volvo-Fahrers anbelangt, kann ich auch Entwarnung geben. Gerade eben habe ich nämlich noch einmal mit der Sekretärin der Forest-Therapie-Ferien telefoniert und diese hat mir versichert, dass die Fotos auf ihrer Website seit Wochen nicht mehr ausgetauscht worden seien. Du hast Dich vorgestern also tatsächlich getäuscht – was in diesem Fall allerdings keine schlechte, sondern eine ausgesprochen gute Nachricht ist. Schließlich bedeutet es, dass Du keinerlei Angst mehr haben musst, dass Dir der dunkelhaarige Volvo-Fahrer als Betreuer auf Deiner Reise begegnen könnte. Was auch immer Du da gesehen hast – es war nur ein Irrtum! Das solltest Du Dir immer wieder bewusst machen. Gerade in den nächsten Tagen, wo der Reisestress Deine Ängste eventuell noch einmal triggern könnte.
Zusätzlich habe ich von der netten Dame am FTF-Telefon eben erfahren, dass außer Dir noch mindestens ein weiteres Mädchen an der Reise teilnehmen wird. Die Sekretärin erwähnte, ihr Name sei Victoria, und ich finde, das ist ebenfalls eine gute Nachricht. So bist Du schon mal nicht allein unter Jungs, wie Du vorgestern befürchtet hast. Außerdem scheint einer der drei männlichen Reiseteilnehmer ausgesprochen attrak-

tiv zu sein – so wenigstens verstehe ich den Kommentar der Sekretärin, die mir gegenüber im breitesten Berlinerisch meinte, dass bei den Teilnehmern dieses Jahr »eine echte Sahneschnitte« dabei wäre. »Dit sieht man gleich uffm Foto. Schicke Muckis hat der Kleene! Und erst die braunen Oogen! Dit is so richtig wat für meene Mutta ihre Tochter, wa?«
Ich glaube, das ungefähr waren ihre Worte. Du siehst, das Schicksal scheut anscheinend keinerlei Mittel und Wege, um Dir den Urlaub schmackhaft zu machen. 
So, liebe Mia, das war's auch schon von meiner Seite. Deine Mutter sagte mir vorhin, dass Du inzwischen endlich mit Deinem Vater in Libyen telefonieren konntest und dass dieser sich ebenfalls sehr über Deinen Entschluss, nach Pico zu fahren, gefreut hätte. Wie schön. Ich bin mir sicher, jetzt wird alles gut.

Versuch bitte, nicht mehr allzu viel zu grübeln, und konzentrier Dich stattdessen lieber aufs Packen.
Deine Elisa Wolgast

PS: Ach ja, noch eine Kleinigkeit. Bei dem Telefonat mit FTF-Reisen vorhin habe ich nachgefragt, ob Du die Kette von Deinem Vater nicht doch mitnehmen könntest, weil es sich dabei ja streng genommen nicht um Schmuck, sondern um einen Kompass handelt. Zuerst war die Sekretärin unsicher, aber nach Rücksprache mit ihrem Vorgesetzten (bei dem ich zugegebenermaßen ein kleines bisschen auf die Tränendrüse gedrückt habe ) wurde mir zugesichert, dass Du die Kette ausnahmsweise mitnehmen darfst. Betrachte dies als kleines Abschiedsgeschenk meinerseits, und jetzt: Viel Spaß in den Ferien!

Hamburg, den 24. Juli, 4.03 Uhr

LIEBE MISS SHLIMAZL!

Oh, Mist! Es ist mitten in der Nacht, in ein paar Stunden geht mein Flug auf die Azoren und im Moment geht's mir gerade superschlecht. Wobei *schlecht* noch die Untertreibung des Jahrhunderts ist. Ultra-hyper-hundsmiserabel trifft es definitiv besser! Außerdem befürchte ich, dass ich gerade so etwas wie eine Panikattacke habe, zumindest stelle ich mir Panikattacken so vor: Jedes Mal, wenn ich an das Camp und die Jugendlichen morgen früh (oder nein heute, Scheiße!) denke, fängt mein Herz wie ein Presslufthammer an zu wummern und gleichzeitig drückt irgendetwas so heftig auf meine Brust, dass ich kaum noch atmen kann. Das ist wie Ersticken! So was hab ich noch nie gehabt! Im Ernst! Das ist überhaupt nicht aushaltbar!!!

Dabei war gestern Abend noch alles in Ordnung. Aylin hat mich nach dem Abendbrot angerufen, um mir schöne Ferien zu wünschen (voll lieb!), und vorher hatten die vom Camp mir eine Mail geschickt, in der stand, dass außer dieser Victoria und mir noch ein anderes Mädchen in meiner Gruppe ist – was mich natürlich auch ziemlich gefreut hat, weil es die Chancen, dass wenigstens eine von beiden nett ist, ja quasi verdoppelt. (Auch wenn das zweite Mädchen leider erst ein paar Tage später nachkommt und ich bis dahin mit dieser Victoria, der testosterongestörten Sahneschnitte und den anderen beiden Typen allein im Camp bin, aber immerhin.)

Na, und dank der Tablette von Frau Wolgast bin ich auch irre schnell eingeschlafen, was echt angenehm war. Aber vor einer halben Stunde hatte ich dann einen ganz fiesen

Albtraum, in dem mich irgendwelche Mörder, die alle wie dieser Typ aus dem Volvo aussahen, mit blutigen Messern durch einen Urwald gejagt haben, und seitdem kann ich nicht mehr einschlafen, weil ich die ganze Zeit an das denken muss, was Anna-Constanza in der Umkleide zu mir gesagt hat. Diese Geschichte von wegen, dass alle wüssten, dass ich psychisch krank bin.

Bisher hab ich das ja nur als eine von Anakondas Gemeinheiten abgetan, aber im Moment kaue ich auf einem ganz anderen Gedanken herum. Einem, der echt ätzend ist, nämlich:

Was eigentlich, wenn sie damit recht hat?

Was, wenn ich wirklich gerade eine Art Psychose entwickele, genau wie diese sechzehnjährige Deborah aus dem Buch *Ich hab dir nie einen Rosengarten versprochen,* das mir Frau Wolgast neulich empfohlen hat? Die war ja genau wie ich auch vorher völlig normal und hatte Eltern, die sie geliebt haben, und Freunde und alles und auf einmal hat sie angefangen, irgendwelche Stimmen zu hören und – ZACK: Klappe zu, Affe tot. Und das ist – laut Cover – keine ausgedachte Geschichte, sondern der Autorin *wirklich* passiert. Wer sagt mir also, dass mir nicht genau das Gleiche passieren kann? WER???

Kurz hab ich sogar überlegt, ob mir Frau Wolgast das Buch vielleicht absichtlich empfohlen hat, damit ich mich in der Hauptfigur wiedererkenne und endlich begreife, wie es in Wahrheit um mich steht. Aber dann hab ich wieder gedacht, dass das garantiert Quatsch ist und dass ich über so etwas Absurdes garantiert nur nachgrübele, weil gestern ein ziemlich heftiger Tag war – von wegen letzter Schultag und Zeugnisse und der bevorstehende Flug und so ...

Aber trotzdem. Das, was im Augenblick mit mir passiert, ist echt gruselig. Irgendwie hab ich das Gefühl, dass sich mein ganzes Angsthaben immer mehr verselbstständigt. Wie so eine Lawine, die als ganz kleiner Schneeball beginnt und dann immer größer und größer wird, bis sie niemand mehr aufhalten kann. Und der Effekt von dem Ganzen ist nicht nur, dass ich immer größere Angst kriege, sondern zusätzlich auch noch, dass ich immer mehr Angst *vor der Angst* bekomme. Im Moment kann ich gar nicht mehr richtig denken vor lauter Angst und gerade kriege ich auch schon wieder dieses komische Druckgefühl, das ...

Oh, Gott.

FUCK

Okay ... Vor ein paar Sekunden war's ganz schlimm, aber jetzt geht's wieder. Zumindest kann ich wieder halbwegs normal atmen. Oh, Mann! Was für eine Scheiße!!!

Habe eben panisch überlegt, was mir Frau Wolgast letztes Mal noch gegen meine Angstanfälle empfohlen hat (also neben dem autogenen Training und dieser bescheuerten Klopftechnik), und da ist mir wieder eingefallen, dass sie mal gesagt hat, wenn es ganz dicke kommt, dann würde es helfen, so detailliert wie möglich aufzuschreiben, was gerade passiert ist. Also mache ich das jetzt einfach mal. Gut, also ...

Gestern war ja Zeugnisausgabe und das war echt heavy. Ich mein, ich hab ja schon erwartet, dass mein Zeugnis nicht gerade der Kracher wird, aber dass es *soo* schlecht wird, hab ich dann doch nicht gedacht. Letztes Jahr hatte ich ja immerhin noch einen Schnitt von 2,3. Aber davon bin ich jetzt leider so weit entfernt wie Herr Mäder vom Sieg bei »Germany's next Topmodel«.

Na, und weil das ein ganz schöner Schock war (vor allem das mit den zwei Vieren in Physik und Chemie, mit denen hatte ich echt nicht gerechnet), hätte ich mich nach der Schule am liebsten allein mit einer Tüte Chips in mein Zimmer verzogen. Aber daran war natürlich nicht zu denken. Schließlich hat Mama mich mit einem pseudo-munteren »Na, wie ist es gelaufen?« schon an der Haustür abgefangen und danach wurde es eigentlich nur noch schlimmer. Nicht, weil sie über das Zeugnis gemeckert hätte (das hat sie nämlich nicht, da hat sie sich echt zusammengerissen). Nee, die wirkliche Herausforderung kam erst beim Essen, als sie versucht hat, mir für dieses Camp Mut zuzusprechen. Da wäre ich dann am liebsten aus dem Fenster gesprungen. Und zwar mindestens aus dem zehnten Stock!

Ich mein, stell dir mal vor, da kommt man mit einem ultra-ätzenden Zeugnis aus der Schule und hat zusätzlich auch noch seine Tage und tierische Bauchkrämpfe und Schiss vor dieser idiotischen Survival-Therapie morgen und dann muss man sich auch noch so etwas anhören: »Ich bin mir ganz sicher, Mia, das Camp morgen wird bestimmt viel besser, als du denkst! Und wenn alle Stränge reißen, bittest Du Frau Wolgast einfach per Mail, dass sie uns anruft, und dann erzähle ich diesen Leuten da, dass sie dich gefälligst nett behandeln sollen, sonst kriegen sie es mit mir zu tun. Ja, Hase? Du schaffst das doch, Hase, oder? Oh, Hase, sag mir bitte, dass du das schaffst, weil sonst ... (schnief) also sonst ... (doppelschnief) ... Gott, ich mach mir solche Sorgen um Papa! Aber du entspannst Dich bitte, Mia-Hase, weil ... Natürlich geht's Papa gut. Und das Camp wird bestimmt auch ganz toll und ... Oh, Gott, es ist alles so furchtbar ... (zweifacher Doppelschnief)«.

Oh, Mann! Inzwischen merkt man total, dass Mama sich gar nicht mehr sicher ist, ob das mit diesem Camp wirklich so eine tolle Idee war. Aber da die Würfel nun gefallen sind und ihr Flug nach Tripolis nachher exakt eine Stunde nach meinem geht, gibt es quasi kein Zurück mehr und deshalb hab ich das Fass nicht noch einmal aufgemacht, sondern in einer Aufwallung von Selbstaufopferung so getan, als ob ihre Aufmunterungsversuche wirken würden und ich die Aussicht, auf diese absurde Insel zu fliegen, gar nicht mehr so schlimm fände. Na ja, und das war letztlich auch genau das Richtige. Weil ich während meiner gefakten »Nein, Mama, keine Sorge, inzwischen freu ich mich sogar auf das Camp«-Rede voll gemerkt hab, wie sie sich wieder ein bisschen entspannt hat und auch nicht mehr ganz so fertig aussah.

Aber ein bisschen später, als Mama unten ihren Koffer für Libyen gepackt hat, bin ich wieder komplett panisch geworden und die anschließenden anderthalb Stunden waren dann nur noch der blanke Horror!

Aus unerfindlichen Gründen hab ich mich nämlich plötzlich an ein Gespräch mit Mama erinnert, in dem sie mir erzählt hat, dass meine Urgroßtante Schizophrenie hatte, und nachdem mir das eingefallen ist, bin ich auf die beknackte Idee gekommen zu googeln, ob Schizophrenie eigentlich vererbbar ist und ...

Na ja, anschließend ging's mir auf alle Fälle *richtig*

schlecht. Ist ja auch kein Wunder bei dem, was dort stand. Nämlich zum Beispiel, dass Vererbung bei Schizophrenie *tatsächlich* eine Rolle spielt. Und dass die Krankheit bevorzugt im Jugend- oder jungen Erwachsenalter ausbricht. Oh, Mann. Dass ich danach überhaupt noch eingeschlafen bin, verdanke ich echt nur Frau Wolgasts Tabletten. Dabei war ich mir bis gestern Abend absolut sicher, dass ich hundertprozentig normal bin, aber ... auf einmal weiß ich gar nichts mehr!

Schließlich war das mit dem plötzlich verschwundenen Homepagefoto vorgestern absolut spooky! Auch wenn Frau Wolgast netterweise so getan hat, als ob das alles nur ein Stressphänomen wegen Papas Unfall wäre, aber ... Wenn ich so darüber nachdenke, hat das bei mir mit dem Gefühl, beobachtet zu werden, ja schon vor ein paar Monaten angefangen, als mit Papa noch alles in Ordnung war, und insofern ist die Begründung mit dem Stress nicht wirklich einleuchtend, oder?

Tja, und dass die halbe Schule mich neuerdings »Amok-Mia« nennt, wirkt in diesem Zusammenhang auch nicht gerade beruhigend. Wobei mir schon klar ist, dass die meisten das nur tun, weil ihr emotionaler IQ auf dem Niveau von Schneckenschleim liegt. Und weil fiese Spitznamen ohnehin angesagt sind. Schließlich wird selbst Levke von der Würgeschlange manchmal »Fetti« gerufen – bevorzugt, wenn sie es gewagt hat, sich ausnahmsweise mal *einen* Tag nicht die Haare zu waschen. Was natürlich *wirklich* dramatisch ist! Und Aylin wurde von Anakonda und Nico wegen des dunklen Flaums auf ihrer Oberlippe eine ganze Zeit lang »Pornobalken« genannt, was wirklich obermies war und weswegen ich Nico, diesen Kotzbrocken, am liebsten noch immer in Honig tunken und giftigen Ameisen zum Fraß vorwerfen würde.

Aber trotzdem. Was klingt wahrscheinlicher? Dass ich das Opfer einer groß angelegten Verschwörung bin, die sowohl libysche Düngemittelfabriken als auch portugiesische Ferienlager umfasst? Oder dass ich gerade eine durch Erbanlagen begünstigte Psychose entwickele? Befürchte, objektiv betrachtet, spricht wahrscheinlich mehr für die Psychose. Shit!

Obwohl ich natürlich nach wie vor *WEISS,* dass ich *keine* Psychose habe, aber ... also ... was, wenn die Leute in dem Camp das anders sehen? Was, wenn dieser komische Betreuer, den wir da haben (ich glaube, er heißt Herr Kinck), auf einmal auch auf die Idee kommt, dass mit mir irgendetwas nicht stimmt, und mich deshalb zu irgendeinem portugiesischem Psychiater schleppt? Dann sind Mama und Papa weit weg und können mich nicht beschützen und ich bin diesen Ärzten da auf Gedeih und Verderb ausgeliefert. Und wenn die mich irgendwo in eine Klinik (oder sogar gleich in eine psychiatrische Anstalt, aahhh!) bringen, kann ich quasi NICHTS dagegen tun. Ich mein, okay, vielleicht haben die rein rechtlich nicht unbedingt die Handhabe, so etwas zu tun, aber andererseits konnte ich mir vor einem halben Jahr ja auch nicht vorstellen, dass meine Eltern mich überhaupt zu so einem Therapie-Survival-Camp schicken. Insofern ist zurzeit vielleicht ALLES möglich und ...

Wobei, weißt du, was mir gerade einfällt? Oh, mein Gott! Etwas echt Geniales! Ha! Warte, ich schreib nachher weiter. Jetzt muss ich erst mal was erledigen ...

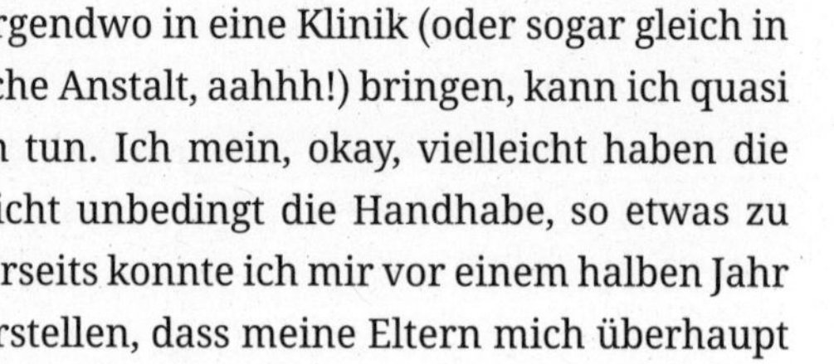

An: Kinder- und Jugendpsychotherapeutin
Dr. Elisa Wolgast
Von: Mia Fromberg
Gesendet: 24. Juli, 04.48 Uhr
Betreff: Was halten Sie von einem Imagewechsel: Von Amok-Mia zu Super-Mia?

Liebe Frau Wolgast,

ich weiß, es ist mitten in der Nacht und wahrscheinlich schlafen Sie gerade tief und fest, aber ich muss Ihnen jetzt trotzdem etwas schreiben. Eben gerade ging's mir nämlich total schlecht (und zwar so richtig, richtig schlecht!), aber dann bin ich auf eine Idee gekommen, und wenn mich nicht alles täuscht, wäre das echt der Hattrick beziehungsweise die Lösung von allem: Was, wenn ich diesen merkwürdigen Panda-Fighters[5] morgen eine ganz andere Mia präsentieren würde? Eine Mia ohne Volvo-Verfolger und ohne Verrücktheitsängste – also eine Mia, die nicht nur völlig normal, sondern in ihrer Klasse auch noch superbeliebt wäre? Das ginge doch, oder? Ich mein, so was Wesentliches wie das mit meiner Erdnussallergie kann ich ihnen ja sagen, aber der Rest geht diese Leute doch eigentlich nicht das Geringste an, nicht wahr? Schließlich bin ich diesem komischen Herrn Kinck und dieser anderen Gruppenleiterin ja nicht zu absoluter Wahrheit verpflicht, also:

---

5 Gott, allein dieser Name! Wer hat sich den bloß ausgedacht??

Why not??
Letztlich brauche ich doch nur die Mia zu nehmen, die ich vor dieser ganzen Volvo-, Mossad-, Feuerwehr-Party-Sache mal war, und das Ganze dann noch ein bisschen aufzupeppen mit supercoolen Eltern und einem gut aussehenden Freund. Einem Freund, der zum Beispiel Nachwuchs-Fußballspieler bei St. Pauli ist und Schlagzeuger in einer erfolgreichen Band und der nebenbei noch modelt und den Erlös dann zu gleichen Teilen an den WWF und Plan und Viva con Agua spendet und der wunderschöne samtbraune Augen hat und wild verwuschelte Haare und ...
Okay, Drummer *und* Fußballstar *und* Model ist eventuell doch etwas viel. Modeln und Profi-Fußball-Spielen reicht ja im Grunde auch und außerdem verspreche ich Ihnen, dass ich es nicht übertreiben und so nah wie möglich an der Wahrheit bleiben werde – nur, dass ich halt reiche Eltern und einen festen Freund habe. Und ziemlich beliebt bin. Wäre das für Sie okay? Bitte!
Ich weiß, Lügen ist normalerweise ätzend, aber Ausnahmesituationen erfordern manchmal einfach ein paar klitzekleine Notlügen und letztlich lügt ja jeder ab und zu! Schließlich sagen Sie bestimmt auch nicht jedem Patienten mit Haarausfall, Akne und siebzig Kilo Übergewicht, dass er aussieht wie ein pockennarbiger XL-Nacktmull, oder?
Na, und außerdem ist das definitiv so eine Art Plan und Sie haben ja selbst gesagt, dass es immer hilfreich ist, sich für Situationen, die

einem Angst machen, einen Plan zurechtzulegen. Und das ist jetzt also mein Plan für die Reise: Ich bin Mia und ich fühle mich nicht verfolgt und glaube auch nicht, dass mein Vater beim Geheimdienst ist. Nein, natürlich nicht! Schließlich bin ich total normal! Sozusagen hyper-ultra-mega-normal!! So normal wie ich ist keine!!! Yeah!!!! 
Ehe ich aber weiter meinem neuen Normalo-Image fröne (ich hab schon überlegt, was ich nachher anziehen soll. Das »*Wir essen jetzt Opa! - Satzzeichen können Leben retten*«-T-Shirt kommt ja nicht mehr infrage, den Humor versteht da bestimmt keiner ...), mache ich jetzt lieber Schluss, um wenigstens noch ein paar Stunden zu schlafen. Beliebte Mädchen mit tollen Noten und supercoolen Model-Fußballstar-Freunden haben schließlich garantiert keine verheulten Augenringe.

Also, bis morgen Abend! Dann wahrscheinlich schon von Pico (oder nein, erst von dieser anderen Insel, ich hab vergessen, wie sie heißt)
Ihre Mia

PS: Merke gerade: Anscheinend hat Ihr Tipp mit dem »ganz genau aufschreiben, was passiert ist« tatsächlich geholfen. Erstaunlich ...

An: Mia Fromberg

Von: Kinder- und Jugendpsychotherapeutin Dr. Elisa Wolgast

Gesendet: 24. Juli, 8.17 Uhr

Betreff: Alles Gute für Deinen Flug

Liebe Mia,

vielen Dank für Deine nächtliche Mail. Allerdings wird Dir meine Antwort darauf wahrscheinlich nicht gefallen. Ehrlich gesagt bin ich nämlich nicht unbedingt begeistert von Deiner Idee mit der »neuen« Mia. Schließlich ist das Ziel jeder Therapie, dass man sich so annimmt, wie man ist, und nicht, dass man sich ein Alter Ego erschafft, das den Erwartungen der Außenwelt besser entspricht als man selbst.
Natürlich verstehe ich Deine Beweggründe, aber meiner Meinung nach solltest Du von allzu großen Lügengebilden Abstand nehmen. Glaub mir: Das schadet letztlich mehr, als es nützt. Schließlich würdest Du von den anderen doch auch nicht von vornherein belogen werden wollen, nicht wahr? Vielleicht können wir uns ja darauf einigen, dass Du Dir Deine Mitreisenden erst einmal in Ruhe anguckst und Dich dann, wenn Ihr Euch ein wenig beschnuppert habt, so weit öffnest, wie Du es für ratsam hältst. Wie gesagt – ich bin mir sicher, dass Du vielleicht nicht mit allen, aber den meisten der Jugendlichen dort gut klarkommen wirst, und insofern lösen sich Deine Zweifel bestimmt schneller auf, als Du denkst.

Ach ja, und was die Schizophrenie Deiner Urgroßtante anbelangt, möchte ich Dich ebenfalls beruhigen. Hätten Deine Mutter oder Dein Vater und zusätzlich noch ein Großelternteil diese Krankheit, sollte man sich vielleicht Gedanken machen, aber eine Urgroßtante allein ist wirklich kein Grund zur Besorgnis.
Jetzt wünsche ich Dir aber erst mal alles Gute für Deinen Flug nach Faial, der ja schon in ein paar Stunden startet. Toi, toi, toi!
Ein hochsensibler, kluger Charakter wie Du wird seinen Weg schon gehen, liebe Mia – ganz egal, was irgendwelche Klassenkameraden über Dich denken oder wie das Zeugnis am Ende der neunten Klasse aussieht. Das Einzige, was mir tatsächlich ein wenig Sorgen macht, sind Deine sich in letzter Zeit häufenden Angstzustände, aber vielleicht hilft Dir ja die Gesellschaft Gleichaltriger in den nächsten drei Wochen. Ich drücke Dir dafür ganz fest die Daumen!

Hab viel Spaß im Feriencamp, gib den anderen eine Chance und schreibe mir bitte jeden Abend
Deine Elisa Wolgast

PS: Und denk bitte täglich an die Einnahme der Tabletten! Das ist wirklich wichtig, damit Du endlich wieder in einen normalen Schlafrhythmus kommst.

An: Kinder- und Jugendpsychotherapeutin
Dr. Elisa Wolgast
Von: m.horstmann@ftf-reisen.de
Gesendet: 24. Juli, 21.04 Uhr
Betreff: Ich bin auf Faial

Liebe Frau Wolgast,

dies ist meine erste Mail von den Azoren. Unglaublich! Ich bin mit zwei wildfremden Leuten auf einer Insel im Atlantik, die kein Schwein kennt, und fahre morgen früh mit einer Fähre auf eine Insel , die *noch* einsamer ist als die hier, um mit einem Haufen psychisch durchgeknallter Jugendlicher in potthässlichen Panda-T-Shirts (die müssen wir hier tragen, unfassbar!) tagelang sinnlos durch die Gegend zu latschen. Oh, Mann. Das ist definitiv der absolute Tiefpunkt meines Lebens!
Aber bevor ich weiterschreibe, erst mal das Allerwichtigste: Könnten Sie meine Mutter und/oder meinen Vater anrufen und ihnen sagen, dass ich auf Faial gelandet bin? Und könnten Sie mir anschließend noch mal kurz schreiben, ob meine Mutter auch heil angekommen ist? Bitte! Das würde mich sehr beruhigen!
Okay, das war das. Jetzt zu dem, was heute bei mir passiert ist: Diese Victoria (die ungefähr halb so viel wiegt wie ich, kein Scherz, ich hab noch nie jemanden gesehen, der *so* dünn ist), unsere Betreuerin Melanie und ich haben vor einer halben Stunde in einer kleinen Pension eingecheckt, die »Bela Vista« heißt. Der Flug war ganz okay, aber weil

unsere Aufpasserin Melanie beim Zwischenstopp in Lissabon aus unerfindlichen Gründen Angst hatte, dass wir den Anschlussflieger verpassen könnten, wenn wir mit dem Bus nach Lissabon reinfahren, mussten wir 5 (in Worten: fünf!) Stunden auf dem Lissabonner Flughafen warten. Und zwar ohne Handy (laut FTF ja nicht erlaubt) und Laptop (dito). 😒 Kenne jetzt sämtliche Flughafengeschäfte in- und auswendig – und das, ohne einen einzigen Cent ausgegeben zu haben (Taschengeld und EC-Karte sind ja ebenfalls nicht erlaubt). Bin dafür aber in den Genuss einer dauerschweigenden Vicki und einer dauerquatschenden Melanie gekommen, die alles, wirklich ALLES von mir wissen wollte. Das war wie in einer Talkshow! Echt anstrengend! Vor allem, weil ich die ganze Zeit aufpassen musste, dass ich bei meiner Geschichte mit den reichen Eltern und dem coolen Freund bleibe und nicht aus Versehen irgendetwas erzähle, was nicht dazu passt.
Hat aber letztlich alles hingehauen. Auch wenn ich kurzzeitig das Gefühl hatte, dass die Story mit dem Schloss, in dem wir wohnen, etwas zu dick aufgetragen war, aber zum Glück hat sie an der Stelle nur kurz ungläubig geguckt und anschließend nicht weiter nachgefragt. Insofern bin ich da wohl noch einmal mit einem blauen Auge davongekommen. (Und notfalls kann ich morgen beim Frühstück ja noch immer einflechten, dass es ein sehr kleines Schloss und im Grunde mehr so eine Art Gutshof ist.)
Das einzig Blöde ist, dass mich Vicki nach dem, was diese Gruppenleiterin aus mir rausgequetscht hat, offensichtlich für eine verwöhnte höhere

Tochter hält, was natürlich nicht unbedingt Sinn der Sache war. Aber das muss ich dann eben morgen mit ein paar positiven Bemerkungen über Jesus (den findet sie anscheinend gut, zumindest hat sie ein Jesus-Tattoo auf dem Arm) wieder ausbügeln.
Apropos morgen ... Während ich das hier schreibe, wird mir gerade wieder bewusst, dass wir ja schon morgen in diesem komischen Camp auf Pico ankommen. 
Wahrscheinlich legen die da gleich mit diesem ganzen Survival-Kram los, und das, obwohl hier für morgen die totale Schlecht-Wetter-Front angesagt ist. (Dabei fällt mir ein: Hab ich schon mal erwähnt, dass es laut Google auf den Azoren öfter regnet als in London?) Oh, Mann! Sehe mich jetzt schon mit leerem Blick auf einer Lichtung hocken und klitschnass irgendwelche Feuersteine aneinanderreiben, während Vicki sich neben mir den Finger in den Hals steckt, um bloß nicht aus der Übung zu kommen.[6] Ahhh!!!
Laut Melanie (oder »Mel«, wie wir sie nennen sollen) gibt's da noch nicht mal eine Dusche!
Das heißt, wenn man sich waschen will, muss man das entweder unter der Pumpe oder in einem der Kraterseen tun, die auf den Fotos auf der FTF-Homepage echt gruselig aussahen: ganz schwarz und neblig, wie aus so einer Horrorserie, in der Zombies dunklen Gewässern entsteigen. Uahh!
Wobei mir gerade einfällt – hoffentlich gehen die nicht davon aus, dass wir da nackt baden. Oh,

---

6 Das war fies, ich weiß, aber mir ist nun mal gerade nach Fies-Sein.

Gott! Allein die Vorstellung! Ich muss Melanie unbedingt gleich morgen danach fragen. Obwohl sie bei meiner Frage nach der Toiletten-Situation ja schon meinte, dass wir im Camp zwar ein Plumps-Klo hätten, aber uns unterwegs jeweils ein Loch buddeln müssten, was  nicht unbedingt vielversprechend klang. Hab ich schon mal gesagt, dass ich wirklich kein Freund von diesem ganzen Survival-Krempel bin? Und von schwindelerregenden Bergwanderungen auf unheimlichen Vulkankratern  auch nicht?

Von der Eingangshalle unserer Pension aus, in der ich gerade sitze, sieht man den Vulkan auf der Nachbarinsel nämlich ziemlich gut und ich muss sagen, so düster und gewaltig hab ich mir den überhaupt nicht vorgestellt. Im Reiseführer stand was vom größten Berg Portugals, aber die Höhe allein ist es gar nicht. Das Angsteinjagende ist mehr seine Masse. Echt, das Teil ist riesig! Außerdem sieht es von hier so aus, als würden die Bergseiten steil ins Meer hinabfallen, und wenn ich mir vorstelle, dass wir da wirklich hochwandern sollen, dann ... Egal. Ich hab Ihnen ja versprochen, mich nicht wieder in irgendwelche Ängste hineinzusteigern, also wechsele ich jetzt besser das Thema.

Okay, also während der Pico[7] wie gesagt nicht gerade anheimelnd wirkt (gerade wird es hier

---

7 Der übrigens genauso heißt wie die Insel, auf der er steht, nämlich - oh, Wunder über Wunder - Pico.

dunkel und man sieht drüben so gut wie gar keine Lichter, nur diese schwarze Wand, voll albtraummäßig), ist Faial erstaunlich hübsch, das muss selbst ich zugeben. Alles ist grün, überall blühen Blumen und auf unserer Fahrt mit dem Taxi vom Flughafen zur Pension haben wir eben bestimmt hundert Orangen- und Bananenbäume gesehen. Außerdem ist direkt vor uns ein Bauer auf seinem Esel geritten und hat allen den Weg versperrt, aber der Taxifahrer hat nicht ein einziges Mal gehupt. Anscheinend sind die Inselbewohner hier ziemlich entspannte Leute. (Oder der Mann auf dem Esel war der Vater des Taxifahrers. Das könnte bei den wenigen Leuten, die hier leben, natürlich auch sein ...)
Der Jachthafen, der nur ein paar Meter von unserer Pension entfernt ist, ist auch irgendwie knuffig. Weil jeder Segler, der hierhergesegelt ist, ein Bild von seinem Boot an die Kaimauer malen darf, wirkt das ganze Hafenbecken wie so eine Art Freiluft-Gemäldegalerie und unsere Betreuerin Melanie fühlte sich davon sogar so inspiriert, dass sie uns, als wir vorhin da langgelaufen sind, ein Eis auf FTF-Kosten ausgegeben hat. Das hätte ich ihr nach der »Fünf Stunden ohne alles«-Nummer auf dem Flughafen gar nicht zugetraut.
Eigentlich bin ich bei dreißigjährigen Frauen, die sich rot-weiß gepunktete T-Shirts mit der Aufschrift »Sweet little sixteen« anziehen, ja eher skeptisch, vor allem, wenn sie sich dazu auch noch rot-weiß gepunktete Haarreifen ins Haar

stecken, was sie vollends wie Minnie Maus aussehen lässt. Aber vielleicht sollte ich ihr trotz ihrer seltsamen Vorliebe für Teenie-Mode doch eine Chance geben. Gegen unseren anderen Betreuer, diesen Herrn Kinck, den wir morgen auf Pico kennenlernen, scheint sie nämlich noch Gold zu sein. Das meinte zumindest meine – O-Ton Melanie – »Kohortenkameradin« Victoria (dieser Militär-Sprech ist echt schrecklich!), die von einem ehemaligen Teilnehmer erfahren haben will, dass dieser Herr Kinck wohl ein absolutes Arschlo..., sorry, ein absoluter Idiot sein soll. Super, oder? Die guten Nachrichten hören einfach nicht auf! 🙄

Zuerst war ich echt bedient, als ich das gehört hab, aber dann ist mir klar geworden, dass Vicki das vielleicht auch nur gesagt hat, um mir Angst einzujagen. Ich glaub, das tut sie nämlich ganz gerne. Aber da kann sie sich bei mir die Zähne ausbeißen, so viel ist schon mal klar. Schließlich bin ich Anakonda-erprobt und die toppt so schnell keine.

Obwohl ich mir durchaus vorstellen kann, dass diese Victoria auch nicht schlecht darin ist, andere fertigzumachen. Am Anfang hab ich ja geglaubt, es wäre vielleicht nur Vickis merkwürdiger Klamottengeschmack, der einen automatisch Abstand halten lässt. (Sie trägt eine viel zu große Bomberjacke, Doc Martens und dazu eine Art Leoparden-Minirock, aus dem ihr knochiger Po zur Hälfte rausguckt, was sie aber nicht im Mindesten zu stören scheint.)

Aber das ist es nicht. Ich glaub, es ist eher was in ihrem Blick. Der wirkt manchmal, na ja, nicht wirklich bedrohlich, aber irgendwie ... hart, würde ich sagen. Und zwar nicht so aufgesetzt hart, von wegen »Hey, ich bin voll die Harte!«, sondern mehr *wirklich* hart: So, als wenn es nicht unbedingt ratsam wäre, sich mit ihr anzulegen, weil man dabei garantiert den Kürzeren zieht. Aber gut, das ist ja nur der erste Eindruck und vielleicht liege ich damit auch total daneben. Schließlich hat sie sich mir gegenüber bisher völlig korrekt verhalten. Und oft sind Leute, die nicht gleich einen auf »Oh, wir werden bestimmt ganz tolle Freundinnen« machen, ja auch viel netter als die, die einen sofort mit Freundschaftsbekundungen überhäufen. Und letztlich weiß sie ja genauso gut wie ich, dass wir uns jetzt drei Wochen lang ein klitzekleines Zelt teilen und insofern irgendwie miteinander auskommen müssen. 😒

Und damit jetzt auch genug von Victoria und ...
Oh, fuck. Dachte eben tatsächlich, die Wand neben mir hätte sich bewegt, aber jetzt ist es wieder vorbei. Gott sei Dank! Melanie hat uns nämlich vorhin beim Essen erzählt, dass hier auf den Azoren täglich (*täglich!*) Erd- und Seebeben registriert werden, und ich bin innerlich halb ausgerastet, weil ich vor Erdbeben fast noch mehr Schiss habe als vor Schluchten und Abhängen. Aber zum Glück hat die portugiesische Kellnerin uns im selben Moment eines dieser *Pasteis de Nata* aufgenötigt, die hier quasi Nationalgericht sind,

und das hat erstaunlicherweise ein bisschen geholfen.
Zumindest so weit, dass ich anschließend wieder normal atmen konnte und die beiden mir den kurzen Schockmoment – hoffentlich – nicht angemerkt haben. Im Zweifelsfall ist Kuchen wohl noch immer das beste Beruhigungsmittel. (Zumindest für mich. Victoria hat das Pastel de Nata nämlich mit den Worten abgelehnt, sie stünde mehr auf Wodka-O, der würde auch nicht so fett machen, woraufhin Minnie-Maus-Melanies anschließender Gesichtsausdruck echt lustig war ...)

Okay, so viel erst mal von mir von Faial. Morgen melde ich mich dann von Pico. (Wenn wir nicht vorher mit der Fähre untergehen, die sah nämlich nicht gerade stabil aus ...)

Bis morgen
Ihre Mia

PS: Dass ich Ihnen heute Abend schreibe, hätte übrigens beinahe nicht geklappt. Zuerst meinte »Mel« nämlich, sie könne sich nicht vorstellen, dass mir jemand erlaubt hätte, jeden Abend das Notebook zu benutzen, was mich total geschockt hat. Aber dann hat sie bei ihrem Chef in Deutschland angerufen und der hat ihr das noch mal bestätigt. Puh!

PPS: Denken Sie dran, meine Mutter und meinen Vater anzurufen? Danke!

An: Aylin Yildiz
Von: m.horstmann@ftf-reisen.de
Gesendet: 24. Juli, 21.23 Uhr
Betreff: Ich brauche deinen Rat!

Liebe Aylin,

ich bin's! Mia live und in Farbe (na ja, eigentlich nur in Schwarz-Weiß, aber egal), mitsamt einer geschmuggelten Mail von den Azoren beziehungsweise Faial, der Nachbarinsel von Pico! Wahrscheinlich wunderst du dich gerade total über diese Nachricht, weil ich mich ja gestern erst noch bei dir darüber beschwert habe, dass ich während dieses bekloppten Survival-Camps mit niemandem außer Frau Wolgast Kontakt haben darf. Aber gerade bin ich auf eine echt grandiose Idee gekommen: Wenn ich die Mail hier gleich nach dem Senden aus dem Gesendet-Ordner und dem Papierkorb lösche, dann dürfte doch eigentlich niemand mitkriegen, wenn ich dir im Anschluss an meine täglichen Frau-Wolgast-Mails heimlich auch noch was schicke, oder? Und – noch besser – da ich inzwischen weiß, dass ich im Camp wohl immer abends zwischen 19.00 und 20.00 Uhr an den Laptop darf, um Frau Wolgast meinen täglichen Bericht zu schicken, kannst du mir in der Zeit sogar zurückschreiben! Ha! Ich weiß, Eigenlob stinkt, aber gerade bin ich ganz begeistert, dass mir das eingefallen ist! 
Zurzeit mache ich mir nämlich voll Sorgen, aber ehe ich dir erzähle warum, sollte ich dich

vielleicht erst mal kurz aufs Laufende bringen. Sonst verstehst du nachher nur Bahnhof. Also ... Ich hab dir vorgestern doch erzählt, dass Handys hier im Camp quasi per Todesstrafe verboten sind, nicht wahr? Tja, und jetzt kommt's: Weißt du, was meine Mutter mir heute Morgen auf dem Flughafen zum Abschied in die Hand gedrückt hat? Ein nagelneues Prepaid-Handy! Kein Scherz! 
Während ich völlig baff auf das Gerät gestarrt hab, hat Mama gegrinst wie jemand, dem gerade ein Super-Coup gelungen ist, und dann hat sie mich gefragt, ob ich mich denn immer an jedes Verbot halten würde. Na, und da war ich dann *noch* verdatterter. Ich mein, du kennst ja meine Mutter: Dass an ihr eine Rebellin verloren gegangen wäre, kann man nun wirklich nicht behaupten. (Es sei denn, man hält 43-jährige Steuerfachangestellte, die ihre Socken nach Farbe sortieren, für rebellisch.) Aber so kann man sich täuschen! Anscheinend haben Papa und sie sich bei ihrem Telefonat gestern Abend überlegt, dass man Regeln in Ausnahmesituationen auch mal brechen darf, und deswegen bin ich jetzt stolze Besitzerin eines superkleinen Handys, das nur einen einzigen Haken hat: Ich kann Mama damit nicht erreichen. Bei der Nummer, die sie mir gegeben hat, hebt nämlich einfach niemand ab. Tja, und das ist auch der Grund, warum ich dir unbedingt schreiben wollte.[8]

---

8 Ich hab vorhin auch schon probiert, dich anzurufen, aber da ist nur euer AB rangegangen und noch mal konnte ich's nicht versuchen, weil meine Zimmernachbarin vom Klo zurückgekommen ist.

Weil Mama nämlich schon vor Stunden in Tripolis gelandet sein müsste, aber ich noch immer keine Nachricht von ihr gekriegt habe, und das, obwohl sie mir hoch und heilig versprochen hatte, gleich nach ihrer Ankunft ein »Der Adler ist gelandet!« zu schicken. (Das machen wir immer so, wenn einer von uns unterwegs ist, wir schicken uns diesen blöden Spruch.) Aber bisher ist nichts von ihr angekommen, nicht das Geringste, nada, nichts, niente, und deswegen gehe ich inzwischen voll auf dem Zahnfleisch!

Und – nur falls du das jetzt vermutest – am Handy liegt's nicht. Das funktioniert nämlich einwandfrei, das hab ich schon gecheckt. Und was noch merkwürdiger ist: Wenn ich bei meinem Vater anrufe, meldet sich auch keiner, noch nicht mal die Mailbox, dabei geht die sonst IMMER an und inzwischen mache ich mir solche Sorgen, das kannst du dir nicht vorstellen. Schließlich ist Libyen wirklich gefährlich! Deswegen hat Mama mir das neue Handy ja überhaupt nur geschenkt: damit ich mir eben ***keine*** Gedanken machen muss, dass ihr irgendetwas passiert sein könnte!

Ich mein, bestimmt gibt's dafür irgendeine halbwegs einleuchtende Erklärung, und abgestürzt ist ihr Flugzeug zumindest nicht (wenigstens kam darüber nichts in den portugiesischen Nachrichten), aber trotzdem.

Hast du irgendeine Idee, was man noch tun könnte? Mit der Betreuerin hier kann ich nicht darüber reden, denn dann müsste ich ihr ja das mit dem geschmuggelten Handy beichten und an

Frau Wolgast will ich mich auch nicht wenden, wei...

Oh, Shit! Eben kam das andere Mädchen, mit dem ich hier bin, in die Lobby und hat gemeint, dass unsere Gruppenleiterin gerade oben im Zimmer mein Gepäck durchsuchen würde. Das darf doch nicht wahr sein! VERDAMMT! Sorry, ich muss da sofort hoch! 😱

Bye
deine Mia

Faial, den 24. Juli, 22.02 Uhr

LIEBE MISS SHLIMAZL!

Du glaubst nicht, was gerade hier los war! Der absolute Wahnsinn! Dieser Minnie-Maus-Verschnitt von Betreuerin hat *tatsächlich* mein Gepäck gefilzt und dabei prompt das Handy gefunden. Und natürlich einkassiert! Verdammt! Jetzt hab ich überhaupt keine Chance mehr, meine Eltern zu erreichen! Was für eine Riesen-, Mega-, Oberscheiße!!!

Und als ob das noch nicht gereicht hätte, hat sie dann auch noch darauf bestanden, dass wir um Punkt 22.00 Uhr das Licht ausmachen, weshalb ich jetzt unter der Bettdecke hocke, was total nervt, weil mir die blöde Taschenlampe dabei ständig aus der Hand rutscjbh,df... Ach, fuck! Noch nicht mal das klappt! Ich hasse diese Kack-Lampe! Und ich hasse dieses Zimmer! Und vor allem hasse ich diese Mel!!!!

Gerade eben habe ich unsere Gruppenleiterin auf Knien angefleht, mir das Handy wenigstens noch so lange zu lassen, bis ich weiß, was mit Mama los ist, aber selbst das hat sie abgelehnt! Und dabei hättest du mal ihren Tonfall hören müssen! Wie der von unserer Geo-Lehrerin, wenn jemand ihren Namen mal wieder falsch betont und sie statt Frau Pisárek Frau Pissereck genannt hat.

»Du brauchst gar nicht so empört zu gucken, Mia! Das sind nun mal die Regeln hier: kein Handy und kein Internet! Das hast du selbst bei der Anmeldung unterschrieben. Schon vergessen?!«

Eigentlich hätte ich bei dem Spruch schon wissen müssen, dass diese Mel nicht einen Millimeter nachgeben wird, aber aus lauter Verzweiflung hab ich doch noch mal versucht, an ihr Mitgefühl zu appellieren. »Aber die Flughäfen in Libyen sind wegen der ganzen Anschläge da wirklich nicht sicher und ich will doch nur kurz hören, ob meine Mutter heil angekommen ist oder ob ihr ... ob ihr ...«

Während Victoria neben uns völlig ungerührt ihre Sachen ausgepackt hat, so als ginge sie die ganze Sache überhaupt nichts an, sind mir vor lauter Wut und Erschöpfung die Tränen gekommen, aber das hat Minnie Mel geflissentlich ignoriert und nur gemeint, das sei noch lange kein Grund, sich nicht an die Regeln zu halten.

»Dann hätte deine Mutter eben nicht gerade *jetzt* nach Libyen fliegen müssen, wenn es da so gefährlich ist. Das ist in meinen Augen ohnehin ziemlich verantwortungslos. Gerade, wenn man Familie hat.«

»Aber Sie wissen doch gar nicht, warum meine Mutter überhaupt in Libyen ist?!« Ich hab unsere Betreuerin fassungslos angesehen, weil ich diesen Spruch wirklich *so was* von gemein fand, aber ehe ich noch weiterreden konnte, hat sie schon stöhnend gemurmelt, nein, das wisse sie nicht, aber das würde sie auch nicht sonderlich interessieren.

»Schließlich ist das, was deine Mutter in Libyen oder

Timbuktu macht, ganz allein ihre Privatsache, aber ...« Ich hab den Mund aufgemacht, doch im selben Moment hat sie schon weitergeredet: »... was mich aber *durchaus* interessiert, ist *dein* Verhalten hier, denn dafür bin ich zurzeit verantwortlich und ich muss sagen, wenn sich das nicht schleunigst ändert – und damit meine ich *sofort* –, dann hast du morgen im Camp gleich als Erstes Latrinendienst. Auch wenn mir das sehr leidtäte, aber so sind nun mal die Regeln. Haben wir uns da verstanden?«

»Ja, aber ...«

»Aber *was, Mia?* Möchtest du dazu noch etwas sagen?«

Unsere Gruppenleiterin hat mich so streng angefunkelt, als hätte ich mich soeben in eine Schwerverbrecherin verwandelt, und ich hab bei ihrem grimmigen Gesichtsausdruck prompt den Faden verloren, weil mir das alles auf einmal so grenzenlos absurd vorgekommen ist. Ich mein, Latrinen-, also Kloputzdienst? Ihr Ernst?

»Aber ... nichts.«

»Das will ich auch gemeint haben. Victoria, würdest du deiner Kohortenkameradin bei Gelegenheit bitte erklären, dass sie sich keinen Gefallen damit tut, wenn sie die Vorschriften hier weiterhin zu unterlaufen versucht?«

»Mhm.«

»VICTORIA?«

»Ja. Meinetwegen ...«

Während ich Mel noch immer brodelnd vor Empörung angestarrt habe, hat Vicki genervt genickt und eine Sekunde später hat sich unsere Betreuerin dann mit einem letzten Blick in meine Richtung zum Gehen umgedreht.

»Schön, Kinder. Dann wollen wir uns jetzt alle mal wieder beruhigen. Schließlich ist es schon ziemlich spät und um zehn Uhr ist hier Zapfenstreich. Das heißt, Mia, du hast noch fünf Minuten unten am Laptop, um dich bei deiner Therapeutin für die Unterbrechung zu entschuldigen, und dann wird das Licht ausgemacht. Einverstanden?«

Ich hab noch immer sauer die Lippen zusammengepresst, aber als einzige Reaktion darauf hat Mel nur seufzend »Na gut, dann eben nicht ...« gemurmelt.

»Wenn du unbedingt rumtrotzen willst – *ich* hab damit kein Problem. Dann eben keinen Laptop mehr. Ab zum Zähneputzen und dann husch unter die Decke. Ach ja, und vergesst nicht, Kinder, euch den Wecker zu stellen. Morgen geht's früh los ...«

Aaaahhhh!!!!

Während ich ihr entgeistert hinterhergestarrt habe, hat diese Mel Vicki und mir noch einmal in bester Kindergärtnerinnen-Manier zugenickt und dann die Tür geschlossen und damit war er dann quasi zu Ende: der erste Tag mit meinen wundervollen beiden ABFs in spe.

Wobei, nicht ganz. Als ich nach der Auseinandersetzung mit Melanie völlig fertig auf meiner Bettkante zusammengeklappt bin, hat Victoria nämlich noch eins draufgesetzt, indem sie stöhnend gemeint hat, sie hätte schon immer gewusst, dass die heißesten Typen auf die dümmsten Mädchen stehen würden, und mein modelnder Freund und ich wären wieder mal das beste Beispiel dafür. »Mann, so was versteckt man doch nicht in seiner *Kulturtasche!* Wie blöd bist du eigentlich?«

»Aber ich ...« Zu einem anderen Zeitpunkt hätte ich darauf vielleicht irgendetwas Schlagfertiges erwidert, aber diesmal war mein Gehirn einfach nur leer. Was soll man dazu auch sagen? Vielleicht: Herzlichen Glückwunsch, du hast mich voll erkannt. Ich bin nicht nur eine bescheuerte Angeberin, sondern auch noch die schlechteste Handy-Schmugglerin aller Zeiten??

Oh, verflucht! Im Moment fühlt sich das hier alles gerade mehr als beschissen an, und wenn ich mir vorstelle, dass ich neben dieser Victoria, die mich sichtlich zum Kotzen findet, gleich auch noch einschlafen soll, dann ...

Mist! Das war Melanies Stimme. Anscheinend war sie eben kurz im Zimmer und hat gesehen, dass bei mir unter der Decke noch Licht brennt. Shit! Selbst Tagebuchschreiben scheint hier verboten zu sein. ARGH! Wir sind noch nicht mal da und ich will jetzt schon nach Hause! Und zwar sooooooo was von!!!

An: Kinder- und Jugendpsychotherapeutin
Dr. Elisa Wolgast
Von: m.horstmann@ftf-reisen.de
Gesendet: 25. Juli, 19.18 Uhr
Betreff: Ich bin im Camp auf Pico

Liebe Frau Wolgast,

inzwischen bin ich schon den zweiten Tag auf den Azoren, aber bisher hab ich noch immer nichts von Ihnen gehört. Sind Sie krank? Oder haben Sie meine Nachricht gestern nicht gekriegt? Oder haben Sie sie doch schon bekommen und hatten bisher nur noch keine Zeit zu antworten? Das verstehe ich natürlich, ich weiß ja, dass Sie noch andere Patienten haben und die bestimmt auch alle was von Ihnen wollen, aber ...
Also, ich wäre wirklich *TOTAL* froh, wenn Sie mir bald zurückschreiben könnten!! Im Moment geht's mir nämlich echt ätzend (nicht körperlich, sondern mehr seelisch) und insofern würde ich mich *wirklich* über eine Mail von Ihnen freuen. Und genauso über eine Nachricht von meinen Eltern. Von denen habe ich nämlich auch noch nichts gehört beziehungsweise doch, aber das kam von unserer Betreuerin und klang irgendwie unglaubwürdig und letzte Nacht hatte ich wieder so einen Albtraum, in dem Papa und Mama von islamistischen Terroristen geköpft worden sind, und ... 
Mist! Merke gerade, ich steigere mich schon wieder voll in irgendwelche Ängste rein, dabei

will ich das gar nicht. Okay, was ich eigentlich sagen wollte, ist: Es wäre schön, wenn Sie rauskriegen könnten, ob bei meinen Eltern alles in Ordnung ist. Das war's auch schon. Jetzt zu meinem Tag heute.

Vor ungefähr fünf Stunden sind Victoria, Melanie und ich mit der Fähre auf Pico angekommen und die Überfahrt hierher war echt heftig. Gestern hat noch den ganzen Tag die Sonne geschienen und wir sind in Shorts durch den Hafen gelaufen und heute Morgen ging dann auf einmal die Welt unter: Der Himmel war pechschwarz, der Regen ist so hart auf einen herabgeprasselt, dass es richtig wehtat, und der Wind hat dermaßen an den riesigen blauen Hortensienbüschen gezerrt, die hier überall rumstehen, dass ich die ganze Zeit dachte, gleich heben sie ab und verschwinden auf Nimmerwiedersehen zwischen den Wolken.

Und auf dem Wasser war's natürlich besonders schlimm. Aber weil unsere Gruppenleiterin meinte, die anderen würden drüben auf Pico auf uns warten, hatten wir leider keine andere Wahl, als brav die Fähre zu nehmen, und auf dem Schiff war mir dann so schlecht, dass ich mich am liebsten kopfüber in den Atlantik gestürzt hätte. Boah, das war echt fies! Dass man sooo seekrank werden kann, hab ich überhaupt nicht gewusst!

Bei jedem Wellental ist die Fähre gefühlte zehn Meter ins Nichts gefallen und die Horrorstorys, die Mel uns zur Ablenkung über Pico erzählt hat, haben es nur noch schlimmer gemacht. Allein diese Geschichte, dass der Pico – also der Vulkan ,

nicht die Insel – bereits viermal in den letzten 500 Jahren ausgebrochen ist, und niemand weiß, wann er das nächste Mal ausbrechen wird. Wow! Ehrlich gesagt hätte ich auf das Wissen, dass der Pico aktiv ist, gut verzichten können. Mir hat schließlich schon die Geschichte mit den täglichen Erd- und Seebeben hier gereicht. Aber für Mel war das anscheinend noch nicht genug.
Als Nächstes hat sie uns nämlich vor den fast dreihundert unterirdischen Lavatunneln auf den Azoren gewarnt, in die man anscheinend ganz leicht hineinfallen kann, weil ihre Öffnungen so von Farnen und Moosen zugewuchert sind, dass man sie überhaupt nicht sieht.
Ach ja, und zur besseren Veranschaulichung hat sie uns dann auch noch von einer jungen Wandergruppe berichtet, die sich letztes Jahr auf der Suche nach ihrer verschwundenen Freundin dermaßen in dem kilometerlangen Tunnelsystem verirrt hätte, dass man nach Wochen nur noch ihre halb verwesten Leichen bergen konnte. Ganz toll!
Ich kann Ihnen sagen, nach der Story war ich endgültig bedient. Immerhin besteht die Hälfte der Unternehmungen, die wir bei den *Fighting Pandas* machen sollen, aus irgendwelchen Querfeldein-Wanderungen und da hört sich die Aussicht auf irgendwelche Löcher im Boden, durch die man wie Alice im Wunderland in zehn Meter tiefe Lavaschlünde stürzt, nicht gerade beruhigend an. Vor allem nicht, wenn man vor lauter Seekrankheit und Heimweh eh kurz vorm Durchdrehen ist.
Wirklich, Sie glauben gar nicht, wie gern ich

jetzt zu Hause wäre! Ganz ohne subtropische Farne, aktive Vulkane  und tödliche Höhlen, dafür aber mit Mama und Papa in unserem kuschligen Wohnzimmer vorm Fernseher, während gerade der *Tatort* läuft und Papa sich mal wieder darüber aufregt, dass er alle guten Folgen schon kennt. Was in drei Teufels Namen mache ich hier bloß?!

Das einzig Positive ist, dass Mel und Vicki nichts von meinem Heimwehanfall mitgekriegt haben. Obwohl – wahrscheinlich hätte es sie auch nicht sonderlich interessiert. Als ich unsere Betreuerin nach dem ersten Mal Spucken nämlich nach einem Taschentuch gefragt hab, hat sie nur mit seufzender Stimme gemeint: »Mia, wenn du einen so empfindlichen Magen hast, hätte deine Mutter das wirklich im Anmeldeformular eintragen müssen!« Und Victoria hatte zwar ein Tempo dabei, aber dafür bestand ihr einziger Kommentar aus einem drohenden »Wehe, du kotzt mir die Jacke voll!«. Gott, dieses Mädchen ist wirklich so mitfühlend wie ein Kühlschrank! (Wobei der ja wenigstens manchmal Schokolade enthält, was man bei Skelett-Vicki definitiv ausschließen kann.)

Ach ja, und falls Sie mir jetzt vorschlagen wollen, dass ich trotzdem weiter auf Vicki zugehen soll, weil ihr ganzes Verhalten ja auch nur eine Abwehrstrategie sein könnte, genau wie bei mir, dann kann ich Ihnen nur sagen: Das habe ich schon probiert. Heute Morgen, bevor wir auf die Fähre gegangen sind, sah Vickis Gesicht nämlich so aus, als wenn sie im Badezimmer geheult hätte.

Na ja, und da vorher aus dem Bad Geräusche zu hören waren, die definitiv so klangen, als wenn meine Zimmergenossin mit den lila Dreadlocks (hab ich schon erwähnt, dass sie lila Dreadlocks hat?) das Abendbrot von gestern wieder hochwürgen würde, hab ich mich instinktiv aufgerufen gefühlt, irgendetwas Nettes zu ihr zu sagen. So nach dem Motto »Wegen mir musst du nicht die ganze Zeit die Spülung rauschen lassen, ich hab schon kapiert, dass du 'ne Essstörung hast«.
Tja, und weil mir das dann doch etwas zu direkt erschien und ich aufgrund ihres Jesus-Tattoos natürlich angenommen hab, dass sie gläubig ist, habe ich Vicki dann erzählt, dass ich Christen immer ein bisschen beneidet hätte. Weil sie sich in Notsituationen ja jederzeit an jemanden wenden können, während ich mir nicht sicher bin, ob so etwas wie Gott überhaupt existiert. Was man halt so sagt, wenn man jemanden aufbauen will, der sich den Namen des Heilands auf den Arm tätowiert hat. Und jetzt kommt's. Wollen Sie wissen, wie meine »Kohortenkameradin« auf meine tröstlich gemeinte Bemerkung reagiert hat?
Zuerst hat sie mich angesehen, als wenn ich ihr soeben eröffnet hätte, dass ich drei Brüste habe. Und dann hat sie ungläubig ihre Stirn in Falten gelegt und mir einen mehr als finsteren Blick zugeworfen. »Sag mal, willst du mich verarschen?«
»Nein. Natürlich nicht!« Ich hab entschuldigend den Kopf geschüttelt. »Sorry, wenn das jetzt blöd klang. Ich meinte nur ... Also für mich ist es völlig okay, wenn du an Gott glaubst. Und wenn du

abends bei uns im Zelt beten willst, ist das für mich auch kein Problem. Dass das nicht so meins ist, bedeutet ja nicht, dass andere das nicht tun sollten, oder?«
Ich hab Vicki so freundlich angelächelt, dass mir vor lauter Harmlosigkeitsbekundung schon die Mundwinkel wehtaten, aber ihre Miene sah noch immer so aus, als wenn sie gerade in einen riesigen Hundehaufen getreten wäre, den mein Hund extra für diesen Anlass hinterlassen hätte.
Also hab ich ein Stöhnen unterdrückt und instinktiv den geordneten Rückzug eingeläutet. »Aber das ist natürlich deine Sache und tja, ähem, das war's auch schon, was ich sagen wollte ...«
Ich hab mich verlegen geräuspert, aber anstatt weiter wie ein Brunnenvergifter zu gucken, hat Vicki auf einmal ein Lächeln aufgesetzt. Ein Lächeln, das auf den zweiten Blick allerdings mehr wie das Zähnefletschen einer Wölfin kurz vorm Sprung aussah.
»Aber nicht doch, Mia. Sprich dich nur aus. Ich warte einfach, bis du fertig bist.«
»Oh, tja, also ich glaube, ich bin schon fertig ...«
Ich hab innerlich einen Fluch unterdrückt, weil ich bei Victorias gruseligem Wolfslächeln schon vermutet hab, dass das hier gerade voll danebengeht, und genauso war's leider auch.
Eine Sekunde später ist sie nämlich so drohend auf mich zugekommen, dass ich automatisch einen Schritt zurückgewichen bin.
»Das genießt du jetzt so richtig, was, Mia? Da

hat so 'ne kleine verwöhnte Schlossbewohnerin wie du auch mal ihren Spaß ...«
»Äh ...«
Ich hab irritiert die Stirn gerunzelt, weil ich überhaupt nicht begriffen hab, was hier gerade abgeht, aber Victoria ist bereits mit hochroter Miene durch den Raum stolziert und hat mich mit verstellter Stimme nachgemacht.
»Hallo, mein Name ist Mia und ich bin ja sooo fancy und hab sooo viele Freundinnen! Und mein Freund ist ein Model und mein Vater ist Arzt und ich hab eine eigene Therapeutin, weil meine Eltern denken, dass mir das guttut, weil ich ja *sooo* sensibel bin!«
Vicki hat aufgehört, meinen Tonfall nachzuäffen, und ich hab den Mund aufgemacht, um wenigstens den Versuch zu unternehmen, sie zu bremsen, aber das hätte ich mir genauso gut sparen können. 
»Hör mal, Victoria, also das mit dem Schloss ist eventuell doch anders, als du denkst, und das mit dem Freund ist auch ...«
Weiter bin ich nicht gekommen, denn im selben Moment ist sie mir bereits mit sich überschlagender Stimme ins Wort gefallen: »Weißt du was, Mia? Ich hab es satt, von solchen angepassten Hohlbirnen wie dir verarscht zu werden, klar?! Keine Ahnung, ob du einfach nur dumm oder dumm *und* lebensmüde bist, aber wenn du jetzt nicht sofort aufhörst, dich über mich lustig zu machen, dann haben wir hier die nächsten drei Wochen so *richtig* Stress miteinander! Und dabei ist es mir scheißegal, ob du dich deswegen bei Melanie aus-

heulst oder deine bescheuerte Therapeutin auf mich hetzt, verstanden??«

»Verflucht, Vicki, was soll denn das? Was hab ich denn bitte schön gesagt, dass ...« Ich bin Victoria, die immer näher auf mich zugekommen ist, hektisch ausgewichen und dabei ist mein Blick auf ihren linken Oberarm gefallen, bei dem das hässliche Panda-T-Shirt ein Stückchen hochgerutscht war. Tja, und da erst habe ich gesehen, dass vor dem Tattoo mit dem »Jesus«-Schriftzug noch etwas anderes stand: ein Wort, das mit einem »...ck« endete. Na, und eine Sekunde später ist mir das Blut dann mit einem Flush ins Gesicht geschossen und ich bin mir vorgekommen wie der größte Trottel, der auf Erden rumläuft. Argrrr! Vielleicht sollte man bei bestimmten Dingen einfach mal genauer hingucken, bevor man gleich die Klappe aufreißt!

»Oh, nein! ›Fuck‹! Es heißt ›Fuck‹!«

Ich hab Vicki fassungslos angestarrt, aber ehe ich meinen Fauxpas mit dem falsch verstandenen Jesus-Tattoo (das anscheinend ein »Fuck Jesus«-Tattoo ist) noch erklären konnte, hat uns Melanies gestresste Stimme von jenseits der Tür bereits unterbrochen.

»Würdet ihr bitte *sofort* aufhören, so rumzubrüllen, und euch stattdessen lieber beeilen? Mia, Victoria, habt ihr gehört? Wir müssen los! Die Fähre wartet nicht!«

»Wir kommen ja schon!«

»Aber ich ...«

»Zumindest *ich* komme! Was Mia macht, ist mir egal!«

Vicki hat nach ihrem Rucksack gegriffen und mich grob zur Seite gestoßen und damit war der Moment, in dem ich das Ganze hätte erklären können, auch schon wieder vorbei. Melanie hat draußen vor der Tür noch irgendetwas von wegen »Guckt noch mal unters Bett, Kinder! Nicht, dass ihr was vergesst!« gerufen, und während ich der aus dem Zimmer stürmenden Victoria hilflos hinterhergestarrt habe, hatte ich definitiv das Gefühl, als wenn sie auf dem Weg zur Tür ein gepresstes »Allein unter Bekloppten ...« vor sich hin gemurmelt hätte.

 Verdammt! Wenn es einen Preis für den schlechtesten Kontaktaufnahme-Versuch seit Menschengedenken gäbe, ich wäre ganz sicher eine Top-Kandidatin dafür. Ich kann so was einfach nicht! Ich konnte das noch nie, dieses Auf-fremde-Leute-Zugehen in der Hoffnung, dass sie mich nett finden! Entweder bin ich zu devot und komme rüber wie jemand, der verzweifelt Freunde sucht, was so ziemlich die schlechteste Ausgangssituation aller Zeiten ist. Oder ich bin so bemüht cool, dass alle mich prompt für arrogant und eingebildet halten, und das ist dann auch wieder falsch. Mist!

Außerdem merke ich gerade, ich verliere schon wieder den Faden. Eigentlich wollte ich Ihnen ja von unserem neuen Kohortenleiter erzählen und stattdessen verzettele ich mich hier mit irgendwelchen Geschichten über Vicki und meine peinlichen Annäherungsversuche und jetzt ist die Zeit am Laptop gleich schon wieder um. Tut mir echt leid! Werde versuchen, mich morgen aufs Wesentliche zu konzentrieren, versprochen. 🙄

Jetzt erst einmal viele Grüße
Mia (und, wie gesagt, wenn Sie was von meinen Eltern hören, sagen Sie mir bitte gleich Bescheid!)

Pico, den 25. Juli, 19.20 Uhr

Liebe Miss Shlimazl!

Wir sind auf Pico, und weißt du was? Es ist *noch* einsamer, als ich es mir vorgestellt habe! Insgeheim hatte ich gehofft, dass man wenigstens in Madalena (was quasi das einzige größere Dorf der Insel ist) mal shoppen oder ins Kino gehen könnte, aber von wegen. Keine Chance! Madalena besteht nämlich nur aus ein paar weißen Häusern, einer kleinen Kirche und ein paar verlassenen Lava-Weinfeldern. Ach ja, und einem Weinmuseum in einem alten Kloster, das aber wegen Renovierung geschlossen ist. Unfassbar! Das hier ist wirklich das Ende der Welt! Dagegen ist Faial eine Großstadt! Und der riesige Pico, der mit seinem seltsam schiefen Gipfelkrater hinter dem Kirchturm wie eine schwarze Wand aufragt, macht das Ganze nur noch schlimmer. Ehrlich, bei seinem Anblick hatte ich für einen Moment ein ganz merkwürdiges Gefühl im Magen, fast wie so eine Art düstere Vorahnung. Das war richtig unheimlich!

Während die paar Passagiere, die mit uns auf der Fähre waren, in den wenigen umliegenden Straßen verschwunden sind und Mel uns irgendetwas über angemessenes Schuhwerk zum Wandern erzählt hat, hab ich voll gemerkt, wie die Panik wieder in mir hochgestiegen ist. Dieselbe Panik wie vorletzte Nacht. Für eine Sekunde hatte ich sogar das Gefühl, als wenn sich der Boden unter mir bewegen würde, wie bei so einem Mini-Erdbeben. Aber dann war von der anderen Straßenseite plötzlich ein Hupen zu hören, und als ich hochgeguckt hab, stand da ein ziemlich schmutziger Geländewagen und davor lehnte ein Typ, der auf den ersten Blick wie Indiana Jones aussah. Allerdings nicht wie

Indiana Jones in der gut gelaunten Harrison-Ford-Schlapphut-Version, sondern eher wie ein schlecht gelaunter Fake-Ford ohne Schlapphut, dafür aber mit beeindruckendem Stiernacken und ausuferndem Haarwuchs auf den Unterarmen. Auch was Schönes.

Tja, und zwei Sekunden später entpuppte sich der Fake-Ford als Herr Kinck, unser Kohortenleiter, und ich hatte sofort einen Eindruck von dem, was da in den nächsten drei Wochen auf mich zukommt. Oh, Mann. Anscheinend hat Victoria mit ihrer Bemerkung tatsächlich recht gehabt: Dieser Herr Kinck besitzt wirklich alle Kennzeichen eines chronisch mies gelaunten Militärausbilders. Und das mit der Indiana-Jones-Ähnlichkeit lag auch nur an seinen beigen Outdoor-Klamotten und nicht an seinem restlichen Aussehen. Denn das erinnerte bei näherem Hinsehen definitiv eher an eine Mischung aus »The Rock« Dwayne Johnson (diesem Wrestler und Schauspieler) und einem etwas zu klein geratenen Gorilla. Genauer gesagt an einen fünfzigjährigen Mini-Gorilla mit vorstehendem Mund, kurz geschorenen grauen Haaren und kleinen, stechenden Augen, die uns ansahen, als wären wir das Unerfreulichste, was er seit Langem zu Gesicht bekommen hätte.

»Und? Beim Schminken vergessen, das Handy aufzuladen, oder was ist sonst eure Erklärung dafür, dass ihr mich hier fünfzehn Minuten ohne Nachricht warten lasst?«

Während ich bei der unfreundlichen Begrüßung am liebsten die Flucht angetreten hätte, hat Vicki neben mir leise aufgestöhnt und selbst unsere dauerlächelnde Minnie Maus wirkte von dem ruppigen Auftritt unseres Kohortenleiters ziemlich irritiert. »Hallo Martin, tut mir leid, dass du warten musstest. Ich darf doch Martin sagen, oder? Ich weiß, wir kennen uns noch nicht persönlich, aber ...«

»Das Gepäck muss hinten rein!«

»Natürlich, aber ...«

»Ein bisschen Beeilung, ja? Wir haben nicht ewig Zeit!«

Herr Kinck hat Melanie mitten im Satz abgewürgt, was diese sichtlich aus dem Konzept gebracht hat, aber statt einer Entschuldigung hat er sich nur wortlos von ihr abgewandt und erneut Kurs auf den Geländewagen genommen. »Gut, dann wollen wir mal. Frau Horstmann sitzt vorn, die Mädchen auf der Rückbank. Und ohne allzu langes Getrödel, wenn ich bitten darf! Ich will die Jungs nicht länger als nötig allein lassen. Die kommen so schon auf genügend schwachsinnige Ideen ...«

Herr Kinck hat Melanie, ohne zu fragen, ihr Gepäck abgenommen und ist dann, nachdem er es unsanft nach hinten in den Laderaum geworfen hat, vorn auf der Fahrerseite eingestiegen.

»Okay, können wir dann oder braucht noch jemand eine Extra-Einladung?«

Unser neuer Kohortenleiter hat einen ungeduldigen Blick in den Rückspiegel geworfen, und während ich hektisch neben Vicki auf die Rückbank geklettert bin, hat die nur entnervt die Augen verdreht. »Das geht auch netter, du Honk!«

»Wie bitte?« Herr Kincks Kopf ist bei Victorias leiser Bemerkung wie der eines gereizten Pitbulls herumgeschnellt, aber ihre Reaktion in dem Moment war echt bewundernswert. Ich wäre unter dem unerbittlichen Blick unseres Kohortenleiters garantiert zu einem Häufchen Elend zusammengeschmolzen, aber Vicki hat nur betont langsam die Achseln gezuckt und dabei ausgesehen, als könne sie kein Wässerchen trüben. »Ich hab nichts gesagt.«

»Ach nein?«

»Nein. Oder hast du was gehört, Mia?«

Vicki hat mich unschuldig angeguckt und ich war so überrascht davon, dass sie mich in die Sache miteinbezogen hat, dass ich ein paar Sekunden brauchte, um zu schalten.

»Nein. Ich ... äh ... Ich hab auch nichts gehört.«

»Hab ich ja gesagt.«

Vicki hat sich mit einem zufriedenen Lächeln wieder zu unserem Kohortenleiter umgedreht, woraufhin der sie so finster angesehen hat, dass ich eine Sekunde befürchtet hab, dass er gleich noch mal aussteigt und ihr ohne Vorwarnung eine knallt. Aber das hat er sich glücklicherweise dann doch verkniffen und uns stattdessen nur ein weiteres Mal unwirsch gemustert.

»Okay, Panda Mia, Panda Victoria, da ja selbst Frau Horstmann inzwischen so weit zu sein scheint, legen wir am besten gleich los. Seid ihr aufnahmebereit?«

Vicki und ich haben stumm genickt, und während ich bei dem Begriff »Panda« ernsthaft Mühe hatte, nicht hysterisch loszukichern (vor allem weil er aus Herrn Kincks Mund definitiv wie eine militärische Rangordnung klang, à la »Soldatin Mia« und »Gefreite Victoria«), hat Herr Kinck uns so prüfend taxiert, als würde er gerade unsere Überlebenschancen in der freien Wildbahn abschätzen.

»Gut, Pandas, in meinem Camp gelten drei wichtige Grundregeln. Die erste lautet: *Der Kohortenleiter hat immer recht.* Und wer ist hier der Kohortenleiter? Na, Panda Victoria?«

Herr Kinck hat Victoria auffordernd zugenickt und Vicki hat man angemerkt, dass sie erst überlegen musste, ob so eine bescheuerte Frage überhaupt eine Antwort verdient, aber dann hat sie sich doch noch eingekriegt und seufzend genickt. »Sie?«

»Yep. Panda Victoria ist anscheinend gar nicht so dumm, wie sie aussieht. Gut, und hat einer von euch beiden vielleicht auch eine Idee, wie Regel Nummer zwei lauten könnte?«

Herr Kinck hat diesmal *mich* fragend angesehen, aber ich muss so planlos ausgesehen haben, dass er sich die Antwort lieber selbst gegeben hat.

»Anscheinend nicht. Also, Panda Mia, Regel Nummer zwei lautet: *Sollte der Kohortenführer einmal nicht recht haben, tritt automatisch Regel Nummer eins in Kraft.* Habt ihr dazu noch Fragen?«

»Äh ...« Während ich Vicki Hilfe suchend angesehen habe, weil ich diesen Flachwitz bisher nur von meinem uralten Religionslehrer kannte und ihn da schon dämlich fand, hat Mel von vorn versucht, etwas dazu sagen, aber Herr Kinck hat sie einfach ignoriert.

»In Ordnung. Also kommen wir zu Regel Numero drei, die da lautet: *Mädchen kriegen bei mir im Camp keine Sonderbehandlung!* Das bedeutet: Wenn übermorgen der erste Zwanzig-Kilometer-Fußmarsch mit Gepäck ansteht, dann laufen alle in der Gruppe die zwanzig Kilometer bis zum Ende und damit meine ich *alle*, ohne Ausnahme. Irgendwelches Gejammere von wegen ›Herr Kinck, ich hab 'ne Blase am Fuß!‹ oder ›Herr Kinck, ich kann nicht mehr laufen, ich hab meine Tage!‹ zieht bei mir nicht. Ist das klar?«

»Oh, sonnenklar.« Vicki hat ironisch genickt und ich hab verzweifelt versucht, mir meine zunehmende Fassungslosigkeit nicht anmerken zu lassen, doch zeitgleich ist Herrn Kincks Stimme bereits wie ein Schlagbeil auf mich niedergerauscht.

»Und was ist mit dir, Panda Mia? Hat's dir die Sprache verschlagen oder bist du von Natur aus stumm?«

»Ich … äh …« Ich hab verwirrt innegehalten, aber das war anscheinend genau das Falsche, denn inzwischen klang der Tonfall unseres Kohortenleiters schon wie das Bellen eines Rottweilers.

»Das heißt nicht ›Ich … äh‹! Das heißt: *Nein, Herr Kohortenleiter Kinck!* Also noch mal und nicht so gottverdammt schüchtern. Schließlich sind wir hier nicht in einem katholischen Mädcheninternat, sondern in einem Survival-Camp. Also, Panda Mia: Hast du die dritte Regel verstanden?«

»Ja, hab ich.«

Weil ich es einfach nicht über mich gebracht hab, diesen schwachsinnigen Begriff »Kohortenleiter Kinck« laut auszusprechen, hab ich nur resignierend genickt, aber das hat zum Glück auch gereicht, denn anschließend hat Herr Kinck seufzend gemeint, gut, wenigstens etwas.

»Ach ja, und noch was: Da ich nichts von dieser ganzen Duzerei halte, nennt ihr mich bitte *Herr Kohortenführer Kinck* oder auch nur *Herr Kinck*, wenn euch das lieber ist, und das hier neben mir ist Frau Horstmann. So weit alles klar?«

Herr Kinck hat den Motor seines SUVs gestartet und ich wollte gerade nicken, da hat Melanie ihrem Nebenmann schon die Hand auf den Arm gelegt und ich hab sie fast um ihren Mut beneidet. »Tut mir leid, Martin, aber ich hab den Mädchen schon erlaubt, dass sie mich Melanie nennen, und insofern …« Sie hat lächelnd die Schultern gezuckt, aber weiter ist sie nicht gekommen, denn im selben Moment haben sich Herrn Kincks Augen bereits ungläubig geweitet und Bruchteile von Sekunden später hat er den Motor mit einem unschönen Laut wieder abgewürgt.

»Du hast *was??*« Herr Kinck hat sich abrupt zu Mel umgewandt und der Blick, den er ihr dabei zugeworfen hat, war echt furchterregend.

»Aber ich dachte ...« Melanie hat ein kurzes Lachen versucht. »Na ja, mein Vorgänger sagte mir am Telefon, er hätte die Jugendlichen im Camp auch immer geduzt, und weil wir ja jetzt drei Wochen auf engstem Raum zusammen sind, hab ich angenommen, dass ...«

»Ach, da hast du angenommen, dass du hier einen auf ›Butschi, butschi, was haben wir uns doch alle lieb‹ machen kannst, oder was? Mein Gott, wo hat der Chef *dich* denn aufgetan? In einer Wollsockenstrickstunde für Sozialpädagogen? Mann, oder besser gesagt, Frau, schalt doch mal dein Gehirn ein! Dein Vorgänger hat die Kinder geduzt, ja. Aber natürlich haben sie ihn *nicht* zurückgeduzt. Das wäre ja noch schöner!«

Herr Kinck hat schnaubend den Kopf geschüttelt und für eine winzige Sekunde hat mir Mel beinahe leidgetan, wie sie da so verunsichert neben ihm saß und verzweifelt versucht hat, zumindest noch den Rest ihrer Würde zu bewahren.

»Gut, also wenn du meinst, Martin, dann ... Tja, dann bleiben wir vielleicht doch besser beim ›Sie‹. Ich bin ja das erste Mal dabei, insofern halte ich mich vielleicht einfach an deine Vorgaben. Also, Vicki, Mia ...« Mel hat sich zu uns nach hinten umgedreht und ein ziemlich schiefes Lächeln aufgesetzt. »... ich bin dann doch besser Frau Horstmann. Ich hoffe, das ist für euch okay?«

Ich wollte gerade nicken, da ist unser Gruppenleiter

schon mit empörter Stimme dazwischengegangen. »›Ich hoffe, das ist für euch okay‹??« Herr Kinck hat Mels Stimme mehr schlecht als recht nachgeäfft und dabei stöhnend den Kopf geschüttelt. »Gott! Das wird ja immer schlimmer. Bittest du die Jugendlichen demnächst vielleicht auch noch um Erlaubnis, wenn du pissen gehen willst, oder was?«

»Ich ... Äh, nein, aber ... Also eigentlich denke ich, dass wir anders miteinander umgehen sollten, gerade vor den Kindern, und ich weiß auch nicht, ob wir wirklich solche Wörter benutzen sollten ...«

»Ach, das weißt du nicht?« Herr Kinck hat Melanie aus zusammengekniffenen Augen gemustert und kurzzeitig standen die Chancen für einen hier und jetzt ausgetragenen Machtkampf zwischen unseren beiden Betreuern bei gefühlten 80 zu 20. Aber letztlich ist es dazu dann doch nicht gekommen, denn eine Sekunde später hat Melanie bereits die Waffen gestreckt.

»Aber gut, ich will natürlich keinen Ärger, und wenn du meinst, dann ...«

Melanie hat ermattet die Schultern gezuckt und Herr Kinck hat zufrieden nach einer Dose mit Pfefferminzdrops gegriffen, die in der Ablage vor ihm lag, und sich einen davon in den Mund geschoben.

»Und *wie* ich das meine. Aber jetzt schonen wir alle mal unsere Stimmen und machen das, was die Menschen meiner Meinung nach viel öfter tun sollten: Wir schweigen. Einverstanden, Melanie?«

Unser Kohortenleiter hat Mel beziehungsweise Frau Horstmann ein pseudo-versöhnliches Lächeln zugeworfen und Melanie hat noch einmal tief durchgeatmet und dann stumm genickt.

Tja, und in den nächsten anderthalb Stunden hat dann wirklich keiner von uns mehr etwas gesagt. Herr Kinck hat den Geländewagen auf einer immer schmaler und holpriger werdenden Straße den Berg hinauf gesteuert und Vicki, Melanie und ich haben so getan, als wenn wir unglaublich von der Aussicht fasziniert wären, obwohl es außer einigen verfallenen Mauern und ein paar abgemagerten Kühen überhaupt nichts zu sehen gab. Nur eine seltsam verlassen wirkende Landschaft voller schroffer Hügel und einsamer Felsen und den dicht behaarten Nacken von Herrn Kinck, bei dessen Anblick mir immer schlechter und schlechter geworden ist, bis ich nach ein paar Minuten wieder kurz vorm Spucken war. Uahh ...

Aber irgendwann sind mir dann trotz meiner Übelkeit doch noch zwei Sachen aufgefallen: Punkt a) dass uns die ganze Zeit kein einziges Auto begegnet ist, was mich messerscharf hat schließen lassen, dass das Camp der *Fighting Pandas* anscheinend in der absoluten Einöde liegt. Und Punkt b) dass es draußen immer grauer, kälter und diesiger geworden ist wie in einem dieser Splatter-Movies, in denen einen der Nebel komplett verschluckt, bis man irgendwann das blitzende Messer des Mörders ruckartig auf sich zusausen sieht.

Na, und genauso war's dann auch, nur ohne das Messer. Nach kürzester Zeit waren die am Felsen klebenden Nebelschwaden so dick, dass man so gut wie gar nichts mehr gesehen hat, aber unser Kohortenleiter ist weiter den Berg hochgeheizt wie ein besoffener Henker und nach zehn Minuten Kamikaze-Fahrt über Vulkan-Serpentinen, die ganze Zeit mit weit offenem Fenster, haben Vicki und ich in unseren dünnen Panda-T-Shirts nur noch gezittert wie Wackelpudding in der U-Bahn. Da aber niemand sich getraut hat,

unseren Fahrer zu bitten, etwas langsamer zu fahren oder das Fenster zu schließen, gab's zum Frieren quasi keine Alternative und irgendwann war selbst das egal. Weil man nämlich in Anbetracht der rechts und links abrupt aus dem Nebel auftauchenden Abbruchkanten ohnehin nur noch gehofft hat, *irgendwo* heil anzukommen – und sei's nördlich der großen Mauer bei den weißen Wanderern.

Das Schlimmste war aber der Moment, wo der Nebel plötzlich aufgerissen ist! Da haben wir auf einmal ein totes Maultier am Straßenrand liegen sehen und das war so gruselig, dass ich instinktiv aufgeschrien hab. Aber weißt du, wie dieser bescheuerte Herr Kinck darauf reagiert hat? Auf meinen Schrei beim Anblick eines Tieres, das einen aus leeren Augenhöhlen wie ein Gespenst angestarrt hat? Er hat sich stocksauer zu mir umgedreht und mich angefahren: »Wenn du noch *einmal* so hysterisch rumkreischst, Panda Mia, gehst du zu Fuß, verstanden?!«

Unfassbar, oder? Gott, der Typ ist wirklich so ein Widerling, man glaubt es nicht!

Im ersten Augenblick war ich so verdattert über den Anschiss, dass ich überhaupt nicht wusste, wie ich reagieren soll, und anschließend sind mir prompt die Tränen in die Augen gestiegen. Aber geheult hab ich nicht. Gott sei Dank! Stattdessen bin ich so wütend geworden, dass ich kurz davor war, ihm von hinten in den Rücken zu treten, und zwar am liebsten so heftig, dass er seine Bandscheiben danach einzeln wieder vom Boden aufsammeln kann. WHAM!

Doch das muss er leider geahnt haben, denn ein paar Minuten später ist er tatsächlich langsamer geworden. Na ja, und kurz darauf sind wir auf eins dieser einsamen Lavafelder eingebogen, die man hier passenderweise *Misterio* nennt (was übersetzt so viel wie *Geheimnis* bedeutet), und auf dem sind wir dann so lange entlanggeruckelt, bis wir zu einem kleinen Wald voller Sicheltannen gekommen sind. Und da, mitten auf einer Lichtung im Nirgendwo, war die Reise plötzlich zu Ende. Halleluja!

Unser Kohortenleiter hat den Motor abgestellt und irgendetwas davon erzählt, dass die Einheimischen die Gegend hier oben im Hochland auch »Nebelwald« nennen, weil man die meiste Zeit des Jahres kaum seine Hand vor Augen sehen könne. Aber das war Vicki, Mel und mir in dem Moment ganz egal. Das, was man gehört hat, nachdem er ausgestiegen ist, war nämlich etwas echt Erstaunliches: Um uns herum war es absolut still. Das war so, als wenn jemand plötzlich eine riesige Glasglocke über uns gestülpt hätte, die jedes Geräusch wie in einem Vakuum verschluckt. Total irre! Kurz bin ich mir vorgekommen, als wären wir die letzten Menschen auf der Welt. Aber leider hat sich Herr Kinck von der unglaublichen Stille um uns herum überhaupt nicht beeindrucken lassen, sondern hat, kaum dass er den Kofferraum geöffnet hatte, gleich wieder angefangen, irgendwelche Befehle zu bellen.

»Okay, Pandas, da wären wir. Willkommen im Camp *Alpha* auf Pico! Jetzt ist es genau achtundvierzig Minuten nach fünf, Treffen ist um achtzehnhundert wieder hier. Also, Panda Mia, Panda Victoria, bringt eure Rucksäcke in die Zelte! Und ab! Loslaufen, gleich wieder hier sein!!«

Herr Kinck hat mit genau derselben ungeduldigen Miene wie mein Schwimmlehrer damals in der Sechsten auf die Uhr geguckt und ...

Mist!

Gerade war Mel (sprich Frau Horstmann, wie wir sie ja jetzt nennen sollen) bei mir im Zelt und meinte, dass ich langsam mal Schluss machen soll, weil mich gleich einer der Jungs hier zum Kochdienst abholt. Shit! Jetzt hab ich voll die Zeit verbaselt! Dabei wollte ich unbedingt noch eine Mail an Aylin schreiben, aber nach dem Abendbrot lässt mich Melanie garantiert nicht mehr an den Computer. Verdammt, was mach ich denn jetzt?

Okay ... Ich glaub, ich schreib ihr einfach trotzdem. Vielleicht kommt dieser Fredi, mit dem ich Dienst hab, ja auch erst in zehn Minuten oder ich kann ihn überzeugen, dass er erst mal ohne mich mit dem Kochen anfängt. Mal gucken ...

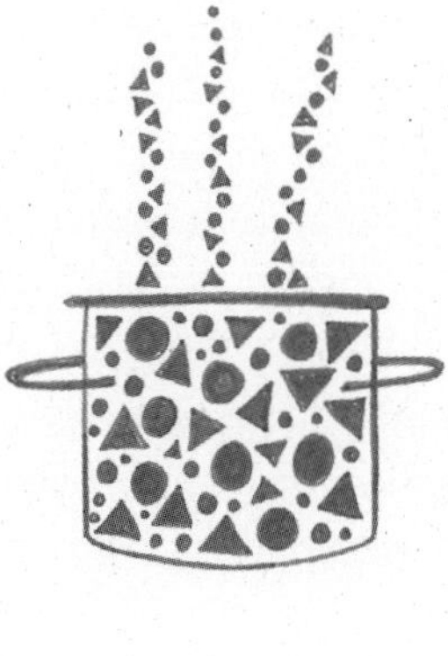

An: Aylin Yildiz

Von: m.horstmann@ftf-reisen.de

Gesendet: 25. Juli, 20.09 Uhr

Betreff: Ich bin im Camp!

Liebe Aylin,

ich muss aufpassen, weil der Typ, mit dem ich gleich Kochdienst habe, jede Sekunde hier reinplatzen kann, aber vorher muss ich dir unbedingt noch etwas erzählen: Vor ungefähr anderthalb Stunden hat Mel mir mitgeteilt, dass meine Mutter sich auf meinem Handy gemeldet hätte. Ha! Zuerst war ich natürlich super erleichtert, aber dann ist das Gespräch immer merkwürdiger geworden. 
Auf meine Frage, ob ich Mamas SMS mal sehen könnte, hat Mel nämlich total komisch reagiert. So, als ob ich sie was gefragt hätte, was völlig abwegig ist. Na, und als ich weiter darauf bestanden hab, hat sie auf einmal mit entschuldigender Miene gemeint, oh, klar, natürlich würde sie mir die gern zeigen, aber leider hätte sie die Nachricht vorhin aus Versehen gelöscht.
»Äh, Sie haben die gelöscht? Aber wie ...? Ich mein, was ist denn passiert?«
Ich hab unsere Gruppenleiterin verdutzt angeguckt und als Nächstes hat sie mir dann eine völlig abwegige Erklärung aufgetischt, die im Wesentlichen daraus bestand, dass ihr das Handy beim Lesen aus der Hand gefallen und die Nachricht anschließend einfach weg gewesen wäre. Hat sie

echt so gesagt: »Einfach weg«! Tja, wer's glaubt, wird selig! Entweder ist diese Mel handy-technisch noch unfähiger als meine Mutter (und das will echt was heißen!) oder das Ganze war nur eine saudumme Ausrede dafür, dass sie die SMS aus irgendwelchen pseudopädagogischen Gründen mit Absicht gelöscht hat. Oder es ist noch mal ganz anders ...

Als ich mich nämlich anschließend bei ihr erkundigt habe, ob sie mir denn wenigstens sagen könnte, was meine Mutter genau geschrieben hat, hat sie gemurmelt, in der SMS hätte ungefähr so etwas wie »*Bin heil eingetroffen. Liebe Grüße, Mama*« gestanden.

Na, und da bin ich dann *noch* misstrauischer geworden! Ich mein, »Liebe Grüße, Mama«!

So etwas würde meine Mutter doch nie schreiben! Das wäre viel zu unpersönlich für sie. Da kann sie noch so wenig Zeit haben – unter »Allerliebste Lieblingsgrüße von Deiner Dich sooo doll liebhabenden Mama!!!« läuft bei ihr verabschiedungsformeltechnisch quasi gar nichts. Da hat sie echt einen Tick. Und dieses 08/15-»Bin heil angekommen« klingt auch nicht nach ihr. Vor allem, wo sie mir ja gestern am Flughafen noch extra angekündigt hat, dass sie mir gleich nach ihrer Ankunft den Adler-Spruch schickt!

Irgendetwas stinkt hier also ganz gewaltig und lässt bei näherer Betrachtung nur einen Schluss zu: nämlich dass Mel mich angelogen hat. Und soll ich dir was sagen? Ich ahne auch schon, warum. Wahrscheinlich, um zu vermeiden, dass ich mir

weiter Sorgen um meine Eltern mache. Und vielleicht auch, weil es ihr jetzt doch leidtut, dass sie mir das Handy weggenommen hat.
Seit wir hier im Camp sind, versucht sie nämlich wie eine Blöde, Herrn Kincks autoritären Militärton uns gegenüber durch extreme Freundlichkeit wieder auszugleichen, und dass ich wegen der Sache mit dem Handy noch immer sauer auf sie bin, passt ihr dabei natürlich überhaupt nicht ins Konzept.
Wobei ich so etwas ganz schrecklich finde! Ich hasse es, wenn jemand mich anlügt, nur damit ich nicht mehr traurig bin oder mir Sorgen mache. Schließlich bin ich kein kleines Kind mehr! Ich will verdammt noch mal wissen, was los ist – auch wenn es was Ätzendes ist! Sonst mache ich mir nämlich nur noch tausendmal mehr Sorgen! 😢 😢
Apropos Sorgen, dabei fällt mir ein: Hast du inzwischen etwas über die Ankunft meiner Mutter in Tripolis[9] in Erfahrung bringen können? Mir ist zumindest vorhin noch eine Idee gekommen: Mama hat ja ein iPhone, was bedeutet, dass man es vielleicht über die iPhone-Such-App finden könnte. Meinst du, du könntest das für mich versuchen? Obwohl mir gerade klar wird – ich kenne ja gar nicht ihr Passwort! Und das braucht man dazu wahrscheinlich, oder? Mist!
Okay, also falls du trotzdem irgendetwas rausbekommst, wäre es superlieb, wenn du mir morgen

---

9 Beziehungsweise Bengasi, von Tripolis aus sollte sie nämlich mit dem Auto zu der Klinik von Papa gebracht werden und die liegt, soweit ich weiß, auf halbem Weg in Richtung Bengasi.

Abend zwischen 19.00 Uhr und 20.00 Uhr eine kurze Nachricht schicken könnest. Das ist meine Computerzeit, da müsste ich eigentlich allein vorm Laptop sein. Vielleicht am besten verschlüsselt, das heißt ohne Anrede und so. Dann kann ich im Notfall noch immer so tun, als wäre das eine fehlgeleitete Mail für jemand ganz anderen, die nur durch einen Tippfehler hier gelandet ist.
Danke! Du bist die Beste! Im Ernst, Aylin, du glaubst gar nicht, wie froh ich bin, dass es dich gibt!  Und auch noch mal tausend Dank dafür, dass du meinetwegen bei Herrn Mäder warst. Und sowieso, dass du trotz Anakondas ätzender Mobbingaktion die ganze Zeit zu mir hältst! Ich kann mir gut vorstellen, wie sehr dich die anderen deswegen unter Druck setzen – schließlich weiß ich ganz genau, wie ätzend ich mich immer gefühlt hab, wenn Nessi und Levke sauer auf mich waren, weil ich bei irgendetwas nicht mitmachen wollte.
Es ist echt seltsam, aber im Nachhinein kann ich überhaupt nicht mehr nachvollziehen, warum ich nicht schon früher gemerkt hab, dass Nessi und Levke gar keine echten, sondern nur Party-Freundinnen waren. Da muss ich echt Tomaten auf den Augen gehabt haben! Aber so hatte Anakondas bescheuerte Mobbingaktion wenigstens *irgendetwas* Gutes: Ohne sie hätte ich vielleicht nie erkannt, wer meine echten Freunde sind.
Ach, Aylin, es wäre sooo cool, wenn du jetzt auch hier sein könntest! Zusammen wäre das alles vielleicht gar nicht so schlimm, aber allein ist es

einfach die Hölle: Wenn ich hier aus Melanies Zelt rausgucke, sehe ich nichts außer Dämmerung, Nebel, schwarzem Geröll und Trostlosigkeit. Anscheinend besteht das gesamte Camp nur aus vier versifften Zelten auf einer schlammigen Kuhweide (eins für die Mädchen, eins für die Jungs und jeweils ein größeres für unsere beiden Betreuer) und einer Art Lagerfeuerplatz in der Mitte. Weiter hinten befindet sich ein dunkler Wald voller Sicheltannen, der irgendwie an den Verbotenen Wald bei Harry Potter erinnert, und rechts davon wachsen ein paar knorrige Wacholderbüsche neben einigen Sträuchern, die laut Mel auf den schönen Namen »Unheilvolle Wolfsmilch« hören. Ach ja, und ein paar Meter davon entfernt gibt es noch einen kleinen Bretterverschlag für Proviant, daneben unser Plumpsklo und einen Brunnen mit Pumpe (aus der natürlich nur eiskaltes Wasser kommt, brrr ...) und das war's dann auch schon mit dem Komfort. Willkommen im sibirischen Gulag! Die nächsten Zeichen von Zivilisation sind mehrere Autostunden entfernt, in der Umgebung gibt es außer ein paar beeindruckend hässlichen Vögeln keinerlei Lebewesen und unser einziges Fortbewegungsmittel ist ein schrottreifer Geländewagen, den nur unser Kohortenleiter Herr Kinck fahren darf. Oh, und dieser Herr Kinck ist übrigens ein frauenhassender kleiner Mann mit Rottweiler-Manieren und Rückenhaaren. Stell dir eine Kreuzung zwischen Dwayne Johnson und einem Gremlin vor, dann hast du einen ungefähren Eindruck. Super, was?

Aber es geht noch weiter! Schließlich hab ich dir ja noch gar nichts über die anderen vier Camp-Teilnehmer berichtet. Da wäre zum einen das einzige weitere Mädchen, meine magersüchtige Zeltmitbewohnerin Victoria, die mich aufgrund eines saublöden Missverständnisses leider hasst (was umso ätzender ist, als dass ich sie zunehmend netter finde). Tja, und zum anderen gibt's da noch meine drei männlichen »Kohortenkameraden«, von denen ich allerdings erst zwei kennengelernt habe. Das hat mir aber schon gereicht. Die beiden sind nämlich *echte* Freaks! Ich mein, ich weiß, was du jetzt denkst: Wenn hier einer nicht über Freaks ablästern sollte, dann ja wohl ich. Aber ganz ehrlich, die beiden schocken sogar *mich!* Der eine hat feuerrote Haare, heißt Aaron, sieht aus wie zwölf und trug zum Feuermachen heute nicht nur zwei Stummelzöpfe, sondern auch noch einen pinken Rock mit Glitzerapplikationen in Form von Lippenstiften.  Kein Joke! Und der andere ist weißblond, hat Akne und sieht aus wie ein Nazi. Außerdem nennt er Vicki »Ficki« mit scharfem F und findet das auch noch lustig. Und das ist noch nicht alles!

Mel hat Vicki und mir gegenüber vorhin beim Auspacken angedeutet, dass wir in Marcos Gegenwart (so heißt der Albino-Nazi) lieber aufpassen sollten, weil seine Eltern ihn wegen – Achtung, jetzt kommt's – sexueller Belästigung hergeschickt hätten. Der Hammer, oder?! Drei Wochen allein mit einer mich hassenden Zeltgenossin, einem kindlich aussehenden Transgender und einem Nazi-Vergewaltiger – und das alles unter der Leitung einer handyhassenden Betreuerin mit schwarzem Prinz-Eisenherz-Haarschnitt und eines suizidalen Mini-Gorillas mit Army-Macke – das ist definitiv schwer topbar!

Wobei – wer weiß, wie der noch fehlende Camp-Mitbewohner drauf ist. Frau Wolgast meinte zwar in ihrer vorletzten Mail, dass er voll der Hotti sein soll, doch bei meinem Glück entpuppt sich der Hotti wahrscheinlich in Warpgeschwindigkeit als verkappter Hannibal Lecter mit drei Jahren Jugendknast auf dem Buckel. Aber vielleicht hab ich ja auch Glück und der Typ ist etwas weniger durchgeknallt als die anderen. Schließlich spricht eine Sache schon mal für ihn, nämlich der Umstand, dass er sich als Erstes gleich dermaßen mit unserem Kohortenleiter angelegt hat, dass der ihn pronto zum Holzhacken abkommandiert hat. (Was in unserem Gefangenenlager neben dem Latrinendienst, sprich dem Plumpsklo-Putzen, anscheinend die häufigste Strafarbeit ist. Deswegen haben Vicki und ich ihn auch noch nicht zu Gesicht bekommen.)

Den Namen des Holzhackers kenne ich noch nicht (Herr Kinck nannte ihn nur mit finsterem Blick »den aufmüpfigen Jungen, der erst noch lernen muss, wer hier das Sagen hat«), aber Mel meinte, er würde mich gleich zum Abendbrotmachen abholen, und anschließend weiß ich bestimmt mehr. Warte, ich werfe schon mal einen Blick aus dem Zelt, um zu sehen, ob er vielleicht ...

Oh, nein! NEIN!!! Das darf doch nicht wahr sein! Das kann einfach nicht wahr sein! Das ist ... 

Oh, Aylin! Du glaubst nicht, wen ich eben gesehen hab! Oh, Gott, ich sterbe! Ganz im Ernst, ich sterbe hier und jetzt! So viel Pech kann ein einzelner Mensch einfach nicht haben! Weißt du, wer gerade zehn Meter von mir entfernt sein verschwitztes T-Shirt ausgezogen hat? **NAEL! NAEL IST HIER! Mein Nael!** Beziehungsweise natürlich nicht mein, sondern Anakondas Nael!
Oh, verdammt! Scheiße! Ich kann überhaupt keinen klaren Gedanken fasse... Oh, nein!
Jetzt geht er mit seinem T-Shirt in der Hand auf das Lagerfeuer zu, wo Melanie und Herr Kinck sitzen, und spricht mit ihnen und ... MIST!
Gerade hat Mel zu mir rübergezeigt! Direkt auf das Zelt, in dem ich sitze! FUCK! Bestimmt hat er gefragt, mit wem zusammen er zum Küchendienst eingeteilt ist. Zum Glück hat er mich nicht gesehen, weil ich gerade noch rechtzeitig die Zeltplane losgelassen hab, aber ...
Oh, Gott. Er kommt hierher! Er tut's. Er tut's wirklich! Er kommt direkt auf mich zu! Oh, Gott, Aylin, rette mich! Ich kann das nicht! Ich kann das einfach nichhh...

An: Aylin Yildiz
Von: m.horstmann@ftf-reisen.de
Gesendet: 25. Juli, 20.26 Uhr
Betreff: Mein Leben ist ein Albtraum

Hi Aylin,

du glaubst nicht, was eben passiert ist! Ich bin so blöd!!! Wobei blöd noch die Untertreibung des Jahrhunderts ist! Ich bin ultra-mega-extrem-bescheuert! Nach der Nummer eben bleibt Nael gar nichts anderes übrig, als mich für gestört zu halten. Und ich kann's ihm noch nicht mal verdenken! Argh!!!
Wahrscheinlich kann man zu meiner Entschuldigung nur sagen, dass ich wegen Naels überraschendem Auftauchen völlig durch den Wind war und einfach das Erstbeste getan hab, was mir eingefallen ist. Aber auch, wenn das quasi nur ein Reflex war:
DAS WAR EIN GRENZENLOS PEINLICHER, GEHIRNAMPUTIERTER, SAUBLÖDER KACK-REFLEX!!!!!!!!! 

Aber gut, vielleicht sollte ich dir erst mal schreiben, was überhaupt passiert ist, bevor ich gleich mit der Selbstgeißelung anfange. Immerhin habe ich es mit Naels Hilfe geschafft, diese Nacht in Melanies Zelt schlafen zu dürfen, wo der Laptop ist, und so kann ich dir wenigstens alles ganz genau schildern. Und vielleicht beruhigst du mich ja auch gleich und sagst, dass das Ganze in deinen Augen gar nicht so endpeinlich ist, wie

ich denke. (Was jetzt keine Aufforderung sein soll. Obwohl ... Vielleicht doch.) Also ...
Zwei Sekunden nachdem ich vorhin den Laptop zugeklappt und wie gelähmt in Richtung Zelteingang gestarrt habe, hat Nael von draußen »Hallo? Bist du dadrin?« gerufen, woraufhin ich in einem Anfall vermeintlicher Genialität, eigentlich aber geistiger Umnachtung, in Melanies dunkelroten Schlafsack gekrabbelt bin und ihn mir so fest über den Kopf gezogen hab, dass ich fast nicht mehr atmen konnte. Na, und kurz darauf habe ich Nael dann tatsächlich mit einem »Hi, ich bin Nael. Wir kennen uns noch nicht, aber Frau Horstmann meinte, wir sollten langsam mal mit dem Kartoffelschälen loslegen ...« ins Zelt krabbeln hören, was mich endgültig in absolute Schockstarre versetzt hat.
Während Nael langsam näher gekrochen ist, hab ich den Schlafsack noch krampfhafter als vorher über meinem Kopf zusammengehalten und kurz darauf hat er beim Anblick der Mumie vor sich auch schon verdutzt innegehalten.
»Äh, schläfst du?«
»J...«
Fast hätte ich ihm mit einem »Ja« geantwortet (ich sag ja, ich stand echt neben mir), aber das konnte ich mir im letzten Moment noch verkneifen. Stattdessen hab ich unter Aufbringung sämtlicher Selbstbeherrschung weiter geschwiegen, was Nael allerdings nur dazu veranlasst hat, mich beziehungsweise die Schlafsack-Leiche vor ihm vorsichtig anzustupsen.

»Sorry, aber Frau Horstmann meinte, wir sollten uns jetzt um das Abendbrot kümmern. Meinst du, du könntest mal aufwachen? Die anderen haben nämlich ziemlichen Hunger ...«
Diesmal hab ich Gott sei Dank auf eine Antwort verzichtet und stattdessen eine Art Schnarchen imitiert. Was aber leider auch nichts gebracht hat, denn einen Augenblick später hat Nael mich bereits erneut an der Schulter gerüttelt.
»He, Schlafmütze, aufwachen! Wir haben jetzt zusammen Kochdienst!«
Eigentlich hätte ich darauf natürlich langsam mal reagieren müssen, aber weil mein Gehirn sich noch immer in einer Art Lähmungszustand befunden hat, habe ich weiter so getan, als ob ich schlafen würde, was rückwirkend betrachtet natürlich mehr als dämlich war und Nael nur zu einem noch kräftigeren Rütteln provoziert hat.
»Ey, bei aller Liebe, Sich-Drücken läuft hier nicht. Also entweder kommst du jetzt aus dem Schlafsack raus oder ich hol einen Eimer Wasser und weck dich damit!«
Verdammt! Weil ich plötzlich Angst gekriegt hab, dass Nael das mit dem Eimer Wasser wirklich tut (was ihm glatt zuzutrauen wäre), hab ich hektisch angefangen, mich im Schlafsack zu bewegen, und das hat immerhin dafür gesorgt, dass Nael mit dem blöden Gerüttel aufgehört hat.
»Na, endlich. Also ich bin Nael und du bist ...?«
Nael hat versucht, den Schlafsack herunterzuziehen, und das hat mich dermaßen in Panik versetzt, dass ich beim Hochkommen kurzerhand nach dem

Nächstbesten gegriffen hab, was rumlag, um es mir vors Gesicht zu halten, und das war leider – oh, Gott, ich kann es kaum schreiben – ein gepolsterter (und ausnahmsweise mal ungepunkteter) Push-up-BH von Mel.

»Faff mich nifft an!«

»Äh ...«

Wie ich bei einem kurzen Blick durch den Spitzenbesatz feststellen konnte, hat Nael die undeutlich sprechende Frau mit dem rosa Satin-BH vorm Gesicht (= ich) sichtlich verdattert angeguckt, und ehrlich, erst in dem Moment ist mir bewusst geworden, was ich da wahrscheinlich gerade für ein Bild abgebe.

»Wow! Ist das irgendwie ein religiöser Kult oder gehörst du zu einer Art Sekte, die sich gern rosa BHs vors Gesicht halten ...?«

»Hör foofort auff, diff über miff lufftiff ffu maffen! Au! Scheiffe!!«

Mein früherer Love-Interest ist neugierig näher gerückt, woraufhin ich, nach wie vor mit dem BH vorm Gesicht, so ruckartig zurückgezuckt bin, dass ich dabei prompt mit dem Hinterkopf gegen Mels riesige, als Leselicht an der Decke befestigte Taschenlampe geknallt bin und vor Schmerzen erst mal aufgeschrien hab.

»Fuck!«

»Alles in Ordnung? Hast du dir wehgetan?«

In Naels Stimme war kurzzeitige Besorgnis zu hören, aber blöderweise war ich inzwischen so überfordert von der ganzen Situation, dass ich, anstatt endlich Klartext zu reden, mein Gesicht

nur noch tiefer in die gepolsterte rosa Satinspitze gepresst und dabei verzweifelt den Kopf geschüttelt habe.
»Haff iff nifft.«
»*Was?*«
»NEIN, HAB ICH NICHT!« Mein Gott. Für so schwer von Begriff hätte ich ihn gar nicht gehalten!
Während Nael mich zunehmend fasziniert gemustert hat, habe ich meinen schmerzenden Hinterkopf tapfer ignoriert und mit so viel Würde, wie man mit einem penetrant nach *J'adore* riechenden D-Cup-BH vorm Gesicht aufbringen kann, in Richtung Zeltausgang gedeutet.
»Kannft du fitte fehn? Jeft!«
Nael hat noch eine Sekunde gezögert und dann genickt. »Klar, logisch. Obwohl ...« Mein Gegenüber hat erneut innegehalten und dabei konnte ich sehen, wie es um seine Mundwinkel gezuckt hat. »Also eigentlich stelle ich es mir ganz interessant vor, mit jemandem zusammen zu kochen, der ein libidinöses Verhältnis zu seinem BH hat. Ich mein, das Ding ist beim Braten bestimmt ein super Spritzschutz. Gut, ich bin mir nicht ganz sicher, ob man die Fettflecken so ohne Weiteres wieder rauskriegt, aber ...«
»RAUFF!!«
»Bin schon weg.«
Während ich in einer Art »Jetzt-ist-eh-alles-egal!«-Stimmung drohend meinen linken Arm gehoben hab (mit dem rechten musste ich ja noch immer den BH festhalten), ist Nael glucksend vor Lachen aus dem Zelt verschwunden und die anschließenden

vier, fünf Minuten, bis sich mein Atem wieder beruhigt hatte, waren echt finster. Oh, Mann. Kann man sich in so kurzer Zeit noch mehr zum Affen machen? Ich glaube nicht.

Ehrlich gesagt versteht ein Teil von mir noch immer nicht, wie das Ganze eben dermaßen entgleisen konnte. Ich mein, andere greifen in so einer Situation nach einem T-Shirt und nach was greife ich? Einem gepolsterten BH in Übergröße! Argh!

Und davon mal ganz abgesehen: Wieso in drei Teufels Namen musste ich überhaupt nach irgendetwas greifen? Warum konnte ich nicht einfach ganz ruhig in Melanies Zelt sitzen bleiben und Nael »Hallo!« sagen?! Einfach nur »Hallo!«. Oder meinetwegen noch »Hallo, das ist ja eine Überraschung!«. Das wäre auch gegangen. Aber nein, ich musste natürlich gleich wieder einen auf geisteskrank machen! Wobei – vielleicht *mache* ich ja gar keinen auf geisteskrank, vielleicht *bin* ich es ja längst, Urgroßtante Judith sei Dank? Das würde zumindest einiges erklären! Oh, Gott, Aylin, wie konnte ich nur? WIE????? 

Ich sag dir, nachdem Nael endlich aus dem Zelt raus war, hat mein Herz vor lauter Scham und Entsetzen und Selbsthass so laut geklopft, dass ich ernsthaft befürchtet hab, dass ich gleich einen Herzinfarkt kriege, und zwar einen richtig krassen. Aber das habe ich dann leider doch nicht. Schade, wär echt eine gute Lösung gewesen. Stattdessen ist fünf Minuten später eine aufgeregte Mel zu mir ins Zelt gekrochen, die meinte, sie hätte von Nael gerade irgendetwas Kryptisches über einen BH und einen Schlafsack gehört und ob ich ihr das bitte erklären könne. Na, und daraufhin bin ich dann, ohne es zu wollen, in Tränen ausgebrochen und hab irgendwas von schrecklichen Kopfschmerzen und Angstanfällen von mir gegeben und ihr Tonfall ist unwillkürlich weicher geworden und man hat richtig gemerkt, dass ich ihr leidgetan hab.

»Schon gut, Mia. Alles in Ordnung. Kein Grund, sich aufzuregen. Warte, ich fühl mal kurz deinen Kopf ...«

Während ich noch immer vor mich hin geschluchzt habe, hat unsere Gruppenleiterin mir die Hand auf die Stirn gelegt und dann seufzend gemurmelt, die würde sich tatsächlich etwas heiß anfühlen.

»Ich glaub, du hast Fieber. Das passiert bei den ständigen Wetterumschwüngen hier leicht mal ...«

»Aber ich ...«

»Schtt, alles gut. Das kriegen wir schon wieder hin. Du bleibst jetzt erst mal hier liegen und ich besorge dir eine Paracetamol und eine schöne heiße Tasse Tee und anschließend sieht die Welt schon wieder ganz anders aus. In Ordnung?«

Ich hab schluchzend genickt und Mel hat sich zum Gehen umgewandt, aber kurz vorm Verlassen des Zeltes hat sie sich dann doch noch einmal zu mir umgedreht. »Wobei, so wie die Dinge liegen, Mia, ist es vielleicht das Beste, wenn du heute Nacht einfach hierbleibst. Dann steckst du wenigstens niemanden von den anderen an. Was meinst du? Wäre das für dich okay oder willst du unbedingt bei Vicki im Zelt schlafen?«

»Nein, gar nicht. Ich mein, ich würde gern hierbleiben, wenn ich darf ...« Beim letzten Satz ist mir schon wieder eine Träne von der Wange gerollt und die muss Mel wohl endgültig von meiner vermeintlichen Erkrankung überzeugt haben. Zumindest hat sie verständnisvoll genickt.

»Gut, dann geh ich jetzt mal los und guck nach den Tabletten. Und was das Abendbrot mit den anderen anbelangt ... Willst du daran teilnehmen oder lieber hier im Zelt bleiben?«

»Also ehrlich gesagt ...« Mel hat mich fragend angesehen und ich hab schniefend den Kopf geschüttelt. »... eigentlich würde ich lieber hierbleiben. Ich mein, ich hab eh keinen Hunger und würd jetzt tierisch gern ein bisschen schlafen. Also, wenn Sie mir die Paracetamol auch später bringen könnten ...«

Ich hab abgebrochen und so bemitleidenswert ausgesehen, wie ich konnte (was aufgrund meiner Seelenlage auch nicht sonderlich schwierig war), und das hat offenbar gereicht, denn kurz darauf hat Mel bereits genickt.

»Okay, das kriegen wir hin. Dann sag ich den anderen mal Bescheid ...«

Mel hat nach ihrer Kulturtasche gegriffen und mir zugelächelt. »Schlafen ist bei so etwas sowieso das Beste und um die Tabletten und deinen Schlafsack können wir uns nach dem Abendbrot noch immer kümmern.«

»Danke!« Ich hab genickt, und während Mel mit einem »Schon gut ...« das Zelt verlassen hat, hatte ich endlich wieder das Gefühl, normal durchatmen zu können. Oh Mann, Aylin, ich sag dir, das war echt haarscharf! 
Aber so gut es auch ist, dass ich dir jetzt noch mal schreiben kann und zum Essen nicht raus zu den anderen muss, bleibt natürlich die Frage, was ich morgen beim Frühstück mit Nael mache. Oh, Gott, ich darf gar nicht dran denken! Ich kann mich ja schlecht die ganzen Ferien über vor ihm im Zelt verstecken. Aber andererseits weiß ich auch nicht, was ich sonst tun soll. Irgendwann muss ich ja raus, selbst wenn ich die Krankheitsgeschichte noch weiterspinne, und sei's zum Aufs-Plumpsklo-Gehen, und dann sieht er mich und dann ... Oh, fuck! Hast du irgendeine Idee, was ich tun könnte? Irgendeine? Hoffentlich bist du wach und kannst mir gleich zurückschreiben, sonst dreh ich noch durch. Also, liebe, beste, wundervollste Aylin, bitte melde dich!

Deine allmählich komplett am Rad drehende
Mia

PS: Ach ja, und da ich hier zurzeit allein im Zelt bin und das Abendessen draußen bestimmt noch eine Zeit lang dauert, kannst du mir ruhig unverschlüsselt zurückschreiben, zumindest während der nächsten Dreiviertelstunde. Danke!

An: m.horstmann@ftf-reisen.de
Von: Aylin Yildiz
Gesendet: 25. Juli, 21.11 Uhr
Betreff: Arme Mia!

Hallo Mia,
ich hab gerade eben deine Nachricht gelesen und bin völlig geflasht! Nael ist wirklich im selben Camp wie du?? Oh, Gott, das ist ECHT krass!! Du Arme!!! 💔 💔 💔
Am liebsten würde ich dir jetzt ganz viel Aufbauendes zurückschreiben, aber das Doofe ist, dass es hier auf dem Campingplatz in Italien nur beim Imbiss WLAN gibt und meine Eltern darauf bestehen, dass ich spätestens um 21.00 Uhr wieder bei ihnen im Wohnwagen bin. Abends hängen hier beim Imbiss nämlich immer ziemlich viele betrunkene Typen rum und Mama und Papa haben Schiss, dass mich einer von ihnen blöd anmachen könnte. (Du weißt ja, wie sie sind. Seit Nicos ätzender Verarschungs-Sprachnachricht mit dem »Wussten Sie eigentlich, dass Ihre Tochter in Pornos mitspielt?«, würden sie mich am liebsten GAR nicht mehr aus dem Haus lassen!) Und jetzt ist es schon kurz nach neun, ich hab also nicht viel Zeit. Aber ein bisschen doch. Also, noch zu deiner Mail von gestern Abend:
Wegen deiner Eltern hab ich leider noch nichts rausgekriegt. Es gibt zwar eine »Find-my-iPhone«-Funktion, aber die muss man vorher aktivieren und das hat deine Mutter wohl leider nicht gemacht. Weißt du vielleicht, ob dein Vater die Funktion

bei seinem Handy angeklickt hat? Dann könnte ich probieren, seins zu finden.
Weil ich vorhin wenigstens *irgendwas* tun wollte, um dir zu helfen, hab ich versucht, bei der libyschen Botschaft in Berlin anzurufen. Aber die meinten nur, sie wären nicht die richtigen Ansprechpartner, weil das eine Sache für die deutsche Botschaft in Libyen wäre. Also habe ich da angerufen, aber der Typ in der Botschaft sagte, bei ihnen seien keine Touristen mit den Namen deiner Eltern registriert und bei ausländischen Arbeitnehmern solle man sich besser an die Firma wenden, bei der die Leute arbeiten, die wüssten meistens mehr. Schickst du mir mal den Namen von der Düngemittelfabrik deines Vaters in Bengasi? Dann kann ich morgen mal einen Versuch unternehmen, die Telefonnummer rauszukriegen.
In zwei Krankenhäusern in Bengasi hab ich auch schon angerufen und mich erkundigt, ob dein Vater da vielleicht liegt, aber bei dem Telefonat mit der Al-Jalah-Klinik ist die Verbindung ständig abgebrochen und bei der anderen Klinik ist zwar jemand rangegangen, aber der sprach nur Arabisch, weswegen ich irgendwann frustriert wieder aufgelegt hab. Ich versuche es aber weiter! Versprochen!
So weit dazu. Und jetzt zu der Story mit dem BH  von eurer Betreuerin: Du denkst bestimmt, ich will dich nur trösten, aber – ganz ehrlich – ich finde das gar nicht so schlimm! Echt nicht! Denk doch nur mal an die Zeit, als Anakonda überall rumerzählt hat, du hättest eine Geschlechts-

krankheit. Oder an die Sache mit der Fahrradpumpe, als Levke meinte, du wärst schuld daran, wenn diese Lisa jetzt blind wird. Oder wie ich mich aus Schiss vor Nicos und Anna-Constanzas fiesen Sprüchen nicht mehr getraut hab, in der Schule mit dir zu reden, und dir diese blöde Nachricht geschrieben hab. *DAS* WAR SCHLIMM!! Dagegen ist das jetzt doch eine Lachnummer!
Wenn du mich fragst, musst du Nael morgen nur eine halbwegs plausible Erklärung dafür auftischen. Also, was hältst du von a): Du hattest einen ziemlich krassen Pickel/allergischen Ausschlag im Gesicht und wolltest nicht, dass dich jemand so sieht? (Finde ich voll plausibel.) Oder b): Du hast, kurz bevor er dich geweckt hat, einen furchtbaren Albtraum gehabt und kurzzeitig gedacht, der BH wäre dein Kuscheltier? (Finde ich nicht ganz so gelungen, aber geht vielleicht, wenn du ergänzt, dass dein Kuscheltier normalerweise immer da liegt, wo der BH eurer Betreuerin lag. Oder c): ... (Fällt mir im Moment noch nicht ein, aber das kommt noch.)
Und wenn alle Stränge reißen und du merkst, das wird alles nichts, dann drehst du den Spieß einfach um und tust so, als hätte er sich die ganze BH-Geschichte nur ausgedacht. Dann ist er vor den anderen der Fiesling und du bis...

Mist. Sorry, Mia, kriege gerade eine Nachricht von meinem Vater, der kurz vorm Ausrasten ist, weil ich nicht da bin, und irgendwelche Drohungen von wegen Handy-Entzug ausstößt. Ich muss jetzt echt los. Denk aber immer daran: Du bist nicht allein, ich bin auch noch da, deinen Eltern geht's bestimmt gut (da bin ich mir sicher!!!), das mit Nael renkt sich wieder ein und außerdem wette ich, diese Vicki findet dich bald nett. Du BIST nämlich nett (und gar nicht psycho!), auch wenn du das immer nicht glaubst!

Schlaf schön, hdgdl
deine Aylin (der es noch immer voll leidtut, dass sie sich aus Schiss, wegen diesem Kack-Damenbart wieder »Pornobalken« genannt zu werden, nicht eher getraut hat, was gegen diese mobbende Ätzkuh Anakonda zu unternehmen)

(von unterwegs gesendet)

An: Aylin Yildiz
Von: m.horstmann@ftf-reisen.de
Gesendet: 26. Juli, 6.13 Uhr
Betreff: Er weiß es! Und das ist noch nicht alles ...

Oh Aylin,

deine lange Nachricht gestern Abend tat mir soooooo gut!! Am liebsten hätte ich dir sofort zurückgeschrieben, aber das ging leider nicht, weil Mel, eine Sekunde nachdem ich deine Mail gelesen hatte, noch mal in mein (beziehungsweise ihr) Zelt gekommen ist. Und nachdem sie endlich gegangen war, hab ich mich nicht mehr getraut, das Notebook anzumachen, weil ich dafür Mels Taschenlampe hätte anknipsen müssen, und das wäre in der absoluten Finsternis hier bestimmt aufgefallen. Aber dafür kriegst du von mir jetzt wenigstens die erste Mail des Tages. Im Moment ist es nämlich erst sechs Uhr morgens, was bedeutet, dass die meisten anderen noch schlafen und ich dir in Ruhe schreiben kann. Mel ist allerdings schon wach, aber gerade putzt sie sich draußen an der Pumpe die Zähne und danach wollte sie uns noch den Weg zum Lagoa do Capitão markieren, wo wir nachher irgendeine Survival-Aufgabe lösen sollen. Ich hab also noch eine Zeit lang freie Bahn.
Bevor ich aber auf deine Fragen von gestern antworte (und dir anschließend noch etwas absolut Schreckliches erzähle, bereite dich schon mal

drauf vor), wollte ich dir noch mal sagen, dass du überhaupt keinen Damenbart hast! Das haben dir Anakonda, Nico und seine bekloppten Kumpels nur eingeredet! Weil sie es lustig finden, andere mit irgendwelchen vermeintlichen Schönheitsmakeln zu verunsichern, die überhaupt nicht da sind. Insofern: Vergiss das mit dem Damenbart! Sofort! Das ist sozusagen ein Befehl![10]
Ach ja, und noch was: Letzte Nacht ist mir auf einmal aufgefallen, dass ich bisher seitenlang nur von mir geschrieben hab, und da hab ich mich total erschrocken und kam mir wie die schrecklichste Freundin aller Zeiten vor. Und deswegen wollte ich dir sagen, dass du mich jederzeit bremsen kannst, wenn ich zu viel von mir und meinen Problemen rede, ja? Manchmal merke ich das einfach nicht! Also tu dir bloß keinen Zwang an und sag Bescheid, wenn das nervt!
So, und jetzt schnell zurück zu deinen Fragen von gestern, ehe Mel hier gleich wieder mit einer Tasse ihres ekligen Tees auftaucht:

1) Mein Vater hat leider kein iPhone, sondern ein Smartphone von einer komischen Firma, die »X-tra« oder »X-tan« oder so ähnlich heißt und die kein Schwein kennt. Das mit der »Find-my-iPhone«-Funktion können wir also vergessen.

---

10 Und falls das nicht hilft, schwöre ich dir hiermit tief und fest: Wenn du wieder mit dieser Bart-Nummer anfängst, dann beginne *ich* wieder, mit meinen dicken Waden und der großen Nase zu hadern, und dann haben uns diese Anakonda-Hirnis genau da, wo sie uns haben wollten. Also: Hör auf damit!

2) Was die Krankenhäuser in Bengasi anbelangt, weiß ich nur, dass Mama meinte, Papa läge in einer Art Privatkrankenhaus.
Die Fabrik, bei der Papa als Letztes gearbeitet hat, heißt »Greenacer«, hat aber, glaub ich, auch einen arabischen Namen. Ich weiß nur nicht, welchen. Ach ja, und sie liegt etwas außerhalb von Bengasi, das hat Mama noch erwähnt.
3) Die Firma, für die mein Vater als Ingenieur arbeitet, heißt »Altman Consulting« und hat ihren Sitz in den USA, aber so genau hab ich das nie durchschaut. Eigentlich ist er nämlich freiberuflicher Berater, aber manchmal wird er auch von dieser Consulting-Firma irgendwohin geschickt. Zumindest in Masyaf, wo er vor ein paar Jahren war, war das, glaube ich, so. Oh, und ich vermute, in Homs, wo er davor war, auch. Gerade wird mir klar, sonderlich viel weiß ich über seinen Arbeitgeber eigentlich nicht, was wieder mal dafür spricht, dass er in irgendeiner Weise mit dem Moss... Egal. Das erzähl ich dir ein andermal genauer.

Okay, und jetzt zu dem absolut Schrecklichen, das ich dir schon angekündigt habe. Ich hab dir doch geschrieben, dass Melanie vor ein paar Minuten hier bei mir im Zelt war, um zu gucken, wie es mir geht ... Tja, und jetzt kommt's! Weißt du, was sie zu mir gesagt hat, nachdem sie mir mit entschlossener Miene einen Becher ihres scheußlichen Tees eingeflößt hatte? Sie hat gesagt – halt dich fest! -:

»Oh, ich sehe schon, Mia, dir geht's besser. Wie schön! Dann können wir die anderen beim Frühstück ja beruhigen. Die haben sich nämlich schon richtig Sorgen um dich gemacht. Vor allem Nael. Wobei mir einfällt ... Warum hast du mir eigentlich gestern Abend nicht erzählt, dass ihr auf dieselbe Schule geht? Er meinte, er hätte dich gleich erkannt, aber du hättest dich irgendwie seltsam verhalten ...«

AAAAHHH!!!! 

Ich kann dir sagen, ich bin fast kollabiert, als sie das gesagt hat! Kannst du dir *so was* vorstellen?? Ich mache mich vor Nael vollkommen zum Deppen, indem ich mir Mels BH vors Gesicht halte und meine Stimme verstelle und ihn zu guter Letzt auch noch mit theatralischer Geste aus dem Zelt werfe – und dabei hat er mich längst erkannt!

Fuck! 

Innerlich hab ich meinen Kopf ungefähr tausendmal gegen die Wand gehauen, aber äußerlich konnte ich mich zum Glück relativ schnell wieder einkriegen und Mel irgendetwas Unverfängliches à la »Na ja, so richtig kennen wir uns im Grunde gar nicht ...« antworten. Womit sie sich dann Gott sei Dank auch zufriedengegeben hat. Aber zwei Sekunden später hat sie gleich den nächsten Knaller rausgehauen und der hat mich leider kalt erwischt.

Weißt du nämlich, wer Mittwoch hier eintrudelt, um unser tolles *Fighting Pandas*-Team zu vervollständigen? Es ist – ta-ta-ta-tam – Naels zauberhafte Pflegeschwester Anna-Constanza!! **JAAAA-AAAAAA!!!!!!!!** 

Oh, Aylin! Im Moment erscheint mir mein Leben wie eine einzige Anhäufung von Katastrophen! Da schicken meine Eltern mich in ein Psycho-Camp, damit ich mich von Anakondas Mobbingattacken erhole und wieder Selbstbewusstsein gewinne (wobei mir schleierhaft ist, wie ich das bei Typen wie diesem Herrn Kinck entwickeln soll, aber das ist ein anderes Thema), und dann entpuppen sich ausgerechnet Anakonda und Nael als meine Kohortenkameraden! Das ist doch alles nur noch grotesk! 
Wobei ... Weißt du, was mir gerade einfällt? Ich glaub, ich weiß sogar, wie es dazu gekommen ist. Das war unser bescheuerter Schulpädagoge! Fuck! *Natürlich* war er das! Neulich beim Abendbrot hat Papa so was erwähnt von wegen, dass unser Schulpädagoge das Camp auch einigen anderen Eltern empfohlen hätte. Oh, verdammt! Damals hab ich nicht darauf geachtet, weil ich so sauer auf meinen Vater war, aber gerade wird mir so einiges klar! Erinnerst du noch, wie in der Schule rumging, dass Anna-Constanzas Eltern ihr nach der verunglückten Party die USA-Reise gestrichen hätten, um sie in irgendein Ferienlager zu verfrachten? Das war natürlich das Ferienlager hier! Mann, ich bin so doof! Warum hab ich das nicht damals schon geschnallt? Wahrscheinlich haben sich Anakondas Eltern den tollen Tipp von diesem Typen gleich notiert und – Bingo!   
Gott, das Leben ist soooo ungerecht! Irgendwie hab ich bisher immer gedacht, das Schicksal würde nur ein begrenztes Maß an Tiefschlägen für einen

bereithalten. So nach dem Motto: »Okay, Mia, du hast gerade ein halbes Jahr Hardcore-Mobbing hinter dir und jetzt sind auch noch deine beiden Eltern in Libyen verschwunden? Na gut, dann verzichten wir ausnahmsweise auf die Idee mit dem überraschenden Besuch deiner Erzfeindin!« Aber leider hat das Schicksal anscheinend weder mit Stochastik noch mit Gerechtigkeit viel am Hut. 
Obwohl, vielleicht macht Anakondas Ankunft in zwei Tagen die Sache noch nicht mal viel schlimmer. Schließlich ist das Kind (beziehungsweise der BH) ja gestern schon in den Brunnen gefallen. Wahrscheinlich muss ich gleich beim Frühstück nur einen Blick in das hohle Gesicht dieses weißblonden Marco werfen, um zu begreifen, das Nael sein Werk schon ganz ohne seine Pflegeschwester vollbracht hat und mich inzwischen alle für eine gestörte Psycho-Braut halten, die es aus unerfindlichen Gründen anturnt, sich fremde BHs vors Gesicht zu halten. So eine Steilvorlage kriegt man schließlich nicht alle Tage. Oh, Shit! Dabei hab ich insgeheim ein kleines bisschen gehofft, dass Frau Wolgast und meine Eltern recht haben und ich hier wirklich neue Freunde finde.
Aber okay, was soll's. Sollen sie mich doch alle »perverse BH-Schlampe« oder was auch immer nennen, das schockt mich jetzt auch nicht mehr. Solange du mich trotz meiner zeitweiligen geistigen Ausfälle noch immer magst, Aylin, stehe ich das durch. Sind ja nur noch zweieinhalb Wochen. 

Okay, draußen ruft King Kong[11] gerade zum Frühstück. Insofern geh ich da jetzt hocherhobenen Hauptes raus und tue so, als wäre Opfersein mein zweitliebstes Hobby. 🙄

Melde mich heute Abend wieder bei dir.
Bis dahin fühl dich gedrückt von
deiner Mia

---

11 Der Name für Herrn Kinck stammt von Vicki und ist wirklich SEHR passend.

An: Kinder- und Jugendpsychotherapeutin
Dr. Elisa Wolgast
Von: m.horstmann@ftf-reisen.de
Gesendet: 26. Juli, 6.29 Uhr
Betreff: Warum schreiben Sie mir nicht zurück?

Liebe Frau Wolgast,

inzwischen haben wir Montagmorgen, das heißt, ich bin jetzt den dritten Tag auf den Azoren, aber ich habe noch immer nichts von Ihnen gehört: keine Mail, keine Nachricht, kein gar nichts.
Und wissen Sie was? Allmählich komme ich mir mit meinen einsamen Briefen an Sie echt dämlich vor!
Warum zum Donnerwetter melden Sie sich nicht?
Ich mein, falls Sie krank sind, wäre das natürlich eine Erklärung, aber: Könnten Sie mir nicht trotzdem eine klitzekleine Nachricht schicken?
Nur so etwas wie »Habe Grippe. Melde mich, wenn ich wieder gesund bin«? Das würde mich echt erleichtern. (Ich mein nicht, dass Sie krank sind, das erleichtert mich natürlich nicht. Sondern nur der Fakt, dass ich dann wenigstens wüsste, warum Sie mir nicht schreiben.)
Hier haben sich die Dinge nämlich nicht gerade zum Besten entwickelt und ich befürchte, das wird in den nächsten Tagen noch schlimmer. Und das schreibe ich *nicht* wegen des nasskalten Dauernebels und *nicht* wegen des ekligen Plumpsklos mit der Ameisenstraße auf dem Sitz und *nicht* wegen des wirklich gruseligen Essens, das laut Essensplan fast ausschließlich aus Kartoffel-

matsch und Gulasch aus der Dose besteht. Damit habe ich mich inzwischen (fast) schon abgefunden.
Nein, das wirklich Schlimme sind die Leute hier, wobei Sie – Überraschung! – einen meiner glorreichen »Kohortenkameraden« bereits kennen, zumindest aus meinen Erzählungen.
Wissen Sie nämlich, wer hier ist? Nael! Und damit nicht genug!
Am Mittwoch soll auch noch Anna-Constanza hier eintrudeln. Ja, Sie haben richtig gelesen: Anna-Constanza von Zitzewitz, meine persönliche Todfeindin, trifft übermorgen hier im Camp Alpha ein.
Beschissener konnte es wirklich nicht kommen! Ich kann Ihnen gar nicht sagen, wie dreckig es mir gerade geht. Verflucht!
Ich will nicht, dass diese miese Schlange hier auftaucht! ICH – WILL – DAS – NICHT!!!!!!! 
Glauben Sie, es gäbe noch irgendeine Chance, ihre Ankunft hier zu verhindern? Sie haben doch schon mal mit diesen FTF-Leuten telefoniert: Könnte man denen vielleicht stecken, wie abgrundtief gestört das Verhältnis zwischen Anna-Constanza und mir ist, in der Hoffnung, dass sie sie dann in letzter Sekunde noch in ein anderes Camp umbuchen?
Ich hab zwar keine Ahnung, ob das geht und ob es überhaupt noch andere FTF-Lager im selben Zeitraum gibt, aber zumindest meine ich mich zu erinnern, dass im Prospekt noch ein fünfwöchiges Camp in Schweden erwähnt wurde. Könnte man Anakonda nicht einfach zu den Elchen schicken?

Würden Sie das für mich probieren? BITTE!!!!! Das ist wirklich ein Notfall!!!!!

Ihre Mia

PS: Haben Sie etwas von meinen Eltern gehört? Auch wenn es schlechte Nachrichten sind – bitte, Sie können mir die ruhig mitteilen! Ich halte das aus! Zumindest besser als diese momentane Funkstille, die dazu führt, dass ich mir jede Nacht vorstelle, dass Mama und Papa in Libyen entführt und/oder ermordet worden sind. Wenn Sie also irgendetwas wissen – **BITTE** schreiben Sie mir!!! 😢 😢

Pico, den 26. Juli, 9.50 Uhr

LIEBE MISS SHLIMAZL!

Mel hat mir in Anbetracht meines vermeintlichen gestrigen Fieberanfalls tatsächlich erlaubt, mich vor dem Ausflug zum Kratersee noch ein bisschen in meinem Zelt auszuruhen, und das bedeutet, dass ich endlich wieder Tagebuch schreiben kann. Gott sei Dank! Das war auch bitter notwendig! Zurzeit hab ich nämlich einen super Sehnsuchtsanfall nach meinen Eltern. Ehrlich, du glaubst gar nicht, wie sehr ich sie gerade vermisse! Eben hab ich sogar überlegt, ob ich nicht einfach aus dem Camp abhaue und mich auf die Fähre zurück nach Faial schmuggele, um da irgendwie an ein Flugticket nach Libyen zu kommen. Aber dann ist mir klar geworden, dass das ohne Geld und Portugiesischkenntnisse wohl ziemlich schwierig werden dürfte. Na ja, und außerdem hab ich Mama und Papa ja auch versprochen, dass ich die drei Wochen hier durchstehe, und insofern wäre es wahrscheinlich ziemlich unfair von mir, wenn ich das jetzt doch nicht tun würde. Auch wenn ich auf das Ganze hier minütlich weniger Bock hab.

Aber gut, wenigstens war der Tag bisher – mal abgesehen von einer erschreckenden Info über Herrn Kinck – nicht ganz so schlimm wie der gestern. (Ach ja, und außerdem habe ich eine ziemlich weitreichende Entscheidung getroffen, aber dazu später.) Beim Frühstück eben ist nämlich etwas schier Unglaubliches passiert, für das ich im Grunde noch immer keine Erklärung habe. Stell dir vor: Nael hat den anderen nichts von meiner bekloppten BH-vor-dem-Gesicht-Nummer erzählt! Irre, oder?

Zuerst konnte ich es gar nicht fassen, aber als ich mich

vorhin mit zitternden Knien zu den anderen ans Lagerfeuer gesetzt hab, hat tatsächlich keiner von ihnen sonderlich Notiz von mir genommen. Während Vicki Aaron irgendetwas über einen riesigen schwarzen Käfer erklärt hat, der seelenruhig ihren Arm heraufgekrabbelt ist (ohne Worte), und Nael eine Art Haferbrei gekocht hat (was anscheinend das Einzige ist, was es hier zum Frühstück gibt), hat Marco mir mit einem »Morgen!« einen Becher für den Tee hingestellt, so als wäre nie was gewesen. Unfassbar!

Eine Sekunde lang hab ich ernsthaft überlegt, ob ich jetzt aufgrund einer meiner Urgroßtante zu verdankenden psychotischen Halluzination vielleicht nur *glaube*, am Lagerfeuer zu sitzen, während ich eigentlich noch immer panisch in meinem Zelt hocke. Aber kurz darauf hat Nael dann vom Kochtopf hochgeguckt und mich gefragt, ob ich gut geschlafen hätte, und das ganz normal, ohne jeden fiesen Unterton. Und anschließend hat Vicki mir den Zuckertopf für den Tee hingeschoben und Aaron, der rothaarige Junge, der wie ein zwölfjähriges Mädchen aussieht, hat sich lächelnd erkundigt, ob ich Lust hätte, nach dem Frühstück mit ihm zusammen das Geschirr abzuwaschen, und nachdem ich genickt habe, hat er »Super!« gesagt, und das war's. Keine blöden Bemerkungen, keine Blicke, kein Kichern, nichts. Ich kann dir sagen, das gesamte Frühstück über war ich ausschließlich im Glück. Wer weiß, vielleicht ist Nael ja gar nicht mehr so ein Vollhonk wie früher.

Na, und nach dem Essen habe ich Aaron dann ein bisschen besser kennengelernt und ich muss sagen: Der Typ ist erstaunlich nett! Zuerst ist man von seinem Outfit (heute trägt er über seinem Panda-T-Shirt ein grünes Top mit der Aufschrift »Girlpower« und dazu

wieder den Rock mit den Glitzer-Lippenstiften) zwar etwas irritiert, aber wenn man sich länger mit ihm beziehungsweise ihr (Aaron ist innerlich nämlich ein Mädchen) unterhält, vergisst man das ganz schnell und findet ihn, oder besser gesagt sie, nur noch sympathisch. Auch wenn ich ganz bestimmt nicht mit ihm/ihr tauschen wollte, denn dieses ganze Transgender-Ding muss wirklich megahart sein. Vor allem, wenn man solche Eltern wie Aaron beziehungsweise Annika hat. (So möchte sie übrigens genannt werden: Annika, wie die Freundin von Pippi Langstrumpf.)

Annikas Eltern haben sie nämlich hierhergeschickt, weil sie ihr Mädchensein für eine »pubertäre Episode« halten, die man nicht unterstützen darf. Und das bedeutet zum einen, dass Annika zu Hause nur Jungsklamotten anziehen und Jungssachen machen darf, und zum anderen, dass ihre Eltern ihr den Kontakt zu ihrer besten (und einzigen) Freundin verboten haben, weil sie Annika und sie vor ein paar Monaten zufällig beim Klamottentausch erwischt haben. Knallhart. Annika meinte, ihr Vater hätte ihr als Strafe für den Kleidertausch mit Gewalt die Haare abgeschnitten und sie anschließend zwangsweise beim Fußball angemeldet. Und ihre Mutter kann sie inzwischen wohl kaum noch ansehen, ohne dabei in Tränen auszubrechen, was wiederum dazu führt, dass selbst Annikas

Lieblingsopa ihr inzwischen vorwirft, ihre Mutter mit Absicht leiden zu lassen.

Na ja, und all das belastet Annika mittlerweile noch mehr als die Tatsache, dass die Jungs in ihrer Klasse sie für abartig und die Mädchen für widerlich halten. Puh. Ich kann dir sagen, nach dem Gespräch mit Annika heute früh ist mir auf einmal bewusst geworden, dass es Leute gibt, die noch mehr Probleme haben als ich. Das war mir vorher gar nicht so klar.

Nachdem Annika mir das von ihren Eltern erzählt hatte, war ich so geschockt, dass ich unbedingt etwas sagen wollte, das ihr zeigt, dass sie mit ihrem Kummer nicht allein ist. Und deshalb hab ich ihr dann erzählt, dass ich mir gerade tierische Sorgen um meine Eltern mache, die irgendwo in Libyen verschollen sind, und das war ausnahmsweise mal eine gute Entscheidung. Nicht nur, weil Annika total verständnisvoll darauf reagiert hat, sondern auch, weil ich endlich mal ehrlich sein konnte, was nach der ganzen Schwindelei der letzten Stunden echt angenehm war. Eine Sekunde lang war ich sogar ganz kurz davor, ihr zu beichten, dass ich mir die ganze Story mit dem Schloss und dem gut aussehenden Model-Freund nur ausgedacht habe[12], um nicht allzu losermäßig rüberzukommen. Aber gerade, als ich dazu ansetzen wollte, hat sie mich auf einmal gefragt, ob ich ein Geheimnis für mich behalten könnte. Na, und damit war das mit der Beichte natürlich wieder vom Tisch. Schließlich gibt es kaum etwas Verlockenderes,

12 Wobei ich noch nicht mal weiß, ob Vicki ihr davon schon erzählt hat …

als ein Geheimnis anvertraut zu bekommen, zumindest für mich.

»Geht's um Marco? Hat Mel dir auch erzählt, dass wir uns von dem Typen lieber fernhalten sollen?«

Ich hab Annika fragend angesehen, aber sie hat nur gemeint, nein, das hätte sie zwar auch gehört, aber tatsächlich ginge es um jemand anderen.

»Aha. Und um wen?«

Ich hab Annika neugierig angeguckt, woraufhin sie sich noch mal prüfend umgesehen und dann mit flüsternder Stimme »Um Herrn Kinck ...« gemurmelt hat. »Eigentlich wollte ich es keinem erzählen, aber wenn du mir versprichst, mit niemandem darüber zu reden ...«

»Tu ich nicht. Versprochen.« Ich hab energisch den Kopf geschüttelt und Annika hat noch einmal kurz gezögert und sich dann einen Ruck gegeben.

»Gut, also Folgendes ... Gestern Nacht bin ich auf dem Weg zum Klo gestolpert und hab dabei meine Taschenlampe verloren und die ist direkt unter Herrn Kincks Auto gerollt. Na, und als ich sie wieder darunter hervorholen wollte, hab ich gesehen, dass unter dem Wagen etwas hing, was da unter Garantie nicht hingehört.«

»Okay, und was?« Ich hab Annika gespannt angeguckt und sie hat tief Luft geholt.

»Tja, also ... Ich weiß, es klingt ziemlich krass, aber ... eine Pistole.«

»Eine *Pistole??*« Ich kann dir sagen, ich hab wirklich mit allem gerechnet, aber damit ganz bestimmt nicht.

»Du meinst eine *echte* Pistole? Keine Attrappe oder so was? Weißt du, es gibt Wasserpistolen, die sehen höllisch echt aus und ...«

»Ich weiß, aber das war mit Sicherheit *kein* Spielzeug!

Das kannst du mir glauben!« Annika hat mir einen entschiedenen Blick zugeworfen und ich hab auf einmal bemerkt, wie sich mein vegetatives Nervensystem gemeldet hat und ich bescheuerterweise zu hyperventilieren angefangen habe.

»Oh, das ist ja ... 'tschuldige, ich krieg gerade schwer Luft ... ich ...«

Während Annika mich irritiert angesehen hat, hab ich mich hektisch nach irgendetwas zum Reinatmen umgesehen und kurz darauf neben der Pumpe eine zusammengeknüllte Papiertüte entdeckt. »Tut mir leid, Aaro... äh, Annika, ich muss nur mal kurz ... manchmal krieg ich so komische Atemnot, sorry ...«

Ich hab mir keuchend die Tüte vors Gesicht gehalten und Annika hat mich ziemlich entgeistert angestarrt, aber das war mir in dem Moment egal. Dass man in bestimmten Situationen Panikanfälle bekommt und deswegen in beerenverschmierte Provianttüten atmen muss, damit sich der pH-Wert des Blutes durch das darin enthaltene Kohlenstoffdioxid wieder normalisiert, ist schließlich immer noch besser, als hysterisch »Oh, mein Gott, eine Pistole – er wird uns alle töten!!!« zu wimmern und nachfolgend panisch in den Wald zu rennen. (Was mir ehrlich gesagt genauso hätte passieren können.)

Obwohl ... So hätte natürlich nur die *alte* Mia reagiert. Die Mia, die aus Angst vor Einbrechern jede Nacht ihre Tür verrammelt und jedes Mal kopflos den Bus verlassen hat, wenn ihr einer der Mitreisenden verdächtig vorgekommen ist. Aber da ich ja heute Nacht, irgendwann zwischen 1.00 Uhr und 2.30 Uhr, beschlossen habe, der alten, dauerpanischen Mia, die sich am liebsten immer nur verstecken will, ein für alle Mal den Kampf anzusagen, kommt so eine Reaktion natürlich nicht infrage.

Das ist übrigens auch die bahnbrechende Entscheidung, die ich dir vorhin schon angedeutet habe. Nach stundenlangem Nachgrübeln über die Frage, ob Papa wirklich beim Geheimdienst ist oder ob mein Unterbewusstsein mir das nur vorgegaukelt hat, hab ich nämlich beschlossen, nicht mehr nur irgendwelche äußeren Details an mir zu verändern (von wegen Schloss und Modelfreund und so), sondern stattdessen ans Eingemachte zu gehen. Und das bedeutet:

Ich werde endlich etwas gegen diese bescheuerten Angstattacken unternehmen!!!!!

Allmählich hab ich nämlich echt die Nase voll von diesem ganzen Zitter-Schwitz-Panikmist! Genauso wie von diesem ständigen Weglaufen, Sich-zu-Hause-Vergraben oder Auf-dem-Schulklo-Einschließen. Na, und dagegen anzukämpfen, indem man eine Fahrradpumpe nach Nico und Anna-Constanza wirft, die dann jemand ganz anderen trifft, ist irgendwie auch nicht das Gelbe vom Ei. Das ist mir gestern Nacht so richtig klar geworden. Das, und dass ich nicht mehr Opfer sein will. Und auch keine Täterin. Sondern einfach ich, Mia – nur eben nicht in der ängstlichen und misstrauischen, sondern in der entspannten und mutigen Version.

Wobei, wenn ich so drüber nachdenke ... Das mit dem fehlenden Mut ist wahrscheinlich gar nicht so mein Problem. Mutig bin ich ja letztlich jetzt schon. Auch wenn das vielleicht komisch klingt, weil ich gerade erst geschrieben hab, dass ich keinen Bock mehr auf diese ganzen Angstattacken hab, aber ... Na ja, Mut bedeutet ja im Grunde nichts anderes, als dass man die eigene Angst überwindet, und das mache ich ja notgedrungen jeden Tag. Und zwar bis zum Erbrechen. Das Problem sind eher die anderen. Nach außen hin zu zeigen, dass man mutig ist, ist nämlich tierisch schwer, wenn einem dabei ständig der ganze psychosomatische Mist in die Quere kommt. Also wenn der Körper ohne erkennbaren Anlass auf einmal zu zittern anfängt oder man plötzlich im Matheunterricht keine Luft mehr bekommt, nur weil draußen ein schwarzes Auto vorbeifährt. In solchen Situationen ist es schließlich so gut wie unmöglich, anderen klarzumachen, dass man eigentlich megatapfer und ein echter Crack im Luta Livre ist.

Frau Wolgast meinte bei unseren Dienstagstreffen ja immer, dass mein Körper auf Stress einfach ein bisschen sensibler reagiert und dass Sensibilität auch seine Vorteile hat, weil man schöne Dinge dadurch viel intensiver erleben würde als die meisten anderen. Und vielleicht stimmt das ja auch. Schließlich kann ich mich über tolle Dinge wirklich viel mehr freuen als zum Beispiel Nessi, die immer an allem rumnörgelt. Aber wenn ich die Wahl hätte, würde ich von meiner ganzen Sensibilität trotzdem gern die Hälfte abgeben und dafür einen ganzen Schwung gechillter und normaler sein. Weil das Leben garantiert viel einfacher wäre, wenn man an einem Vormittag nicht fünfzig verschiedene Gefühle durchleben müsste, sondern nur zwei oder drei, und die dann auch noch wohldosiert und nicht gleich im Jumbo-Mega-Pack.

Aber gut, wenigstens gibt es noch den Übungseffekt. Damit hab ich mich zumindest letzte Nacht zu beruhigen versucht. Wenn das Vor-den-Ängsten-Weglaufen nicht funktioniert, weil es auf Dauer einfach zu anstrengend ist, dann bleibt einem zwar nur noch, den Scheiß einfach auszuhalten (was ehrlich gesagt absolut albtraummäßig klingt), aber andererseits trainiert das ja eventuell auch einen Schutzmechanismus. Wie beim Gitarre-Lernen damals. Als ich da die ersten Stunden hatte, taten mir meine Fingerkuppen in den ersten Wochen tierisch weh, aber irgendwann hat sich darauf Hornhaut gebildet und dann ging's.

Tja, und vielleicht ist das mit dem Angst-Aushalten ja genauso: Je mehr ich mich meinen ganzen Horrorvorstellungen stelle und akzeptiere, dass das Leben scheiße gefährlich und der Tod real ist und dass auch meine Eltern sterben können, umso mehr Übung kriege ich darin. Und irgendwann bin ich dann wirklich so weit, dass ich der Angst einen Namen gebe, wie Frau Wolgast mir immer vorschlägt. Und wenn sie dann zu Besuch vorbeikommt, die Angst, biete ich ihr einfach einen Stuhl an. So nach dem Motto: »Hallo, Frau Das-Leben-ist-sinnlos-wir-sterben-ja-doch-alle, wie geht's Ihnen denn? Ach, Ihnen tun die Beine weh und Sie wollen sich ein bisschen bei mir ausruhen? Na, dann setzen Sie sich doch ruhig ein paar Minuten. Aber wenn Sie sich so weit erholt haben, müssen Sie auch wieder gehen, andere wollen ja sicher auch noch was von Ihnen ...«

Tja, und irgendwann, nach dem zehnten oder zwanzigsten oder hundertsten Teetrinken mit der monströsen Frau Sinnlos und ihren Freundinnen bin ich dann vielleicht nicht mehr Amok-Mia, die Bekloppte mit der hysterischen Angststörung, sondern Mia, die Coole mit den Nerven aus Stahl. Und Mia, die Coole mit den Nerven aus Stahl, die bricht bei der Neuigkeit, dass ihr Gruppenleiter heimlich mit einer Waffe herumläuft, natürlich auch nicht gleich in Panik aus. Nein, die ist vielleicht kurz geschockt und muss vielleicht auch ein paar Sekunden hyperventilieren, aber dann strafft sie ihre Schultern und stellt sich der neuen Lage wie eine Leopardin im Sprung! Ha! Gebt mir ein A, gebt mir ein M, gebt mir ein A und packt eine »Zone« obendrauf und dann habt ihr sie: die neue Mia, ihres Zeichens strong and brave and everlasting marvellous! Yeahhh!

Okay, zugegeben, das mit der Amazone war jetzt vielleicht ein bisschen too much.[13] Außerdem sind meine Waden dafür wahrscheinlich zu dick, und ob Amazonen Sommersprossen auf der Nase und Neurodermitis in den Ellenbogenbeugen haben, wage ich auch irgendwie zu bezweifeln. Aber egal.

Was ich eigentlich nur schreiben wollte, ist, dass ich mich nach der end-

13 Und Aylin hat mich neulich, als ich ihr von meinem Amazonen-Traum erzählt hab, auch ziemlich verwirrt gefragt, ob ich nicht mitgekriegt hätte, dass die Leute bei *Amazon* ziemlich schlecht bezahlt werden, was dazu geführt hat, dass ich ihr erst mal den Unterschied zwischen *Amazon* und den weiblichen Kriegerinnen in der Antike erklären musste.

peinlichen Hyperventilier-Einlage mit Annika eben doch noch halbwegs gut geschlagen habe. Ausnahmsweise bin ich nämlich nicht hochrot von dannen gestürmt wie sonst immer, wenn jemand mich wie ein Alien anguckt, sondern habe Annikas befremdeten Blick einfach ausgehalten, und zwar so, als wäre Panisch-in-eine-Tüte-Atmen etwas völlig Normales. Und anschließend bin ich dann auch gleich wieder zur Tagesordnung übergegangen – genauso wie Frau Wolgast mir das letzten Dienstag geraten hat.

»Gut, also unter Herrn Kincks Auto befindet sich eine Pistole. Ich denk, im Moment sind alle in den Zelten. Insofern ... Zeigst du sie mir?« Ich hab schluckend in Richtung Geländewagen geschaut, aber gerade, als ich mich in Bewegung setzen wollte, hat Annika schon kopfschüttelnd gemeint, das ginge leider nicht, die Waffe sei nämlich nicht mehr da.

»Wie – nicht mehr da? Du meinst, jemand hat sie erst da platziert und dann wieder weggenommen?« Ich hab Annika verwirrt angeguckt und sie hat mit der Spülbürste in der Hand genickt.

»Yep. Und ich bin mir auch ziemlich sicher, wer das war ...« Annikas Augen sind zu Herrn Kincks Zelt hinübergewandert und mein Blick ist ihr stirnrunzelnd gefolgt.

»Du glaubst ...? Aber warum sollte King Kong das tun? Das ist doch total bescheuert ...«

Annika hat sich prüfend im Camp umgeschaut und dann die Achseln gezuckt.

»Na ja, vielleicht brauchte er sie, um uns vor irgendwas zu beschützen. Zumindest hab ich letzte Nacht ziemlich merkwürdige Geräusche gehört. Wenn du mich fragst, könnten das gut Wölfe gewesen sein. Oder Pumas.«

»*Pumas?* Hier auf den Azoren?«

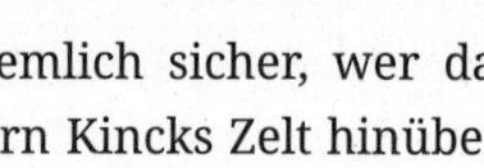

Ich hab Annika, die beim Abwasch eine Pause eingelegt hat, ungläubig angestarrt und sie hat meinem Blick standgehalten und dann verlegen gemurmelt, na ja, dann eben Wildschweine, so gut würde sie sich in der azoreanischen Fauna und Flora nicht auskennen. »Keine Ahnung, was hier alles noch so rumläuft. Meinetwegen auch Skorpione oder Giftschlangen ...« Annika hat sich angewidert in der Gegend umgeschaut und ich hab skeptisch den Kopf geschüttelt.

»Sorry, aber die einzige Giftschlange, die hier demnächst auftaucht, hat zwei Beine und die will King Kong ganz bestimmt nicht erschießen. Obwohl das wahrscheinlich die Lösung einiger meiner Probleme wäre ...« Ich hab ein Stöhnen unterdrückt und Annika entschuldigend angelächelt. »Tut mir leid. Ich wollte eigentlich nur sagen: Auf Pico gibt es keine Wölfe! Und auch keine Wildschweine oder Skorpione. Meine Eltern haben mich in den letzten Wochen mit Infos über die Azoren geradezu überschüttet und daher weiß ich definitiv, dass es hier keine gefährlichen Tiere gibt.«

»Echt nicht? Aber wozu braucht unser Kohortenführer denn dann eine Knarre?« Annika hat die letzte Haferschleimschüssel unter das eiskalte Pumpen-Wasser gehalten und ich hab ratlos die Schultern gezuckt.

»Keine Ahnung. Vielleicht ist er einer von diesen Typen, die sich ohne Pistole nackt vorkommen. Oder wir kriegen von ihm demnächst Schießunterricht. Wobei ich mich dann frage, warum er das Ding nicht einfach in seinem Zelt gelassen hat. Das mit dem Auto ist schon komisch ...«

»Nicht wahr?« Annika hat aufgeregt genickt. »Das finde ich nämlich auch! Im Grunde macht das nur Sinn, wenn er unbedingt vermeiden will, dass einer von uns die Waffe findet, aber ...«

»Mia? Aaron?«

Fuck! Mels Stimme hat uns von hinten unterbrochen und ich bin so hektisch herumgefahren, dass ich die Hälfte des frisch abgewaschenen Emaille-Geschirrs vom Brunnenrand gefegt hab, was dann prompt mit lautem Geschepper zu Boden gegangen ist.

»Mist!«

»Gott, Mia, tut mir leid, wenn ich dich erschreckt hab. Das wollte ich nicht.«

»Macht nichts. Ich war nur gerade ... äh ...«

Mir ist nicht eingefallen, was ich »nur gerade« war, aber zeitgleich hat Mel schon gemeint, kein Problem, ich bräuchte ihr das nicht zu erklären, sie wisse ja bereits aus meinem Anmeldebogen, dass ich zeitweilig mit Angstzuständen zu kämpfen hätte. Na, und da war ich natürlich erst mal bedient. Ich mein, wer bitte schön hat das da draufgeschrieben? Ich jedenfalls nicht! Und Mama hat mir eigentlich auch felsenfest versprochen, den FTF-Leuten nichts davon zu verraten. Aber da sieht man es mal wieder: Verlass dich auf deine Eltern und du bist verlassen! Und zwar so was von!

»Jetzt guck nicht so empört, Mia! Als Betreuer müssen wir natürlich über eure persönlichen Schwierigkeiten Bescheid wissen. Anders geht's nicht.«

»Ja, vielleicht, aber ...« Ich hab entnervt den Kopf geschüttelt, aber im gleichen Moment hat Mel mir schon über den Arm gestrichen und dabei mit ihrer betont geduldigen Pädagoginnen-Stimme gemeint, eine Angststörung sei wirklich nichts, wofür man sich schämen müsse.

»Glaub mir, Mia, daran kann man sehr gut arbeiten. Ich nehme an, deine Therapeutin hat es dir auch schon empfohlen, aber autogenes Training ist zum Beispiel sehr hilfreich. Oder progressive Muskelentspannung. Das stärkt die Seele und man ist dann nicht mehr ganz so nervös.«

»Aber ich bin überhaupt nicht nervös ...« Ich wollte Mel gerade ziemlich angefressen mitteilen, dass sie mein Nervös- oder Nichtnervös-Sein ruhig meine Sache sein lassen kann, doch im selben Augenblick hat sie sich bereits zu Annika umgedreht und ihr, ohne weiter auf mich zu achten, zwei weitere benutzte Emaille-Becher vom Frühstück in die Hand gedrückt.

»Übrigens hier, Aaron, die habt ihr draußen vergessen. Wobei ich gerade sehe, du trägst ja genau die gleichen Schuhe wie Herr Kinck. Wow! Très chic!«

»Finden Sie? Also ehrlich gesagt ... Très scheiße trifft's in meinen Augen eher.« Annika hat einen angewiderten Blick auf ihre klobigen Wanderstiefel geworfen und dann seufzend den Kopf geschüttelt. »Ich fand die schon im Laden grässlich, aber meine Mutter meinte, die hätten das beste Preis-Leistungsverhältnis. Ach ja, und außerdem sähen sie so schön männlich aus. Weshalb sie sie natürlich gleich gekauft hat ...«

Während Annika noch immer angeekelt auf ihre Stiefel gestarrt hat, hat Mel auch ihr tröstend über den Arm gestrichen und sich dann neben uns am Brunnenrand hochgezogen. »Tut mir leid. Aber weißt du was? Zusammen mit dem Glitzerrock wirken sie eigentlich ganz cool. Erinnert mich irgendwie an den Style von Emma Watson ...«

»Meinen Sie wirklich?« Annika hat unsere Gruppenleiterin überrascht angeguckt und die hat lächelnd genickt.

»Ja. Letztlich kommt's doch vor allem auf die Kombination an. So wie du die trägst, kommt das Ganze wie ein Mode-Statement rüber. Na, und so wie unser Herr Kinck sie trägt, wirkt es halt eher wie ...« Mel hat gezögert und Annika hat ihr grinsend einen Blick zugeworfen.

»Der ultimative Wehrsportgruppen-Look?«

Mel hat geschmunzelt. »Ja, ich denke, das trifft es: Der ultimative Wehrsportgruppen-Look für den Mann mit extra viel Testosteron ...« Sie hat seufzend zu unserem Kohortenführer hinübergeguckt, der zwanzig Meter entfernt gerade eine FTF-Fahne am Fahnenmast hochgezogen hat, und Annikas und meine Augen sind ihr automatisch gefolgt.

»Ist er noch immer so fies zu Ihnen?« Annika hat Mel mitfühlend angesehen, aber die hat nur ihre Beine übereinandergeschlagen und dabei gemurmelt, ach, fies würde sie nicht unbedingt sagen.

»Wenn ihr mich fragt, ist er einfach nur gestresst. Dabei seid ihr ja nun wirklich nicht sonderlich anstrengend. Aber gut, wer weiß, was ihm noch alles so im Kopf rumschwirrt. Vielleicht hat er Ärger mit seiner Frau oder irgendwelche anderen Probleme und verpieselt sich deswegen nachts in die Büsche, während wir anderen schlafen ...«

»Er verpieselt sich nachts in die Büsche? Echt?« Ich hab Mel erstaunt angeguckt und sie hat seufzend genickt.

»Ja, zumindest letzte Nacht hat er das getan und ich bin prompt deswegen aufgewacht. Aber gut. Ist vielleicht auch nur ein Männerproblem ...«

»Ein Männerproblem?«

Annika hat Mel genauso irritiert angesehen wie ich und die hat seufzend erwidert, na ja, viele ältere Männer müssten nachts häufig auf Klo.

»Hat was mit der Prostata zu tun, aber mir fällt gerade auf ... Das ist wahrscheinlich nicht unbedingt ein geeignetes Gesprächsthema für euch ...« Mel hat lächelnd den Kopf geschüttelt und für den Bruchteil einer Sekunde kam es mir plötzlich so vor, als wenn ich sie vorher schon mal irgendwo gesehen hätte, aber ehe ich noch weiter darüber nachdenken konnte, ist sie schon vom Brunnenrand heruntergerutscht und hat gemeint, Gott, jetzt hätte sie durch den netten Plausch mit uns fast vergessen, weshalb sie eigentlich hier sei. »Also, Mia, Aaron, um halb elf ist Abmarsch in Richtung Kratersee. Das heißt: Nehmt eure Badesachen mit, ihr geht Fische fangen!«

»Äh ... unsere Badesachen?« Ich hab Melanie perplex angeguckt und Annika sah ebenfalls alles andere als erfreut aus.

»Aber das mit den Badesachen heißt jetzt nicht, dass wir da schwimmen gehen müssen, oder? Ich mein, wenn wir da nur angeln, dann können wir unsere Klamotten doch auch anbehalten ...«

»Tut mir leid, Aaron, aber das geht leider nicht. Ich will nicht alles verraten, aber hier geht's ja auch ein bisschen um Survival und dazu gehören schon ein paar Mutproben. Ihr sollt schließlich was erleben und nicht nur rumsitzen und klönen!«

»Na, klasse. Wie im Dschungelcamp, nur dass die wenigstens Geld dafür bekommen und nicht noch was zahlen müssen.« Annika hat finster den Kopf geschüttelt, aber Melanie hat das kurzerhand ignoriert und ihr nur aufmunternd durchs kurze rote Haar gewuschelt.

»Hey, Kopf hoch, ihr werdet schon sehen, das bringt Spaß! Wann hat man schließlich schon mal die Chance, in einem jahrhundertealten Kratersee zu baden? Und das auch noch ganz allein, ohne Erwachsene? Den Weg dahin müsst ihr nämlich selber finden. Aber keine Sorge, es ist nicht schwer. Ich hab heute früh schon überall rote Bänder an die Büsche geknotet.«

»Na, super. Dann können wir uns ja wenigstens nicht verlaufen. Ein Risiko weniger ...« Annika hat ironisch die

Augen verdreht, aber Mel hat das nicht mitgekriegt, weil sie im selben Moment schon erschrocken auf die Uhr geguckt hat.

»Oh, Mist, schon Viertel vor. Dabei hatte ich Martin versprochen, noch kurz bei ihm vorbeizugucken. Ihr kommt hier auch ohne mich zurecht, oder?!«

»Logisch.« Ich hab genickt, aber Mel hat unsere Antwort gar nicht mehr abgewartet, sondern ist bereits hektisch in King Kongs Richtung verschwunden und anschließend waren Annika und ich dann aus unterschiedlichen Gründen mehr als genervt. Ich, weil ich Schwimmen in trüben Gewässern, in denen es von Würmern, Parasiten und Blutegeln nur so wimmelt, total widerlich finde. Und Annika, weil sie nur den einen Rock und das *Girlpower*-Top in ihr Gepäck schmuggeln konnte, aber keinen Bikini. Na, und um Annika davor zu bewahren, in ihrem einzigen Top oder gar oben ohne schwimmen gehen zu müssen (was für sie übrigens genauso ein No-Go ist wie für uns, ich hab sie gefragt), hab ich ihr dann mein zweites Bikini-Oberteil angeboten, und deswegen muss ich gleich noch mal rüber in ihr Zelt, um es ihr zu ge…

Oh, Shit! Gerade hat King Kong Megastress gemacht, weil wir jetzt losmüssen. Mist! Ich hab überhaupt nicht gemerkt, dass es schon so spät ist! Wobei mir gerade einfällt … Fuck! Ich hab Annika ja noch gar nicht … Oh, nee! Da ruft er schon wieder. Gott, ich hasse diesen Typen! Aaarrgghh!!!!!

An: Aylin Yildiz
Von: m.horstmann@ftf-reisen.de
Gesendet: 26. Juli, 20.05 Uhr
Betreff: Ich sehe aus wie Quasimodo

Liebe Aylin,

du machst dir keinen Begriff, was heute alles passiert ist! Zum einen hab ich ein dickes, fettes blaues Auge, das so aussieht, als wäre ich in eine Schlägerei geraten, und zum anderen ... Nee, ich glaub, ich muss anders anfangen, sonst verstehst du kein Wort. Also noch mal zurück, am besten zu dem Moment heute früh, als King Kong plötzlich via Megafon durchs Camp gebellt hat, wer in einer Minute nicht abmarschbereit am Treffpunkt stünde, müsse am Abend mit einer Zahnbürste das Plumpsklo schrubben. Unfassbar, oder? Der Typ hat definitiv einen Ober-Hackenschuss! Und was für einen!
Während unser Gruppenleiter seine absurde Drohung mit einem gespielt launigen »Also, macht hinne! ZMAS[14]!« beendet hat, bin ich panisch in mein Zelt gestürzt, um mir vor dem Abmarsch zum See wenigstens noch den einen Bikini unterzuziehen und den zweiten für Annika in den Rucksack zu stopfen, aber das hätte ich mir genauso gut sparen können. Denn wer ist zwei Minuten später nicht vorm Proviantschuppen aufgetaucht? King Kong und Mel!

---

14 Was Vicki zufolge wohl eine Abkürzung für »Zu mir, aber schnell!« ist.

Weil die beiden bei Herrn Kinck im Zelt dringend noch irgendetwas ausdiskutieren mussten (was, wenn du mich fragst, nur eine Umschreibung für »sich anzicken« ist), standen Vicki, Annika, Nael, Marco und ich bestimmt eine Viertelstunde blöd rum und dabei ist dann noch etwas ziemlich Ätzendes passiert. Zwar nur eine Kleinigkeit (vor allem, wenn man bedenkt, was nachher am See geschehen ist), aber geärgert hat es mich trotzdem.
Während Nael sich nämlich neben mir die Schuhbänder zugebunden hat (und dabei leider mal wieder hochgradig cool und lässig aussah, Mist), hat Vicki einen Spruch über meinen Arztvater rausgehauen und ich hab instinktiv gehofft, dass Nael ihn nicht gehört hat, aber das war natürlich nicht der Fall. Wäre ja auch zu schön gewesen.
Stattdessen hat Nael mitten im Schuhbandzubinden innegehalten und ich hab fieberhaft überlegt, was ich sagen könnte, um möglichst schnell das Thema zu wechseln, aber ehe mir etwas Passendes in den Sinn gekommen ist, hat Annika sich schon erkundigt, was für ein Arzt mein Vater eigentlich wäre, und damit war ich natürlich geliefert.
»Äh, Allgemein, aber ... Ist euch mal aufgefallen, dass selbst Mels Gummistiefel gepunktet sind? Ich kenne echt niemanden, der ...«
»Hast du mir nicht mal erzählt, Mia, dein Vater sei Ingenieur?« Nael hat mich irritiert unterbrochen und ich hab innerlich einen Fluch unterdrückt.
Fuck.
»Äh, nein. Der ist ... Ich mein, er ist quasi

beides: Arzt *und* Ingenieur, aber noch mal wegen der Stummigiefel, äh, der ...«

»Wie geht *das* denn?« Nael, der durch unsere Gespräche an der Elbe ja leider ganz genau weiß, dass mein Vater *kein* Arzt ist, hat mich sichtlich verwirrt gemustert, aber ehe ich ihm antworten konnte, hat Vicki sich schon zu den anderen umgewandt und gemeint, na, das sei doch klar.

»Ist doch logisch, warum der zwei Jobs braucht! Wer seine Familie in einem Schloss wohnen lässt, braucht natürlich auch doppelt Kohle, was, Mia?«

»Na ja, äh ...«

»Du hast Vicki erzählt, du wohnst in einem *Schloss??«* Nael, der leider auch weiß, dass wir in einer stinknormalen 100-qm-Maisonette-Wohnung in Bahrenfeld wohnen, hat mir einen mehr als erstaunten Blick zugeworfen, aber blöderweise konnte ich darauf nicht reagieren, denn zeitgleich hat Annika mich schon völlig fasziniert in die Seite gestupst.

»Boah, ist das cool! Ich kenn niemand, der in einem echten Schloss wohnt. Heißt das, ihr seid reich?« Annika hat mich beeindruckt angeguckt, aber gerade, als ich abwiegeln wollte, hat Vicki schon gemurmelt, na und ob, und das sei noch nicht mal alles.

»Unsere Mia hier wohnt nämlich nicht nur in einem Schloss. Nein, sie hat auch noch eine eigene Psychologin und einen blendend aussehenden Freund, der nicht nur modelt, sondern auch noch in der U-21-Nachwuchsmannschaft bei St. Pauli spielt. Nicht schlecht, was?«

»Wow! Das hast du mir vorhin gar nicht erzählt! Dabei bin ich der totale St.-Pauli-Fan! Das ist *mein* Verein! Im Ernst! Ich kenn sogar welche von den Ultras!«

Annika hat mich noch bewundernder als vorher angeguckt, aber leider konnte ich mich darüber nicht wirklich freuen, schließlich musste ich die ganze Zeit zu Nael herübersehen, der mich inzwischen nur noch mit kalter Miene taxiert hat.

»Du hast einen Freund, der Model ist? Na, herzlichen Glückwunsch. Da habt ihr beiden ja sicherlich viel Spaß in euerm *Schloss!*«

»Äh, danke. Obwohl, also eigentlich ...«

Weil ich den verächtlichen Ausdruck in Naels Miene nicht mehr ausgehalten hab, wollte ich gerade etwas zu meiner Verteidigung sagen, aber ehe ich den Mund aufmachen konnte, hat mir Marco, der bleichgesichtige Nazi-Vergewaltiger, schon schnaubend das Wort abgeschnitten.

»Ey, Nael, die Story nimmst du ihr doch nicht wirklich ab, oder? Die lügt doch wie sonst was!«

»Aber ich ...«

»Sorry, Mia, aber zufällig kenne ich ein paar Leute, die in der U-21 spielen, und ich wette, keiner von denen ist mit dir zusammen. Aber vielleicht täusche ich mich ja auch. Na, komm schon. Überzeug mich vom Gegenteil! Wie heißt er denn, dein toller Freund? Jens? Henry? Cem?«

»Äh ...«

Während mich alle neugierig angeguckt haben, hab ich gemerkt, wie mir allmählich der Angstschweiß ausgebrochen ist, und eine Sekunde später konnte ich schon nicht mehr klar denken. Mist! Blöder hätte es wirklich nicht kommen können! Ich hab Marco noch einmal unsicher gemustert, aber so, wie der Typ mich angesehen hat, war klar, dass er nicht so schnell lockerlassen würde. Na ja, und deswegen bin ich dann kurzerhand ins kalte Wasser gesprungen und hab den nächstbesten Namen in den Ring geworfen, der mir eingefallen ist.

»Er heißt ... Manuel.«

»*Manuel??* Wie Manuel Neuer? Boah, ich glaub's nicht! Dein Scheiß-Ernst?!« Marco hat mich geifernd angeguckt und ich hab innerlich fluchend über meine eigene Dämlichkeit den Kopf geschüttelt. 🙄

»Nein, ich mein ja, aber ... Es ist natürlich nicht Manuel Neuer und außerdem nenne ich ihn sowieso anders. Ich nenne ihn nämlich ... Jé... Jérôme.«

»Jérôme? Wow, das wird ja immer geiler!! Mann, du lügst echt noch schlechter als meine Oma! Jérôme! Ich wette, du kennst überhaupt nur zwei Fußballspieler: Manuel Neuer und Jérôme Boateng ...« Marco hat sich johlend auf die Schenkel geklopft und ich hab fluchend mein Hirn nach irgendeiner Erklärung für diese merkwürdige Namensgleichheit durchforstet, aber mir ist einfach keine eingefallen. Schließlich hat Marco leider recht: Ich kenne wirklich keine anderen, zumindest nicht auf die Schnelle.

»Aber er heißt tatsächlich ...«

»Jérôme! Aber sichi! Mann, du musst echt nicht mehr alle Latten am Zaun haben, wenn du denkst,

das kaufen wir dir ab ...« Marco ist grinsend einen Schritt auf mich zugekommen und ich hab plötzlich an die Sache mit Nico und der Fahrradpumpe damals in der Schule denken müssen und schon ist mir schlagartig schlecht geworden.
Verdammt! Ich hab mich nur noch darauf konzentriert, meine Übelkeit in Schach zu halten, aber gleichzeitig ist mir schon Marcos Geruch in die Nase gestiegen und eine Sekunde später konnte ich richtig merken, wie mir der Haferschleim vom Frühstück gemeinsam mit einem gehörigen Batzen Magensäure zentimeterweise die Speiseröhre hochgestiegen ist. Einen Augenblick länger und ich hätte diesem Idioten wahrscheinlich direkt auf seine teuren Nikes gekotzt, aber zum Glück hat sich Nael im selben Moment schützend vor mich gestellt und das hat meinen Magen abrupt wieder beruhigt. 
»Okay, ich denke, es reicht. Lass sie in Ruhe, Marco!«
»Aber warum denn? Fängt doch gerade erst an, lustig zu werden. Findest du nicht, Mia? Mia, komisch, der Name erinnert mich an was ... Mia, wie ›Mia san Mia‹. Wenn ich den Satz hör, muss ich immer an diese bayrische Tussi denken, die ich im Urlaub mal geknallt hab und die dann auf Bayrisch ...«
»Hast du nicht gehört, was ich gesagt hab, Marco? Lass sie in Ruhe!!«
»Aber ich mach doch gar nichts! Ich erzähl Mia gerade nur, wie die Schlampe mich angefleht hat, ihn ihr möglichst tief ... na, du weißt schon ...«

Marco hat Nael provozierend angegrinst und ich hab gesehen, wie sich dessen Nackenmuskeln immer mehr angespannt haben, wie bei unserem Luta-Livre-Trainer, kurz bevor er jemand in den Schwitzkasten nimmt, aber Gott sei Dank ist Mel im selben Moment, wo Marco gerade eine eindeutige Handbewegung machen wollte, dazugekommen und das hat gerade noch das Schlimmste verhindert.
»Okay, Nael, Marco, das war's. Hier wird sich nicht gestritten! Habt ihr verstanden?«
»Ach, nein? Und das sagt wer?« Marco hat sich langsam zu Melanie umgedreht und seinen Blick dabei bestimmt fünf Sekunden auf ihrer Oberweite verweilen lassen, aber anschließend hat Herr Kinck dem Spuk glücklicherweise ein Ende gemacht.
»Panda Marco, Mia, Aaron, Nael und Victoria, sofort herkommen! Die Gruppe verlässt das Camp in t minus zwei Minuten. Jeder, der noch mal aufs Klo will, sollte das jetzt tun. Unterwegs habt ihr nämlich nur noch das hier!«
King Kong hat eine schmutzige Metallschaufel hochgehalten, die schon von Weitem so aussah, als sei sie einzig und allein zum Kackelöcher-Graben geeignet, und kurz darauf ...

Mist! Eben war Annika bei mir im Zelt und meinte, Mel hätte sie geschickt, ich solle für heute mit meinem Bericht an Frau Wolgast Schluss machen. Dabei wollte ich dir doch unbedingt noch von der Sache am Kratersee erzählen! Aber vielleicht schaffe ich es ja, Mel gleich noch eine halbe Stunde länger aus dem Kreuz zu leiern. Zurzeit ist sie wegen meines blauen Auges nämlich ziemlich besorgt um mich, und wenn das klappt, melde ich mich in zehn Minuten wieder bei dir und berichte, was heute noch alles passiert ist.  (Und das ist so einiges! Vor allem, wenn man bedenkt, wem ich das Veilchen zu verdanken hab!) 

Also bis hoffentlich gleich
deine Mia

An: Aylin Yildiz
Von: m.horstmann@ftf-reisen.de
Gesendet: 26. Juli, 20.33 Uhr
Betreff: Mein blaues Auge

Liebe Lieblings-Aylin,

es hat geklappt! Zurzeit sieht meine rechte Gesichtshälfte noch schlimmer aus als vor zwei Stunden und das hat Melanie wohl auch dazu bewegt, mir »ausnahmsweise« noch eine halbe Stunde das Notebook zu überlassen. Da sieht man mal wieder, dass auch bescheuerte Dinge zu etwas gut sein können. Ha!
Nachdem Mel mich eben dazu genötigt hat, vor ihren Augen die Beruhigungstabletten von Frau Wolgast zu nehmen (die ich gestern ehrlich gesagt vergessen hatte), durfte ich ihr Zelt mitsamt dem Laptop wieder verlassen und hier kommt also nun der bereits angekündigte Bericht unseres Ausflugs an den Lagoa do Capitão, der allerdings – so viel kann ich dir jetzt schon verraten – dazu geführt hat, dass Nael und ich uns derzeit noch ätzender finden als vorher. (Wobei das sogar noch nett formuliert ist!)
Gut, aber dazu später. Jetzt erst mal zu dieser bescheuerten Survival-Aufgabe am See, wobei ich den Weg dahin am besten überspringe (der war sowieso nicht sonderlich aufregend) und gleich mit dem Moment am Ufer anfange, in dem Vicki den roten Umschlag, den Mel dort für uns hinterlegt hatte, aufgerissen hat. In dem Umschlag stand:

Hallo Pandas,
hier kommt eure erste Aufgabe für heute:
1. Schwimmt zu dem Floß auf dem See und holt euch das Päckchen mit euerm Namen.
Öffnet das Päckchen und baut aus dem innenliegenden Material eine Angel. Den Wurm dazu müsst ihr selber suchen.
2. Angelt euch euer Abendbrot, nehmt es aus und legt es in die beiliegende Isoliertasche.
3. Heute Abend wird der ausgenommene Fisch dann über dem Lagerfeuer gegrillt.
Viel Spaß!

Das mit dem Spaß war anscheinend ernst gemeint[15], obwohl ich beim Anblick des sumpfigen Tümpels, über dem einige Greifvögel wie Geier kreisten, locker das Taschengeld von drei Monaten geopfert hätte, um da bloß nicht reinzumüssen. Stell dir ein schwarzes Loch mit Brackwasser vor, bei dessen bloßem Anblick man unwillkürlich Unmengen schleimiger, glibschiger Blutegel vor sich sieht, dann hast du einen ungefähren Eindruck davon, wie groß meine Lust war, da reinzuwaten. Aaron, also Annika, ging es anscheinend genauso und selbst Nael und Marco wirkten angesichts des einsamen Kratersees mit seinen matschigen Uferrändern nicht unbedingt begeistert. Nur Vicki hatte damit anscheinend überhaupt kein Problem, aber Vicki mit ihren ganzen Piercing-Löchern,

---

15 Und zeigt außerdem, dass Mel den Zettel geschrieben hat - ich glaub nämlich nicht, dass King Kong das Wort »Spaß« überhaupt kennt.

den klapperdürren Beinen und dem aggressiven »Verpiss-dich«-Blick ist ohnehin anders als andere, das wird mir inzwischen immer klarer. »Jetzt kommt schon, ihr Weicheier! Stellt euch nicht so an! Das Ungeheuer von Loch Ness hat heute Ausgang, also rein da!« Vicki hat Nael und den anderen zugewinkt und ist dann in voller Montur, inklusive Militärstiefeln und Leoparden-Mini, an uns vorbei ins trübe Wasser gestakst und ich konnte einfach nicht anders – ich war unweigerlich beeindruckt. Ich mein, auch wenn sie manchmal mega-ätzend zu mir ist (und wie sie mich heute Vormittag mit dem Schloss und der U-21-Sache vorgeführt hat, war *definitiv* mega-ätzend), irgendwie hat Victorias Angstlosigkeit schon was Cooles.

Na ja, und das fanden die anderen offenbar auch, denn kurz darauf hat Marco schon ein grummelndes »Wo sie recht hat, hat sie recht ...« von sich gegeben, um dann mit einem Super-Angeber-Hechtsprung im eisigen Wasser zu verschwinden. Vorher hat er beim Ausziehen allerdings noch eine kleine Show abgezogen, so nach dem Motto »Na, Mädels, habt ihr schon mal solche Muckis gesehen?«, und das hat den Effekt seines Auftritts schlagartig wieder zunichtegemacht. Gott, dieser Typ ist wirklich so ein Widerling, da hilft auch der schnittigste Kopfsprung nichts!

Und weil Marco leider Marco ist, hat er Nael natürlich auch gleich, als er im Wasser war, mit einem »Na, haste Schiss?« provoziert, aber das hätte er sich genauso gut sparen können. Auch

wenn ich es nicht gerne sage, weil ein Teil von mir diesen eingebildeten, arroganten Mistkerl nach wie vor aus tiefstem Herzen hasst, aber was Machoallüren anbelangt, befindet sich Nael einfach auf einem anderen Niveau.
»Schwimm weiter, Marco! Ich hab jetzt keinen Bock auf Schwanzvergleiche!«
»Klar! Dabei würdest du ja auch den Kürzeren ziehen!«
Marco hat dreckig gelacht, aber Nael hat ihn einfach ignoriert und sich stattdessen zu Annika umgedreht.
»Alles okay bei dir, Aaron? Du siehst nicht gerade so aus, als ob du sonderlich motiviert wärst ...«
»Das täuscht. Eigentlich freu ich mich gerade riesig aufs Schwimmen. Siehst du, wie sehr?«
Annika hat mit der Hand eine Kotzgeste angedeutet, was Nael breit zum Grinsen gebracht hat.
»Ja, Mann, das sieht echt begeistert aus! Was meinst du, soll ich Mia und dir das Päckchen mitbringen? Dann müsst ihr da nicht extra rein ...«
Nael hat Annika fragend angeguckt und die hat eine Sekunde gebraucht, bis sie begriffen hat, was er gesagt hat, aber dann hat sie völlig beseelt genickt. »Dein Scheißernst? Ich mein ... Würdest du das wirklich tun? Das wär echt super! Also total ...«
Annika hat Nael so dankbar angelächelt, als hätte er sie soeben vor einem Bad in zweihundert Grad heißer Salzsäure gerettet, und das hat sich noch verstärkt, als Nael sich eine Sekunde später das

T-Shirt ausgezogen hat. Beim Anblick von Naels nacktem Oberkörper hat Annika nämlich riesige Stielaugen gekriegt und ihn so schockverliebt angestarrt, als befände sich kurz über seinen durchtrainierten Brustmuskeln der Schlüssel zum Weltfrieden, und ich hab plötzlich gemerkt, wie ich richtig grantig geworden bin.

Keine Ahnung, warum. Oder vielleicht doch. Wahrscheinlich lag es daran, dass Nael bei der Frage nur Annika angeguckt und mich absichtlich ignoriert hat. Oder daran, dass er mit seinem bescheuerten Sixpack so verdammt gut aussah. Oder daran, dass er völlig selbstverständlich davon ausgegangen ist, dass ich sowieso nicht in der Lage wäre, diese bekloppte Mutprobe zu bestehen. Auf jeden Fall hat mich diese Ich-Tarzan-Du-Jane-Interaktion zwischen Annika und Nael mega gewurmt und das war wahrscheinlich auch der Grund, warum meine Antwort so spitz ausgefallen ist.

»Also was mich anbelangt, ich komm auch ohne deine mackerhafte Hilfe klar. Ich bin schließlich kein Kleinkind mehr ...«

Okay, ich weiß, das war patzig, aber Herrgott, ich bin schließlich kein Übermensch! Nael aber leider auch nicht. Zumindest war der Blick, den er mir anschließend zugeworfen hat, mehr als gallig.

»Wow! Deutlicher geht's nicht. Tja, sorry, Mia. Tut mir echt leid, dass ich dir helfen wollte ...« Nael hat mit gespieltem Bedauern den Kopf geschüttelt und dabei hat seine Stimme vor Ironie geradezu getropft. »Wie konnte ich nur auf die

Idee kommen, jemand so Hochherrschaftliches wie du würde jemals die Hilfe eines armen Migranten wie mir benötigen? Gott bewahre ...«
Nael hat mich spöttisch gemustert und sich dann mit einem resignierenden Ruck von mir abgewandt, während ich innerlich mit bloßer Hand ein paar Tomaten zerquetscht hab, um ihm dann stocksauer hinterherzuzischen, was das denn jetzt bitte schön solle. 
»Das ist jawohl die bescheuertste Retourkutsche ever! Als ob meine Reaktion *irgendetwas* damit zu tun hätte, dass du Syrer bist!«
»Ach, hat sie nicht?«
Nael hat mich mit zusammengekniffenen Augen taxiert und ich hab zornig den Kopf geschüttelt.
»Nein, natürlich nicht! Denkst du, ich wäre auf einmal in die AfD eingetreten, oder was? Und außerdem *bist* du überhaupt nicht arm! Deine Pflegeeltern haben ja wohl mehr Geld als meine und Annikas Eltern zusammen!«
»Ach ja? Und deswegen denkst du, du wärst was Besseres, oder wie? Nach dem Motto: Alle Reichen sind Schweine? Na, komm schon! Tu dir bloß keinen Zwang an! Mach dich ruhig noch mal bei Facebook über mich lustig, Mia! Vielleicht schreibst du jetzt ja mal was anderes als: Der Typ tut so schlau, dabei sind seine richtigen Eltern nichts als dumme Kanaken ...«
»Hä?? Bist du jetzt völlig verrückt geworden? Wovon redest du überhaupt??«
Echt, nicht zu fassen! Ich hab Nael einen wütenden Blick zugeworfen und mich dabei total

aufgeregt. Ich mein, hat der sie noch alle?? 
Schließlich *bin* ich überhaupt nicht bei Facebook! Und davon mal ganz abgesehen: Als ob ich je so etwas Gemeines posten würde! Da kennt er mich wirklich schlecht! 

Tja, aber leider ist das nicht zu ihm durchgedrungen. Wenigstens hat sich sein Gesichtsausdruck trotz meiner Empörung nicht die Bohne verändert und kurz darauf sah er eher *noch* zorniger aus als vorher.

»Ich und verrückt? Nee, meine Liebe, verrückt ist von uns beiden hier nur eine und das bin ganz bestimmt nicht ich ...«

Nael hat mich verächtlich gemustert und ich hab ihn mindestens genauso verächtlich zurückgemustert, aber eine Sekunde später ist er schon mit einem Sprung, der leider noch zehnmal imponierender als der von Marco aussah, in den See getaucht und das war's dann. So viel zum Thema »Vielleicht ist Nael ja gar nicht mehr so ein Vollhonk wie früher.« Von wegen!! Keine Ahnung, warum er den anderen nichts von meinem BH-Harakiri erzählt hat, aber Menschenfreundlichkeit kann man als Motiv hiernach wohl definitiv ausschließen.

Gott, Aylin, ich kann dir gar nicht sagen, wie sehr ich diesen Typen verabscheue!!!! Als ob es nicht schon gereicht hätte, dass er mich stundenlang im Regen hat stehen lassen und ich mir anschließend anhören durfte, dass er echt Besseres zu tun hätte, als mit »so einer blöden Schnalle« wie mir ins Kino zu gehen! Nein, jetzt muss ich mich von ihm auch noch als Rassisten-

Else beschimpfen lassen! Das ist echt das Letzte!! 😠 😠
Während Nael mit kräftigen Zügen zu dem vielleicht fünfzig Meter entfernten Floß gekrault ist, war ich kurz davor, ihm seine bescheuerten Klamotten einfach hinterherzuschmeißen, inklusive Jacke und Schuhen, mitten rein ins Wasser, platsch, aber das hab ich letztlich dann doch nicht getan. Auch wenn er es verdient hätte! Stattdessen hab ich mit schier unermesslicher Selbstbeherrschung tief durchgeatmet und dann das hässliche Panda-T-Shirt und meine Jeans ausgezogen und eine Minute danach stand ich schon im Bikini im Schlamm. Schließlich hat sich die neue Mia ja vorgenommen, nicht mehr vor ihren Ängsten wegzulaufen, und dazu gehört anscheinend auch, dass man in einen schmutzigen Tümpel voller schleimiger Algen steigt, um sich seinen Weg durch Würmer, Fische und überdimensionierte schwarze Nacktschnecken zu bahnen, die so aussehen, als wären sie gerade einer Doku über außerirdische Monster entstiegen. Aber was tut man nicht alles, um einem eingebildeten Hornochsen zu zeigen, dass man nicht der verwöhnte Waschlappen ist, für den er einen hält.
Und tatsächlich! Ob du es glaubst oder nicht, nach ein paar Minuten wild entschlossenen Brustschwimmens bin ich wirklich bei diesem bescheuerten Floß angekommen, und das ganz ohne Panikanfall oder Hyperventilieren. Unglaublich! Das hätte ich mir echt nicht zugetraut! Offensichtlich verleiht einem nicht nur *Red Bull*, sondern

auch das Sich-Aufregen über diesen eingebildeten Lackaffen Flügel. Wenigstens das!

Beim Floß angekommen, war ich dann für ein paar Sekunden vollkommen euphorisch (wann überwindet man schon mal sowohl Ertrinkens- als auch Blutegel-, Nacktschnecken- und Wasserschlangenängste, und das alles auf einen Schlag?), aber das verschwand leider sofort, als ich gemerkt hab, dass die Stimmung da oben nicht gerade zum Besten stand. Während Vicki mit ihrem Päckchen nämlich schon wieder kraulend auf dem Rückweg war, haben sich Nael und Marco gemustert wie zwei Boxer kurz vor dem Gong zur ersten Runde, und als ich das Päckchen mit der Aufschrift »Aaron« im Gummibund von Marcos Badehose sah, wusste ich auch sofort, warum.

»Jetzt komm schon, Marco. Hör auf mit dem Scheiß und gib mir das Päckchen! Die Nummer, die du hier abziehst, ist doch völlig bescheuert ...«

Nael hat Marco genauso gereizt gemustert wie vorher mich, aber im Gegensatz zu mir wirkte Marco deutlich entspannter. Eigentlich sah er sogar ganz zufrieden aus, wie er da so in Angriffsposition vor Nael stand und sein Gewicht mit breitem Grinsen von einem auf den anderen Fuß verlagert hat.

»Wow, ganz ruhig, Brauner! Ich glaub, du hast nicht ganz mitgekriegt, was uns unser Kohortenführer heute Morgen erzählt hat, was? Hier kämpft jeder für sich allein! Und das bedeutet, dass diese Scheiß-Schwuchtel schön selber hierherschwimmen muss, um ihr Päckchen zu holen. Got it?«

Marco hat Nael einen drohenden Blick zugeworfen, aber der sah nicht im Geringsten so aus, als ob ihm das groß Angst einjagen würde. Allerdings – wütend wirkte er schon. Und zwar *verdammt* wütend!
»Verflucht, Marco, was zum Teufel ist dein Problem? Ob ich Aaron das Päckchen mitbringe oder nicht, kann dir doch egal sein. Du hast deins doch schon.«
»Aber es *ist* mir nun mal nicht egal, Arschloch! Hier geht's nämlich um Survival of the fittest, und wenn du dieser lebensunfähigen Memme hilfst, dann verzerrst du das Bild und darauf hab ich keinen Bock, kapiert?«
»Ach, und wer hier lebensfähig ist und wer nicht, entscheidest du, oder wie?!«
Nael hat Marco grimmig gemustert und theoretisch wäre es wahrscheinlich das Beste gewesen, ich hätte mich da einfach rausgehalten, aber du weißt ja, Aylin, Raushalten bei Ungerechtigkeiten ist leider nicht so mein Ding. Vor allem nicht, wenn ich eh noch wegen etwas ganz anderem wütend bin.
»Verdammt, Marco, jetzt hör mit dem Schrott auf und gib Nael endlich das Päckchen!«
»Was willst du denn, du verlogene Bitc...?«
Weiter ist er nicht gekommen. Denn in derselben Sekunde, wo Marco gereizt zu mir herumgefahren ist, hat Nael schon den Moment der Ablenkung genutzt, um Marco das Päckchen aus dem Badehosenbund zu reißen, aber dessen Reaktionsgeschwindigkeit war leider besser als gedacht. Anstatt sich das Päckchen abnehmen zu lassen, hat er es mit der linken Hand festgehalten, mit der rechten zu

einem gewaltigen Schwinger ausgeholt und der hat Nael voll an der Schulter erwischt.
»Ah! Scheiße, Alter ...«
»Das kommt davon, wenn man den Gegner unterschätzt! Na, Nael, wie wär's? Noch ein Versuch? Vielleicht hast du ja diesmal Glück! Butt, butt, butt ...«
Marco hat Nael herausfordernd gemustert und Nael hat die Augen finster zusammengekniffen, aber ehe er noch Anstalten machen konnte, erneut auf Marco loszugehen, hat der schon seinen Kopf gesenkt und ist wie ein Stier mit geblähten Nasenflügeln auf Nael zugerast. 
Eine Sekunde hab ich wirklich befürchtet, dass es das jetzt war und von Nael nicht mehr übrig bleibt als ein Haufen gebrochener Knochen, aber da lag ich Gott sei Dank falsch. In letzter Sekunde konnte sich Nael nämlich doch noch wegdrehen und seinerseits zum Gegenangriff ausholen und dabei ist es dann passiert. Das Floß, das für so viele hektische Bewegungen anscheinend nicht gebaut war, hat angefangen, sich im Kreis zu drehen, sodass Nael beim Zurückschlagen das Gleichgewicht verloren und mit seiner Rechten anstelle von Marcos Hohlschädel meine rechte Gesichtshälfte erwischt hat. Bäng!  
»Au! Fuck!!«
Ich hab geschockt aufgeschrien und Nael hat sofort innegehalten, aber Marco, dieser widerliche Vollpfosten, konnte sich natürlich kaum halten vor Lachen. So etwas ist schließlich genau sein Humor.

»Ey, ich glaub's nicht! Jetzt sieh sich einer das an! Mann, du hast ihr voll eine gelangt! Wie geil ist das denn?! Boah, Ficki, hast du das gesehen? Unser Nael hat Bonzen-Mia k.o. gehauen ...«

Während Vicki, die schon fast wieder am Ufer war, sich irritiert zu uns umgedreht hat, hat Nael mich entsetzt angestarrt, aber das Einzige, was ich in dem Moment wahrgenommen hab, war ein watteartiges Gefühl, dicht gefolgt von einem mörderischen Schmerz über der rechten Schläfe.

»Oh, Scheiße, mir wird gerade total schwindel...«

Eine Sekunde später bin ich mitten auf dem Floß in die Knie gegangen und dann langsam zur Seite umgekippt, und wenn Nael mich nicht in letzter Sekunde aufgefangen hätte, wäre ich wahrscheinlich direkt im Wasser gelandet.

»Oh, verdammt, Mia! Werd mir jetzt bloß nicht ohnmächtig, ja? Guck mich an! Wie viele Finger halt ich gerade hoch?«

»...«

»Mia?«

»Ey, Alter, die ist hinüber. Das hast du sauber hingekriegt. Ach ja, und ehe ich's vergesse, sag Tschüss zu Aarons Päckchen!«

Platsch!

Irgendetwas ist links neben mir ins Wasser gefallen, dicht gefolgt von einem lauteren Platschen, das anscheinend von Marcos Kopfsprung stammte, aber außer einem wütenden Schrei von Nael hab ich nicht mehr viel mitgekriegt, dafür war mein Hirn viel zu umnebelt.

»Mir ist auf einmal so komisch ...«

Während ich stöhnend meine Augen geschlossen hab, hab ich noch gespürt, wie Nael mir fluchend das Blut aus dem Gesicht gewischt hat, aber danach muss ich kurz weg gewesen sein, denn das Nächste, woran ich mich erinnere, ist, wie Vicki auf einmal neben mir auf dem Floß stand und sich bei Nael erkundigt hat, ob sie ihm helfen könne, mich wieder an Land zu bringen.

»Nee, schon gut. Ich glaub, das krieg ich alleine hin, wobei ...«

»Vicki soll mich bringen ...« Ich hab versucht, mich verständlich zu machen, was gar nicht so einfach war, weil Nael meinen Kopf inzwischen so angenehm zwischen seinen Armen gebettet hatte, dass ich ihn am liebsten gar nicht mehr bewegt hätte.

»Mia? Hast du was gesagt?«

»Mhm.« Ich hab erneut probiert, meine Augen zu öffnen, aber weil da nach wie vor überall Blut war und das rechte Auge ohnehin nicht so richtig aufging, hab ich das schnell wieder gelassen.

»Mia?«

»Ja, verflucht! Nicht so laut ...« Das muss wohl etwas heftiger rausgekommen sein, als ich beabsichtigt hatte, zumindest hat Naels rechter Arm mich plötzlich losgelassen und das hat meinen Kopf so ins Ungleichgewicht gebracht, dass er prompt ein Stück an Naels Brust heruntergerutscht ist, was wirklich tierisch wehtat.

»Au! Au, au, au ...«

»Gott sei Dank! Sie ist wach! Mia, alles in Ordnung?« Vicki hat sich zu mir hingehockt und einen

prüfenden Blick auf mein zermatschtes rechtes Auge geworfen und ich hab tapfer genickt.
»Ich glaub schon. Ich kann nur rechts nichts sehen.«
»Das wird schon! Ich hab's mir angeguckt, die Platzwunde ist nicht am Auge, sondern kurz darüber. In ein paar Tagen kannst du wieder ganz normal gucken, versprochen. So was hatte ich nach einem Bitch-Fight auch mal ...«
»Echt?« Ich hab Vicki schluckend angesehen und die hat mir aufmunternd zugenickt und sich danach zu Nael umgedreht. »Machst du das häufiger? Frauen eine verpassen, wenn sie dich nerven?«
»Nein, natürlich nicht.« Nael hat den Kopf geschüttelt und dann verlegen gemurmelt, das wäre überhaupt nicht seine Absicht gewesen. »Eigentlich wollte ich mir nur Aarons Päckchen von Marco holen, aber dann ist Mia auf einmal dazwischengegangen und hat mich abgelenkt und ...«
»Ach, jetzt bin *ich* auf einmal schuld, dass *du* mich k.o. geschlagen hast, oder wie?!«  Ich hab mich trotz meiner Schmerzen mit einem Ruck von Naels Schulter aufgerichtet und ihn durch mein linkes, noch funktionierendes Auge empört angeblitzt, aber das hat leider nur dazu geführt, dass er genervt den Kopf geschüttelt hat.
»Mann, Mia, das hab ich doch überhaupt nicht gesagt! Wenn du mich nur ein einziges Mal ausreden lassen würdest, dann ...«
»Was dann? Erzählst du Vicki dann endlich die Wahrheit darüber, was hier eben los war?«
»Was für 'ne Wahrheit denn? Dass du dich überall

einmischen musst? Oder dass ich ohne dich Aarons Päckchen längst hätte? Und davon mal ganz abgesehen: *Ich* bin hier nicht derjenige, der alle anlügt! Das bist ja wohl du, was, nebenbei bemerkt, total albern und dazu auch noch komplett überflüssig ist, weil dir hier außer Aaron sowieso niemand abnimmt, dass du ...«

»Aaaaaaaahhhhhhhhhhhhhhhhhh ....« 

Okay, ich weiß, das war definitiv bescheuert und grottenhaft peinlich noch dazu und ehrlich gesagt werde ich jetzt noch rot, wenn ich daran denke, obwohl es wahrscheinlich nur so eine Art Übersprungshandlung war, aber ... Ich war so verletzt von Naels Standpauke, dass ich auf einmal zu schreien angefangen hab. Richtig laut. Und damit nicht genug. Gleichzeitig hab ich mir auch noch wie ein kleines Kind die Ohren zugehalten und wahrscheinlich hätte ich mit dem Schreien und dem Ohrenzuhalten auch noch eine ganze Zeit lang weitergemacht, wenn Vicki nicht irgendwann ausgeholt und mir kurzerhand eine gescheuert hätte.

Klatsch! 

»Mia, bist du jetzt völlig durchgedreht?! Und du, Nael, hör gefälligst auf, sie so anzumachen! Du siehst doch, dass sie komplett fertig mit den Nerven ist. Gott, manchmal seid ihr Typen wirklich so was von unsensibel ...«

Vicki hat kopfschüttelnd von mir zu Nael und wieder zurück geguckt, und während ich vor Scham am liebsten in den Boden versunken wäre, kam mir Naels Miene auf einmal tatsächlich etwas schuldbewusst vor. Zumindest ein klitzekleines bisschen. Aber ehe ich darauf noch reagieren konnte, hat uns Annika schon vom Ufer zugerufen, ob sie zurück ins Camp laufen und Hilfe holen soll, und das hat dann dazu geführt, dass ich ...

Oh, Scheiße, Aylin, ich merk gerade, ich werd total müde. Fuck, was ist das, vielleicht schreib ich dr bessr morge wei... vgekryviDG CHLU.....DSZ

An: m.horstmann@ftf-reisen.de
Von: Aylin Yildiz
Gesendet: 26. Juli, 20.58 Uhr
Betreff: Re: Mein blaues Auge

Mia,
alles in Ordnung bei dir??? Ich hab gerade deine Mail gekriegt, aber die ist so abrupt abgebrochen, dass ich mir im Moment voll die Sorgen mache. Melde dich bitte mal, ja? 

Aylin

(von unterwegs gesendet)

An: m.horstmann@ftf-reisen.de
Von: Aylin Yildiz
Gesendet: 26. Juli, 21.09 Uhr
Betreff: Alles in Ordnung?

Scheiße, Mia,
ich mach mir ECHT Sorgen! 😢 Kannst du mir bitte kurz zurückschreiben? Und zwar JETZT, weil ich gleich zum Wohnwagen zurückmuss? (Es ist schon nach neun, mein Vater 😤 nimmt mir sonst das Handy weg ...)

Also melde dich bitte, ja?

Bis gleich
hdgdl
Aylin 💔

(von unterwegs gesendet)

An: m.horstmann@ftf-reisen.de
Von: Aylin Yildiz
Gesendet: 26. Juli, 21.14 Uhr
Betreff: Alles in Ordnung?

Tut mir leid, Mia, ich muss los. Schickst du mir bitte sofort morgen als Erstes eine Nachricht? BITTE!!!! TU DAS!!!!!

(von unterwegs gesendet)

An: m.horstmann@ftf-reisen.de
Von: Aylin Yildiz
Gesendet: 27. Juli, 10.07 Uhr
Betreff: Warnung vor Deiner Therapeutin

Mia,
ist alles okay bei dir? Ich weiß, du kriegst den Laptop immer erst abends und konntest mir wahrscheinlich deswegen noch nicht zurückschreiben, aber ich geh deinetwegen zurzeit echt auf dem Zahnfleisch. Bitte melde dich gleich, wenn du das hier liest, ja? Hier überschlagen sich nämlich gerade die Ereignisse. Du kommst nicht drauf, was ich eben herausgefunden habe! Aber bevor ich dir alles erzähle, erst mal das Wichtigste:

HÖR BITTE SOFORT AUF, DIE TABLETTEN VON DEINER THERAPEUTIN ZU NEHMEN!!!!!

Irgendwie kam mir das mit deiner spontanen Müdigkeit gestern Abend nämlich so seltsam vor, dass ich mich um halb elf, als meine Eltern endlich eingeschlafen waren, noch mal zum Imbiss geschlichen und da den Namen deiner Beruhigungstabletten gegoogelt hab. Und dabei habe ich herausgefunden, dass das keineswegs ein harmloses pflanzliches Medikament ist, wie deine Therapeutin dir erzählt hat, sondern – jetzt kommt's – ein Beruhigungsmittel, das zur Gruppe der Antidepressiva gehört! Und weißt du, was da noch stand? Dass solche

Medikamente nur von ausgebildeten Ärzten, also zum Beispiel Psychiatern oder Neurologen, verschrieben werden dürfen, aber keinesfalls von Psychotherapeuten! Insofern hätte dir deine Frau Wolgast die Tabletten eigentlich gar nicht geben dürfen! Und es geht noch weiter! 
Weil mich die Sache mit den Tabletten so irritiert hat, hab ich als Nächstes »Psychotherapie« und »Elisa Wolgast« bei Google eingegeben und dabei hab ich dann festgestellt, dass es im Netz zwar eine Therapeutin namens Wolgast gibt, aber die heißt mit Vornamen Anna und ist viel zu jung, um deine Frau Wolgast zu sein! Und das ist noch nicht alles! Anschließend hab ich nämlich noch die Liste aller zugelassenen Kinder- und Jugendpsychotherapeuten Hamburgs aufgerufen und da gab es überhaupt keine Frau Wolgast! Noch nicht mal als psychologische Beraterin oder Heilpraktikerin. Obwohl da laut Krankenkasse *alle* aufgeführt sind. Aber von einer Frau Wolgast in Hamburg-Altona keine Spur. Nicht eine! So, als gäbe es diese Frau überhaupt nicht!
Eigentlich wollte ich dir das gestern Abend schon schreiben, aber gerade, als ich lostippen wollte, ist auf einmal meine Mutter beim Imbiss aufgetaucht. Ultra ätzend. Irgendwie hat sie wohl nachts beim Aufs-Klo-Gehen gemerkt, dass ich nicht da war, und sich deswegen tierische Sorgen gemacht und ...  Na ja, anschließend gab's auf jeden Fall voll das Drama. So von wegen Vertrauensbruch und wie ich mich nachts einfach aus dem Wohnwagen hinausschleichen könne und was mir

alles beim Imbiss hätte passieren können und so weiter und so weiter. Das komplette Programm. Du weißt ja: Wenn sie will, dann kriegt meine Mutter mich sofort zum Heulen, dafür muss sie sich noch nicht mal anstrengen. Aber zum Glück hat sie es diesmal bei einer Standpauke belassen und nicht noch Baba geweckt und deshalb durfte ich, nachdem ich mit ihr zum Wohnwagen zurückgekehrt bin, wenigstens mein Handy behalten. Puh! 😎
Heute früh bin ich dann gleich nach dem Frühstück zum Imbiss, um meine Cousine Shirin anzurufen[16] und sie zu bitten, heute früh mal in der Praxis von deiner Frau Wolgast vorbeizugucken. Tja, und was soll ich dir sagen? Vor ein paar Minuten hat Shirin mich zurückgerufen und mir berichtet, dass sie gerade im dritten Stock der Friedensallee 176 stünde, wo sich aber – Überraschung – keine Praxis, sondern nur eine leere Wohnung befinden würde.
»Wie – *nur eine leere Wohnung??* Da muss doch ein Schild sein, auf dem *Elisa Wolgast, Kinder- und Jugendpsychotherapeutin* steht. So ein weißes, typisches Praxisschild ...«
Ich wollte es zuerst nicht glauben, weil ich die Tür letzte Woche, als ich dich zur Therapie gebracht hab, ja noch mit eigenen Augen gesehen hab, aber Shirin hat mir felsenfest versichert, dass auf dem Türblatt nur die Umrisse eines Schildes zu sehen wären, aber ansonsten nichts: kein Name und kein Hinweis auf irgendeine Praxis.

---

16 Du weißt schon, die, die Schauspielerin werden will.

Na, und weil ich das dann schon *sehr* merkwürdig fand, hab ich sie anschließend gebeten, noch mal bei den Nachbarn zu klingeln und sich unter einem Vorwand nach Frau Wolgast zu erkundigen, und dabei ist noch etwas viel Unglaublicheres herausgekommen.

Die Nachbarin aus dem zweiten Stock, eine Frau König, hat Shirin nämlich erzählt, dass Frau Wolgast vor drei Tagen (also genau an dem Tag, als du auf die Azoren geflogen bist) ausgezogen ist – und zwar laut Aussage von Frau König nach Wiesbaden, wo ihr Vater lebt. Aber – und jetzt wird's interessant – das stimmt überhaupt nicht! Der elfjährige Sohn von Frau König hat nämlich mitgekriegt, wie deine Therapeutin in ein Taxi gestiegen ist und dem Taxifahrer gesagt hat, er möge sie bitte am Flughafen beim Schalter von *Tunisair* rauslassen – und das Ganze eine halbe Stunde nachdem Frau Wolgast seiner Mutter erzählt hat, dass sie gleich mit der Bahn nach Wiesbaden fahren würde. Tja, und gerade eben hab ich ein bisschen recherchiert, und ob du es glaubst oder nicht – weißt du, wohin *Tunisair* neben Tunesien am häufigsten fliegt?!

Nach – dadadadam – Libyen! 

Oh, Mia, ich kann das Ganze selber kaum fassen, aber könnte es eventuell sein, dass diese Frau Wolgast irgendetwas mit dem Verschwinden deiner Eltern in Libyen zu tun hat? Normalerweise wäre ich nie auf so eine absurde Idee gekommen, aber dass deine Therapeutin Punkt a) gar keine zu sein scheint und Punkt b) auch noch in genau das Land abhaut, in dem deine Eltern verschwunden sind, *kann* doch kein Zufall sein, oder?

Kannst du dich bitte gleich bei mir melden, wenn du diese Nachricht gelesen hast? Ich muss unbedingt mit dir über das alles reden, sonst ersticke ich noch dran!

Deine Aylin
(Die übrigens wegen der Firma deines Vaters noch immer nichts rausgefunden hat. Langsam glaub ich, die wollen gar nicht gefunden werden. Aber alles Weitere später ...)

(von unterwegs gesendet)

An: Aylin Yildiz
Von: m.horstmann@ftf-reisen.de
Gesendet: 27. Juli, 21.53 Uhr
Betreff: Du glaubst nicht, was hier los ist!

Liebe Aylin,

ich hab keinen Schimmer, womit ich anfangen soll. Das, was heute hier passiert ist, ist nämlich alles so unheimlich und seltsam, dass mir inzwischen voll der Kopf raucht. Und eben hab ich dann auch noch deine Nachricht wegen Frau Wolgast gelesen und jetzt weiß ich überhaupt nicht mehr, was ich denken soll. Frau Wolgast hat ihre Praxis dichtgemacht und ist mit *Tunisair* irgendwohin geflogen? Und du vermutest, vielleicht nach Libyen? Wow! Ich sag nur: Wow! Oh, Mann, das ist alles so grotesk ... 
Ein Teil von mir kann sich überhaupt nicht vorstellen, dass Frau Wolgast *keine* Therapeutin sein sollte, weil sie mit ihrer Brille und ihrer Art zu reden und dieser super in sich ruhenden Ausstrahlung einfach die Inkarnation einer Psychotherapeutin ist, aber der andere Teil ... Na ja, der hat sich auf einmal an diese komische Sache vor zwei Wochen erinnert, als sie plötzlich wusste, dass Papa ein Schädel-Hirn-Trauma hat, und das hat mich dann doch wieder unsicher gemacht. Weil sie das damals nämlich eigentlich gar nicht hätte wissen können und weil ihre Erklärung dafür auch ganz schön dünn war.
Aber trotzdem. Irgendetwas passt da nicht zusam-

men. Schließlich könnte ich auf der anderen Seite auch wieder meine Hand für sie ins Feuer legen. Nicht nur, weil sie sich akkurat wie eine Psychotherapeutin verhalten hat, sondern weil sie dazu noch wirklich was draufhat. Ich mein, diese Frau hat mir *echt geholfen!*  Teilweise, als in der Schule alles so schlimm war und du und ich noch nicht so viel miteinander zu tun hatten, war sie sogar so etwas wie meine *einzige Freundin*. Und deswegen sträubt sich in mir auch alles gegen die Möglichkeit, dass sie mich die ganze Zeit belogen haben könnte. Das kann ich mir einfach nicht vorstellen! (Mal ganz abgesehen von der Frage, *warum* sie das getan haben sollte.)
Aber andererseits hast du natürlich recht:
Diese Sache mit ihrem plötzlichen Auszug und dem Taxi zum Flughafen ist wirklich *extrem* merkwürdig. Genauso wie ihre Aussage, dass ihr Vater in Wiesbaden wohnt. Weil Frau Wolgast mir nämlich mal zu Anfang der Therapie geschrieben hat, dass ihr Vater vergessen hätte, das Badewannenwasser abzudrehen, und dass sie deshalb nach Fuhlsbüttel fahren musste, um alles aufzuwischen. Und Fuhlsbüttel liegt ja nun definitiv in Hamburg und nicht in Wiesbaden! 
Oh, Mann. Allmählich fällt mir kaum noch eine normale Erklärung für das alles ein. Außer einer einzigen. Ätzenderweise passt das Ganze nämlich ziemlich gut zu einem Verdacht, den ich schon längere Zeit habe, von dem ich dir aber bisher nichts erzählt hab, weil mich die ganze Sache selber total überfordert. Grob gesagt geht's

darum, dass mein Vater eventuell nicht nur technischer Berater für chemische Düngemittelanlagen ist, sondern auch noch einen ... na ja, nennen wir es mal ... ungewöhnlichen Zweitjob hat. Aber Genaueres kann ich dir leider gerade nicht schreiben; dafür ist die Leitung zu unsicher und außerdem ist die Sache auch viel zu kompliziert, als dass ich sie so einfach in einer Mail erklären könnte.
Ach, Aylin! Warum ist mein Leben bloß so verdammt kompliziert?! Und warum in drei Teufels Namen gibt es solche Tage wie heute, an denen man das Gefühl hat, man hätte ein imaginäres Schild um den Hals hängen, auf dem »Katastrophen, bitte alle hierher!« steht? 🙄
Heute Morgen bin ich davon aufgewacht, dass ich enorm fiese Rückenschmerzen hatte, und als ich mich aufgerichtet habe, hab ich festgestellt, dass ich anscheinend in meinen Klamotten geschlafen hab. Und zwar inklusive Jacke und Schuhen. *Auf* dem Schlafsack. Na, und weil mir so was echt noch nie passiert ist, hab ich Vicki dann gefragt, ob sie vielleicht wüsste, warum ich noch meine Sachen von gestern anhab, woraufhin sie meinte, sie hätte sich darüber auch schon gewundert, aber als sie gestern gegen zehn ins Zelt gekommen sei, hätte ich schon so dagelegen.
»Ich hab deswegen sogar Mel Bescheid gesagt, weil ich echt Schiss hatte, dass du vielleicht ohnmächtig geworden bist, so merkwürdig zusammengekrümmt, wie du da über dem Laptop gelegen hast. Aber Mel hat deinen Puls gefühlt und meinte dann,

du wärst wahrscheinlich nur groggy von dem, was da mit Nael auf dem Floß passiert ist, und ich sollte dich einfach schlafen lassen ...«
Fuck. Im selben Moment ist mir die ganze Sache mit Nael und meinem blauen Auge wieder eingefallen und gleichzeitig haben sich auch meine Kopfschmerzen zurückgemeldet, und zwar volles Kaliber. Also hab ich Vicki in Ruhe gelassen und stattdessen in meinem Rucksack nach dem Taschenspiegel gekramt, um zu gucken, wie schlimm mein Auge heute aussieht, und dabei ist mir dann etwas aufgefallen, was mich total geschockt hat. Mein Erdnuss-Notfallset war nämlich nicht mehr da. Nicht im Rucksack, nicht im Schlafsack und auch nirgendwo sonst. Obwohl das eigentlich gar nicht sein kann, weil ich es gestern Abend noch in der Hand hatte. Na ja, und deswegen bin ich dann in kürzester Zeit komplett panisch geworden. 

»Scheiße! Das darf doch nicht wahr sein! Das gibt's doch nicht! Das muss hier doch irgendwo sein ...«
Während Vicki mich zunehmend befremdet angesehen hat, hab ich bestimmt fünfmal meinen Rucksack ausgekippt und wieder eingeräumt und irgendwann hat Vicki mir sogar dabei geholfen, aber nichts: kein Autoinjektor, kein Antihistaminikum und keine Kortison-Tabletten, nirgends. 
»Und du hast es nicht zufällig gestern Abend beim Brunnen vergessen? Vielleicht beim Zähneputzen oder so?«
Vicki hat mich fragend angesehen und ich hab

hektisch den Kopf geschüttelt und dabei schniefend versucht, meine aufsteigenden Tränen zurückzudrängen. 

»Nein. Es war hier. Da bin ich mir absolut sicher! Es war hier im Rucksack und ich hab's extra nicht rausgenommen, weil ich gedacht hab, dann hab ich's morgen für die Wanderung schon eingepackt ...«

»Na ja, wenn's gestern Abend noch da war und jetzt weg ist, dann hat's dir wahrscheinlich jemand geklaut. Irgendjemand, der das witzig findet ...«

»Geklaut??« Ich hab Vicki entgeistert angeguckt und dabei ungläubig den Kopf geschüttelt. »Aber wer klaut denn bitte schön eine Notfallspritze?«

»Na ja, wenn du mich so fragst – Marco zum Beispiel. Das wäre genau sein Niveau ...«

»Marco? Meinst du echt??« Ich hab Vicki ungläubig angestarrt und mich dann instinktiv in Richtung Jungszelt umgedreht, aber ehe ich zu Marco ins Zelt stürmen konnte, hab ich plötzlich gemerkt, wie sich wieder so eine beschissene Panikattacke angekündigt hat. 

Na, und zwei Sekunden später ging dann schon gar nichts mehr. Zuerst hat mein Körper wie blöde zu zittern angefangen, dann hab ich nicht mehr richtig Luft gekriegt und zu guter Letzt hab ich auch noch einen megagruseligen Flashback bekommen. Das war wie in so einem *Marvel*-Film, wo sich die Hauptfigur nach einem Spinnenbiss plötzlich in Spiderman verwandelt, nur dass ich mich statt in einen Superhelden in ein schluchzendes Häuf-

chen Elend verwandelt hab. Und zwar innerhalb von Sekundenbruchteilen!
Ich sag dir, auf einmal war ich wieder neun Jahre alt und saß mit meinen Eltern in diesem thailändischen Lokal mit den goldenen Drachen an der Decke und vor mir auf dem Teller lag dieses Hühnchen in Erdnusssoße, das eigentlich ganz lecker schmeckte. Na, und mitten im Kauen hat sich dann irgendetwas in meinem Mund ganz sonderbar angefühlt und ich will Mama und Papa gerade fragen, was das ist, da merke ich, dass ich nicht mehr reden kann, weil das Sonderbare immer größer und größer wird, und kurz darauf muss ich ganz furchtbar würgen und husten, und als ich hochgucke, sehe ich, dass Mama und Papa mich völlig entsetzt ansehen, und deswegen bekomme ich schreckliche Angst, ganz, ganz schreckliche Angst, und dann fängt Papa auch schon an zu brüllen: »Arzt! Wir brauchen einen Arzt!!« Und während er aufspringt, kippt das ganze Essen auf dieser komischen Wärmeplatte um und Mama fängt an zu schreien, ganz laut und panisch, und die weiße Tischdecke ist voller Essen und die Soße läuft am Tischbein herunter und ich versuche noch immer, das Riesige in meinem Mund herunterzuschlucken, aber es klappt nicht, weil es leider gar kein Hühnchen, sondern meine eigene angeschwollene Zunge ist, die mir da die Luftröhre versperrt, und im selben Augenblick merke ich, wie mir schwarz vor Augen wird, und ganz kurz bevor ich umkippe und das Bewusstsein verliere, zischt mir der Gedanke durch den Kopf, dass ich

noch nicht sterben will, aber dass das den lieben Gott wohl leider gerade gar nicht interessiert. Ich sag dir, Aylin, das war sooo schlimm!! Das war das Schlimmste, was mir je passiert ist, noch zehnmal schlimmer als Anakondas blödes Mobbing. Und jedes Mal, wenn ich daran denke, dann kriege ich wieder diese furchtbare Angst und dann ...
Oh, Scheiße. Warte, gib mir eine Minute ...
Okay. Geht wieder. Obwohl ... Warte ... War wohl doch noch nicht ganz vorbei ... 

So, jetzt aber. Gott, ist das doof. Jetzt hätte ich vom Panikanfall-Schildern beinahe noch mal einen gekriegt. Bekloppter geht's wirklich nicht! Argh!!! Mann, Mia, jetzt reiß dich mal zusammen!
Gut, also ...
Auf alle Fälle war das mit dem Flashback total gruselig und die Einzige, die mich davor bewahrt hat, völlig auszurasten und mir vor lauter Angst in die Hose zu machen, war Vicki. Die ist nämlich sofort zu Mel und King Kong gelaufen, um Hilfe zu holen, und das war so ziemlich das Beste, was mir passieren konnte. Zwei Sekunden später standen Melanie und Herr Kinck nämlich neben meinem Schlafsack und haben beruhigend auf mich eingeredet, und nachdem Mel mir gefühlte zehn Minuten über den Rücken gestrichen und Herr Kinck mir immer wieder versichert hat, dass alles in Ordnung ist und sich das Notfall-Set  garantiert wieder auffindet, hat sich mein bescheuertes Unterbewusstsein tatsächlich wieder beruhigt. Gott sei Dank!

Na, und ein paar Minuten später haben Mel und Herr Kinck dann bereits eine Riesensuchaktion veranstaltet, für die ich ihnen noch immer dankbar bin. Ehrlich, so viel Einsatz hätte ich ihnen gar nicht zugetraut. Nicht nur, dass sie sofort jeden im Camp gefragt haben, ob er mein Notfallset gesehen hätte – nein, außerdem mussten alle auch noch ihre Zelte durchsuchen, sogar mehrmals, und das fand ich schon echt nett von ihnen. Auch wenn es letztlich nichts gebracht hat, weil das Set noch immer nicht wiederaufgetaucht ist. Aber zumindest tat mir ihre Versicherung, dass keiner im Camp irgendwelche erdnusshaltigen Essenssachen dabeihätte, so gut, dass ich mich irgendwann wieder auf diesen bescheuerten 20-Kilometer-Marsch mit schwerem Gepäck konzentrieren konnte, der heute eigentlich auf dem Programm stand.
Tja, aber zu dem ist es dann gar nicht mehr gekommen. Zu dem Marsch, meine ich. Weil in der Zwischenzeit nämlich noch etwas viel Schrecklicheres passiert ist: Annika ist nämlich weg. Und mit »weg« meine ich nicht, dass King Kong sie nach Hause geschickt hat oder dass sie nach einem Streit ihre Sachen gepackt und »Tschüss« gesagt hat. Nein, mit »weg« meine ich, dass sie seit heute früh quasi spurlos verschwunden ist, und das, obwohl ihre Klamotten und ihre Zahnbürste noch da sind und das Foto ihrer besten Freundin auch (das sie heimlich ins Gepäck geschummelt hat und von dem sie sich garantiert nie freiwillig getrennt hätte), und deshalb mache ich mir inzwischen wirklich tierische Sorgen um sie.

Schließlich ist es draußen schon seit fast zwei Stunden stockdunkel, und außer dass sie vielleicht einen Unfall gehabt haben könnte und jetzt verletzt irgendwo im Wald liegt, fällt mir einfach keine Erklärung dafür ein, dass sie seit heute Morgen um halb zehn niemand mehr gesehen hat.

Mel und King Kong geht's anscheinend genauso, denn eben gerade haben sie uns Bescheid gegeben, dass Herr Kinck jetzt nach Madalena fährt und bei der Polizei eine Vermisstenanzeige aufgibt. Aber soll ich dir was sagen? Selbst das beruhigt mich nicht wirklich. Ich mein, wenn's Vicki wäre – bei der könnte ich mir durchaus vorstellen, dass sie, wenn sie von King Kong und Marco die Nase voll hat, einfach ihre Sachen packt und abhaut, aber Annika ... Die ist einfach nicht der Typ für so was!

Wobei mir die ganze Zeit etwas durch den Kopf geht, von dem ich mir nicht sicher bin, ob ich es jemand von den anderen erzählen soll oder nicht. Heute Morgen, als die ganze Aufregung wegen meines Allergiesets nämlich vorbei war und wir uns alle auf die Wanderung vorbereitet haben, hat Annika noch mal kurz ihren Kopf in mein Zelt gesteckt und mir leise zugeraunt, sie wisse vielleicht, wer meine Tabletten und die Notfallspritze gestohlen hat. Aber ehe ich weiter nachfragen konnte, sind King Kong und Mel schon von hinten dazugekommen und deswegen ist sie dann mit einem »Ich erzähl's dir später!« schnell wieder in Richtung Jungszelt verschwunden.

Na ja, und das war das letzte Mal, dass ich sie gesehen hab, und jetzt frage ich mich natürlich, ob das vielleicht auf irgendeine Art mit ihrem Verschwinden zusammenhängt. Obwohl ich keine Ahnung hab, wie dieser Zusammenhang aussehen könnte.  Zumindest rational betrachtet nicht. Gefühlt habe ich natürlich schon x Varianten durchgespielt, angefangen von Marco, der sie erst verprügelt und dann irgendwo liegen gelassen hat (obwohl ich mir nicht sicher bin, ob er wirklich so weit gehen würde), bis hin zu King Kong, der sie irgendwo weggesperrt hat, damit sie ihn nicht wegen der Pistole  unter seinem Auto anzeigen kann.

Aber da beide Theorien andererseits auch wieder ganz schön nach Amok-Mia klingen (die ich ja eigentlich nicht mehr sein will), höre ich jetzt besser auf, dich mit irgendwelchen halb garen Vermutungen zuzutexten, und beschreibe dir lieber ganz genau, wie wir das mit Annikas Verschwinden überhaupt bemerkt haben. Vielleicht kommt mir dabei ja auch noch irgendeine Erkenntnis, wobei ... vorher muss ich kurz aufs Klo. Ich schick das hier schon mal los und schreib gleich weiter, wenn ich wieder zurück bin, ja?

Also bis gleich
deine Mia

An: Aylin Yildiz
Von: m.horstmann@ftf-reisen.de
Gesendet: 27. Juli, 22.44 Uhr
Betreff: Annikas Verschwinden

Hi Aylin,

da bin ich wieder! Gerade ist mir eingefallen, dass du meine Mail ja erst morgen früh lesen kannst, weil es inzwischen schon nach 22.00 Uhr ist. Ach, Mist! Aber gut, wenigstens liest du's überhaupt. Gott, du glaubst gar nicht, wie dankbar ich dafür bin, dass ich dir das alles schreiben kann. Ich weiß, ich hab's schon mal gesagt, aber ich wüsste wirklich nicht, was ich ohne dich machen sollte. Ich bin so froh, dass es dich gibt!!!
Gerade musste ich nämlich auch wieder an meine Eltern denken und daran, dass ich noch immer nicht weiß, ob bei ihnen alles in Ordnung ist und ... Egal. Wenn ich daran denke, muss ich nur wieder heulen und das will ich nicht. Also schreibe ich lieber schnell weiter ...

Der Erste, dem Annikas Fehlen heute Morgen aufgefallen ist, war Nael, aber das auch erst relativ spät, weil wir vorher alle total auf Marco und Vicki fixiert waren, die sich im Zelt von Herrn Kinck[17] tierisch gefetzt haben. Ich

---

17 Das im Gegensatz zu unseren ziemlich groß und im Grunde mehr so eine Art Jurte ist.

kann dir sagen, die beiden sind aufeinander losgegangen wie zwei Gladiatoren im alten Rom. Und das alles nur, weil Vicki der Meinung war, dass King Kong sie mit Absicht beim Gepäckwiegen gegenüber Marco benachteiligt hätte. (Was ich ehrlich gesagt nicht glaube, weil Herr Kinck zwar ein sexistischer Idiot, aber nicht unbedingt ein *ungerechter* sexistischer Idiot ist.)
Auf alle Fälle ist der Streit zwischen den beiden heute Morgen dermaßen aus dem Ruder gelaufen, dass Vicki sich in ihrer Wut irgendwann, als Mel und King Kong draußen waren, Marcos Rucksack gegriffen und ihn vor unseren Augen ausgekippt hat, und zwar in hohem Bogen. Krawumm! Tja, und dabei hat sich dann herausgestellt, dass Marco neben einem Foto seiner Mutter (was ich irgendwie rührend fand, so viel Gefühl hätte ich ihm gar nicht zugetraut) auch ein ziemlich großes Jagdmesser dabeihatte. Na, und das hat Vicki dann vollends zum Ausrasten gebracht. Vor allem, weil Marco auch noch meinte, dass Herr Kinck ihm das Messer explizit erlaubt hätte.
»Das glaubst du doch selber nicht! Klar! Sicher hat er dir erlaubt, ein Messer mitzunehmen! Ganz bestimmt!«
»Kannst ihn ja fragen! Oder warte, ich tu's für dich.«
Marco ist wütend aus dem Zelt gestapft und zwei Minuten später mit Mel und King Kong im Schlepptau zurückgekehrt, und nachdem Marco den beiden berichtet hat, was passiert ist, ist die Sache dann vollends entgleist. Herr Kinck hat Vicki gefragt,

ob sie sonst keine Probleme hätte, als die Sachen ihres Kameraden auszukippen, woraufhin Vicki so getan hat, als hätte Herr Kinck die Frage wörtlich gemeint, und erst mal voll losgelegt hat.
»Also, wenn Sie mich so fragen, da fallen mir schon ein paar Sachen ein, die ich hier problematisch finde. Zuerst einmal wäre da das supermiese Essen und dann ist da natürlich noch die Ameisenstraße auf dem Plumpsklo, wegen der wir wahrscheinlich alle hier Verstopfung bekommen, ganz abgesehen von dem Umstand, dass Sie Marco anscheinend erlaubt haben, auf die Wanderung ein Jagdmesser mitzunehmen, was nun echt ...«
»Äh, Victoria, ich glaube nicht, dass Herr Kinck seine Frage so gemeint hat ... «
Mel hat King Kong einen nervösen Seitenblick zugeworfen, aber der ist ihr nur mit einem kühlen »Wenn ich jemanden brauche, der für mich übersetzt, sage ich dir Bescheid!« über den Mund gefahren und hat sich dann mit einem fast liebenswürdigen Lächeln im Gesicht zu Vicki umgedreht.
»So, junges Fräulein, und jetzt zu uns...«
Herr Kinck hat eine kurze Kunstpause eingelegt, Vicki noch einmal freundlich zugenickt und dann hat er sie plötzlich so laut angebrüllt, dass ich, wenn ich gesessen hätte, garantiert vom Stuhl gefallen wäre. »Sag mal, TICKST DU NOCH GANZ RICHTIG??«
»Äh, also Herr Kinck ...«
Ich hab instinktiv versucht, unseren Kohortenleiter von Vicki abzulenken, aber das hat leider

nicht geklappt, denn in derselben Sekunde ist King Kong bereits geplatzt. Und zwar mit einem beeindruckenden Knall!

»WER IN DREI TEUFELS NAMEN DENKST DU, DER DU BIST, HM? *MEIN GOTTVERDAMMTER CHEF??* ICH ERZÄHL DIR JETZT MAL, WER DU *WIRKLICH* BIST! DU BIST EINE ARROGANTE KLEINE GÖRE, DIE KEINE AHNUNG VON DISZIPLIN UND TEAMGEIST HAT! **DAS** BIST DU!! UND JETZT HEB DAS SOFORT AUF UND ENTSCHULDIGE DICH BEI PANDA MARCO. UND ZWAR PRONTO! VERSTANDEN, PANDA VICTORIA??«

King Kong hat Vicki so laut angeblafft, dass wir alle unwillkürlich zusammengezuckt sind, aber anstatt zu machen, was unser Kohortenführer ihr befohlen hat, hat Vicki ihre Lippen nur umso wütender aufeinandergepresst und Herrn Kinck dann mit vor Empörung vibrierender Stimme entgegengeschleudert, dass sie das ganz bestimmt *nicht* tun würde, weil sie nämlich keinen Bock darauf hätte, sich von einem – Zitat – »faschistoiden alten Sack« maßregeln zu lassen. Na ja, und danach war die Stimmung natürlich erst mal auf dem Höhepunkt.

Während Mel ausgesehen hat, als würde sie gleich einen Herzinfarkt erleiden, haben Herr Kinck und Vicki sich gemustert wie zwei Duellanten kurz vorm ersten Schuss und für einen Moment hab ich ernsthaft befürchtet, dass unser Kohortenführer gleich von irgendwoher seine Knarre zückt

und abdrückt. PENG! Aber das hat er zum Glück dann doch nicht gemacht. Stattdessen hat er sich mit hochrotem Kopf vor Vicki aufgebaut und die folgenden Wörter geradezu herausgespien.
»Ich befürchte, Panda Victoria, du hast noch immer nicht begriffen, wer in diesem Camp das Sagen hat! Das bist nämlich nicht du, das bin ich und *ich* dulde solch asoziales Verhalten in meinem Camp nicht und das heißt, wenn du dich nicht hier und jetzt SOFORT entschuldigst, schrubbst du vor meinen Augen so lange die Latrine, bis man da vom Boden essen kann, oder du ...«
»Das dürfen Sie überhaupt nicht, klar?«
»Und *ob* ich das darf! Und wenn ich mir die Erlaubnis dafür *persönlich* bei deinen Eltern einholen muss! Was übrigens nicht sonderlich schwer werden dürfte, wenn ich deinen Vater am Telefon richtig verstanden habe. Seine Einstellung zu harter körperlicher Arbeit schien mir ziemlich klar. Wenn ich mich recht erinnere, führte er dazu sogar einige beeindruckende Bibelzitate an. Wie war das noch? ›Wen der Herr liebt, den züchtigt er wie ein Vater sein Kind, das er gernhat‹? Ja, ich glaube, genau das waren seine Worte. Altes Testament, Kapitel der Sprüche, wenn ich nicht irre ...«
Unser Kohortenführer und Vicki haben sich mit Blicken gemessen, aber bei der Erwähnung ihres Vaters sah Vicki auf einmal gar nicht mehr so selbstbewusst wie vorher aus, das hat man richtig gemerkt und deshalb war es auch nur gut, dass Nael eine Sekunde später dazwischengegangen ist.

»Ich will ja kein Öl ins Feuer gießen, Herr Kinck, aber eigentlich geht's hier doch gar nicht um Victoria, sondern mehr um Marco und die Frage, was jetzt mit diesem Messer ist, und deshalb ...«
»Alter, Nael, du schnallst es einfach nicht!«
»Was?« Nael ist genervt zu Marco herumgefahren, aber der hat sich nur wütend gegen die Stirn getippt.
»Mann, Alter, Vicki hat es doch eben selbst gesagt: Das ist ein **Jagd**messer! Das heißt, man braucht es zum *Jagen* und genau das steht ja wohl heute auf dem Programm ...«
»Kinder, bitte, nicht schon wieder! Ich würde sagen, wenn euch das wirklich so stört, lässt Marco das Messer einfach hier und wir gehen jetzt los! Schließlich ist es schon nach zehn und wir sind sowieso schon im Verzug ...«
Mel hat halbherzig versucht, die Situation zu entkrampfen, aber der wesentliche Satz, der die Aufmerksamkeit auf etwas anderes gelenkt hat, kam von Nael. Der hat sich nämlich auf einmal stirnrunzelnd umgesehen und dann gefragt, wo eigentlich Aaron sei.
»Ich weiß, er wollte zur Toilette, aber das ist bestimmt schon eine Dreiviertelstunde her. Also müsste er doch eigentlich längst wieder hier sein ...«
Nael hat einen fragenden Blick in die Runde geworfen und eine Sekunde später hat Mel bereits genickt und gemeint, stimmt, sie hätte sich vorhin auch schon gefragt, wo Aaron bleibt.

»Mag einer von euch vielleicht mal gucken, wo er ist?«
»Ich geh schon. Vicki, kommst du mit?« Ich hab Vicki auffordernd angeguckt, weil das doch jetzt eine super Chance wäre, dem Ganzen hier zu entkommen, aber Vicki hat nur den Kopf geschüttelt. Na ja, und weil man niemandem helfen kann, dem nicht geholfen werden will, bin ich dann allein nach draußen marschiert und hab Annika gesucht. Aber das hätte ich mir genauso gut sparen können, denn da war nichts, weder auf dem Klo noch am Lagerfeuerplatz noch vor den Zelten: nur endlose grüne Wildnis gesprenkelt mit schwarzem Geröll und ein paar verstreuten Lorbeerbüschen und weiter hinten die unvermeidlichen Sicheltannen, deren Spitzen aus dem darunter hängenden Nebelfeld herausstachen wie Kerzen aus einer Geburtstagstorte.
»Annika? Bist du hier irgendwo? Annika??«
Ich hab ziemlich laut gerufen und nach ein paar Minuten hab ich dann gesehen, dass die anderen ebenfalls ausgeschwärmt sind, um Aaron zu suchen, aber nach noch nicht mal einer Viertelstunde war definitiv klar, dass er nirgendwo war – nicht beim Proviantschuppen, nicht beim Brunnen, nicht bei den Zelten und auch nirgendwo sonst.
»Mist! Hat einer von euch noch eine Idee, wo er sein könnte?«
Mel hat Vicki, Marco und mich fragend angesehen und Vicki hat stellvertretend für uns alle den Kopf geschüttelt. »Nee. Alles, was hier ist, haben wir schon dreimal durchsucht.«

»Aber irgendwo muss er doch sein.« Mel hat nervös die Stirn gerunzelt und ich hab mich besorgt umgeschaut.
»Vielleicht hat er sich ja irgendwo verlaufen ...«
»Wo kann man sich denn hier bitte schön verlaufen? Hier ist doch überhaupt nichts.«
Marco hat mir einen Blick nach dem Motto »Wie doof kann man sein?!« zugeworfen und ich hab ihm entnervt entgegengeschleudert, na ja, nichts sei das hier ja wohl definitiv nicht.
»Immerhin ist die ganze Gegend von Höhlen und Kratern so durchlöchert wie ein Schweizer Käse, und wenn er zum Beispiel in irgendeine Felsspalte hineingefallen ist und da jetzt nicht mehr herauskommt, dann ...«
»Blödsinn! Das glaubst du doch selber nicht! Ich wette, der kleinen Schwuchtel geht's blendend! Wahrscheinlich hockt er gerade unter irgendeinem Baum und flechtet sich Blümchen ins Haar, oder was Typen wie er sonst noch so tun ...«
»Verdammt, Marco, kannst du nicht einmal deine homophobe Fresse halten?!«
»Jetzt krieg dich mal wieder ein, Ficki!«
»Kinder, bitte ...« Mel hat Vicki und Marco stöhnend gemustert, aber gleichzeitig sind wir bereits von Naels Stimme aus Richtung Wald unterbrochen worden.
»Könnt ihr mal herkommen? Ich hab hier was gefunden!«
Mel und ich haben kehrtgemacht und sind gemeinsam mit Vicki und Marco zu Nael getrabt, der viel-

leicht fünfzig Meter entfernt am Waldrand stand. Und da lagen sie dann, direkt zu Naels Füßen: fünf rote Pailletten, die akkurat so aussahen wie die Pailletten der Glitzer-Lippenstifte auf Annikas Rock. 

»Ach, du Scheiße! Was machen *die* denn hier?«

Vicki hat Nael ungläubig angesehen und sich dann auf den Waldboden gehockt, um die kleinen Glitzerplättchen genauer in Augenschein zu nehmen.

»Meint ihr, die sind von Aaron?«

»Von wem denn sonst? Außer unserer kleinen Lillifee trägt doch hier keiner so was ...«

Marco hat genervt das Gesicht verzogen und Vicki wollte ihm dafür gerade einen Schubs verpassen, da hat Nael die beiden schon mit einem »Könnt ihr das mal lassen?!« unterbrochen.

»Okay, ich bin mir ziemlich sicher, dass die gestern Abend, als ich Holz geholt hab, noch nicht hier lagen ...«

»Du meinst also, die sind von heute Morgen?«

»Ich denk schon.« Nael hat mir zugenickt, aber zeitgleich hat Vicki bereits den Kopf geschüttelt.

»Also, ich weiß nicht ... Was soll er denn hier gewollt haben? Hier ist doch nur Wald.«

»Victoria hat recht. Das macht irgendwie keinen Sinn.« Mel hat so entschieden den Kopf geschüttelt, dass ihr schwarzer Pagenkopf energisch hin und her gewippt ist. »Vielleicht lagen die Pailletten ja gestern Abend doch schon da, Nael, und du hast sie nur nicht gesehen. Schließlich ist die Toilette in der ganz anderen Richtung ...«

»Na ja, oder vielleicht wollte er doch in den Wald. Gerade *weil* er auf Klo musste ...« Marco hat grinsend die Augenbrauen hochgezogen und uns dabei einen Blick nach dem Motto »Ich versteh gar nicht, wo euer Problem liegt!« zugeworfen.
»Hä?«
»Mann, Vicki, denk doch mal nach! Wahrscheinlich hat er einfach nur nach einem Ort gesucht, wo er endlich mal in Ruhe einen abseilen kann. Schließlich ist das Scheißhaus hier echt widerlich.«
»Du meinst, Aaron ist in den Wald gegangen, um da zu *kacken*? Dein Ernst?« Vicki hat Marco angeguckt, als hätte sie selten eine dümmere Bemerkung gehört, was allerdings nur zur Folge hatte, dass Marco tödlich beleidigt erwidert hat, er wisse wirklich nicht, warum sie jetzt schon wieder die Augen verdrehen würde.
»Das ist ja wohl eine völlig logische Schlussfolgerung. Aber nein, unsere kleine Ficki hat natürlich auch daran wieder was auszusetzen ...«
»Ich hab dir schon mal gesagt, nenn mich noch einmal Ficki und ich ...«
»Marco, Victoria, bitte! Das muss doch nicht ständig sein!« Mel ist mit seufzender Miene dazwischengegangen, aber ehe sie die beiden trennen konnte, ist Herr Kinck bereits mit ungewohnt besorgter Miene von hinten auf uns zugelaufen gekommen.
»Okay Leute, ich hab eben noch mal systematisch alles abgesucht, aber im Lager ist er nicht, so viel ist schon mal klar. Hat einer von euch eine Ahnung, ob er vielleicht abhauen wollte?

Marco? Nael?« King Kong hat die Jungs fragend angeguckt und ...

Oh, Aylin, tut mir leid. Gerade eben war Nael total aufgelöst bei mir im Zelt und meinte, er müsse mir draußen sofort etwas zeigen. Hoffentlich ist es nichts Schlimmes, er war nämlich ganz weiß im Gesicht und ... Egal. Auf jeden Fall melde ich mich gleich wieder, wenn ich zurück bin, ja?  
Da Mel seit Annikas Verschwinden völlig neben sich steht und King Kong zurzeit noch auf dem Weg nach Madalena ist, hab ich das Notebook diesmal garantiert eh die ganze Nacht. 

Also bis gleich
deine Mia

An: Aylin Yildiz
Von: m.horstmann@ftf-reisen.de
Gesendet: 27. Juli, 23.07 Uhr
Betreff: Blutlache im Wald

Liebe Aylin,

es ist etwas ganz Schreckliches passiert: Nael hat mir eben im Wald eine ziemlich große Blutlache gezeigt, und zwar halb verborgen unter Tannenzweigen, so, als ob jemand nicht wollte, dass man sie entdeckt, und ich könnte dir schwören: Das ist garantiert kein Tierblut! Dafür war die Lache viel zu systematisch versteckt. Oh, fuck! 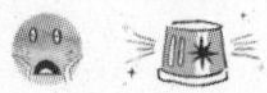
Eigentlich hätte ich vermutet, ich raste aus, wenn ich so etwas sehe, aber erstaunlicherweise bin ich relativ ruhig geblieben. Keine Ahnung, woran das liegt. Vielleicht ist das ja die nette Begleiterscheinung von generalisierten Angststörungen, dass man, wenn es wirklich hart auf hart kommt, plötzlich ungeahnte Kräfte entwickelt. Oder es ist der Schock. Das könnte natürlich auch sein. Aber wie auch immer ...
Auf alle Fälle waren Nael und ich uns nicht ganz sicher, was jetzt zu tun ist, aber dann haben wir uns doch dafür entschieden, Mel Bescheid zu sagen. Schließlich ist sie, solange King Kong in Madalena ist, die einzige Aufsichtsperson im Lager und deshalb war es wahrscheinlich schon richtig, ihr das mit der Blutlache zu erzählen. Auch wenn ich irgendwie kein gutes Gefühl dabei

hatte, weil sie nicht wirklich so aussah, als ob sie uns glauben würde. Aber vielleicht bilde ich mir das auch nur ein. Immerhin hat sie uns mehrfach für unser verantwortungsbewusstes Verhalten gelobt und gemeint, dass sie gleich Herrn Kinck und die Polizei  über unseren Fund informieren würde, und mehr kann man wahrscheinlich nicht verlangen. (Obwohl ich es ehrlich gesagt schon angemessen gefunden hätte, wenn sie sich die Lache wenigstens mal angeguckt hätte, aber okay. Vielleicht schleicht sie ja nachts genauso ungern durch fremde Wälder wie ich. Wäre ja durchaus nachvollziehbar ...)

Gott, das ist alles so schräg, Aylin! Vorhin mit Nael im Wald hab ich so gezittert, dass ich damit garantiert eine ganze Turbine hätte antreiben können. Das war so, so gruselig! Nicht nur wegen der Dunkelheit, sondern vor allem wegen der Geräusche. Bisher hab ich ja immer gedacht, nachts im Wald wäre es still, aber von wegen! Nael und ich waren, während wir da mit Taschenlampen  in der Hand über den weichen Waldboden gestapft sind, total leise, aber um uns herum herrschte voll der Betrieb. Überall hat irgendetwas geraschelt oder gescharrt und dazu dann noch dieser modrige Geruch und die dunklen Umrisse von den Tannen da im Mondlicht – boah, ich sag dir, das war definitiv hardcore!

Nael, der gemerkt haben muss, dass mein Herz so laut wie ein Maschinengewehr geklopft hat, hat mir zweimal angeboten, seine Hand zu nehmen, aber das habe ich mir dann doch lieber verkniffen.

Schließlich hätte mich das garantiert nur wieder an unseren Spaziergang damals an der Elbe erinnert und das muss ja nun wirklich nicht sein.
Na, und außerdem habe ich mir gestern Nacht, als ich nicht schlafen konnte, auch noch so eine Art Mantra ausgedacht, nämlich den Satz: »Ich bin stark, ich bin mutig, ich schaffe das!«, und den hab ich mir eben, während unseres nächtlichen Spaziergangs, die ganze Zeit in Gedanken vorgesagt und das hat erstaunlich gut geholfen.
Okay, zugegeben nur bis zu dem Moment, als ich über diese bescheuerte Baumwurzel gestolpert bin und auf einmal platt wie eine Flunder in diesem piksigen Haufen aus Tannennadeln und Ästen lag, aber gut, in dem Moment hätte wahrscheinlich *jeder* aufgeschrien. Und anschließend hatte ich mich auch gleich wieder im Griff, selbst als Nael mir dann die Blutlache unter den Bäumen gezeigt hat. Obwohl die *wirklich* heftig war! Aber zum Glück hatte er mich ja bereits vorgewarnt. Das Einzige, wovor er mich nicht gewarnt hatte, war dieser eklige Geruch von dem geronnenen Blut, aber ...
Oh, weißt du, was mir gerade auffällt? Irgendwie ist es ziemlich erstaunlich, dass Nael ausgerechnet *mir* wegen der Blutlache im Wald Bescheid gesagt hat, oder? Ich mein, *eigentlich* hassen wir uns ja und *eigentlich* reden wir seit dieser Sache mit dem blauen Auge auch nicht mehr miteinander. Insofern ist es schon bemerkenswert, dass er sich nicht stattdessen an Vicki oder Marco gewandt hat, findest du nicht?
Gut, Vicki hat schon geschlafen, als er herein-

gekommen ist, und vielleicht wollte er sie nicht extra aufwecken und Marco mit seinem meschuggenen »4/20«-Tattoo zwischen den Schulterblättern ist natürlich auch nicht unbedingt der Sympathieträger, aber trotzdem ... Dass Nael mich in die ganze Sache eingeweiht hat, bevor er zu Mel gegangen ist, finde ich schon irgendwie ...
Oh, Gott. Weißt du, was ich gerade merke? Ich fang schon wieder an, mir einzureden, dass Nael mich eigentlich mag und nur durch die Umstände daran gehindert wird, mir das zu zeigen. Verdammt! Dabei weiß ich doch haargenau, dass dieses Sich-stundenlang-den-Kopf-darüber-Zerbrechen, was Nael vielleicht warum getan haben könnte, erwiesenermaßen die Anleitung zum Unglücklichsein ist! Argh!  Aber immerhin habe ich es gerade noch rechtzeig gemerkt, insofern – vergiss bitte ganz schnell, was ich eben geschrieben hab! Ob Nael mir das mit der Blutlache jetzt erzählt hat, weil er Vicki nicht aufwecken wollte oder weil ich mir zufälligerweise nicht Hitlers Geburtsdatum auf die Schulter tätowiert habe, kann mir schließlich egal sein. Also schnell zurück zum Wesentlichen.
Mel meinte eben, Nael und ich sollten jetzt zu Bett gehen und versuchen, noch etwas Schlaf zu bekommen[18], weil die Polizei uns morgen bestimmt ziemlich früh wecken würde, aber gerade bin ich viel zu aufgeregt dafür. Am liebsten würde ich

18 Natürlich nicht miteinander, sondern … Gott! Im Moment weiß ich wirklich nicht, was mit mir los ist!

mich jetzt sofort wieder anziehen und den Rest des Waldes nach weiteren Hinweisen absuchen, aber Mel hat natürlich recht: Mit unseren popeligen Taschenlampen werden wir in der Dunkelheit nicht viel ausrichten und außerdem bin ich mir auch nicht sicher, ob ich mich wirklich trauen würde, da noch mal rauszugehen. Immerhin war das Ganze eben schon EXTREM unheimlich! Aber trotzdem. So zu tun, als ob gar nichts passiert wäre, und einfach nur abzuwarten, was die Polizei morgen herausfindet, ist auch irgendwie total unbefriedigend.
Ach, Mist. Wenn ich wenigstens mit Vicki über die ganze Sache reden könnte! Aber die schläft neben mir den Schlaf der Gerechten. Beziehungsweise sie *schnarcht* den Schlaf der Gerechten – die Geräusche, die aus ihrem Mund kommen, sind nämlich so laut, dass man damit glatt einen Bären aufwecken könnte oder besser gesagt eine ganze Horde Bären, und zwar aus dem tiefsten Winterschlaf aller Zeiten. Aber gut, vielleicht sollte ich mir andererseits auch ein Beispiel daran nehmen und ...

Oh, ich muss Schluss machen. Mel stand nämlich gerade bei mir im Zelt und meinte, ich hätte wohl vergessen, ihr den Laptop zurückzugeben. Upps.

Bis morgen
deine Mia

An: Aylin Yildiz
Von: m.kinck@ftf-reisen.de
Gesendet: 29. Juli, 4.07 Uhr
(geschrieben am 28. Juli, 18.39 Uhr)
Betreff: Wir sind in einer Lavahöhle gefangen!

Liebe Aylin,

keine Ahnung, wie lange der Akku reicht und ob die Nachricht hier dich überhaupt erreicht, aber Nael und ich haben beschlossen, es wenigstens zu probieren. Zurzeit sind wir hier nämlich in einer unterirdischen Höhle gefangen und brauchen dringend Hilfe! Hier läuft nämlich irgendetwas total, TOTAL schie...

WTF
OMG

Pico, den 28. Juli, 18.46 Uhr

Liebe Miss Shlimazl!

Oh, Gott! Eben hab ich versucht, einen Notruf an Aylin abzusetzen, aber dann hat das Tablet von Herrn Kinck plötzlich den Geist aufgegeben und das bedeutet, dass wir jetzt endgültig von jeglicher Hilfe abgeschnitten sind!

FUUUUUCCCCKKKK!!!!!

Dabei war ich erst noch so erleichtert, als wir vorhin King Kongs Tablet neben dem Geländewagen im Matsch gefunden haben, und als es dann hier in der Höhle trotz des ganzen Schlamms noch anging, hab ich für ein paar Sekunden echt geglaubt, das ist die Rettung. So nach dem Motto: Jetzt wird alles gut. Wobei mir in dem Moment eigentlich schon hätte klar sein müssen, dass überhaupt nichts gut wird – schließlich haben Nael und ich vorhin in King Kongs Geländewagen eine Leiche entdeckt!

Eine. Echte. Menschliche. Leiche.

Oh, verflucht! Was für eine Riesen-, Ober-, Megascheiße!

Inzwischen kommt mir das alles hier nur noch wie ein einziger Albtraum vor! Angefangen damit, dass Herrn Kincks SUV einsam und verlassen im Wald stand, obwohl King Kong ja laut Mel inzwischen längst in Madalena hätte sein müssen, um dort Annikas Vermisstenanzeige aufzugeben. Aber von wegen. Wäre Herr Kinck wie angekündigt in Madalena, hätten wir auf dem Rücksitz seines Autos wohl kaum eine in einem völlig unnatürlichen Winkel zusammengekrümmte Gestalt finden können, die – und jetzt kommt's – VON KOPF BIS FUSS IN EINE PLASTIKPLANE EINGEWICKELT WAR! Das war wie in einem amerikanischen Mafia-Thriller!

Ich hätte nie geglaubt, dass ich so was mal in echt erleben muss!!! Mann, ich krieg das Bild von diesen Schuhen, die da unten rausguckten, überhaupt nicht mehr aus dem Kopf. Große, klobige Wanderschuhe, die ziemlich so aussahen wie ...

AHHHHRRRR!!!! NEIN!!!!!!!!!!!!! Ich will da nicht mehr dran denken müssen! Verdammt!!

Ich weiß noch genau, wie die Erkenntnis, was ich da vor mir sehe, in meinem Hirn angekommen ist – BLOB! –, und wie ich anschließend gehofft hab, dass das vielleicht gar nicht real ist und mein vegetatives Nervensystem mir gerade nur einen perversen Streich spielt. Aber leider hat Nael kurz darauf genau dasselbe wie ich gesehen und damit war klar, dass auf der Rückbank von Herrn Kincks Wagen tatsächlich ein verschnürter toter Mensch lag, und absurderweise ist das noch nicht mal das Schlimmste. Das Schlimmste ist, dass wir beide anschließend auch noch seinem Mörder

über den Weg gelaufen sind. Oh, Gott, wenn ich daran denke, bekomme ich jetzt noch weiche Knie. Was für ein Horror!

Nachdem ich Nael nämlich panisch zugerufen habe, dass er bitte ganz schnell zu mir kommen soll, weil da etwas total Seltsames im Auto liegt, und er zwei Sekunden später beim Anblick des leblosen Körpers auf der Rückbank genauso geschockt wie ich stehen geblieben ist, war plötzlich eine fremde Männerstimme von hinten zu hören. Eine Stimme, die mir merkwürdig bekannt vorkam, obwohl ich gleichzeitig hätte schwören können, dass ich mit ihrem Besitzer noch nie ein Wort gewechselt habe.

»STOP!! Keine Bewegung! Und jetzt langsam die Hände nach oben!«

»Was zum Teufel ...«

»Nael, nicht!«

Während ich vor Schreck zur Salzsäule erstarrt bin, hat Nael instinktiv einen Schritt auf mich zugemacht, wahrscheinlich, um sich schützend vor mich zu stellen, aber ... Na ja, das war leider eine ziemlich blöde Idee, denn im selben Augenblick war von hinten bereits das Geräusch eines auf Knochen schlagenden Revolverkolbens zu hören, gefolgt von einem lauten Schmerzensschrei aus Naels Mund.

»Aahh!!«

»Nael, oh, mein Gott ...«

»Fuck!«

Nael ist neben mir auf dem Boden zusammengesackt und ich hab mich völlig fassungslos zu ihm hinuntergebeugt, aber ehe ich in die Hocke gehen konnte, hat der Mann hinter mir mich bereits mit Gewalt wieder hochgezerrt.

»Verdammt, ich hab gesagt: ›Keine Bewegung‹! Was ist daran so schwer zu verstehen?!«

»Aua!! Lassen Sie mich los! Sie tun mir weh!«

»Na, dann bleib halt stehen!« Der Mann hinter mir hat gereizt den Kopf geschüttelt und dann mit seinem Knie brutal meine Beine auseinandergeschoben. »Herrgott, erst dieser Idiot im Wagen, und jetzt das! Ich denk, ihr seid auf diesem Scheiß-Ausflug zum Lagoa do Peixhino!«

»Äh, was?« Ich hab überrascht innegehalten. »Woher wissen Sie davon? Und wieso ...? AU!«

Während ich einen erneuten Versuch unternommen hab, mich aus dem Griff meines Angreifers zu befreien, hat der meinen Kopf grob gegen den Wagen gepresst und kurz darauf hab ich auch noch die Mündung seiner Pistole in meinem Rücken gespürt.

»Du hältst jetzt einfach mal die Klappe, ja? Schlimm genug, dass ich wochenlang den Aufpasser für dich spielen musste, allmählich reicht's mir mit dem Babysitten. Aber wie der Vater so die Tochter, hm?! Dabei hätte er nur auf das Angebot eingehen müssen, dann hätten wir uns das alles hier sparen können! Aber nein, dazu war er sich ja zu fein, der Herr Pap... Aaargh!«

»Mia, lauf!«

»Verflucht! Tickst du noch ganz richtig, Junge?? Scheiße!!!«

Meine rechte Gesichtshälfte hat durch den Griff des fremden Mannes noch immer wie festzementiert am Blech des Geländewagens geklebt, aber Nael muss wohl vom Boden aus versucht haben, den Mann durch einen Tritt zum Fallen zu bringen, was allerdings nicht geklappt hat, denn das Nächste, was ich gehört hab, war das unangenehme Knacken von Naels brechender Nase.

»Aaahhhh!«

»Nael? Oh, mein Gott, Nael!! Sie Schwein! Sie mieses Schwein!!«

Ich hab verzweifelt versucht, mich umzudrehen und Nael zu Hilfe zu kommen, aber gegen die beiden riesigen Hände, die meinen Oberkörper noch immer wie in einem Schraubstock gegen das Auto gepresst haben, bin ich einfach nicht angekommen.

»Hör auf, so herumzuhampeln, Mia, so machst du es nur noch schlimmer! Und jetzt zu dir, Superman: Versuch das noch mal und du bist tot! Hast du kapiert?!«

Zur Verdeutlichung seiner Worte hat der Mann Nael noch einen Tritt verpasst, aber anstatt zu schweigen, hat Nael nur fluchend etwas Blut ausgespuckt und dann erneut versucht, etwas zu sagen.

»Lassen Sie wenigstens ...«

»Was?« Vor lauter Schmerzen klang Naels Stimme plötzlich ganz leise, weshalb sich unser Angreifer genervt zu ihm heruntergebeugt hat.

»Lassen Sie wenigstens Mia frei, nehmen Sie ... nehmen Sie mich ...« Naels Stimme ist immer schwächer geworden, aber der Mann hinter mir hat nur gelacht.

»Dich? Was soll ich denn mit dir? Glaubst du im Ernst, du wärst von irgendeinem Interesse füüü... FUCK!«

Liebe Miss Shlimazl, ich weiß, es klingt ganz und gar unwahrscheinlich, und ich wette, hätte man mir das, was jetzt kommt, vor zwei, drei Wochen erzählt, ich hätte Stein und Bein geschworen, dass das never ever passieren wird, weil das nur irgendwelchen Superhelden aus dem Marvel-Universum gelingt und ganz bestimmt nicht mir, aber ...

Na ja, ab und zu passieren halt seltsame Dinge. In einem Augenblick steht man noch zitternd am Wagen und macht sich vor lauter Angst fast in die Hose und eine Sekunde später tritt man dem Typen, der einen angegriffen hat, schon zwischen die Beine, genau wie man es beim Luta Livre gelernt hat, um dann wie Jacky Chan herumzuschnellen und ihm, während er vor einem in die Knie sackt, mit der Ellenbogenbeuge die Halsvene abzuklemmen. Ehrlich, ich hätte nie gedacht, dass ich zu so etwas fähig bin! Anscheinend werden in lebensgefährlichen Situationen ganz andere Kräfte freigesetzt, anders ist das einfach nicht zu erklären. Gott! Irgendwie kann ich's noch immer nicht fassen. Da gab es überhaupt kein Nachdenken und Abwägen, das war reiner Instinkt. Als wenn mein Unterbewusstsein nur auf diese eine Situation gewartet hätte, und dann –

Und weißt du, was das Verrückteste ist? Dass das Ganze genau so funktioniert hat, wie mein Trainer es uns erklärt hat: Wenn der Blood Choke richtig sitzt, dann hat selbst ein körperlich überlegener Gegner keine Chance. Einige Sekunden ohne Blutzufuhr zum Gehirn und BUMM – das war's. Der andere fällt in Ohnmacht und genau das hat unserer Angreifer auch getan: Er hat die Augen verdreht und wumms, weg.

Nael hat mir hinterher erzählt, dass ich im ersten Moment, nachdem der Mann umgefallen ist, ganz seltsam ausgesehen hätte, so, als wenn ich auch gleich umkippen und mich danebenlegen würde. Und dass er kurzzeitig Angst gehabt hat, dass ich vielleicht in einer Art Schockzustand bin, weil ich anfangs auf sein Rufen überhaupt nicht reagiert hätte.

»Mia? Hörst du mich? MIA!«

»Was?«

»Verdammt, Mia, der Typ kann jede Sekunde wieder aufwachen! Wir müssen hier weg!«

»Aber ich ... Ich ... Sollten wir nicht ... Ich mein, ihm helfen ... Ich glaub, er heißt Zimmer, Norbert Zimmert ... Ich kenne ihn von diesem Foto auf der Website ... und aus dem Volvo ...«

»Nein! Natürlich werden wir ihm *nicht* helfen! Wir müssen los! Und zwar JETZT!« Nael hat mir hektisch seine Hand gereicht, aber ich war so verwirrt, dass ich überhaupt nicht drauf reagiert hab, und weil er nicht wusste, was er sonst tun soll, hat er mich dann kurzerhand mit Gewalt vom Boden hochgezerrt. »Komm!«

»Aber ich ...«

»KOMM!«

Nael hat mich gepackt und ich bin ihm taumelnd in Richtung Wald gefolgt und die nächsten fünfzehn Minuten sind wir wie zwei gejagte Tiere panisch einfach nur querfeldein gerast. Völlig ohne Sinn und Verstand. Gott, das war so schrecklich! Ich glaub, so viel Angst hatte ich noch nie in meinem Leben!

Aber irgendwann hat die Panik zum Glück nachgelassen und Nael hat sich an eine kleine Höhle erinnert, die wir gestern auf dem Weg zum Lagoa do Capitão entdeckt hatten, und da sind wir dann hin. Beziehungsweise da wollten wir hin, aber bescheuerterweise ... Na ja, bescheuerterweise bin ich kurz vor dem Höhleneingang über eine Baumwurzel gestolpert und hingeknallt und beim Wiederaufstehen hab ich gemerkt, dass ich mir beim Sturz voll den Knöchel verknackst hab. ARGH!!!

»Mist! Verdammt ...«

»Warte, ich helf dir!«

»Nein danke, geht schooo... Au...«

»Mann, Mia, jetzt nimm schon meine Hand!!«

Nael hat mir beim Hochkommen geholfen, aber das Bein hat so wehgetan, dass ich überhaupt nicht auftreten konnte, und deshalb hat Nael mich dann auf den letzten Metern auf den Arm genommen und trotz meines lautstarken Protests einfach zum Höhleneingang heruntergetragen.

Tja, und jetzt liege ich hier auf dem Höhlenboden, mein Knöchel ähnelt einer dunkelblau-violetten Riesenbeule und bei jedem Versuch aufzustehen könnte ich schreien vor Schmerz. Aber immerhin leben wir noch und liegen nicht erschossen irgendwo im Wald unter einer weiteren Plane, weswegen ich jetzt theoretisch eigentlich dankbar sein sollte. Aber soll ich dir was sagen? Das ist gar nicht so einfach, wenn man gerade in einem nasskalten Lavatunnel zig Meter unter der Erde kauert, während irgendwo über einem ein bewaffneter Mörder vielleicht nur darauf wartet, dass man rauskommt.

Zu allem Überfluss hat mein linkes Auge eben auch noch im Takt von »We will rock you« zu zucken angefangen, was mich zusammen mit dem angeschwollenen Knöchel, den zerkratzten Armen und der Beule auf der Stirn wahrscheinlich gerade wie einen Oger aussehen lässt. Aber gut, vielleicht ist das mit dem Augenzucken ja auch nur der Schock. Nael meinte, so etwas könne auch mal zeitverzögert kommen, und da wir hier schon seit fast drei Stunden in der Dunkelheit hocken und verzweifelt versuchen, nicht durchzudrehen, hat er damit vielleicht sogar recht.

Schätze, der hysterische Lachkrampf, den Nael und ich vor ein paar Minuten hatten, geht ebenfalls auf das Schock-Konto – genauso wie die Tatsache, dass ich jetzt hier im Schein seiner Taschenlampe Tagebuch schreibe, obwohl das wahrscheinlich mit Abstand das Überflüssigste ist, was man in so einer Situation tun kann. Aber irgendwas *muss* ich einfach tun, sonst raste ich noch aus und das ist das Einzige, was ich partout nicht will. Schließlich hält Nael mich seit gestern Abend für unerwartet kämpferisch und den

Glauben will ich ihm auf gar keinen Fall nehmen. Ich darf nur nicht daran denken, dass der Typ da oben vielleicht längst unsere Spuren gefunden hat und sich gerade jetzt an den Abstieg Richtung Tunneleingang macht, sodass sich irgendwann in zweihundert Jahren ein einsamer Wanderer freut, weil er einen tollen historischen Fund gemacht hat: zwei Skelette mit Einschusslöchern im Kopf und ein Tablet aus dem zweiten Jahrzehnt des neuen Jahrtausends – was für ein Event! Wenn es lange genug dauert, bis unsere Leichen entdeckt werden, gehen Nael und ich ja vielleicht sogar als eine Art Ötzi zwei in die Geschichte ein und dann war unser Tod in dieser stockdunklen, feuchten Höhle immerhin nicht ganz umsonst. Wer weiß ...

Aber okay, zurück zu den Fakten. Schließlich stelle ich gerade fest, dass das Nachdenken über Naels und meinen Tod nicht unbedingt dazu angetan ist, meine Nerven zu beruhigen, und insofern sollte ich vielleicht doch besser das Thema wechseln.[19] Also schnell zurück zu dem, was seit heute früh noch alles passiert ist, das lenkt mich hoffentlich ab. Gut, also ...

Gestern hab ich ja noch geglaubt, dass wir heute wahrscheinlich den halben Tag mit der portugiesischen Polizei durch den Wald tapern und jeden kleinsten Winkel nach Annika absuchen, aber wie sagt Papa immer so gern: Erstens kommt es anders und zweitens als man denkt. Tja, wie wahr!

19 Oh, mein Gott!!!!!!!!!! Wir könnten hier wirklich sterben! Wenn dieser Typ uns hier entdeckt, dann ... dann ... Oh, verflucht! Ich versteh gar nicht, wie das überhaupt alles passieren konnte! Aber egal. Ich bin stark, ich bin mutig, ich schaffe das!

Heute früh um kurz nach sieben bin ich in unserem Zelt nämlich davon aufgewacht, dass Vicki mich ziemlich unsanft wach gerüttelt hat, und als ich sie schlaftrunken gefragt hab, was denn los ist, hat sie mir grinsend ins Ohr gebrüllt, dass Aaron wieder da sei. »Ist das nicht geil?! Mann, der Typ kann sich von mir echt was anhören! So einen Scheiß-Schrecken hat mir schon lange keiner mehr eingejagt! Aber egal. Hauptsache, er ist wieder zurück!«

»Im Ernst?! Annika ist zurück? Seit wann ist sie wieder hier? Hast du sie schon gesehen? Und was sagt sie, wo war sie die ganze Zeit? In der Nähe des Camps oder weiter weg oder ...?« Ich hab aufgeregt nach meiner Jeans gegriffen, um so schnell wie möglich nach draußen zu laufen und mich mit meinen eigenen Augen von Annikas Rückkehr zu überzeugen, aber ehe ich in die Hosenbeine hineinschlüpfen konnte, hat Vicki schon den Kopf geschüttelt und gemeint, ich könne mir ruhig noch Zeit lassen, noch wäre Aaron nämlich mit Herrn Kinck in Madalena.

»In Madalena? Aber wieso ...?«

Ich hab irritiert abgebrochen und kurz darauf hat Vicki mir dann alles erzählt, was sie von unserer Gruppenleiterin gehört hat: dass Mel heute Nacht einen Anruf von Herrn Kinck bekommen hätte, in dem er ihr berichtet hätte, dass die Polizei Aaron letzte Nacht beim Fähranleger in Madalena aufgegriffen hat und dass die beiden wohl erst am Abend ins Camp zurückkehren würden, weil sie ja vorher noch die Ankunft der Fähre von Faial abwarten müssten.

»Hä? Wieso *das* denn? Wenn Herr Kinck Annika gefunden hat, dann können sie doch gleich wieder zurückfahren und ...«

»Können sie nicht. Oder hast du vergessen, dass heute noch dieses andere Mädchen hier ankommt?«

»Was für ein anderes Mäd... Oh!« Im selben Moment ist mir wieder eingefallen, wessen Ankunft für heute auf dem Programm steht, und da hat sich meine Laune schlagartig um gefühlte tausend Prozent verschlechtert. »Stimmt, du hast recht. Heute kommt ja Anakonda ...«

»Anakonda?«

Vicki hat mich fragend angeguckt, aber weil ich keinen Bock darauf hatte, mich schon vor dem Frühstück mit dieser bescheuerten Anna-Constanza von Zitzewitz zu beschäftigen, hab ich lieber schnell das Thema gewechselt und Vicki gebeten, mir mehr über die Hintergründe von Aarons Flucht zu erzählen. Was sie dann auch gemacht hat, wobei mir einiges total seltsam vorgekommen ist.

»Äh, Moment mal. *Was* hat Herr Kinck Mel erzählt? Annika wäre abgehauen, weil sie so großes Heimweh nach ihren Eltern hätte? Ernsthaft? *Das* soll der Grund für ihre Flucht gewesen sein?«

Ich hab Vicki ungläubig gemustert und sie hat seufzend die Achseln gezuckt. »Ja, ich weiß, ich fand's auch gewöhnungsbedürftig, aber okay. Soll ja Leute geben, die ihre Alten so lieben, dass sie es keine vierundzwanzig Stunden ohne sie aushalten ...«

Vicki hat ausgesehen, als ob Heimweh nach den Eltern für sie ungefähr so verständlich wie der Eintritt in eine nordkoreanische Volkstanzgruppe wäre, aber ehe ich weiter nachhaken konnte, hat Marco (der heute früh mit dem Küchendienst dran war) bereits von draußen gerufen, wir sollten kommen, es gäbe Essen, und damit war das Gespräch dann auch schon wieder vorbei.

Aber kurz darauf beim Frühstück ist gleich die nächste komische Sache passiert. Während ich noch immer gegrübelt habe, wie es sein kann, dass Annika aus Sehnsucht nach ihren Eltern wegläuft, obwohl sie mir doch erzählt hat, dass sie ihre Erzeuger kaum erträgt, hat Mel noch einmal ausführlich berichtet, wie Annika von der Polizei am Fähranleger aufgefunden worden ist, und Naels Reaktion darauf war echt erstaunlich. Anstatt auf Mels Nachricht nämlich genauso erleichtert zu reagieren wie der Rest von uns, hat er nur völlig geistesabwesend in seinem Porridge herumgerührt, und als Vicki ihn dabei mit einem »Hey, Nael, alles in Ordnung?« unterbrochen hat, hat er ihr noch nicht mal geantwortet.

»Ey, Habibi, ich rede mit dir!«

»*Was??*« Nael hat Vicki angestarrt, als wäre er in Gedanken kilometerweit weg, aber ehe Vicki ihn dafür anmotzen konnte, hat Marco Vicki und mir schon unsere Haferschleim-Schüsseln hingehalten.

»Hier, für euch!«

»Dank...«

Gerade, als ich mich bei Marco bedanken wollte, ist Nael plötzlich ohne Vorankündigung zu mir herumgefahren und hat mir die Schüssel dabei so heftig gegen die Stirn geknallt, dass ich unwillkürlich aufgeschrien hab. »Au!!«

»Shit!«

»Sorry, Mia! Tut mir leid ...«

»Oh, nee ... Mist!« Ich hab sprachlos an meinem bekleckerten Panda-Shirt heruntergeguckt, das dank Naels blöder Aktion so aussah, als hätte ich mich gerade darauf erbrochen, und gleichzeitig hat Nael schon versucht, mit einem Taschentuch das Gröbste wieder wegzuwischen, womit er den Fleck allerdings nur vergrößert hat.

»Warte, hier ist noch was ... Jetzt halt doch mal still, Mia!«

»Herrgott, lass das! Das macht doch alles nur noch schlimmer!«

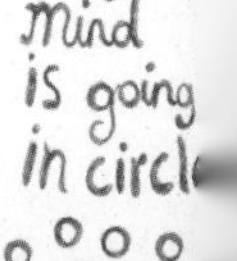

»Ey, wo sie recht hat, hat sie recht, Digger. Fuck, das sieht aus wie Kotze! Schade, dass ich kein Handy dabeihab, das hätte ich glatt gepostet. Hashtag: Mias Kotze sieht aus wie Sperma ... «

»Marco, bitte ...«

Na, toll. Während Mel Marco mahnend angesehen hat, hab ich mit geballten Fäusten noch einmal an meinem durchweichten T-Shirt hinuntergestarrt, aber zeitgleich hat Nael schon gemurmelt, okay, er sähe es ein, vielleicht sollte ich mich doch besser umziehen.

»Tolle Idee. Vielen Dank für den Tipp! Da wäre ich allein nie drauf gekommen!«

Unter Vickis grinsendem Blick bin ich entnervt aufgestanden, um in Richtung Zelt zu verschwinden, aber ein paar Meter entfernt hat mich Nael bereits eingeholt. »Warte, ich komm mit!«

»Danke, das schaff ich auch alleine.«

»Ich weiß, aber warte doch trotzdem mal kurz ...«

Eigentlich wollte ich Nael gerade mitteilen, dass ich durchaus in der Lage bin, auch ohne fremde Hilfe ein T-Shirt zu wechseln, aber im selben Augenblick, wo ich den Mund aufmachen wollte, hat er mich schon am Arm genommen und flüsternd gemurmelt, ich solle einfach mitspielen.

»Nicht umdrehen, okay? Geh einfach weiter.«

»Aber ...«

Während die anderen von hinten nur unsere Rücken gesehen haben, hab ich automatisch meinen Schritt verlangsamt, aber das hat nur dazu geführt, dass Nael seinen Griff um meinen Arm verstärkt hat.

»Verdammt, Mia, tu einfach ein einziges Mal das, worum ich dich bitte, okay?«

Unfassbar! Normalerweise hätte ich mich mit Nael nach

so einer Bemerkung erst mal bis aufs Blut gezofft, aber in dem Moment war ich so überrascht, dass ich nur ungläubig den Kopf geschüttelt hab. »Aber was ...?

»Gleich. Wenn wir im Zelt sind.«

Kurz darauf waren wir dann wirklich im Zelt und kaum hatte ich die Plane des Zelteingangs hinter mir fallen lassen, hat Nael sich schon hektisch zu mir umgedreht. »Pass auf, Mia, das ist jetzt wichtig: Du darfst das Porridge auf gar keinen Fall essen, hörst du?«

»Hä?«

»Du darfst das nicht essen. Da ist irgendwas mit Erdnüssen drin.«

»*Was?* Ich mein ... Bist du jetzt völlig durchgedreht? Da sind keine Erdnüsse drin! Das Porridge esse ich seit drei Tagen zum Frühstück und bisher hab ich damit überhaupt keine Probleme gehabt ...«

»Glaub mir, heute hättest du welche.«

»Aber ...?« Ich hab Nael völlig verdattert angestarrt, aber zeitgleich hat mir irgendetwas an seinem besorgten Gesichtsausdruck gesagt, dass das hier eventuell wirklich kein Scherz, sondern die Wahrheit ist.

»Du meinst, jemand hat Erdnüsse in mein Porridge getan? Mit *Absicht??*« Ich hab langsam den Kopf geschüttelt und Nael hat seufzend genickt und dann gemeint, es täte ihm leid.

»Ich weiß, das klingt total verrückt, aber ich bin mir ziemlich sicher. Ich glaub nicht, dass es sonderlich viel ist, vielleicht ein oder zwei Esslöffel, wahrscheinlich gerieben, damit es nicht auffällt, aber so, wie du auf das Zeug reagierst, würde das ja wahrscheinlich auch schon reichen ...«

»Aber wieso sollte jemand ... Ich mein, das ist doch völlig ... Glaubst du, das war jemand aus dem Camp? Von *uns??*«

Während sich die Gedanken in meinem Kopf nur noch überschlagen haben, hab ich Victoria, Mel und Marco im Zeitraffer auf ihre potenziellen Talente als Erdnussbeimischer abgecheckt, aber zum Glück hat Nael im selben Moment bereits den Kopf geschüttelt und gemurmelt, nein, wenn ich mit »uns« Marco, Vicki und Mel meinen würde, könne er mich beruhigen.

»Wenn du mich fragst, war's jemand anders. Aber bevor ich dir sage, wer, muss ich dir noch was erzählen. Ich war nämlich gestern Nacht, als ich nicht schlafen konnte, noch zwei, drei Stunden mit der Taschenlampe im Wald und hab da nach Aaron gesucht und dabei hab ich Herrn Kincks Wagen entdeckt.«

»Herrn Kincks Wagen? Aber der ist doch in Madalena!«

»Eben nicht!« Nael hat heftig den Kopf geschüttelt und sich dann mit einem kurzen Blick aus dem Zelt vergewissert, dass uns auch niemand gefolgt ist. »Zuerst hab ich gedacht, das wäre nur ein Autowrack, das irgendjemand im Wald abgestellt und vergessen hat, aber als ich mir den Wagen genauer angeguckt hab, hab ich festgestellt, dass es King Kongs ist. Und zwar säuberlich mit Moos und Tannenzweigen abgedeckt, damit ihn bloß niemand findet ...«

»Du meinst, Herr Kinck hat mit Absicht seinen Wagen im Wald versteckt? Aber warum sollte er das tun? Das ist doch völlig schwachsinnig! Dann hätte er ja zu Fuß in die Stadt laufen müssen und das ist ja wohl viel zu weit ...«

»Na ja, oder er ist überhaupt nicht in der Stadt.« Nael hat geseufzt und ich hab ihn ungläubig angeguckt.

»Was?? Du glaubst, Herr Kinck ist gar nicht in Madalena? Und was ist dann bitte schön mit Aaron??« Ich hab Nael zunehmend verstört angesehen und dabei gemerkt, dass mein Atem schon wieder so ätzend schnell geworden ist, wie immer, wenn ich kurz vorm Hyperventilieren bin. Na, und das muss er wohl auch bemerkt haben, denn kurz darauf hat Nael schon den Kopf geschüttelt und gemurmelt, wie auch immer, letztlich sei das nur ein vager Verdacht und vielleicht gäbe es ja auch eine ganz harmlose Erklärung für das alles.

»Also reg dich nicht auf, okay? Das Einzige, was jetzt wichtig ist, ist, dass du gleich nichts von dem Porridge isst, und der Rest wird sich schon irgendwie finden ...«

»Aber ... ich versteh das alles nicht. Ich mein, du glaubst wirklich, jemand will, dass ich einen allergischen Schock kriege, und Herr Kinck versteckt sich irgendwo im Wald und ...«

»Ich zeig's dir nachher, okay? Ich zeig dir den Wagen. Aber vorher kein Wort zu den anderen, versprichst du mir das?«

»Ist das dein Ernst? Noch nicht mal zu Mel?«

»Nein. Sorry ...« Nael hat mit schiefem Lächeln den Kopf geschüttelt. »Das heißt nicht, dass ich ihr nicht traue, aber solange wir nichts Genaueres wissen, halte ich es für besser, wenn die ganze Sache erst mal unter uns bleibt. Da gibt's nämlich noch etwas anderes und deswegen ...«

»Und was?« Ich hab Nael einen drängenden Blick zugeworfen und er hat zögernd zu Boden geguckt, aber dann hat er sich doch einen Ruck gegeben.

»Na ja, also ... Die Lache ist weg.«

»Die Lache ist ...?«

Oh. Mein. Gott.

»Du meinst, die Blutlache, die wir gestern im Wald entdeckt haben? Aber das ist doch Blödsinn! So etwas kann doch nicht einfach weg sein! Immerhin haben wir sie ja mit eigenen Augen gesehen!«

»Na ja, ›einfach so‹ ist sie auch nicht weg. Wenn du mich fragst, hat jemand den Waldboden, auf dem sie war, sorgfältig abgetragen. Jetzt liegt da auf jeden Fall nur noch frische Erde mit ein paar Tannennadeln drüber.«

»Aber ... Das ist doch völlig irre!« Ich hab Nael erschüttert angesehen, doch er hat nur die Schultern gezuckt.

»Vielleicht. Vielleicht aber auch nicht. Kommt drauf an, wer ein Interesse daran haben könnte, dass die Blutlache nicht entdeckt wird ...«

Für einen Moment war im Zelt alles still und dann habe ich Nael schluckend angeguckt. »Okay. Ich glaub, ich verstehe. Und was jetzt?«

»Na ja ...« Nael hat noch einmal tief durchgeatmet und sich anschließend an einem aufmunternden Lächeln versucht. »Ich würde sagen, jetzt ziehst du dir erst mal ein frisches T-Shirt an und dabei denkst du dir eine Ausrede dafür aus, weshalb du heute kein Frühstück essen kannst. Na, und am Vormittag versuchen wir dann, uns unter irgendeinem Vorwand von den anderen abzuseilen, und ich zeig dir den Wagen ...«

»Aber Mel wird garantiert sauer, wenn wir uns einfach so davonmachen!«

»Na und? Dann wird sie halt sauer.«

»Aber ...«

Ich hab Nael noch einmal zögernd angesehen und dann genickt. »Okay, kein Ding. Ich bin dabei.«

»Gut.«

Nael hat ebenfalls genickt und das war's dann. Eine Minute später sind wir zurück zu den anderen und ich hab was von Bauchweh und Übelkeit erzählt und das so überzeugend, dass Mel mich sogar gefragt hat, ob ich mich nicht für den Rest des Tages hinlegen will. Aber das hab ich natürlich abgelehnt und zwei Stunden später auf der Wanderung zum Lagoa do Peixinho haben Nael und ich es dann tatsächlich geschafft, uns von den anderen abzusetz...

Oh, Gott, ich glaub, da oben ist jemand. Eben ist nämlich ein ziemlich großer Stein den Tunneleingang heruntergekollert. Oh, verdammt! Was, wenn das der Typ mit der Waffe ist? Gott, bitte nicht! Warte, Nael macht mir gerade ein Zeichen, dass ich die Taschenlampe ausmachen soll ...

Okay, alles in Ordnung. War wohl doch nichts. Puh! Mann, das Ganze macht mich echt fertig. Vor allem, weil ich nach wie vor nicht verstehe, wie das alles hier zusammenhängt. Eben haben Nael und ich uns im Flüsterton noch mal über das unterhalten, was dieser Typ vorhin am Auto gesagt hat, und irgendwie macht das Ganze überhaupt keinen Sinn. Ich mein, wenn Papa diesen Mann wirklich gebeten hat, auf mich aufzupassen – wieso tut er das dann nicht? Wieso bricht er Nael stattdessen die Nase und bedroht mich mit einer Waffe? Und von was für einem Angebot hat er da bitte schön gefaselt? Das Angebot eines fremden Geheimdienstes? Aber wenn dieser Typ zu einem fremden Geheimdienst gehört, warum hat Papa ihn dann beauftragt, auf mich aufzupassen? Das ist doch alles völlig krank! Und wenn es sich bei dem Mann eben tatsächlich um diesen Norbert Zimmer handelt, dessen Foto ich auf der Homepage von FTF-Reisen entdeckt hab (und das könnte ich schwören!), dann wird die ganze Sache NOCH seltsame...

Oh, Mist.

Gott, langsam werde ich echt hysterisch. Eben ist schon wieder irgendein Stein die Wand runtergekollert. Ich glaub, ich hör jetzt mit dem Schreiben auf und bitte Nael, ob er mich irgendwie ablenkt. Sonst denke ich nur wieder an meine Eltern und daran, wie doll ich sie lieb hab, und dann ... FUCK! Ich mach jetzt Schluss.

Bye ...

Pico, den 28. Juli,
irgendwann am späten Abend

LiEBE MiSS Shlimazl,

seit meinem letzten Eintrag sind bestimmt zwei, drei Stunden vergangen und Nael und ich sitzen noch immer in dieser tiefschwarzen Höhle, deren Gänge in ein Labyrinth von noch mehr tiefschwarzen Gängen führen, das so aussieht, als würde da nie wieder jemand lebend rauskommen. Aber immerhin hat sich der Mann mit der Waffe noch nicht hier unten blicken lassen. Gott sei Dank!

Vorhin haben wir darüber geredet, wie es jetzt weitergehen soll, und dabei haben wir uns fast in die Haare gekriegt. Ich hab nämlich vorgeschlagen, dass wir uns im Schutz der Dunkelheit zum Camp zurückschleichen, um dort mit Melanie über alles zu reden. Aber Naels einzige Reaktion auf meinen Vorschlag war nur ein Kopfschütteln, dicht gefolgt von einem ungläubigen »Dein Ernst?«.

»Ich mein, hast du sie dir mal angeguckt, Mia? Die ganze Frau ist gerade mal 1,60 m groß! Was soll die denn gegen einen 1,90 m großen bewaffneten Typen ausrichten können, hm?«

Nael hat mich fragend angeguckt und ich hab seufzend die Schultern gezuckt. »Na ja, sie könnte zum Beispiel die Polizei anrufen und denen erzählen, was hier passiert ist, und dann kommen die und ...«

»Ach ja?« Nael ist mir skeptisch ins Wort gefallen. »Du meinst wirklich, dann kommen die? So wie gestern, als Mel uns en Detail erzählt hat, wie sie eine Dreiviertelstunde mit der Polizei in Madalena telefoniert hat? Mit dem Ergebnis, dass keiner von denen je bei uns im Camp aufgetaucht ist?«

»Aber die sind doch nur nicht gekommen, weil Herr Kinck Mel am nächsten Morgen am Telefon gesagt hat, dass die Polizei Aaron in Madalena gefunden hat und ...«

Im selben Augenblick hat Nael mich bereits kopfschüttelnd unterbrochen. »Herrgott, Mia, das kann er doch gar nicht! Wie soll er denn Mel aus Madalena angerufen haben, wenn sein Auto hier mit einer Leiche auf der Rückbank im Wald steht, hm?«

»Ich weiß, aber ...« Ich hab innegehalten und dann unglücklich genickt. »Okay, ich versteh ja, was du meinst. Du meinst, einer von beiden lügt. Entweder Herr Kinck oder Mel, aber ...«

Eigentlich wollte ich noch weiterreden, aber Nael hat mir bereits mit einem energischen »Genau!« den Satz abgeschnitten.

»Du sagst es! Und insofern *können* wir gar nicht mit Mel reden. Weil wir schließlich nicht wissen, ob sie in der ganzen Scheiße mit drinsteckt oder nicht. Fuck!« Nael hat einen der Lavasteine (von denen hier unten Hunderte herumliegen) gegen die Felswand geschleudert und dann fluchend gemeint, zwischen all den Dingen, die in den letzten Stunden passiert sind, gäbe es garantiert einen Zusammenhang. »Die Frage ist nur, welchen. Also noch mal: Zuerst verschwindet gestern Morgen unter merkwürdigen Umständen dein Notfallset, dann löst Aaron sich in Luft auf, anschließend entdecke ich Erdnüsse im Porridge und einen von King Kongs Pfefferminzbonbons neben der Blutlache im Wald und zu guter Letzt stolpern wir auch noch über eine Leiche und werden von ...«

»Was hast du eben gesagt??« Ich hab Nael verwirrt unterbrochen. »Neben der Blutlache lag einer von Herrn Kincks Pfefferminzbonbons?«

»Ja, sorry ...« Nael hat verlegen genickt. »Ich weiß, ich hätte dir das früher sagen sollen, aber ich wollte erst mal rauskriegen, ob es wirklich einer von seinen ist.«

»Und? Ist er's?« Ich hab Nael schluckend angesehen und er hat seufzend die Schultern gezuckt.

»Ja. Ich hab ihn heute früh mit der Packung in King Kongs Zelt verglichen und das Ergebnis war leider eindeutig.«

»Scheiße.«

»Das kannst du laut sagen.«

Während ich fassungslos zu Boden geguckt hab, hat Nael erneut nach einem herumliegenden Lavastein gegriffen und ihn mit Schmackes gegen die Wand gedonnert.

»Aber ...« Ich hab noch einmal tief Luft geholt. »Das klärt noch immer nicht die Frage, ob es seine Leiche war, die da verschnürt auf der Rückbank lag, oder?«

»Nein.« Nael hat frustriert den Kopf geschüttelt. »Tut es nicht. Schließlich könnte er genauso gut der Täter wie das Opfer sein. Obwohl ...«

»Obwohl?« Ich hab Nael fragend angeblickt und er hat einen tiefen Seufzer ausgestoßen.

»Na ja, zuerst hab ich schon gedacht, dass er es ist, weil die Stiefel, die da unter der Plane rausgeguckt haben, verflucht nach seinen aussahen. Aber jetzt ... Also jetzt bin ich mir gar nicht mehr so sicher. Weil ich mich auf einmal daran erinnert hab, dass gestern ja noch jemand aus dem Camp *Jack Wolfskin* anhatte ...«

Nael hat mir einen vorsichtigen Blick zugeworfen und mir hat sich bei seinen Worten unwillkürlich der Magen umgedreht, weil das, was er gesagt hat, genau das war, an was ich partout nicht denken wollte.

»Dir ist es also auch aufgefallen. Das mit Annikas Stiefeln. Shit! Shit, shit, shit ...«

Ich hab mir so doll aufs Bein geschlagen, dass es wehtat, aber im selben Moment hat Nael mich schon mit einem »Hey, das muss doch noch überhaupt nichts heißen!« zu beruhigen versucht.

»Vielleicht ist es gar nicht Aaron! Und auch nicht King Kong! Vielleicht lag da auch einfach nur 'ne in Plastik gewickelte Schaufensterpuppe im Auto und wir machen uns hier völlig überflüssige Gedanken ...«

»Eine Schaufensterpuppe?« Ich hab Nael ungläubig angestarrt. »Herrgott, Nael, das glaubst du doch selber nicht! Das war ein Mensch, der dahinten lag! Das war eindeutig ein Mensch!!« Ich hab schniefend die Nase hochgezogen und mir gleichzeitig eine Träne von der Wange gewischt. »Gott, das ist alles ein solcher Bockmist! Ich mein, mein Vater geht auf irgendein obskures Angebot nicht ein und deswegen tötet dieser Typ gleich einen Menschen? Einen Menschen, der wahrscheinlich sein ganzes Leben noch vor sich hatte und der ... der ...«

»Hey, nicht weinen, Mia!« Nael ist näher herangerückt, aber anstatt mich trösten zu lassen, bin ich unwillkürlich vor ihm zurückgewichen.

»Ich wein überhaupt nicht. Ich bin nur wütend ...«

»Bist du dir sicher? Denn falls nicht ...«

»Ich *bin* mir sicher, klar?«

»Klar. Kein Problem.« Nael hat nach dem Motto »Ey, kein Streit!« die Hände gehoben und mir anschließend im Halbdunkel der Höhle einen mitfühlenden Blick zugeworfen. »Weißt du, auch wenn's vielleicht nicht so aussieht, aber ... mich macht das hier auch ganz schön fertig. Außerdem ärgere ich mich gerade tierisch darüber, dass ich nicht gleich heute Morgen, als das mit den Erdnüssen passiert ist, an das gedacht hab, was du mir damals an der Elbe erzählt hast ...«

»Daran erinnerst du dich noch?«

»Was?« Nael hat mich irritiert angeguckt und ich hab aufgehört, wie paralysiert ins Dunkle zu starren, und ihn stattdessen verwundert angesehen. »Das, was ich dir da anvertraut hab. Das mit dem Mann im schwarzen Volvo und so. Das weißt du alles noch?«

»Ja, klar. Ist doch logisch.« Nael hat kopfschüttelnd die Achseln gezuckt. »Schließlich fand ich's ziemlich creepy, was du mir damals erzählt hast, und ... na ja, außerdem war das ein verdammt schöner Tag.«

»Ja, fand ich auch ...« Ich hab wieder runter auf meine Schuhe geguckt und dabei krampfhaft versucht, nicht daran zu denken, wie wir beide Hand in Hand am Wasser langgelaufen sind, aber im selben Augenblick ist Nael schon aufgestanden und hat energisch seine Beine ausgeschüttelt, so als hätte er definitiv keinen Bock, das Thema »damals« noch weiter zu vertiefen.

»Okay, also noch mal zurück zu der Sache eben: Was wissen wir? Wir wissen, dass dein Vater anscheinend ein Angebot bekommen hat, das ... Warte, mir kommt gerade eine Idee!« Nael, der eben noch nachdenklich in der Höhle hin und her gelaufen ist, hat plötzlich innegehalten und sich mit leuchtenden Augen zu mir umgedreht. »Ich glaub, ich hab's! Ich glaub, ich weiß, warum dir jemand Erdnüsse ins Porridge gemischt hat!«

»Okay, und würdest du mich vielleicht an deiner glorreichen Erkenntnis teilhaben lassen?« Ich hab Nael fragend angeguckt und er hat noch einmal tief durchgeatmet und sich dann entschlossen zu mir umgedreht.

»Du bist das Druckmittel!«

»Ich bin das Druckmittel?« Ich hab Nael verständnislos angesehen und er hat schnaubend genickt.

»Genau, du bist das Druckmittel. Das ist das Einzige, was in irgendeiner Form Sinn ergibt. Pass auf, ich glaube, es war so ...«

Nael hat seinen Marsch durch die Höhle wieder aufgenommen und mir dabei ab und zu einen Blick nach dem Motto »Ich hoffe, du kannst mir folgen ...« zugeworfen. »Also, dieser Typ aus dem Wald, dieser Nobert Zimmer, der will was von deinem Vater – nämlich, dass er ein wie auch immer gestaltetes Angebot annimmt. So weit einverstanden?«

»Ja.« Ich hab genickt und Nael hat weitergeredet.

»Okay, aus diesem Grund hat dieser Norbert Zimmer dich wahrscheinlich auch schon die ganze Zeit in Hamburg beobachtet. Quasi als eine Art Notfall-Option, für den Fall, dass dein Vater nicht mitspielen und das Angebot ablehnen sollte ...«

»Du meinst, er hat meinem Vater gedroht, dass er mir

was antut, wenn er nicht das macht, was dieser Norbert Zimmer von ihm will?« Ich hab Nael einen ungläubigen Blick zugeworfen und er hat grimmig genickt.

»Ja. Ich schätze mal, genauso war's. Vermutlich wollte er dich schon in Hamburg entführen, aber da hat dein Vater ihm dann einen Strich durch die Rechnung gemacht, indem er dich hierhergeschickt hat. Also musste der Typ dir auf die Azoren hinterherfliegen ...«

»Aber ...« Ich hab Nael nachdenklich unterbrochen. »Eins verstehe ich nicht. Papa *wollte*, dass ich in das Camp hier fliege. Wieso sollte er das wollen, wenn er weiß, dass dieser Typ bis vor Kurzem hier gearbeitet hat? Das ist doch völlig unsinnig ...«

»Ich weiß.« Nael hat seufzend genickt. »Dafür hab ich noch keine Erklärung. Vielleicht war ihm anfangs nicht klar, dass dieser Typ ein Fiesling ist, oder ... Keine Ahnung. Aber bei einem bin ich mir inzwischen absolut sicher. Nämlich, dass dieser Norbert Zimmer garantiert hinter der Sache mit den Erdnüssen steckt. Wahrscheinlich ist er davon ausgegangen, dass man dich mit einem allergischen Schock am unauffälligsten aus dem Camp raustransportiert bekommt, aber dann ist Aaron ihm dabei in irgendeiner Form in die Quere gekommen und deshalb ... na ja, deshalb hat er ihn ...«

Nael hat seinen Zeigefinger wie eine Waffe gehalten und ein leises »Piff!« ausgestoßen, woraufhin sich meine Augen entsetzt geweitet haben, was Nael wohl bemerkt haben muss, denn eine Sekunde später hat er bereits gemurmelt: »Na ja, oder vielleicht auch nicht.«

»Ich mein, vielleicht war's auch King Kong, der ihm in die Quere gekommen ist, also, falls er das Opfer ist und nicht zufällig mit diesem Norbert Zimmer gemeinsame Sache macht, was natürlich auch sein könnte, allerdings ...«

»Sorry, aber …« Ich bin Nael erneut ins Wort gefallen. »Eins verstehe ich noch immer nicht: Wenn ich das Porridge heute früh gegessen hätte, hätte Mel doch garantiert sofort einen Krankenwagen gerufen. Und dann? Dann wäre der gekommen und hätte mich nach Madalena gebracht und da wäre ich …«

»Das wärst du eben nicht!«

»Wäre ich nicht?« Ich hab Nael verständnislos angestarrt und er hat meinen Blick kopfschüttelnd erwidert.

»Nein, du wärst nie im Krankenhaus angekommen. Weil der Krankenwagen nicht echt gewesen wäre. Verstehst du? Wahrscheinlich steht hier irgendwo im Wald ein gefakter Notarztwagen, mit dem sie dich nach Madalena gebracht hätten und von dort weiter nach Deutschland oder gleich nach Libyen, wo …«

»Äh, Moment mal! Also, das finde ich jetzt doch ein bisschen, ich will nicht sagen, schwer vorstellbar, aber …«

»*Schwer vorstellbar?*« Nael hat mich entgeistert angefunkelt. »Verdammt, Mia, checkst du's nicht? Dieser Typ da von vorhin, der hat jemanden GETÖTET. Glaubst du im Ernst, jemand, der andere Leute tötet, würde davor zurückschrecken, jemanden mit einem gefakten Krankenwagen zu entführen? Glaubst du das wirklich??!«

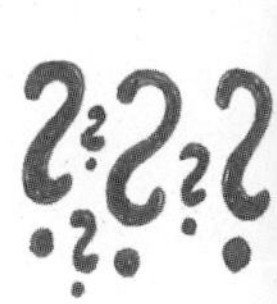

»Aber ich …« Ich hab versucht, etwas zu sagen, aber Nael war viel zu sehr in Rage, um sich jetzt noch unterbrechen zu lassen.

»Garantiert nicht! Im Ernst, Mia, kann sein, dass ich nicht mit allem hier richtigliege, aber eines weiß ich zu hundert Prozent: Dieser Typ schreckt vor nichts zurück und deswegen musst du hier so schnell wie möglich weg. Und mit ›weg‹ meine ich runter von der Insel! Und zwar am besten sofort!«

Nael hat mich finster entschlossen angeguckt und erst da ist mir klar geworden, dass er tatsächlich recht haben könnte. Vielleicht nicht mit allem, aber doch mit dem Wesentlichen.

Oh. My. God.

»Okay, nehmen wir mal an, es ist wirklich so, wie du sagst – hast du auch eine Idee, wie wir das am besten anstellen, das mit dem Runter von der Insel? Ich mein, leider gibt's da ja ein klitzekleines Problem ...« Ich hab schluckend an mir heruntergeschaut und Nael hat beim Anblick meines geschwollenen Knöchels einen Fluch ausgestoßen.

»Shit! Das hab ich ganz vergessen! Das mit dem Auftreten klappt noch immer nicht, oder?«

»Nicht wirklich. Aber warte, ich probier's noch ma... Au!« Ich hab Anstalten gemacht aufzustehen, aber zwei Sekunden später bin ich schon wieder frustriert auf den Höhlenboden zurückgeplumpst.

»Fuck!«

»Warte, ich helf dir!«

»Nein, lass!«

Während Nael meinen Arm zu nehmen versucht hat, hab ich ihn grob abgeschüttelt und dabei gemerkt, wie eine riesige Portion Selbsthass wie Säure in meiner Kehle hochgestiegen ist.

»Verflucht! Wie blöd kann man sein?! Da knick ich einfach um! Dabei lernen wir beim Luta Livre eigentlich nichts anderes als richtig fallen! Fuck! Fuck, fuck, fuck, **fuck!!!**« Ich hab wütend mit der Faust auf den Felsboden geschlagen, mit dem Effekt, dass mir anschließend nicht nur der Fuß, sondern auch noch die Hand wehtat, aber netterweise hat Nael das nicht weiter kommentiert, sondern nur gemeint, das mit dem Umknicken hätte wirklich jedem passieren können.

»Im Ernst, Mia. Hör auf, dich selber fertigzumachen! Da kann niemand was für. Und abgesehen davon hab ich eh einen Plan, wie wir von hier wegkommen, ohne dass du allzu viel laufen musst.«

»Ach ja? Und was für einen? Mutier ich auf einmal zu einem Schmetterling und flattere munter davon, oder was?!«

Okay, das war pampig und zusätzlich auch noch unfair, weil Nael ja nur versucht hat, mich aufzubauen. Aber inzwischen hat mein Knöchel so wehgetan, dass meine Nerven einfach blanklagen, was Nael aber wohl geahnt haben muss, denn anstatt zurückzupampen, hat er nur gemurmelt, nein, die Schmetterlingsvariante hebe er sich lieber für später auf.

»Eigentlich besteht mein Plan mehr darin, nachher ins Lager zurückzulaufen, Vicki und Marco zu wecken und dann gemeinsam mit ihnen wieder hierher zurückzukommen ...«

»Äh, bitte *was??* Du willst Vicki und Marco hierherbringen? Wozu *das* denn?«

Ich hab Nael ungläubig gemustert, aber er hat sich davon nicht verunsichern lassen, sondern nur schulterzuckend gemurmelt, na, das läge doch auf der Hand.

»Ich schaff ja viel, aber dich den ganzen Weg nach Madalena zu tragen, das schaffe ich allein dann doch nicht. Also brauchen wir Unterstützung, und da Marco so ein Muskelpaket und Vicki auch ganz schön zäh ist ...«

Weiter ist er nicht gekommen, denn im selben Augenblick bin ich ihm schon fassungslos ins Wort gefallen. »Äh, Moment mal ... Das heißt jetzt aber nicht, dass Vicki und Marco mich bis Madalena trag... Oh, mein Gott, nein! Nael nein! Das kannst du nicht bringen!«

»Hey, immer mit der Ruhe!«

»Aber das machen die nie! Und das will ich auch nicht! Immerhin bin ich voll schwer und überhaupt ...«

»He, ich weiß, du wiegst um die 90 Kilo, aber ich glaub, die beiden sind gut im Training und deswegen ...«

»Scheiße, nein! Ich wiege *nicht* um die 90 Kilo! Wie kommst du bitte auf die Idee, dass ich so viel wie...« Ich hab abgebrochen, weil ich beim Anblick von Naels amüsiertem Gesichtsausdruck gemerkt hab, dass er mich gerade nur hochnehmen wollte, aber das hat mich in dem Moment nur noch saurer werden lassen. »Mann, Nael, das ist *nicht* komisch! Ich will nicht, dass du Vicki und Marco Bescheid sag... Au! Dieser Kack-Fuß!«

»Woah, woah, woah! Nicht aufstehen! Du weißt doch, das tut weh!«

Während ich stocksauer trotzdem versucht hab, mich aufzurichten, und dabei prompt wieder umgefallen bin, hat Nael mich gerade noch rechtzeitig aufgefangen, aber das hat meine Laune nur noch mehr verschlechtert. Schließlich bin ich mir dabei vorgekommen wie ein 90 Kilo schweres Nilpferd und das ist – besonders in Gegenwart von einem so scheiße gut aussehenden Typen wie Nael – kein unbedingt schönes Gefühl.

»Aaahhh!! Ich hasse diesen Kack-Fuß! Am liebsten würde ich ihn abhacken! Wie kann man nur so bescheuert sein?!!!« Ich hab zitternd vor Kälte und Wut auf meinen lilablau angelaufenen Knöchel gestarrt und kurzzeitig ernsthaft erwogen, ihn als Strafe fürs Wehtun einfach gegen die Felswand zu donnern, aber ehe ich dazu irgendwelche Anstalten machen konnte, hat Nael schon beruhigend meine Hände festgehalten.

»Hey, wir kommen hier raus! Das verspreche ich dir!«

»Aber das kannst du gar nicht! Das kann niemand ...«

»Doch! Wenn du mich schon länger kennen würdest, wüsstest du das! Ich bin quasi der Meister in jedem Escape-Room-Spiel. Das Wichtigste ist jetzt, dass wir einen klaren Kopf behalten. Hier, willst du? Ich hab irgendwo mal gelesen, Kauen beruhigt ...«

Nael hat ein völlig zerknautschtes Kaugummi aus seiner Hosentasche gezogen und es mir hingehalten, und als ich es nickend genommen hab, hat er seufzend gemurmelt, manchmal sei sich abzulenken das Beste, was man tun könne – zumindest besser, als sich immer weiter in seine Wut hineinzusteigern.

»Stell dir einfach vor, dein Fuß wäre Herr Mäder, der dir unbedingt die Vektorenrechnung näherbringen will, während du darauf überhaupt keinen Bock hast ...«

»Du vergleichst meinen Fuß allen Ernstes mit unserem Klassenlehrer?« Ich hab Nael perplex angesehen und er hat grinsend gemurmelt, na ja, dass mir die Ähnlichkeit noch nie aufgefallen sei, würde ihn jetzt doch verwundern.

»Ich mein, guck ihn dir doch nur mal an. Dein Fuß sieht genauso aus wie er: dick und rot, mit kleinen, blonden Härchen und ... Oh, mein Gott, ich glaub, er ist es *wirklich!* Herr Mäder? Herr Mäder, hören Sie mich?« Nael hat so getan, als würde er sich mit meinem Fuß unterhalten, und ich musste mir, weil das wirklich selten dämlich aussah, unwillkürlich ein Lächeln verkneifen.

»Und? Was sagt er? Will er mit uns jetzt Mathe machen?«

»Ja. Ich befürchte schon ...« Nael hat mir einen Blick zugeworfen und dabei die Augen verdreht. »Du kennst ihn ja, Mathe ist sein Leben. Okay, hören Sie, Herr Mäder, meinen Sie, Sie könnten Mia vielleicht begreiflich machen, dass wir Vickis und Marcos Hilfe brauchen, wenn wir sie heil nach

Madalena bringen wollen? Vielleicht mithilfe einer Textaufgabe? Oh, warten Sie, ich versteh Sie gerade schlecht ...« Nael hat sich weiter zu meinem Fuß hinuntergebeugt, so, als hätte er dessen Antwort nicht verstanden, und anschließend zustimmend genickt. »Oh, ja, Sie haben vollkommen recht! Mia kann manchmal wirklich störrisch wie ein Esel sein, aber ich glaube, tief in ihrem Innern hat sie eine heimliche Schwäche für Sie, und insofern wäre es wirklich nett, wenn Sie ...«

»Herrgott, Nael, du kannst aufhören. Ich versteh ja, was du meinst!«

»Wirklich? Also falls nicht, können Herr Mäder und ich uns gern noch ein bisschen länger unterhalten. Nicht wahr, Herr Mäder? Obwohl ... Wenn Mia meint, dass das gar nicht notwendig ist ...« Nael hat seine Zwiesprache mit meinem Knöchel grinsend beendet und ich hab noch einmal tief Luft geholt und dann seufzend gemurmelt, inzwischen sei mir ja durchaus klar geworden, dass wir zu zweit wohl nicht allzu weit kommen.

»Aber du glaubst doch nicht im Ernst, dass du Vicki und Marco wirklich dazu kriegst, mich mitten in der Nacht zig Kilometer durch felsiges Gelände zu tragen, oder? Das machen die nie! Und warum sollten sie auch? So gut verstehen wir uns schließlich nicht und davon mal ganz abgesehen ... Was ist überhaupt mit Mel? Wenn die dich erwischt, dann lässt sie dich doch nie im Leben wieder aus dem Camp raus und dann ...«

»Dann erwischt sie mich eben nicht. Mensch, Mia, du musst aufhören, immer so negativ zu denken! Du wirst sehen, ehe du dichs versiehst, bin ich mit den beiden wieder zurück und dann veranstalten wir hier zu viert ein lustiges ›Im Frühtau zu Berge, wir ziehn, fallera‹. Für den Notfall kenne ich auch noch ein syrisches Wanderlied, das ist noch ein bisschen schmissiger ...«

Eigentlich wollte Nael noch weiterreden, aber da bin ich ihm schon ins Wort gefallen. »Scheiße, Nael, das ist kein Spiel hier, klar?! Ich mein, was ist mit dem Mann mit der Waffe? Was ist, wenn der oben am Tunneleingang sitzt und nur darauf wartet, dass einer von uns aus der Höhle rauskommt, hm? Was dann?? Herrgott, das ist doch Wahnsinn! Das ist absoluter Wahnsinn!! Ich will das nicht! Ich will nicht, dass du dein Leben riskierst, nur um mir zu helfen! Dafür bist du viel zu unbeteiligt ... und zu gro… ich mein, zu ...«

Fast hätte ich »zu großartig« gesagt, aber das hab ich mir in letzter Sekunde zum Glück noch verkneifen können. Allerdings ist mir nicht eingefallen, was Nael sonst noch »zu« ist, und deshalb habe ich ihn nur verzweifelt angesehen. Doch anstatt endlich zu nicken und einzusehen, dass uns verdammt noch mal etwas Besseres einfallen muss, etwas, das weder sein noch das Leben von Vicki und Marco in Gefahr bringt, hat Nael nur lächelnd gemurmelt, wenn ich mich so aufregen würde, hätte ich tatsächlich Ähnlichkeit mit einem dieser Plüsch-Pandabären von der FTF-Website.

»Das ist mir vorher noch nie aufgefallen, aber wenn du so guckst wie eben, dann hast du wirklich was von einem Panda. Einem kleinen, flauschigen Panda, der furchtbar empört darüber ist, dass ...«

»Noch ein Wort und ich zeig dir, wofür Pandas sonst noch berühmt sind!« Ich hab meine Faust geballt und Nael dabei Furcht einflößend angefunkelt, woraufhin er breit grinsend die Hände gehoben hat.

»Tut mir leid, ich hör schon auf. Aber jetzt mal im Ernst, Mia ... Du brauchst wirklich keine Angst um mich zu haben! Ich bin mir sicher, der Typ von vorhin wäre längst runtergeklettert, wenn er mitbekommen hätte, dass wir hier sind. Garantiert! Und noch was ... Etwas, das ganz wichtig ist. Ich würde nie bei irgendetwas mitmachen, wenn ich da keinen Bock drauf hätte. Das hier ist einzig und allein meine Entscheidung, okay?« Nael hat mich mit seinen tiefbraunen Schokoladenaugen so treuherzig angesehen, als könne er sich nichts Schöneres vorstellen, als gleich heimlich in unser Lager zurückzukehren und dort mitten in der Nacht eine bulimische Jesushasserin und einen homophoben Neonazi zur Flucht zu bewegen. Woraufhin ich ihn noch ein paar Sekunden finster angestarrt hab, um kurz darauf dann doch einzuknicken. Verdammt!

(nur minimal peinlich)

»Na, gut. Ich halte das Ganze zwar noch immer für keine gute Idee, aber solange uns nichts Besseres einfällt ...«

»Super. Give me five!« Nael hat meine erhobene Hand abgeklatscht und sich dann mit einer lässigen Geste das Sweatshirt über den Kopf gezogen – eine Aktion, die mich in dem Moment leider völlig kalt erwischt hat.

»Los, komm schon. Runter mit dem Pulli, Mia! Ohne machen wir wahrscheinlich sonst kein Auge zu ... Und bevor ich loslaufe, sollten wir schon noch ein bisschen geschlafen haben, sonst sind wir nachher zu erledigt ...«

»Äh, was? Also ich denke, das ist jetzt wirklich nicht der richtige Zeitpunkt, um ...«

»Hä? Wovon redest du?«

Oh, Gott, manchmal bin ich wirklich peinlicher, als die Polizei erlaubt.

Um ein Haar hätte ich Nael eine Standpauke nach dem Motto »Zieh dich sofort wieder an, so eine bin ich nicht!« gehalten, aber zum Glück hab ich meinen Irrtum gerade noch rechtzeitig bemerkt. Eine Sekunde später hat Nael sein Sweatshirt nämlich schon zu einer Art Kissen gefaltet und sich anschließend mit dem Kopf daraufgelegt und das hat mich gerade noch davor bewahrt, knietief in einem Fettnäpfchen von wahrhaft gigantischen Ausmaßen zu versinken.

»Äh, nichts. Ich mein, gute Idee, das mit dem Kissen. Tja, dann ... Gute Nacht!«

»Schlaf schön, Mia! Ach ja, und wenn du noch Tagebuch schreiben willst, mach nicht mehr allzu lange. Wir brauchen die Batterie von der Taschenlampe garantiert noch für später ...« Nael hat sich auf dem steinharten Höhlenboden zusammengerollt, um nach gefühlten zwanzig Sekunden in Tiefschlaf zu verfallen, und damit sind die Aufgaben jetzt klar verteilt: Nael schläft wie ein Baby und sieht dabei trotz gebrochener Nase aus wie ein Filmstar (was definitiv verboten werden sollte, ich mein, das ist wirklich nicht fair!), während ich vor lauter Angstschweiß wie ein Bison müffele und mich noch nicht mal traue, einen Platz zum Pinkeln zu suchen, weil ich mich dafür mehr als drei Meter von ihm entfernen müsste. Ach ja, und außerdem verbrauche ich aus lauter Schiss vor der Dunkelheit gerade viel mehr Batterie, als ich sollte, was mir zusätzlich zur Schlaflosigkeit auch noch massig Schuldgefühle beschert. So viel also zu meinem neuen Leben als mutige Kriegerin. Toll, Mia, ganz toll! Als Amazone bist du wirklich unschlagbar!

Pico, den 28. Juli, irgendwann in der Nacht

Liebe Miss Shlimazl,

während Nael inzwischen schon seit Stunden schläft, liege ich noch immer wach und das macht mich allmählich total kirre. Schließlich bin ich eigentlich hundemüde, aber jedes Mal, wenn ich mich hinlege und die Augen zumache, sehe ich plötzlich wieder diesen ekelhaften Norbert Zimmer mit seinem kalten, abschätzigen Blick vor mir und dann kriege ich solche Panik, dass ich ...

Egal. Auf alle Fälle habe ich mir eben doch noch mal erlaubt, die Taschenlampe anzumachen, und jetzt starre ich auf Naels zerzausten Haarschopf und lausche dabei seinen regelmäßigen Atemzügen, ohne zu begreifen, wie das alles überhaupt passieren konnte.

Oh, Mann. Zum Glück hab ich dich, liebe Miss Shlimazl, gestern, kurz vor unserem Aufbruch, noch in den Rucksack gesteckt, so kann ich mich wenigstens mit Tagebuchschreiben ablenken. Aber so richtig bringt es das leider auch nicht. Je länger ich über Naels Plan brüte, umso wahnsinniger kommt er mir nämlich vor, aber wenn ich *nicht* darauf rumkaue, muss ich automatisch an die Leiche auf Herrn Kincks Rückbank denken und dann wird mir sofort wieder speiübel und ich merke, wie die nächste Panikattacke nur darauf wartet, endlich loszulegen. Oh, fuck!

Bescheuerterweise bin ich mir im Nachhinein nicht mehr ganz sicher, wie groß der Körper war, den wir da gesehen haben. So groß wie der von Annika? Oder doch eher wie der von Herrn Kinck?[20] Meine größte Angst ist noch

20 Der zwar viel breiter als Annikas ist, aber auch nicht sonderlich riesig.

immer, dass es Annika war, die da im Wagen lag, und ehrlich gesagt ist der Gedanke daran kaum zu ertragen. Oh, bitte, bitte nicht!!! Annika hat es eh schon so schwer mit dieser ganzen Transgender-Sache und solchen Leuten wie Marco und ihren Eltern und deshalb ... Gott! Fast hätte ich geschrieben »Dann doch besser Herr Kinck ...«, aber das will ich natürlich auch nicht. Obwohl das mit Herrn Kinck nüchtern betrachtet wohl schon realistischer ist. Nicht nur wegen des Pfefferminzdrops neben der Blutlache, sondern auch wegen des Tablets. Warum sollte es sonst neben seinem Auto auf dem Waldboden gelegen haben? Ein gutes Zeichen ist das garantiert nicht. Auch wenn es nicht sein Privatgerät war, sondern nur das offizielle FTF-Tablet, weshalb Nael auch so leicht das Passwort knacken konnte (es lautete FTF123 – sehr einfallsreich ...), aber trotzdem. Auch das hätte Herr Kinck bestimmt nicht so ohne Weiteres aus der Hand gegeben.

Andererseits hat Nael aber auch wieder recht: King Kong könnte das Tablet natürlich auch beim Einwickeln der Leiche aus der Tasche gefallen sein – besonders groß ist das Gerät ja nicht, und wenn er in Hektik war (und wenn man eine Leiche einwickelt, ist man das wahrscheinlich), hat er das vielleicht gar nicht bemerkt. Wobei ich ehrlich gesagt nicht weiß, was ich gruseliger finde: die Vorstellung, dass unser Kohortenleiter wie ein Paket verschnürt auf der Rückbank seines Wagens liegt und nicht mehr atmet, oder die Vermutung, dass er irgendjemand anderem zuerst eiskalt die Lichter ausgepustet und ihn dann sorgsam zur ewigen Ruhe in Plastik eingetütet hat. Oh, mein Gott!

Na, und dann ist da ja auch noch immer diese Sache mit Frau Wolgast. Ich hab Nael alles, was Aylin über sie herausgefunden hat, erzählt und er ist mittlerweile wie ich der

Meinung, dass sie in dem ganzen Mist voraussichtlich mit drinsteckt. Außerdem halten wir es für hochwahrscheinlich, dass Papa, Frau Wolgast, dieser Norbert Zimmer und die Blondine, die mich aus dem Volvo heraus beobachtet hat, alle in irgendeinem Zusammenhang zueinander stehen. Einem Zusammenhang, der mit Papas Job als technischer Berater für chemische Anlagen im Nahen Osten zu tun hat und eventuell auch mit dem Unfall in Libyen, der vielleicht ja gar kein Unfall, sondern ein gezielter Anschlag war. (Das vermuten Nael und ich nämlich inzwischen ...)

Nael kommt ja aus der Nähe von Idlib und ist echt fit, was den Nahen Osten anbelangt, und er meinte, dass es gut sein könnte, dass Israel ein Interesse daran hat, chemische Anlagen im arabischen Raum zu sabotieren. Na ja, und vielleicht ist das ja genau das Puzzleteil, das mir bisher gefehlt hat. Ich mein, aus Mamas und Papas Erzählungen weiß ich, dass die Anlagen, die Papa da gewartet hat, häufig irgendwelche Probleme hatten, und bisher hab ich immer gedacht, das läge daran, dass viele, die da arbeiten, so wenig verdienen, dass sie heimlich Maschinenteile klauen und auf dem Schwarzmarkt verticken. Aber was, wenn das gar nicht stimmt? Was, wenn die Anlagen nur so häufig stillstehen, weil Papa heimlich durch gezielte Sabotage dafür sorgt? Und zwar, weil er im Auftrag des israelischen Geheimdienstes verhindern will, dass dort womöglich Chemiewaffen hergestellt werden? Schließlich weiß ich definitiv, dass so was geht. »Jede Fabrik für künstliche Düngemittel ist eine potenzielle Chemiewaffenfabrik«, das hat ein wichtiger amerikanischer Oberst in einem Interview gesagt, das ich erst vor ein paar Wochen in der *Tagesschau* gesehen hab, und dieses Zitat geht mir seitdem nicht mehr aus dem Kopf. Dadurch bin ich ja auch erst auf die Idee gekommen, dass

Papas Anlagen für den israelischen Geheimdienst von Interesse sein könnten, und nach wie vor scheint mir diese Theorie von allen möglichen noch immer die wahrscheinlichste zu sein.

Was meinst du, Miss Shlimazl, hm? Irgendwie macht das mit den Chemiewaffen für mich Sinn, aber sicher bin ich mir natürlich nicht. Oh, verdammt! Du glaubst gar nicht, wie wütend ich noch immer darüber bin, dass Papa mich nicht schon vorher in alles eingeweiht hat. Warum, verflucht noch mal, hat er mir nicht vertraut? Gott, ich finde das so scheiße! Wenn er vorher mit mir geredet hätte, wäre das alles hier garantiert nicht passiert und dann ... Shit, jetzt kommen mir schon wieder die Tränen. Mist ...

Pico, den 28. Juli, nachts

LIEBE MISS Shlimazl,

verflucht! So geht es einfach nicht weiter!! Die halbe Stunde seit meinem letzten Eintrag habe ich schon wieder komplett mit Heulen verbracht und damit fast Nael geweckt und inzwischen habe ich wirklich die Nase voll. Nicht von ihm, sondern von mir. Ich mein, Holy Shit – wie kann man bloß so ein Weichei sein? Klar war das vorhin nicht gerade toll, was wir erlebt haben, und gut, vielleicht ist eben tatsächlich etwas über meinen Kopf hinweggeflogen, das wie eine riesige Fledermaus aussah, aber hey – was soll's?! Das Leben ist kein Picknick! Also, Schluss mit dem Geheule, Mia! Schließlich sitzt du hier nicht bei Frau Wolgast in der Praxis vor einer vollen Packung Taschentücher, sondern hockst in einer beschissenen Lavahöhle auf den Azoren und verbrätst wertvolle Taschenlampen-Batteriezeit. Insofern: REISS DICH VERFLUCHT NOCH MAL ZUSAMMEN UND HÖR ENDLICH AUF ZU FLENNEN!!!

Okay, das war's. Den Selbstanschiss hab ich wohl gebraucht. Jetzt geht's mir schon etwas besser. Also weiter im Text ...

Nael und mir haben vorhin total die Köpfe geraucht, als wir vor dem Schlafengehen noch mal alle Möglichkeiten durchgegangen sind, wer mit wem bei welchem Geheimdienst zusammenarbeiten könnte. Aber es hat auch irre gutgetan, über das alles nicht mehr allein nachdenken zu müssen. Ausnahmsweise mal ernst genommen zu werden, ist nämlich ein wirklich tolles Gefühl. Und außerdem ist Nael auch ein echt guter Zuhörer. Obwohl mich der Blick, mit dem er mich zwischendrin angesehen hat, stellenweise etwas verunsichert hat, weil ich manchmal den Eindruck hatte, dass er nicht unbedingt *jeden* so angucken würde. So ... Na ja, so intensiv. Und dabei irgendwie auch liebevoll und zeitweilig fast so, als müsste er sich beherrschen, um mich nicht einfach an sich zu ziehen und zu k... Obwohl, nein. Vergiss, was ich eben geschrieben hab. Ist wahrscheinlich eh nur Wunschdenken. Schließlich kann es genauso gut sein, dass ich da nur wieder irgendetwas hineingeheimnisse, was es gar nicht gibt. Darin bin ich ja bekanntlich einsame Spitze.

Gott, warum muss dieser ganze Liebeskram bloß so kompliziert sein?! Ich hasse das! Genauso wie dieses blöde Flirten! Ich weiß nie, ob das, was ich für einen Flirt halte, auch wirklich ein Flirt ist. Woran, verdammt noch mal, erkennt man das bitte schön?? Ich mein, *hat* Nael nun vorhin mit mir geflirtet oder hat er mich nur so merkwürdig angesehen, weil es hier in der Höhle so dunkel ist, dass man den anderen schon ziemlich genau ins Auge fassen muss, um ihn überhaupt noch zu erkennen? Keine Ahnung! Mann, es wäre echt cool, wenn es dafür eine Art Code gäbe. So nach dem Motto: Achtung, jetzt puste ich mir eine Haarsträhne aus der Stirn, das bedeutet, ich flirte. Dann würde selbst *ich* darauf vielleicht mal richtig reagieren! Und nicht ständig verlegen sonst wohin gucken, nur damit unsere Blicke sich nicht treffen. Wobei die Tatsache, dass ich so viel darüber nachdenke, wie ich gerade auf Nael wirke, natürlich allein schon superpeinlich ist. Ich mein, eigentlich sollte ich hier wilde Pläne schmieden, wie wir am schnellsten nach Madalena kommen, und woran denke ich? Daran, dass ich Nael unbedingt noch mal küssen will. Abgründe!!

Das Doofe ist nur, dass Nael mit seinen zerzausten dunklen Haaren und den kleinen Lachgrübchen links und rechts in den Wangen und dem verschwitzten, zerrissenen T-Shirt so wahnsinnig gut aussieht, und wenn er dann auch noch so dicht neben einem liegt, dass man nur die Hand ausstrecken müsste, um ihn zu berühren, dann ...

Ach, verdammt, ich tu's schon wieder! Grrr! Ich muss wirklich dringend mit dieser schrecklichen Schwärmerei aufhören! Obwohl das gar nicht so einfach ist nach dem, was sich inzwischen herausgestellt hat. Nael und ich haben nämlich vorhin total lange über all das geredet, was damals zwischen uns vorgefallen ist, und dabei ist etwas schier Ungeheuerliches herausgekommen. Etwas, was ich nach wie vor kaum glauben kann. Nael hat nämlich gedacht, ich hätte ihn bei ...

Oder nein, ich fang anders an. Also wie gesagt, Nael und ich hocken hier seit zig Stunden nebeneinander im Dunkeln, während sich ab und zu neben uns ein Stein löst oder eine Maus vorbeizischt, und die ganze Zeit über tropft an den vermoosten Wänden das Wasser runter und allmählich kommt man sich immer mehr wie in der modrigen Behausung eines Urzeitmenschen vor.

Na, und irgendwann am frühen Abend, als mein Magen genauso geknurrt hat wie seiner, hab ich mir dann ein Herz

gefasst und Nael gefragt, was das eigentlich für ein blöder Spruch war, den er da vorgestern am See abgelassen hat. Von wegen, ob ich mich nicht wieder bei Facebook über ihn lustig machen wolle. Und weißt du, wie er daraufhin reagiert hat?

Er hat völlig entnervt die Augen verdreht und mich dann gefragt, ob ich wirklich vorhätte, das Fass wieder aufzumachen – schließlich hätte er selten jemanden getroffen, in dem er sich so getäuscht hätte wie in mir. »Aber okay, wenn du es unbedingt noch mal zur Sprache bringen willst – meinetwegen! Reden wir halt darüber, wie verkorkst jemand sein muss, der bei Facebook so ’nen Schrott postet ...«

»Äh, könntest du dich vielleicht kurz beruhigen? Ich mein, ich versteh überhaupt nicht, wovon du gerade sprichst ...«

»Ach, nein? Leidest du neuerdings auch noch unter Alzheimer, oder was?«

»Bitte??«

Ich hab verärgert den Mund aufgemacht, aber im selben Augenblick hat Nael schon wütend gemeint, das, was ich da über seine leiblichen Eltern geschrieben hätte, wäre wirklich das Allerletzte gewesen. »Allein dieser Spruch mit den Kanaken-Assis! Ich schwör dir, wenn ich dich damals, nachdem Anna-Constanza mir deine Facebook-Seite gezeigt hat, in die Finger gekriegt hätte, ich wüsste nicht, was ich mit dir gemacht hätte ...«

Nael hat seine Hände zu Fäusten geballt und ich hab zunehmend befremdet gedacht: Verdammt, was geht denn *hier* ab?

»Aber ich hab überhaupt nichts bei Facebook gepost...« Weiter bin ich nicht gekommen, denn zeitgleich hat er bereits gemurmelt, das Abstreiten könne ich mir sparen.

»Einigen wir uns einfach drauf, dass du sicher deine Gründe gehabt haben wirst. Auch wenn ich mir nicht vorstellen kann, was einen zu so einem Vertrauensbruch treibt, aber meinetwegen ... Vielleicht hat Anna-Constanza dich mal wieder geärgert und du wolltest ihr das heimzahlen, indem du meine Eltern beleidigst, oder was auch immer. Khalas. Ist mir auch egal.«

»Aber ich hab wirklich nichts über deine Eltern geschrieben ...« Ich hab gemerkt, wie mir vor lauter Empörung über Naels ungerechte Anschuldigungen die Tränen in die Augen gestiegen sind, und das hat mich dann wieder so sauer gemacht, dass ich ihn genauso zornig angefahren hab wie er vorher mich. »Und außerdem: Was unterstellst du mir da eigentlich? Glaubst du im Ernst, ich würde mit dir an einem Tag stundenlang Hand in Hand an der Elbe langlaufen und dann am nächsten Tag so etwas posten? NATÜRLICH NICHT!! Und davon abgesehen *bin* ich überhaupt nicht bei Facebook! Ich hab Insta und Whatsapp, aber das war's dann auch schon ...«

»Was?« Nael hat mich irritiert unterbrochen und ich hab schnaubend den Kopf geschüttelt.

»Herrgott, ich bin nicht auf Facebook und ich war da auch nie!! Und wenn du mir nicht glaubst, frag doch Levke oder Vanessa oder Aylin – die wissen das *alle!* Sogar Nico! Oder frag meine Mutter! Die hat mir als Belohnung dafür sogar mal ein Bücher-Abo geschenkt, weil sie immer denkt, dass es in den sozialen Medien von Perversen nur so wimmelt. Also, frag sie! Ruf sie an! Ruf meinetwegen meine ganze Klasse an!«

»Aber ...« Nael hat kurz gezögert und mir dann einen verwirrten Blick zugeworfen. »Aber Anna-Constanza hat mir den Eintrag doch gezeigt. Mit Datum und allem, und ich kann mir einfach nicht vorstellen, dass sie ... Ich mein, warum sollte sie das faken? Gut, vielleicht war sie davon genervt, dass ich ab und zu von dir erzählt hab, aber ...«

Nael hat abgebrochen und kurz darauf haben sich seine Augen erschüttert geweitet. »Oh, fuck. Du meinst, sie hat tatsächlich ein falsches Facebook-Profil angelegt, nur weil ich ihr gegenüber ein paarmal erwähnt hab, dass ich dich süß fand?«

»Äh, was??« Diesmal war es an mir, Nael ungläubig anzusehen. »Du hast gegenüber deiner Pflegeschwester ein paarmal erwähnt, dass du mich süß ... äh, ich mein ... *Das* hast du wirklich gesagt?«

Ich hab Nael verdattert angeguckt und ich schwör dir, für eine Sekunde hatte ich trotz der Dunkelheit das Gefühl, er würde rot werden. Aber kurz darauf hatte er sich leider schon wieder im Griff und hat nur kopfschüttelnd gemurmelt, na ja, so genau könne er sich da jetzt nicht mehr dran erinnern. »Ich mein, kann schon sein, aber ... Das ist natürlich schon ziemlich lange her und daher ...«

»Ja, klar. Stimmt. Das ist echt schon lange her.«

Mist.

Ich hab innerlich einen Fluch unterdrückt und dabei fieberhaft nach einem lockeren Spruch gesucht, um mir die Enttäuschung in meiner Stimme nicht allzu sehr anmerken zu lassen, aber mir ist einfach keiner eingefallen. Na, und Nael anscheinend auch nicht, weshalb wir dann ein paar schrecklich lange Minuten stumm nebeneinandergesessen haben, bis er irgendwann aufgestanden ist und stöhnend gesagt hat, so langsam würde ihm einiges klar werden.

»Aber noch mal zurück zu dieser Facebook-Sache. Wenn du das wirklich nicht geschrieben hast, das über meine Eltern, dann war das damals mit dem Anruf vor dem Kino ... Ich mein, als du mich damals angerufen hast, um mir zu sagen, dass du seit anderthalb Stunden im strömenden Regen vor dem Kino stehst und auf mich wartest, da standest du wirklich ...?« Nael ist stehen geblieben und hat mich besorgt angesehen und ich hab seufzend genickt.

»Da stand ich wirklich seit anderthalb Stunden im strömenden Regen und hab auf dich gewartet. Yep.«

»Oh, verdammt! Shit ...« Nael hat fluchend den Kopf geschüttelt und dabei so ausgesehen, als würde er jetzt am liebsten irgendetwas zertrümmern, und zwar etwas möglichst Großes, und deswegen hab ich schnell gemurmelt, na ja, *so* dramatisch sei das mit der Warterei ja nun auch nicht gewesen.

»Klar, irgendwie war's natürlich schon ätzend, aber dass ich keinen Schirm mithatte, war ja im Grunde meine eigene

Schuld und außerdem hätte ich ja auch reingehen können und ...«

Eigentlich wollte ich noch weiterreden, aber da hat Nael mich schon mit einem stöhnenden »Mia, hör auf!« unterbrochen.

»Es ist doch vollkommen egal, ob du einen Schirm dabeihattest oder nicht! Ich hätte dich da überhaupt nicht so lange warten lassen dürfen! Verflucht! Malla ghalta!«

»Malla ...?« Ich hab Nael angesehen und er hat seufzend den Kopf geschüttelt. »Das heißt, dass ich ganz schön bescheuert gewesen bin! Dabei hab ich eigentlich gewusst, dass du so was nie schreiben würdest! Aber als du auf meine Whatsapp-Nachrichten nicht reagiert hast, da hab ich gedacht, vielleicht hast du ja doch keinen Bock, mit mir ins Kino zu gehen, und dann war da auf einmal Anna-Constanza mit dieser ätzenden Facebook-Seite und ... Gott, ich war so blöd!!!«

Nael hat sich fluchend gegen die Stirn geschlagen und ich muss zugeben, beim Anblick seines grimmigen Gesichtsausdrucks habe ich tatsächlich für einen klitzekleinen Moment so etwas wie Genugtuung verspürt, aber das war nach einer Sekunde schon wieder vorbei.

»Hey, vielleicht sollten wir einfach *beide* mit den Selbstanklagen aufhören. Konnte ja niemand ahnen, dass Anna-Constanza tatsächlich so weit gehen würde. Dass sie da so viel Energie reingesteckt hat, das ist echt verrückt ...« Ich hab abgebrochen, weil mir erst da bewusst geworden ist, dass Anakonda wirklich verdammt viel Mühe dafür aufgebracht hat, um uns auseinanderzubringen, und Nael muss es wohl ähnlich gegangen sein, denn kurz darauf klang seine Stimme mindestens genauso belegt wie meine.

»Das ist echt unfassbar, oder?! Ich mein, ich hab schon

gemerkt, dass sie mich manchmal so komisch angeguckt hat, aber ich hab halt gedacht, das gibt sich wieder. Immerhin bin ich ja seit fast zwei Jahren in ihrer Familie und sich in den eigenen Pflegebruder zu verknallen, das ist doch echt ... Fuck! Mia, duck dich!!«

Im selben Moment ist neben uns eine Lawine von Steinen heruntergekommen und Nael hat instinktiv den Arm um mich gelegt und ich kann dir sagen, in dem Augenblick hätte ich es noch nicht mal schlimm gefunden, wenn uns einer davon getroffen hätte. Im Ernst! Da in Naels Arm habe ich mich nämlich so behütet und beschützt gefühlt wie schon seit Ewigkeiten nicht mehr, und wenn das der Preis dafür gewesen wäre, dass wir ...

Oh, sorry, ich muss Schluss machen. Gerade ist Nael nämlich aufgewacht und das bedeutet, dass es demnächst losgeht. Oh, Gott, bitte lass da oben bloß niemanden auf ihn warten! Jetzt, wo Nael und ich diese bescheuerte Facebook-Sache geklärt haben, will ich nämlich noch weniger als vorher, dass ihm irgendetwas passiert. Dafür fühlt sich das, was da jedes Mal in meinem Bauch geschieht, wenn er mich ansieht, einfach zu schön a...

Okay, ich muss jetzt aufhören, drück uns die Daumen, dass gleich alles gut geht und er in anderthalb Stunden wieder da ist.

Bye
deine Mia

Pico, den 28. Juli, noch immer nachts

Liebe Miss Shlimazl,

eigentlich wollte ich nicht mehr Tagebuch schreiben, weil ich Nael ja vorhin hoch und heilig versprochen hab, Batterie zu sparen, aber fuck, ohne halt ich's einfach nicht aus! Dafür sind die Dunkelheit und die Stille und die Kälte hier unten einfach zu unheimlich.

Gott, ich hasse Höhlen! Ich hab Höhlen schon immer gehasst! Okay, nicht die Höhlen, die ich früher gebaut hab, als ich klein war – die waren natürlich cool, so aus ganz vielen Decken und Kissen und mit umgedrehten Stühlen und so, aber echte Höhlen, wirklich, die kannst du mir schenken. Und zwar so was von! Mann, du glaubst nicht, was ich dafür geben würde, dass Nael endlich zurückkommt. Gefühlt ist er schon viel länger als vereinbart weg und allmählich drehe ich hier echt am Rad. Schließlich hätte er nach meiner Schätzung schon längst wieder zurück sein müssen! Aber okay ... Vielleicht gibt es ja auch eine ganz harmlose Erklärung dafür, dass er noch immer nicht wieder da ist. Vielleicht hat Vicki so fest geschlafen, dass er Ewigkeiten gebraucht hat, um sie wach zu kriegen, oder vielleicht hat Marco ihm auch einen Vogel gezeigt, als er ihn geweckt hat und ...

Oh, warte, ich hör was ... Oh, mein Gott, das ist Nael, das ist seine Stimme! Er ist wieder da. Endlich!!!! Und er hat Vicki und Marco mitgebracht. Gott, sie sind wirklich mitgekommen! Ja!

JA!!!

Pico, den 29. Juli, geschätzt früher Morgen

Liebe Miss Shlimazl,

sie sind da, sie sind wirklich da!!! Die letzte Stunde haben Nael, Marco, Vicki und ich damit zugebracht, uns gegenseitig auf den neuesten Stand der Dinge zu bringen, und das war auch bitter notwendig. Im Camp ist in der Zwischenzeit nämlich gigantisch viel passiert! Na ja, und da Marco es beim Verlassen des Camps tatsächlich fertiggebracht hat, die Powerbank aus Herrn Kincks Zelt mitgehen zu lassen, sind Vicki und die Jungs jetzt dabei, King Kongs Tablet wieder aufzuladen, was bedeutet, dass ich glatt noch Zeit zum Schreiben hab. Oh, Mann, ich trau mich kaum, es zu denken, aber vielleicht wird ja doch noch alles gut!!! Stell dir nur vor, wir kriegen King Kongs Tablet tatsächlich wieder zum Laufen und können Aylin dann eine Nachricht schicken und sie bitten, die Polizei zu informieren und dann ...

Oh, Mist! Marco meint gerade, er sei sich nicht sicher, ob es wirklich nur am Akku liegt. Verdammt! Gerade hab ich noch gedacht ... Aber egal. Besser, ich lenk mich mit Schreiben ab. Zumindest bis die anderen mit dem Tablet fertig sind. Okay ... Dann schildere ich vielleicht erst mal, wie Vicki und Marco auf die Sache mit der Leiche und dem bewaffneten Mann vor Herrn Kincks Wagen reagiert haben. Das war nämlich echt beeindruckend. Ich kann dir sagen, Marco war – zumindest für einen Moment – komplett sprachlos und Vicki hat Nael und mich so ungläubig angestarrt, als hätten wir ihr gerade mitgeteilt, dass wir die letzten Überlebenden einer geheimen Mars-Mission wären.

»In King Kongs Wagen lag eine *Leiche?* Eine echte Leiche? So mit Leichenstarre und allem Pipapo?«

»Mhm-hm. Die Umrisse konnte man zwar nicht richtig erkennen, weil die Plane so dick war, aber die Haltung war eindeutig. Und dann waren da auch noch die Schuhe, die unten rausguckten ...« Während ich beim Gedanken an die eingewickelte Gestalt ein Schaudern unterdrückt hab, hat Marco mich entgeistert angestiert.

»Äh, Moment mal! Das heißt, hier läuft irgendein Killer rum und murkst wahllos Leute ab? Boah! Alter, ich glaub, mir wird schlecht ...« Marco hat tatsächlich so ausgesehen, als wenn er sich gleich übergeben müsste, was Vicki prompt dazu veranlasst hat, die Augen zu verdrehen.

»Mann, das ist mal wieder so typisch für euch Kack-Nazis! Nach außen einen auf Brutalo machen, aber wenn's drauf ankommt, kotzen müssen ...«

»Hey!« Nael ist Vicki genervt ins Wort gefallen. »Könnt ihr mit dem Euch-gegenseitig-Anmachen vielleicht mal eine Pause machen? Nur 'ne halbe Stunde?«

»Scheiße, ja, Mann! Und außerdem bin ich kein Nazi, klar?« Marco hat Vicki verletzt angefunkelt, aber die hat nur höhnisch den Kopf geschüttelt.

»Ach, nein? Und warum hast du dir dann Hitlers Geburtstag auf den Rücken tätowiert, hm? Aus reiner Menschenfreundlichkeit, oder wie?«

»Das ist das Sterbedatum meiner Mutter, du Stock! Und wenn du dich jetzt in irgendeiner Form darüber lustig machen willst, dann ...« Marco ist zu Vicki herumgeschnellt und hat ihr seine Faust unters Kinn gepresst, aber zum Glück ist Nael zeitgleich bereits dazwischengegangen.

»Hey, sofort aufhören! Und zwar beide, klar? Solange keiner von uns weiß, ob die Leiche in Herrn Kincks Wagen King Kong oder Aaron ist, können wir euer Rumgezicke hier echt nicht gebrauch... «

»Sorry, aber eigentlich wissen wir das schon ...«

»Äh, was??« Nael hat verdutzt innegehalten und Marco und ich haben Vicki ebenfalls verdattert angestarrt.

»Wie jetzt?«

»Na ja ...« Vicki hat die Achseln gezuckt und sich dabei entnervt aus Marcos Rollgriff befreit. »Also Aaron ist es auf alle Fälle nicht. Mit dem hab ich mich vorhin nämlich noch unterhalten.«

»Du hast *was??*«

»Du hast dich mit Aaron unterhalten? Wo?«

Nael, Marco und ich haben Vicki wie eine Erscheinung angestarrt, woraufhin sie seufzend erwidert hat, na ja, sie hätte es ja selber creepy gefunden, aber als sie heute Nacht vom Klo zurückgekommen wäre, hätte er sie im Dunkeln plötzlich abgepasst.

»Erst hab ich mich natürlich höllisch erschrocken, weil man ja nicht damit rechnet, dass da in der Dämmerung plötzlich jemand vor einem steht. Aber als ich gesehen hab, dass es Aaron ist, hab ich mich ziemlich schnell wieder beruhigt ...«

»Das heißt, er lebt? Oh, mein Gott, er lebt! Aaron lebt!!« Ich hab meine Faust so begeistert hochgereckt, dass ich Marco damit meinen Ellenbogen ins Gesicht gepfeffert hab, aber glücklicherweise hat er es als einzige Reaktion bei einem stöhnenden »Mann, Mia!« belassen.

»Okay, und wann war das genau?« Nael hat Vicki fragend angeguckt und sie hat erwidert, das müsse ungefähr vor drei, vier Stunden gewesen sein. »Ich schätz mal, so 'ne halbe Stunde vor Mitternacht. Sah ziemlich fertig aus, der Typ, aber zumindest war er jetzt nicht verletzt oder so was ...«

»Aber was hat er da gemacht? Und warum ist er überhaupt weggelaufen?«

»Das würde ich ehrlich gesagt auch ganz gern mal wissen ...« Nael hat Vicki genauso neugierig angesehen wie ich, und während sich selbst Marco jeglichen blöden Spruch verkniffen hat, hat Vicki sich von der Hocke in den Schneidersitz gesetzt und dann gemurmelt, tja, *der* Teil der Geschichte sei allerdings etwas gewöhnungsbedürftig.

»Okay, ich schildere euch die Sache jetzt so, wie Aaron sie mir erzählt hat, weil ... Na egal, ihr versteht ja gleich, worum es geht. Also ... Anscheinend konnte er letzte Nacht nicht schlafen, weil Marco so geschnarcht hat, und deshalb ist er dann mitten in der Nacht noch mal raus. Na, und dabei hat er durch Zufall gesehen, wie Mel aus unserem Zelt gekommen ist. Aaron meinte, zuerst hätte er sich gar nichts dabei gedacht, aber am nächsten Morgen, als King Kong und Mel wegen des Diebstahls von deinem Notfallset so einen Aufstand veranstaltet haben, da ist ihm das dann doch komisch vorgekommen. Weil er ja in der Nacht gesehen hatte, dass sie beim Verlassen des Zelts so ein oranges Päckchen in der Hand hatte ...«

»Oh, mein Gott! Das war Mel? *Mel hat mein Notfallset gestohlen??«* Ich hab Vicki vollkommen entsetzt angestarrt und Nael und Marco sahen ebenfalls so aus, als ob sie die Info kaum glauben konnten.

»Äh, sorry, nur damit ich das jetzt richtig verstehe ...« Marco hat verwirrt den Kopf geschüttelt. »Das heißt, unsere Gruppenleiterin hat Mias Notfallmedikamente geklaut? Mit Absicht??«

Vicki hat stöhnend die Augen verdreht. »Natürlich mit Absicht! Was denkst du denn? Wie soll man denn jemandem was *ohne Absicht* klauen, hm?«

»Keine Ahnung. Was weiß ich denn ...« Marco hat eingeschnappt die Schultern gezuckt und kurz darauf haben wir alle eine Zeit lang geschwiegen, zumindest so lange, bis Nael irgendwann den Kopf geschüttelt hat.

»Verdammt. Also war es doch Mel und nicht King Kong.«

»Sieht ganz so aus. Oh, Mann ...« Ich hab einen tiefen Seufzer ausgestoßen, aber im selben Augenblick hat Vicki mich schon in die Seite gestupst und gemeint, etwas Gutes hätte die Sache immerhin doch: Wenigstens wüssten wir jetzt, wem man im Camp vertrauen könne und wem nicht.

»Und außerdem ... Also ehrlich gesagt hab ich dieser Minnie Maus mit ihrer Playmobil-Frisur ihre scheinbare Besorgnis um uns nie so ganz abgenommen!«

»Ich auch nicht!« Marco hat zähneknirschend genickt. »Wisst ihr übrigens, was diese Melanie mir über euch erzählt hat? Sie hat gesagt, Mia wäre ein emotionales Wrack und akut selbstmordgefährdet. Ach ja, und von dir, Vicki, sollte ich mich auch fernhalten, weil du aufgrund deiner Psychose schon mehrere Gebäude abgefackelt hättest ...«

»Ihr Ernst? *Das* hat sie dir gesagt? Dass ich 'ne Scheiß-Pyromanin bin??« Vicki hat Marco einen entrüsteten Blick zugeworfen und ich hab einen Moment gebraucht, bis Marcos Satz zu mir durchgedrungen ist, aber dann hab ich einen schnaubenden Fluch ausgestoßen. »Fuck! Die hat sie doch nicht mehr alle! Was für ein intrigantes Miststück!!«

»Aber echt!!« Vicki hat ungläubig aufgelacht. »Und Mia und mich hat sie auch vor dir gewarnt, und zwar, weil du so 'ne Art verkappter Vergewaltiger wärst!«

»Wow. Da hat sie ja wenigstens einmal die Wahrheit gesagt.«

»*Was??*«

»Echt? Du bist wirklich wegen Vergewaltigung hie...?« Weiter bin ich nicht gekommen, denn da hat Marco sich bereits johlend auf die Schenkel geklopft.

»Alter, Mia! Natürlich nicht! Das war ein Joke! Sehe ich etwa wie ein beschissener Vergewaltiger aus?«

»Na ja …« Ich hab mir die Antwort lieber verkniffen, aber zeitgleich hat Marco zum Glück schon gemurmelt, nein, der eigentliche Grund, weswegen er hier sei, wäre sein Vater, ohne den säße er jetzt warm und trocken zu Hause in Rahlstedt in seinem Zimmer.

»Ich kann euch sagen, der Typ ist so ein Arschloch! Wollt ihr wissen, was er gemacht hat, dieses miese Sackgesicht?«

Vicki hat ausgesehen, als ob ihr nichts ferner läge, als irgendetwas über Marcos Vater wissen zu wollen, aber Nael und ich haben beide genickt.

»Klar. Leg los!«

»Okay, also ob ihr's glaubt oder nicht, der alte Bock hat meine Mutter ein halbes Jahr vor ihrem Tod mit seinem

Zahnarzt betrogen. Mit seinem verfickten Zahnarzt! Na ja, und deswegen hab ich ihm dann das Auto demoliert. Aber so richtig! Mit ’ner Brechstange, die ich bei uns in der Garage gefunden hab. Wobei mein Vater im Grunde noch froh sein kann, dass ich mir nur sein Auto vorgeknöpft hab! Ich mein, das muss man sich mal geben! Meine Mutter kotzt sich während der Chemo die Lunge aus dem Leib und der Typ vögelt derweil irgendwelche blond gelockten Tunten in rosa Polohemden. Und ich hab die ganze Zeit versucht, dass Mama das nicht mitkriegt, aber dieser Scheißkerl, dieser verfickte Scheißkerl, den hat das überhaupt nicht interessiert ... Der war nachher noch nicht mal mehr im Krankenhaus, wo sie ... wo sie ...« Marco hat schluchzend die Fäuste geballt und dabei gar nicht gemerkt, wie ihm erst eine und dann noch zwei weitere Tränen die Wange heruntergelaufen sind, und ich hab betreten auf seine zitternden Schultern gestarrt und dabei gedacht, verdammt, manchmal können Eltern wirklich das Allerallerletzte sein.

»Tut mir leid ...« Ich hab schluckend meine Hand ausgestreckt, aber Marco hat sie so schnell abgeschüttelt, als hätte er sich daran verbrannt.

»Lass, okay?!«

»Klar. Ich wollte auch nicht ... Ich mein, ich wollte eigentlich nur ...« Ich hab abgebrochen, und während Marcos zusammengekrümmter Körper noch immer gebebt hat, als wäre er an eine Stromleitung angeschlossen, haben wir alle bestimmt zehn Minuten still auf dem steinigen Höhlenboden gesessen und nichts gesagt.

Na, und irgendwann, als das Zittern von Marcos Oberkörper weniger geworden ist und er schniefend hervorgestoßen hat, er würde jedem die Fresse polieren, der das, was hier gerade passiert sei, weitererzählen würde, hat Vicki dann ihre Stiefel aufgeschnürt und dabei vermeldet, okay, ehe das Ganze hier noch zu einer Psycho-Beichtstunde mutiere, würde sie doch lieber wieder auf Melanie und unsere momentane Situation zurückkommen.

»Also ... Wenn ich das richtig verstanden hab, Nael, glaubt ihr, dass Mel mit diesem Typen zusammenarbeitet, der euch vor King Kongs Auto mit der Waffe bedroht hat, richtig?«

»Yep.« Nael hat genickt und Vicki hat Nael und mich erneut fragend angeguckt.

»Gut, und warum? Ich mein, warum sind die beiden überhaupt hinter Mia her? Habt ihr dazu auch schon eine Theorie?«

»Na ja ... Eine ungefähre Vorstellung haben wir schon ...« Ich hab Nael einen zögernden Blick zugeworfen, weil ich mir nicht sicher war, inwieweit wir die beiden in die ganze Sache mit meinem Vater miteinbeziehen sollten, aber zeitgleich hat Marco mich bereits unterbrochen.

»Sorry, aber ... Mir fällt gerade ein, meint ihr, dieser komische Ersatzmann für King Kong, den Mel uns gestern Abend aufgetischt hat, hängt da auch mit drin?«

»Äh, was für ein Ersatzmann für King Kong denn?« Ich hab Marco fragend angeguckt, aber bevor der mir antworten konnte, hat Vicki schon gemeint, stimmt, das hätten sie uns ja noch gar nicht erzählt.

»Mel hat uns gestern Abend im Camp so einen Typen vorgestellt, der jetzt anstelle von Herrn Kinck die Kohortenleitung übernommen hat. Ich glaub, er hieß irgendwas mit Z...«

»Mit Z?«

Nael hat Vicki und Marco nachdenklich gemustert und Marco hat sich mit einer schnellen Bewegung die letzte

Träne von der Wange gewischt und dann die Achseln gezuckt.

»Ja. Glaub schon. So ’n großer, dunkelhaariger Typ mit ziemlich schlechter Laune. Mel meinte, er wäre kurzfristig für King Kong eingesprungen, weil der rüber nach Faial ins Krankenhaus musste. Wegen Aarons ...«

Aber da hat Vicki Marco bereits mit einer schnellen Geste unterbrochen. »Nicht bewegen, Marco, okay?!«

Während Nael und ich Marco noch immer ungläubig angeblickt haben, ist Vicki ihm vorsichtig mit der Hand durchs Haar gefahren und Marco ist unter ihrer Berührung unwillkürlich zur Salzsäule erstarrt.

»Scheiße, Vicki, was tust du da?«

»Warte, gleich ... Keine Angst, meine Kleine! Ist ja alles gut! Na, siehst du ...« Vicki hat behutsam ein fünf Zentimeter langes Insekt aus Marcos blonden Haaren entfernt und es mit einer fast liebevollen Bewegung vor uns auf dem Höhlenboden abgesetzt und ich bin instinktiv so weit an die Wand zurückgewichen, wie ich konnte.

»Boah, muss das sein, Vicki? Das ist echt eklig!«

»Das ist überhaupt nicht eklig!!« Vicki hat den Kopf geschüttelt und mich dabei verständnislos angesehen. »Das ist ein total hübscher Hundertfüßler, der im Gegensatz zu seinen Verwandten in Asien noch nicht mal giftig ist. Ich mein, stell dir mal vor: Ohne Hundertfüßler gäb’s hier keine Azoren-Abendsegler und ohne Azoren-Abendsegler gäb’s hier wahrscheinlich auch keine ...«

»Okay ... ähem. Kann ich dann jetzt weiter ...?« Marco hat Vicki aufgrund dieses unerwarteten entomologischen Vortrags einen

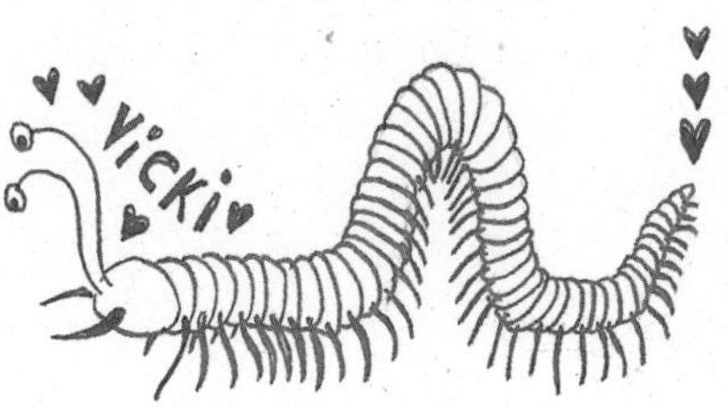

verwirrten Blick zugeworfen und kurzzeitig hatte ich den Eindruck, als wenn ihn ihre Berührung eben mehr durcheinandergebracht hätte, als er zugeben will. Aber wenig später klang seine Stimme dann schon wieder weitgehend normal. »Gut, also, Abendsegler hin oder her, auf alle Fälle hat Mel uns diesen Kerl als Vertretung für King Kong vorgestellt, aber wenn ihr mich fragt, war da irgendwas faul. Zumindest wirkte Mel tierisch nervös. Oder, Vicki?«

»Doch, schon.« Vicki hat ihren Blick seufzend von dem zu ihren Füßen umherhuschenden Hundertfüßler abgewandt und im selben Moment ist mir ein ziemlich gruseliger Verdacht gekommen.

»Wie sah dieser neue Kohortenleiter aus, habt ihr gesagt? Groß und dunkelhaarig?« Ich hab gemerkt, wie sich mein Puls innerhalb von Sekundenbruchteilen turbomäßig beschleunigt hat, aber bevor ich Marco noch fragen konnte, ob der Name des neuen Gruppenleiters vielleicht »Zimmer« lauten könnte, ist Nael mir schon mit einem entschuldigenden Blick ins Wort gefallen.

»Sorry, Mia, nur ganz kurz. Eins versteh ich noch nicht ganz, Vicki ... Wenn Mel euch vor ein paar Stunden diesen neuen Kollegen präsentiert hat – wie hat sie denn begründet, dass King Kong auf einmal nicht mehr aus Madalena zurückkommt? Ich mein, eigentlich war das doch der Plan. Dass er mit Aaron und Anna-Constanza am Abend ins Camp zurückkehrt, oder nicht?«

Nael hat Vicki irritiert angesehen und ich hätte bei der Erwähnung von Anna-Constanza fast aufgeschrien. Fuck! Die gibt's ja auch noch! Wie hab ich das nur vergessen können?? Irgendwie ist mir die ganze Anna-Constanza-Sache mittlerweile wie aus einem anderen Leben vorgekommen. Aber ehe ich darüber nachdenken konnte, ob das jetzt gut oder schlecht ist, hat Vicki Nael schon geantwortet, dass Aaron laut Mel am Nachmittag plötzlich eine Blinddarmentzündung bekommen hätte, und da war ich dann schlagartig wieder beim Thema. Ich mein, was für eine Chuzpe?! Diese Melanie ist wirklich eine Meisterin im Lügen!

»Sie hat echt gesagt, dass Herr Kinck nicht mehr ins Lager zurückkommt, weil Aaron eine Blinddarmentzündung hat? *Das* war ihre Erklärung?«

»Yep ...« Vicki hat seufzend genickt. »Weil King Kong ihn mit der Fähre nach Faial ins Krankenhaus bringen muss. Ach ja, und diese Anna-Constanza hat sie überhaupt nicht mehr erwähnt. Keine Ahnung, was mit der ist ...«

»Und ihr fandet, das klang glaubwürdig??« Nael hat Marco und Vicki einen zweifelnden Blick zugeworfen, woraufhin zuerst Vicki und dann auch Marco den Kopf geschüttelt haben.

»Nee, rückblickend betrachtet natürlich nicht. Aber gestern Abend, als wir die ganze Story von euch noch nicht kannten, also da irgendwie schon. Hätte ja theoretisch auch sein können ...« Marco hat sich prüfend durchs Haar gewuschelt, um eine erneute Insektenattacke auszuschließen, und ich hab Vicki nachdenklich angesehen.

»Okay, aber ... Was ich noch immer nicht schnalle, ist Aarons Rolle in dem Ganzen. Ich mein, wenn er Mel in der Nacht mit meinem Notfallset gesehen hat, warum hat er sie dann nicht gleich am nächsten Morgen zur Rede gestellt?«

»Na ja, das hat er wohl ...« Vicki hat ihre lila gefärbten Haare mit der Hand zu einem lockeren Dutt zusammengedreht.

»Das hat er? Okay, und was hat sie dazu gesagt?«

»Tja, nicht unbedingt viel. Aber dafür ist das, was sie anschließend getan hat, umso interessanter.«

»Gut, und was *hat* sie anschließend getan?« Nael hat Vicki ungeduldig angeguckt und die hat erstaunlich ungerührt die Schulter gezuckt.

»Na ja, sie hat versucht, ihn abzuknallen.«

»Sie hat *was??*«

»Als ob?!«

»Oh, mein Gott! Sie hat auf ihn geschossen??« Ich hab erschrocken nach Luft geschnappt, aber Vicki hat im selben Moment schon ein »Hey, alles gut ...« von sich gegeben.

»Sie hat's ja nicht geschafft. Sonst hätte er ja vorhin nicht auf einmal vor mir stehen können.«

»Aber ... Sie hat wirklich versucht, ihn zu tö… auf ihn zu schießen, mein ich?« Irgendwie hab ich das Wort »töten« nicht rausbekommen, aber netterweise hat Vicki sich jeden Kommentar deswegen verkniffen und nur kopfschüttelnd gemurmelt, tja, so wie Aaron ihr die Sache erzählt hätte, hätte sie zwar eine Waffe gezogen, aber nicht damit geschossen.

»Also letztlich war es wohl so, dass Aaron sie gestern Morgen, bevor dieser ganze Nerv in der Jurte losging, zur Rede gestellt hat, dass er das mit dem Notfallset wüsste, und da hat sie plötzlich eine Pistole gezückt und gemeint, er solle sich jetzt umdrehen und ganz langsam in Richtung Wald gehen. Na, und in dem Moment ist er natürlich abgehauen ...«

»Ach, du Scheiße!«

»Krass, die Frau hat echt nicht mehr alle Latten am Zaun!« Während Marco fasziniert den Kopf geschüttelt hat, hab ich Vicki noch immer völlig von der Rolle angestarrt.

»Und was ist dann passiert?«

»Na ja, Aaron meinte, anschließend sei er erst mal wie so ein Irrer durch den Wald gehetzt, so lange, bis er irgendwann gemerkt hat, dass er sich verlaufen hat. Und weil er nicht wusste, was er sonst tun soll, so ohne Geld und Handy, hat er sich dann einen Unterschlupf in einer Höhle gesucht. Tja, und da hockt er jetzt wahrscheinlich noch immer und wartet darauf, dass ich ihm im Laufe der Nacht was zu essen und eine von Mels Wanderkarten vorbeibringe. Das hab ich ihm gestern Abend nämlich versprochen ...«

»Du *weißt*, wo er ist? Oh, mein Gott. Du weißt, wo er ist!!! Dann nichts wie hin da!« Ich hab in einem Anfall von Euphorie aufzuspringen versucht, was aber leider nur dazu geführt hat, dass ich kurz darauf mit einem lauten »Au!« wieder umgeknickt bin. Aber egal, das ist jetzt auf alle Fälle unser Plan: Sobald Marco das Tablet zum Laufen gebracht hat, verbindet Nael mir mit dem mitgebrachten Verbandszeug aus dem Camp den Fuß und dann machen wir uns zu viert auf den Weg zu Annikas Höhle. Puh! Na ja, und dann ...

Oh, Vicki meint gerade, ich soll aufhören zu schreiben, weil wir jetzt loswollen. Anscheinend konnte Marco das Tablet nur zu 2 % aufladen, weil die Powerbank so gut wie leer war, aber Vicki meinte eben, sie wollen trotzdem unterwegs versuchen, eine Nachricht abzusetzen – allerdings nur, wenn wir uns sicher sind, dass da draußen auch irgendwo Netz ist. Oh, drück uns bloß die Daumen, dass das klappt! Und auch, dass wir Aaron finden, ehe Mel und der Typ aus dem Wald uns zuvorkommen. (Was ich mir allerdings lieber NICHT vorstellen will ...)

An: w.kinck@ftf-reisen.de
Von: Aylin Yildiz
Gesendet: 29. Juli, 7.12 Uhr
Betreff: Re: Wir sind in einer Lavahöhle gefangen!

Oh, mein Gott, Mia,

ich hab eben deine Mail bekommen und jetzt mache ich mir voll die Sorgen! Seid ihr noch immer in dieser Lavahöhle? Oder konntet ihr euch inzwischen befreien? Und warum seid ihr überhaupt dadrin? Kann man da nicht einfach wieder rausklettern? 😱😱😱
Mann, ich bin total unsicher, was ich jetzt tun soll! Schließlich will ich auch nicht überreagieren. Vielleicht seid ihr da ja auch schon längst wieder draußen und dann komm ich und mach hier voll den Aufstand, und das, wo ja eigentlich niemand wissen soll, dass wir uns schreiben. Aber andererseits klang das mit der Blutlache schon extrem übel, und wenn ihr jetzt wirklich in einer Höhle gefangen seid, dann ... Okay, ich glaub, ich weiß, was ich jetzt mache. Ich ruf bei diesen FTF-Leuten in Deutschland an und tu so, als müsste ich dich dringend erreichen. Ja, genau das mach ich. Warte, ich guck nur kurz, wie da die Öffnungszeiten sind ...
Gut, also, im Moment ist das Büro zwar noch nicht besetzt (hier in Italien ist es nämlich erst sieben Uhr morgens), aber in zwei Stunden müsste jemand da sein. Hoffentlich! Und nur zur Info:

Was bei mir hier gerade abgeht, ist auch ziemlich wahnsinnig! Seit zwei Tagen streite ich mich nämlich ständig mit meinen Eltern, weil die andauernd wollen, dass ich mit ihnen zum Strand gehe. Aber weil ich dann ja nicht für dich erreichbar wäre, hab ich mich geweigert und du glaubst nicht, was die daraufhin für ein Theater abgezogen haben! Mein Vater hat rumgebrüllt, dass ich den ganzen Familienurlaub, für den er so hart gearbeitet hat, ruinieren würde, und meine Mutter hat so laut geheult, dass sich am nächsten Tag sogar die Nachbarn beschwert haben. Peinlicher geht's nicht!

Gestern war ich dann so fertig mit den Nerven, dass ich kurzzeitig überlegt hab, ob ich nicht doch mit ihnen an den Strand gehe, nur damit sie endlich Ruhe geben und nicht mehr ständig rummeckern. Aber jetzt bin ich total froh, dass ich hiergeblieben bin! Und zwar nicht nur wegen deiner Nachricht eben, sondern wegen noch was anderem. Etwas, das mich ziemlich umgehauen hat. Weißt du nämlich, wer mich vor drei Stunden angeschrieben hat? Es war --- Frau Wolgast! Unfassbar, oder?!

Ich kann dir sagen, zuerst war ich völlig perplex, auch weil ich mir überhaupt nicht erklären konnte, woher sie meine Handynummer hat[21], aber dann war das, was sie mir geschrieben hat, so krass, dass ich glatt vergessen hab, sie

---

21 Und ehrlich gesagt finde ich die Tatsache, dass sie sie hatte, auch noch immer ziemlich verstörend.

danach zu fragen, denn ... Du wirst es nicht glauben, aber anscheinend macht sie sich tierische Sorgen, weil sie seit Tagen nichts von dir gehört hat. Ja, du hast richtig gelesen: *Sie* hat nichts von *dir* gehört! Kannst du dir das erklären? Eigentlich dachte ich ja, dass sie *dir* nicht geschrieben hätte, aber jetzt stellt sich heraus, dass es in ihren Augen genau umgekehrt ist. Glaubst du, irgendjemand könnte ihre Mails an dich abgefangen haben? Vielleicht diese Mel? Oder dieser Volvo-Typ?
Wie auch immer – auf alle Fälle hab ich ihr erst mal zurückgesimst, dass ich zurzeit ebenfalls Probleme hätte, dich zu erreichen, dass du ihr aber meines Wissens nach täglich eine Nachricht geschrieben hättest, und daraufhin wirkte sie *noch* beunruhigter als vorher. Na ja, und weil ich gedacht hab, wenn ich sie schon mal an der Angel hab, kann ich ihr auch gleich noch mal ein bisschen auf den Zahn fühlen, hab ich mich dann erkundigt, warum sie eigentlich so abrupt aus ihrer Praxis ausgezogen ist und im Internet nirgendwo als Psychotherapeutin auftaucht. Tja, und danach herrschte dann erst mal Funkstille. Und zwar fast eine Stunde lang. So, als ob sie erst einmal überlegen müsste, was sie jetzt macht.
Aber anschließend hat sie sich doch wieder gemeldet und geschrieben, es sei alles viel komplizierter, als ich mir vorstellen könne. Und als ich ihr zurückgesimst habe, dass sie schon ein bisschen konkreter werden muss, wenn sie will, dass ich ihr helfe, hat sie gemeint, das Einzige,

was sie mir mitteilen könne, sei, dass sie gerade versuchen würde, deinen Vater zu unterstützen, der sich leider in eine ziemlich schwierige Situation manövriert hätte. Ach ja, und wenn du mehr darüber wissen möchtest, würde sie dir raten, nach dem richtigen Weg zu suchen. Hat sie wirklich so geschrieben: »Richte Mia bitte aus, wenn sie mehr erfahren möchte, soll sie so schnell wie möglich nach dem richtigen Weg suchen.«

Okay, und ehe du mich jetzt fragst, was das bedeuten soll – ich weiß es nicht! In meinen Augen hört sich das absolut kryptisch an, aber mehr war nicht aus ihr rauszukriegen. Inzwischen hab ich ihr noch zweimal geschrieben – einmal, um sie zu fragen, warum sich dein Vater nicht direkt mit dir in Verbindung setzt, und das zweite Mal, um mich zu erkundigen, warum sie mir auf einmal nicht mehr zurückschreibt –, aber seitdem hab ich nichts mehr von ihr gehört. Keine Whatsapp, keine SMS, kein gar nichts. Dabei ist meine letzte Nachricht an sie schon Stunden her. Aber ich verspreche dir, sobald ich wieder etwas höre, gebe ich dir sofort Bescheid!

Oh, und noch was. Das hätte ich über der ganzen Aufregung fast vergessen: Gestern habe ich beim Imbiss noch einmal gezielt die Orte gegoogelt, die du vor drei Tagen in deiner Mail erwähnt hast. Du weißt schon, die Städte, in denen dein Vater früher gearbeitet hat. Tja, und als ich *Homs* und *Masyaf* in die Suchzeile eingegeben hab, bin ich auf etwas gestoßen, das mich ganz schön schockiert hat: Wusstest du, dass beide Orte

inzwischen von den Israelis beziehungsweise den Amerikanern bombardiert worden sind? Und zwar, weil Israel beziehungsweise die USA dort – halt dich fest! – Giftgasfabriken vermuten? Wirklich wahr!!! Letztes Jahr haben die Israelis Bomben auf eine Fabrik in Masyaf in West-Syrien geworfen und dieses Jahr haben die Amis eine Fabrik in Homs, nur fünfzig Kilometer von Masyaf entfernt, in Schutt und Asche gelegt. Das ist doch nie im Leben ein Zufall!! Oh, Mia, in was bist du da bloß reingeraten??
Diese ganze Chemiewaffengeschichte ist der totale Horror! Inzwischen hab ich noch ein bisschen mehr recherchiert, und was ich dabei herausgefunden habe, ist echt schrecklich. Allein bei dem Nervengasanschlag 2013 in Syrien gab es über 1.500 Tote. Darunter 426 Kinder! Die meisten Kinderleichen, die da auf den Fotos im Internet zu sehen waren, trugen sogar noch ihre Nachthemden! Wer macht so etwas bloß?!? Ich mein, das waren Kinder! Kleine Kinder, die zum Zeitpunkt des Anschlags völlig ahnungslos in ihren Betten geschlafen haben und die ein paar Stunden später qualvoll im Giftgas erstickt sind!
Und deutsche Firmen haben bei der Produktion von diesem Gift sogar noch mitgeholfen! Das stand nämlich auch im Internet. Deutschland hat Syrien vor Beginn des Bürgerkriegs anscheinend 2.400 Tonnen einer Schwefelsäure geliefert, die zur Produktion des Giftgases Sarin genutzt werden kann! Dabei reicht ein Tropfen Sarin schon aus, um einen Menschen zu töten! Das muss man sich mal

reinziehen! Und 2014 waren deutsche Firmen anscheinend wieder an der Lieferung irgendwelcher Grundstoffe für die Giftgasproduktion nach Syrien beteiligt. Giftgase, mit denen 2017 in einer Stadt namens Khan Scheikhun wieder Dutzende von Menschen getötet worden sind. Gott, das ist so gruselig! Oh, bitte, Mia, pass bloß auf dich auf, ja? Ich will dich nämlich nicht verlieren!!! Ich bin doch so froh, dass wir uns gefunden haben!!!

So, und jetzt mach ich besser Schluss, ehe ich hier noch einen Heul-Flash kriege, der sich gewaschen hat. Gott, kommt dir das alles nicht auch völlig verrückt vor? Ich mein, bei Shirin hab ich mal einen Thriller auf Netflix geguckt, der von Agenten im Nahen Osten handelte, die einen Chemiewaffen-Anschlag verhindern wollten. Der war ab 16! *Das heißt, das, mit dem wir uns hier herumschlagen, dürften wir uns theoretisch noch nicht mal im Fernsehen angucken!* Wow! Das ist so krank!
Aber gut, wir können es nicht ändern, also halt die Ohren steif! Und falls du noch in der Höhle bist: Halt durch! Und wenn nicht – schick mir eine Nachricht! Ich melde mich, sobald ich in Sachen FTF-Reisen weitergekommen bin.

Deine Aylin

(von unterwegs gesendet)

An: w.kinck@ftf-reisen.de
Von: Aylin Yildiz
Gesendet: 29. Juli, 11.08 Uhr
Betreff: Mist, Mist, Mist!!!!

Scheiße Mia,

ich bin's wieder! Inzwischen haben wir schon Vormittag, aber hier klappt überhaupt nichts! Gerade hab ich zum x-ten Mal versucht, die FTF-Leute in Hamburg anzurufen, aber da geht einfach niemand ans Telefon und auf meine Mail vorhin kam auch nur eine automatische Antwort, in der stand, dass sie erst morgen wieder erreichbar wären, weil sie heute einen Betriebsausflug in den Hansa-Park machen würden. Wer macht denn so was? Ich mein, ist der Hansa-Park nicht eigentlich was für Kinder??! Aaaarrrr!!!!!!
Danach hab ich stundenlang überlegt, was ich jetzt machen soll, aber irgendwann hab ich dann gedacht, egal, ich ruf jetzt bei der Polizei in Madalena an und frag die, ob bei euch im Camp alles in Ordnung ist. Aber das entwickelt sich gerade zu einem viel größeren Problem, als ich gedacht habe!
Zuerst hat bei der Telefonnummer, die ich im Internet gefunden hab, nämlich niemand abgehoben, und als dann *endlich* jemand abgehoben hat, hat die Frau mich überhaupt nicht verstanden. 
Dabei hab ich Eins-a-Schulenglisch geredet! Aber sie hat immer nur irgendetwas Portugiesisches wiederholt, das wie »Me desculpe, eu não a

entendo!« klang, was übersetzt wohl so viel wie »Tut mir leid, aber ich verstehe Sie nicht« bedeutet. (Ich hab's gegoogelt.) Na, und nachdem ich dann gefragt hab, ob sie nicht irgendjemand anders an den Apparat holen könnte, der mich besser versteht, hat sie ganz freundlich »tomorrow, tomorrow« gesagt und einfach aufgelegt. Ich sag dir, ich bin fast kollabiert!

Anschließend habe ich mich so krass hilflos gefühlt, dass ich in einem Anfall von Verzweiflung zum Wohnwagen meiner Eltern zurückmarschiert bin und da versucht hab, Mama und Baba die ganze Situation zu erklären, aber das hat leider auch nichts gebracht. Während ich geredet hab, hat meine Mutter nämlich nur kopfschüttelnd im Wohnwagen gesessen und die ganze Zeit »Sen neler söylüyorsun?« (also: »Was redest du denn da?«) gemurmelt und Baba hat erst so getan, als wenn er mir glauben würde, um dann aber plötzlich wutentbrannt aufzuspringen und mir anzudrohen, mich gleich hier und jetzt im Urlaub zu einem Arzt zu schleppen, damit der einen Drogentest mit mir macht. Ist das noch zu fassen? 
Ab und zu frage ich mich wirklich, auf welchem Planeten meine Eltern eigentlich leben! Für die beiden gibt es immer nur Schwarz und Weiß und nie irgendetwas dazwischen: Entweder du bist die tollste Tochter von allen, weil du deiner Mutter im Haushalt hilfst und später mal Ärztin werden willst – oder du bist ein »verkommenes Mädchen«, das man sofort zum Drogentest schleifen muss. Ich

sag dir, Mia, das kotzt mich dermaßen an, das kannst du dir gar nicht vorstellen!!!
Aber gut, egal ... Irgendwann war ich auf alle Fälle so außer mir vor Wut und Enttäuschung über ihre bescheuerte Reaktion, dass ich vor ihren Augen in Tränen ausgebrochen bin, und weißt du, was meine Mutter daraufhin zu meinem Vater gesagt hat? »Ben sana söylemiştim, bu sıcakta şapkaya ihtiyacı var, ona kesinlikle güneş çarpması!«
Übersetzt: »Ich hab doch gesagt, sie braucht bei der Hitze einen Hut! Sie hat bestimmt einen Sonnenstich!«
Oh, Mia! Du glaubst gar nicht, wie nutzlos ich mir gerade vorkomme! Aber irgendwas fällt mir bestimmt noch ein, um euch zu helfen. Und bis dahin warte ich einfach weiter hier am Imbiss – und zwar egal, was meine Eltern dazu sagen. Notfalls auch den ganzen Tag! Also melde dich, sobald du kannst. Ich bin hier und überlege weiter, was ich tun kann.

Deine Aylin

(von unterwegs gesendet)

Pico, den 30. Juli, kurz nach Sonnenaufgang

Liebe Miss Shlimazl,

jaaaaaaaa!!!! Wir haben es geschafft – wir sind in Annikas Höhle! Und das trotz des Unwetters, das seit Stunden über uns tobt und das ECHT, ECHT heftig ist. Und das ist noch nicht alles! Ich kann's gar nicht fassen, aber eben sind Marco und Vicki trotz Starkregen, Schlammfluten und Orkanböen erneut nach oben geklettert und haben versucht, Herrn Kincks Tablet im Schutz der Bäume zum Laufen zu kriegen, und dabei hat sich herausgestellt, dass Aylin mir tatsächlich zwei Mails geschickt hat. Das heißt, sie hat meinen Notruf erhalten!

Blöderweise hat das Tablet, dreißig Sekunden nachdem die beiden die Mails gelesen haben, endgültig den Geist aufgegeben, was bedeutet, dass wir jetzt keinerlei Chance mehr haben, mit irgendjemand Kontakt aufzunehmen, aber vielleicht sind wir in ein paar Stunden schon in Sicherheit und dann brauchen wir das Tablet eh nicht mehr. Gott, wäre das schön!!! Endlich wieder zu Hause zu sein und Mama und Papa wiederzusehen und auf Klo gehen zu können und nicht mehr frieren zu müssen und was Trockenes zum Anziehen zu haben und was zu essen und ... Oh, Mist! Jetzt kommen mir schon wieder die Tränen, fuck ... Gib mir eine Sekunde!

Okay, jetzt geht's besser, tut mir leid. Zurzeit ist mein Seelenzustand wirklich das Gegenteil von stabil, aber das ist nach dem ganzen Schrott hier wahrscheinlich auch kein Wunder. Außerdem befürchte ich, dass ich allmählich einen waschechten Höhlenkoller entwickele. Allein schon dieser eklige Modergeruch hier unten. Wie in einer Gruft! Und dann die Dunkelheit und diese fiesen fiepsenden Geräusche, bei denen du nicht weißt, woher sie kommen. Uahh!!! Welcome to Zombieland!

Und erst der Weg hierher! Ich sag dir, das war echt grenzwertig! Wer schleicht[22] schon gern nachts durch einen unbekannten Nadelwald, in dem jederzeit ein Mörder auf einen schießen könnte? Ich zumindest nicht. Vor allem nicht, wenn es dann auch noch volles Rohr zu gewittern anfängt. Ich mein, eigentlich liebe ich Gewitter ja, besonders,

22 Wobei objektiv betrachtet von »schleichen« natürlich keine Rede sein konnte, eher von auf Marco und Nael gestütztem Hüpfen, aber du weißt schon, wie ich's meine.

wenn man mit einer heißen Tasse Kakao drinnen sitzen und sich das Ganze gemütlich vom Fenster aus anschauen kann. Aber sich völlig ungeschützt in einem nächtlichen Gewitterregen draußen aufhalten zu müssen, nur mit einem hässlichen Panda-T-Shirt und einer klitschnassen Jeans bekleidet, das ist definitiv eine ganz andere Nummer!

Und dann noch die Lautstärke! Das war so krass!! Alle paar Sekunden hat es so laut gedonnert, dass einem fast das Trommelfell geplatzt ist, und gleichzeitig ist der Regen so gewaltig vom Himmel geprasselt, dass man kaum noch etwas sehen konnte, es sei denn, es hat geblitzt. Dann war auf einmal alles taghell, aber halt nur für ein paar Sekundenbruchteile, bis es sofort wieder stockdunkel geworden ist und losgedonnert hat. Ich kann dir sagen, nach fünf Minuten Marsch im Platzregen waren wir alle pitschnass bis auf die Knochen, und weil wir uns wegen der Blitzgefahr noch nicht mal unter den Bäumen unterstellen konnten, sind wir nur stumm und frierend weitergehinkt, wie so ein Trupp verwundeter Soldaten nach einer verlorenen Schlacht.

Na, und als wir dann endlich aus dem Wald raus waren, haben die Schwierigkeiten im Grunde erst so richtig angefangen. Durch den starken Regen war das ganze Lavafeld hinter dem Sicheltannenwald nämlich völlig aufgeweicht und wir sind ständig in dem ganzen Matsch und Geröll ausgerutscht. Na ja, und an einer Stelle hat Marco sich dann volle Kanne hingelegt und mich mit sich gerissen und Vicki, die ein paar Meter vor uns gegangen ist, hat das noch nicht mal bemerkt.

»Scheiße! Vicki, halt an! Marco und Mia sind hingefallen!« Nael hat sofort versucht, mir wieder aufzuhelfen, aber Vicki ist erst mal weitergelaufen, weil sie Naels Ruf in dem

Unwetter überhaupt nicht gehört hat. Also musste Nael es noch mal lauter probieren. »Vicki! STOPP!!«

Zwanzig Meter entfernt ist Vicki dann doch noch stehen geblieben und hat auf uns gewartet und gleichzeitig hat Marco es irgendwie geschafft, sich in der Schlammwüste wieder aufzurichten, aber ich hatte beim Aufstehen das Gefühl, als wenn jemand eine Axt in mein Bein gerammt hätte. Das hat so wehgetan, das war echt heavy! Na, und als ich dann einen Blick auf mein Bein geworfen habe, hab ich gesehen, dass ich bei dem Sturz wohl direkt auf ein paar scharfkantige Felsbrocken gefallen sein muss, zumindest haben mein Knie und mein Oberschenkel geblutet wie Sau. Aber weil ich nicht schon wieder die tollpatschige Mia sein wollte, die sich ständig wehtut und alle anderen damit aufhält, hab ich mein Hosenbein schnell runtergezogen und auf Naels Frage, ob ich mir wehgetan hätte, einfach so getan, als ob alles in Ordnung wäre.

»Alles bestens.«

»Wirklich? Zeig doch mal her!«

»Nee, lass mal! Geht schon ...« Während ich Nael betont munter zugenickt habe, hat er mich noch mal skeptisch gemustert, aber gleichzeitig hat Marco Vicki bereits zugerufen, ob sie ihn mal ablösen könne, und das hat Naels Aufmerksamkeit zum Glück von mir abgelenkt.

»Ja, kein Problem. Ich komm zu euch!« Vicki ist, sich mit aller Kraft gegen den Wind stemmend, zu uns zurückgestratzt und hat mich an Marcos Stelle untergefasst und ich hab instinktiv aufgeatmet, weil mein Bein inzwischen so gepocht hat, dass ich echt Angst hatte, gleich umzufallen.

»Geht's, Mia?«

»Ja, wird bestimmt gleich besser. Tut mir nur leid, dass ich euch in den ganzen Mist überhaupt mit reingezogen hab ...«

»Quatsch! Ist doch cool hier! Wann erlebt man schon mal einen echten Hurrikan live und in Farbe?« Vicki hat mir zugezwinkert und meinen rechten Arm dann entschlossen um ihre Hüfte platziert, und während Nael dasselbe mit meinem linken Arm gemacht hat, sind wir zu dritt weiter durch den Regen gehumpelt – immer Schritt für Schritt, ganz langsam, um bloß nicht auszurutschen oder aus Versehen in einer der versteckten Felsspalten im Boden zu landen. Na ja, und irgendwann, nach einer halben oder Dreiviertelstunde, als ich schon das Gefühl hatte, unser Marsch durch die Lavawüste würde nie aufhören, ist der schwarze Schlamm dann in Wiese übergegangen und ich hätte vor lauter Erleichterung fast geheult. Vor allem, als Vicki uns beim Anblick eines abgestorbenen Baumstamms zugebrüllt hat, hier müsse Aarons Höhle irgendwo sein.

»Achtet mal auf zwei Hügel, die wie Kamelhöcker aussehen!«

»WAS HAST DU GESAGT?«

»ICH HAB GESAGT, HIER MÜSSEN IRGENDWO ZWEI HÜGEL SEIN, DIE WIE KAMELHÖCKER AUSSEHEN! WENN WIR DIE GEFUNDEN HABEN, IST AARONS HÖHLE GLEICH DAHINTER!« Weil der Sturm so tierisch laut war, musste Vicki mit aller Kraft gegen den Wind anschreien, aber als wir sie dann endlich verstanden hatten, waren wir alle mega erleichtert, weil wir natürlich gedacht haben, dass es jetzt nicht mehr allzu schwierig sein dürfte, Aaron zu finden. Aber von wegen!

Letztlich haben wir im strömenden Regen bestimmt noch anderthalb Stunden nach irgendwelchen Zwillingshügeln Ausschau gehalten – ohne Erfolg. Die einzigen Dinge, die wir unterwegs entdeckt haben, waren ein verrosteter Kühlschrank (den irgendjemand wohl mal hier entsorgt haben muss) und die Überreste einer verstorbenen Kuh, wobei Marco sich beim Anblick des halb verwesten Kuhkadavers so erschrocken hat, dass er fast noch einmal hingefallen wäre.

»FUCK! Seht ihr das? Das Ding da vorne? Boah, ist das krass! Scheiße, Alter ...« Marco hat Vicki einen aufgeregten Blick zugeworfen, aber die hat nur durch den Sturm zurückgebrüllt, er solle sich bloß nicht so anstellen.

»Das ist nur 'n totes Tier, okay? Nichts Besonderes.«

»Nichts Besonderes? Hast du sie noch alle? Guck dir das Teil doch mal an! Das sieht aus wie aus 'nem Horrorfilm!« Marco hat sich so misstrauisch umgeguckt, als könne hinter uns jederzeit eine Gruppe von messerwetzenden Kuhmördern auftauchen, aber Vicki hat nur die Augen verdreht und kopfschüttelnd erwidert, in den Horrorfilmen, die sie kenne, könne man mit einem toten Rind nun wirklich niemanden hinterm Ofen hervorlocken. »Das ist einfach nur Natur, Mann! So ähnlich sehen wir alle aus, wenn wir sterben!«

»Garantiert nicht! Das ist keine Natur, das ist ein Omen! Und zwar eins, das uns sagt, dass wir hier nicht weitergehen sollen, klar?!«

»Ach, ja? Und was sollen wir sonst machen? Einfach stehen bleiben und abwarten, bis wir vom Sturm weggepustet werden, oder was?«

Nael hat Marco einen unwirschen Blick zugeworfen und Vicki hat stöhnend gemurmelt, Marco höre sich schon genauso bescheuert wie ihr Vater an (»Ein Omen, echt! Ich glaub, es hackt!«), aber der hat noch immer wie paralysiert auf die weißen Rippen der modernden Kuhleiche gestarrt und dabei kundgetan, seiner Meinung nach würden wir gerade einen gewaltigen Fehler begehen.

»Im Ernst, Leute! Bei dem Wetter finden wir den Höhleneingang doch sowieso nie! Außerdem wird's langsam hell und wir haben ausgemacht, dass wir wegen Mel und diesem anderen Typen nur im Dunkeln gehen. Also lasst uns einfach umkehren und es am Abend noch mal versuchen, okay?«

»Schwachsinn! Wenn du Aaron im Stich lassen willst, kannst du das ja gerne tun, aber ich bleib mit Nael und Mia hier und such weiter!« Vicki ist wütend an Marco vorbeimarschiert, woraufhin der ihr mindestens genauso wütend hinterhergeschrien hat, er hätte nie gesagt, dass er Aaron im Stich lassen wolle.

»Ich hab nur gesagt, dass es vielleicht vernünftiger wäre, wenn wir nicht ausgerechnet jetzt, in diesem verfickten Scheißwetter, nach der Höhle dieser kleinen Schwuchtel suchen, aber nein ...«

»Marco, hör auf! Hör einfach auf, okay?« Nael ist stehen geblieben und hat Marco, der mit empörter Miene neben uns hergetrabt ist, verärgert angesehen, aber im selben Augenblick hab ich sie auf einmal entdeckt: die beiden Kamelhöcker-Hügel, die wir die ganze Zeit gesucht haben. Du glaubst gar nicht, was für ein Stein mir in dem Moment vom Herzen gefallen ist! Das war echt wie Weihnachten und Geburtstag zusammen!

»Da! Seht ihr, was ich sehe? Auf der rechten Seite?«

»Scheiße, ja! Ich glaub, das sind sie! Yallah!«

»Dann nichts wie hin! Los!«

Während Marco uns noch ein paar Sekunden perplex hinterhergestarrt hat, sind Nael, Vicki und ich so schnell wie möglich auf die beiden Hügel zugehinkt und ein paar Minuten später standen wir vier tatsächlich oben und haben fasziniert nach unten geschaut, wo, versteckt von einigen Farnen, ein vielleicht siebzig Zentimeter großes Loch im Boden klaffte.

»Meint ihr, das ist es?«

»Ich denk schon ...« Vicki hat Nael zugenickt, ist aber im selben Moment schon von dem stöhnenden Marco unterbrochen worden.

»Boah, ist das klein. Das ist ja höchstens was für *Minions!*«

»Na, dann wissen wir ja schon, wer da als Erstes reinklettert, was, Marco? Hab ich nicht neulich so einen süßen, kleinen *Minion*-Aufkleber auf deiner Brotdose gesehen?« Vicki hat Marco ein provozierendes Lächeln zugeworfen, aber der sah sichtlich nicht so aus, als ob er sich diesmal darum reißen würde voranzugehen, und ehrlich gesagt konnte ich ihm das auch nicht verübeln. Die Bodenöffnung vor uns sah nämlich wirklich *extrem* gruselig aus. Vermutlich wäre einem der über und über mit Moosen und Flechten bewachsene Höhleneinstieg schon bei Tageslicht ziemlich unheimlich vorgekommen, aber jetzt, in der schummrigen Morgendämmerung, während der Regen noch immer wie ein Sturzbach über uns niedergegangen ist, wirkte das Ganze definitiv so einladend wie der Besuch eines Höllenlochs.

»Okay, wollen wir Streichhölzer ziehen oder wie entscheiden wir, wer da zuerst runterklettert?« Vicki hat einen fragenden Blick in die Runde geworfen, aber zeitgleich hat Marco bereits erwidert, die Frage sollte wohl eher lauten, wer da *nicht* runterklettert. »Das kann ich euch nämlich sagen: Für Nael und mich ist das Loch viel zu klein und ich glaub auch nicht, dass Vicki da durchpass...« Weiter ist er nicht gekommen, denn im selben Augenblick hat Vicki ihn schon beleidigt von der Seite angeranzt.

»Hä? Was redest du denn da? Denkst du, ich bin zu fett dafür, oder was?!«

»Nein, das hab ich doch gar nicht gesa...« Marco hat versucht, seinen Satz zu beenden, aber Vicki war schon wieder so in Rage, dass sie ihn überhaupt nicht hat zu Wort kommen lassen.

»Fuck, ey! Klar denkst du, ich bin dafür zu fett! Aber eines kann ich dir sagen, Arschloch, wenn du mich noch einmal fett nennst, dann ...«

»Ey, Digger, Vicki, jetzt beruhig dich mal!« Marco hat entnervt die Augen verdreht und dann einen abgrundtiefen Seufzer ausgestoßen. »Ich hab nie gesagt, dass du fett bist! Ich denk nur, dass du da nicht durchpasst, und deshalb ...«

»Ich will euch ja nicht stören, Leute, aber können wir das Thema vielleicht abkürzen? Sonst sind wir hier nämlich gleich weggeschwemmt!« Nael hat sich stöhnend den Regen aus dem Gesicht gewischt und dann kopfschüttelnd gemeint, da er der Älteste sei, wäre es sowieso an ihm, da jetzt runterzuklettern. »Also regt euch ab und drückt mir lieber die Daumen, dass dieser komische Herr Zimmer nicht da unten hockt und auf uns wartet ...«

»Äh, Moment mal! Wieso denn jetzt *du?* Hast du nicht gehört, was Marco gesagt hat? Du passt da überhaupt nicht durch! Das sieht doch ein Blinder mit 'nem Krückstock!« Ich hab mich Nael, der bereits Anstalten gemacht hat, den Hügel herunterzusteigen, energisch in den Weg gestellt und Marco hat es mir kurz darauf gleichgetan.

»Sie hat recht, Digger. Das hat doch keinen Zweck! Die Einzige von uns, die da vielleicht durchpassen könnte, wäre Mia, aber die kommt natürlich nicht infrage und ...«

Ehe Marco noch weitersprechen konnte, hat Nael ihm schon grimmig das Wort abgeschnitten. »Genau, Marco. Da liegst du ausnahmsweise mal richtig: Mia kommt nicht infrage und daher werde ich jetzt ...«

»Ach ja, und warum nicht, bitte schön? Denkst du, ich schaff das nicht? Weil ich dafür zu feige bin?« Ich hab Nael finster angefunkelt, weil ich es hasse, wenn jemand glaubt, mir per Order di Mufti etwas vorschreiben zu können, was allerdings nur zur Folge hatte, dass Nael mich mindestens genauso finster zurückangefunkelt hat.

»Nein, das denke ich keinesfalls! Aber falls du es vergessen haben solltest, Mia: Dein Knöchel sieht aus wie das Auge von John Cena, und wenn du ernsthaft glaubst, dass ich dich damit da runterlasse, dann kennst du mich wirklich schlecht!«

»Ach ja? Und soll ich *dir* mal was sagen, Nael? Wenn du ernsthaft glaubst, dass du mit deinen breiten Schultern da durchpasst, dann hast du definitiv ein Problem mit deiner räumlichen Wahrnehmung!« Ich hab meine Arme vor der Brust verschränkt, woraufhin sich Naels Miene noch mal um mindestens fünfzig Prozent verfinstert hat, und dann hat er seinen nächsten Trumpf ins Feld geführt und mich gefragt, ob mir eigentlich klar sei, dass es da unten bei dem Wetter von Spinnen wahrscheinlich nur so wimmeln würde.

»Und wahrscheinlich nicht nur von Spinnen, sondern auch noch von Ratten, Mäusen und sonstigen Nagetieren! Mal ganz abgesehen davon, dass Mel und dieser Zimmer womöglich schon vor uns da waren, und in dem Fall will ich auf gar keinen Fall, dass du das siehst ...«

»Hä? Was soll ich denn da sehen? Wenn die vor uns da waren, haben sie Annika doch garantiert mitgenommen und insofern werde ich ihnen da ja wohl kaum in die Arme laufen ...«

»Ach ja? Und was, wenn sie Aaron *nicht* mitgenommen, sondern einfach da liegen gelassen haben? Hm? Hast du da auch schon mal drüber nachgedacht?« Nael hat mir einen aufgebrachten Blick zugeworfen und ich hab kurz gezögert, weil mir nicht ganz klar war, was er damit meint, und dann gemurmelt, na ja, dann sei er halt noch da – umso besser. Schließlich sei das ja der Zweck der ganzen Aktion gewesen: Aaron zu finden. »Ich versteh deine Frage nicht. Wieso sollten sie ihn denn da liegen gelassen hab...« Im selben Moment hab ich plötzlich begriffen, worauf Nael mit seiner letzten Bemerkung hinauswollte, und da ist mir glatt für einen Augenblick die Luft weggeblieben. Verdammt! Daran hatte ich wirklich noch nicht gedacht!

»Du meinst, es wäre denkbar, dass sie ihn ... dass sie ihn umgebracht und dann da liegen gelassen haben?« Ich hab mit klopfendem Herzen in Richtung Höhleneingang geschaut, aber ehe Nael noch nicken konnte, hat Vicki schon schluckend den Kopf geschüttelt.

»Boah, ich glaub's nicht! Alter! Denkt ihr ernsthaft, da unten liegt vielleicht nur noch Aarons Lei... ich mein, sein Körper??«

Ein paar Sekunden lang haben wir schweigend auf den düsteren Höhleneingang unter uns gestarrt, jeder das schreckliche Bild eines toten Zwölfjährigen im Lippenstift-Paillettenrock vor Augen, aber dann hat Nael hervorgestoßen, verflucht, nein, natürlich läge er da nicht, er wisse auch nicht, warum er das eben gesagt hätte, aber darum ginge es auch überhaupt nicht.

»Herrgott, Mia, ich will einfach nicht, dass du ... Ach, Scheiße ... Ich geh da jetzt runter, klar?« Nael hat sich entschlossen zum Gehen umgedreht, aber im selben Moment ist etwas ganz Merkwürdiges mit mir passiert. Über uns ist der Regen noch immer so heftig vom Himmel gepeitscht, als würden die vier apokalyptischen Reiter gerade eine besonders krasse Party feiern, aber trotz des Sturms und der ganzen unheimlichen Atmosphäre um uns herum hab ich auf einmal gar keine Angst mehr gespürt. Das war echt irre!

Stattdessen hat sich in mir eine Erkenntnis breitgemacht, die absolut erstaunlich war. Plötzlich war mir nämlich klar, dass nicht Nael, sondern ich da gleich runterklettern würde, und zwar einzig und allein aus dem Grund, weil ich es *will*. Das war wie so eine Art Eingebung. Ich mein, normalerweise weiß mein Körper in solchen Situationen nicht, was er zuerst machen soll: wie Espenlaub zittern, hyperventilieren oder gleich ganz den Geist aufgeben, aber diesmal herrschte in mir einfach nur ein Gefühl unendlicher Ruhe und Entschlossenheit – so, als ob der Abstieg in diese Höhle eine Aufgabe wäre, die einzig und allein von mir, Mia Fromberg, der weltgrößten Schisserin aller Zeiten, zu bewältigen wäre. Wie so eine Art Bad im Drachenblut, das einen, wenn man es erst mal durchgestanden hat, anschließend unverletzlich macht, oder wie das Schwert von König Artus, das auch nur von ihm allein aus dem Stein gezogen werden konnte.

»Äh, tut mir leid, Nael, aber ... *ich* werde da jetzt runterklettern!« Ich hab Nael, der gerade loslaufen wollte, am Ärmel zurückgehalten, was aber nur zur Folge hatte, dass Vicki mich durch den prasselnden Regen hindurch angeguckt hat, als wenn ich gerade Suaheli reden würde.

»Spinnst du, Mia? Denk doch mal nach! Mit deinem Knöchel kommst du da doch gar nicht erst runter!« Vicki hat entschieden den Kopf geschüttelt, aber in solchen Dingen bin ich echt komisch: Wenn mir jemand sagt, dass ich etwas auf gar keinen Fall machen soll, dann will ich es erst recht tun, das ist quasi so eine Art Mia-eigenes Naturgesetz. Tja, und aus diesem Grund hab ich dann auch zu Vicki, Marco und Nael gesagt, dass ich sehr wohl da runterkommen würde, schließlich befänden wir uns auf einer Anhöhe, und daher sei das überhaupt kein Problem.

»Ich rutsche einfach auf dem Po herunter. Seht ihr? So!« Ich bin in die Hocke gegangen und hab dann angefangen, die nasse Böschung herunterzurutschen, aber einen Meter weiter hat Nael mich bereits mit ungläubiger Miene gestoppt.

»Äh, Moment mal, Mia! Ich hab zwar keine Ahnung, was hier gerade abgeht, aber ich lass dich da bestimmt nicht allein in dieses Loch klettern! Ganz egal, ob du dich für das Ganze hier verantwortlich fühlst oder nicht! Schließlich kannst du nicht das Geringste dafür, dass diese Mel es auf dich abgesehen hat, und deswegen brauchst du auch keinerlei Schuldgefühle zu ha…«

»Aber ich will da doch gar nicht runter, weil ich Schuldgefühle hab! Darum geht's überhaupt nicht, klar?«

»Nicht? Aber …« Nael hat erneut zu reden angesetzt, aber ich habe es einfach nicht mehr ausgehalten und bin ihm kurzerhand über den Mund gefahren.

»Tut mir leid, Nael, aber in den letzten Monaten hab ich vor so gut wie allem Schiss gehabt, was es im Leben gibt, aber das hat aus unerfindlichen Gründen gerade eben aufgehört und diesen Moment dürft ihr mir einfach nicht nehmen, ja? Angst ist nämlich ein Arschloch, das nur klein beigibt, wenn man ihm kräftig in den Hintern tritt, und genau das habe ich jetzt vor …« Ich hab zuerst Nael und anschließend auch Marco und Vicki einen kämpferischen Blick zugeworfen und zu meiner Verblüffung hat auf einmal keiner von ihnen mehr irgendwelche Einwände erhoben. Marco hat zwar kurz den Mund aufgemacht, ihn aber auf einen

Blick von Vicki gleich wieder geschlossen und Nael hat, anstatt weiter zu protestieren, nur irritiert die Stirn gerunzelt.

»Okay, das heißt, du willst da gar nicht nur runter, weil du unseretwegen ein schlechtes Gewissen hast?«

»Nein!« Ich hab entschlossen den Kopf geschüttelt. »Ich sag doch: Das hier hat überhaupt nichts mit euch zu tun! Das ist was Persönliches. Sozusagen eine Sache zwischen mir und ...« Ich hab kurz inne gehalten. »Na, und mir. Wie so eine Art Wette oder Bewährungsprobe oder was weiß ich ... Ach, Mist!« Ich hab aufgestöhnt, weil es mich total genervt hat, dass ich nicht die richtigen Worte gefunden hab, aber als ich zu Nael herübergeguckt hab, hab ich plötzlich gemerkt, dass er zu begreifen begonnen hat. Na, und Vicki ging es anscheinend genauso, denn zwei Sekunden später haben beide einen kurzen Blick miteinander gewechselt und dann ist zuerst Nael und dann Vicki beiseitegetreten, um mir zögernd den Weg freizugeben.

»Okay, ich glaub, ich versteh langsam, worum es dir geht. Insofern ...« Nael hat mir schluckend zugenickt. »Rutsch los!«

»Aber wenn dir da unten irgendetwas komisch vorkommt, rufst du uns, okay?«

»Ja, mach ich.« Ich hab erleichtert genickt, aber zeitgleich hat Marco den beiden schon einen ungläubigen Blick zugeworfen.

»Äh, Leute, das ist jetzt nicht euer Ernst, oder? Ihr wollt sie doch nicht wirklich da runterrutschen lassen, oder?! Ich mein, klar, ich hab vorhin gesagt, dass sie die Einzige ist, die da wahrscheinlich durchpasst, aber das heißt doch nicht, dass sie da tatsächlich ... Ich mein, ihr habt's doch gesagt: Sie ist verletzt und ... «

»Ist schon okay, Marco! Wirklich!« Ich hab Marco seufzend meine Hand hingehalten und Vicki hat ihm beruhigend zugenickt.

»Ich glaub auch, Marco. Mia packt das schon. Schlossbewohnerinnen, deren Freunde Manuel-Jérôme heißen, sollen ja manchmal stärker sein, als man denkt ...«

Vicki hat mir noch einmal grinsend zugezwinkert und Nael hat Marco den Arm um die Schultern gelegt und dabei gemurmelt, er hätte zwar keine Ahnung, wie man einem Arschloch in den Hintern tritt, aber er würde wetten, ich würde es ihnen gleich zeigen.

»Also, Mia, mach sie fertig, diese fiese Arschloch-Angst ...«

Während Marco mich zögernd losgelassen hat, hab ich meinen drei Mitstreitern noch einen letzten Blick zugeworfen und dann hab ich mit beiden Armen Anschwung genommen und bin losgerutscht, und zwar den ganzen verdammten Hügel herunter, im strömenden Regen und trotz kaputtem Knöchel und blutendem Bein, einfach runter, so schnell ich konnte. Und weil ich im Losrutschen gemerkt hab, dass mein Körper schon wieder so komisch zu zittern angefangen hat, wie immer, wenn ich gleich eine Angstattacke kriege, hab ich meine Augen ganz fest geschlossen und mir vorgestellt, ich säße auf der Rutsche in einem Spaßbad, und das hat tatsächlich geholfen, zumindest für ein paar Sekunden, und viel mehr hat es auch nicht gebraucht und schwups, war ich schon unten. Echt krass.

Na, und als ich mit zitternden Knien vor dem Höhleneingang angekommen bin und meine Augen wieder aufgemacht hab, hab ich ein kurzes Dankgebet zum Himmel geschickt und den anderen anschließend noch ein letztes Mal zugewinkt, um mich dann in einer Art Krebsgang der Felsspalte vor mir zu nähern und aus sicherer Entfernung einen Blick in das rabenschwarze Loch zu meinen Füßen zu werfen.

»Annika? Bist du da irgendwo?« Weil außer dem Prasseln des Gewitterregens nichts weiter zu hören war, hab ich kurz gezögert, aber dann hab ich mir doch einen Ruck gegeben und bin noch weiter an die dunkle Öffnung herangekrabbelt.

»Okay, Mia, du schaffst das ... Au!«

Beim Heranrobben hatte ich kurzzeitig das Gefühl, als ob mein rechter Unterschenkel nach der Rutschpartie jetzt endgültig nur noch Matsch wäre, aber da der menschliche Wille ja etwas echt Faszinierendes ist, saß ich ein paar Sekunden später doch mit beiden Beinen im Leeren baumelnd an der Abbruchkante und hab mich vorsichtig nach vorn gebeugt, um im Dämmerlicht einen Blick in die Tiefe zu erhaschen.

»Annika?? Wenn du da irgendwo bist – ich komm jetzt runter!«

Da das Loch – zumindest soweit ich sehen konnte – höchstens drei, vier Meter tief war, bin ich noch ein kleines Stück weiter vorgerutscht, immer in der Hoffnung, Annikas rote Mini-Rattenschwänze irgendwo unter mir aufblitzen zu sehen, aber außer einer Wasserlache am Boden der Höhle war nichts weiter zu erkennen. Oder vielleicht doch? Plötzlich hatte ich das Gefühl, als hätte sich unter mir etwas bewegt. Irgendetwas Großes, Dunkles.

»Annika?«

Für einen Augenblick hatte ich tatsächlich das Gefühl, als wenn ich ihre Stimme gehört hätte, aber im selben Moment hab ich bereits gemerkt, wie die aufgeweichte Erde, auf der ich mich eben noch abgestützt hatte, nachgegeben hat, und die folgenden Sekunden gehören definitiv mit zu dem Schrecklichsten, was ich je erlebt habe. Während der Boden um mich herum wie in einer Art Zeitlupe eingebrochen ist, hab ich verzweifelt versucht, mich noch irgendwie an den Farnen rechts und links festzuhalten, aber null Chance.

»Neiiiiinnn!!!!«

Ich hab nach allem Möglichen gegriffen, aber da war nichts, absolut nichts, und Bruchteile von Sekunden später hat mich die matschige Schlammlawine dann endgültig mit sich gerissen, und während ich trudelnd in den Abgrund gefallen bin, hab ich nur noch gedacht: Okay, das war's. So fühlt sich also Sterben an.

»Hilf... Ihhh! Bäh!!«

Aber gestorben bin ich dann doch nicht! Zum Glück! Anstatt im Himmel die Englein singen zu hören, hab ich mich plötzlich über und über mit Schlamm bedeckt in einer stinkenden Pfütze wiedergefunden – derselben Pfütze, deren Wasser ich von oben schon glitzern gesehen hatte, und kurz darauf hab ich dann von weiter weg eine altbekannte Stimme gehört.

»Mia?? Oh, mein Gott, Mia! Bist du das??«

»Annika??« Zuerst hab ich gedacht, ich würde mir das Ganze nur einbilden, aber während ich noch den Schlamm, den ich im Mund hatte, ausgespuckt hab, hat mich plötzlich jemand von hinten umarmt, und als ich mich umgedreht hab, hab ich gesehen, dass dieser Jemand tatsächlich Annika war!

»Annika! Du lebst! Gott sei Dank!!«

»Mia! Oh, Mia!« Annika hat mich schluchzend an sich gedrückt und in dem Moment, als ich ihre roten Minizöpfe an meinen Wangen gespürt hab, bin ich mir echt vorgekommen wie in so einem Märchen kurz vor Schluss, wenn das Schlimmste geschafft ist und der Held die Prinzessin im Grunde nur noch küssen muss. Wirklich, in dem Augenblick war ich einfach nur froh.

»Oh, Mia, du glaubst gar nicht, wie ich mich freue! Aber komm erst mal aus dem Wasser raus! Dahinten ist es trocken. Warte, ich helf dir ...« Annika hat, noch immer schniefend, meine Hand genommen, aber in derselben Sekunde hab ich mich wieder an die anderen erinnert und bin kopfschüttelnd stehen geblieben.

»Sorry, aber ich bin nicht allein. Nael, Vicki und Marco sind noch oben. Kannst du vielleicht hochklettern und ihnen ein Zeichen geben? Mein Knöchel ist nämlich kaputt und deswegen ...«

»Klar. Kein Problem. Warte, bin gleich wieder da!« Annika ist über die heruntergefallenen Erdbrocken wie eine Bergziege nach oben geklettert und ein paar Sekunden später war von oben wildes Siegesgeheul zu hören.

»JAAA!!!«

»Wir kommen!!«

»Au, Mist ...« Während ich mit meinem kaputten Bein fluchend aus der Pfütze ins Trockene gehumpelt bin, sind die anderen durch das Loch, das jetzt durch den Erdrutsch viel größer geworden ist, vorsichtig nach unten geklettert, und als wir alle fünf wohlbehalten unten angekommen waren und uns in die Arme gefallen sind, war ich so was von glücklich, ich sag dir, das war echt unbeschreiblich! In dem Moment hätte ich wirklich die ganze Welt umarmen können! Das war, als hätte mich jemand direkt in das

von so einem Hollywood-Film gebeamt – einfach nur hammer-, megaschön.

Aber letztlich war das mit dem Happy-End-Gedanken wohl doch etwas verfrüht. Leider. Zurzeit ist die Situation hier unten in Annikas Höhle nämlich alles andere als rosig. Weil wir vorn am Eingang zunehmend nasse Füße gekriegt haben, mussten wir uns schon zweimal weiter in den Tunnel zurückziehen und inzwischen sind wir bestimmt 100 Meter vom Höhleneingang entfernt, was ich echt grenzwertig finde. Schließlich stand in allen Reiseführern, die Mama mir zu Hause vorgelesen hat, dass viele der Lavahöhlen hier auf den Azoren einsturzgefährdet sind und auf gar keinen Fall ohne ortskundigen Führer betreten werden dürfen, wenn überhaupt. Und so tief wie jetzt war ich noch nie in einem Lavatunnel drin. Außerdem machen mir auch die ganzen Stalaktiten hier Sorge, die überall wie Geschosse von der Decke herunterhängen und die einen Menschen garantiert in Nullkommanichts durchbohren können, wenn sie herunterfallen, aber ... Na ja, egal. Wie lautete noch das

Zitat aus diesem uralten Film, den Frau Wolgast mir mal empfohlen hat? Genau: »Morgen ist auch noch ein Tag!« Sprich, damit beschäftigen wir uns später. Jetzt freue ich mich erst mal darüber, dass wir alle noch leben. Was bei dem, was da draußen los ist, ja weiß Gott nicht selbstverständlich ist.

Außerdem gibt es neben den ganzen Sorgen um das steigende Wasser zu unseren Füßen und das nach wie vor wütende Unwetter da draußen auch gute Nachrichten: Ob du's glaubst oder nicht, aber bisher haben unsere Streithähne Vicki und Marco sich hier unten noch nicht ein Mal angemotzt. Das ist für die beiden echt rekordverdächtig! Und nicht nur das: Marco hat noch keinen einzigen schwulenfeindlichen Kommentar von sich gegeben (Rekord Nummer zwei) und Vicki hat sich seit über acht Stunden (wenn ich die Zeit richtig einschätze) nicht ein Mal den Finger in den Hals gesteckt (Rekord Nummer drei). Nicht schlecht, was? (Gut, wir hatten nicht gerade viel zum Essen dabei, also musste sie das vielleicht auch nicht, aber trotzdem. Ich finde, die Grundtendenz zählt.)

Ach ja, und apropos Essen ... Nael hat zur Feier des Tages eben für alle eine Runde Müsliriegel ausgegeben und mich anschließend mit einem »Gut gemacht!« an sich gedrückt (was verdammt schön war) und insofern werde ich dieses Tagebuch jetzt wohl ausnahmsweise mal für eine halbe Stunde beiseitelegen und gemeinsam mit den anderen das Wiedersehen mit Annika feiern. (Oder was man so feiern nennt, wenn man über genau sieben Müsliriegel, zwei Flaschen Wasser und eine Packung Trockenfrüchte verfügt.)

Also bis später!

Pico, den 30. Juli, geschätzt gegen Mittag

Liebe Miss Shlimazl,

inzwischen hocken wir hier seit bestimmt sieben, acht Stunden in Annikas Höhle, aber es hört und hört einfach nicht auf zu gießen und die Stimmung ist dementsprechend mies. Allmählich zerrt diese Mischung aus Dunkelheit, Hunger und erzwungenem Abwarten[23] allen an den Nerven, was sich schon daran zeigt, dass Marco eben schreiend aus einem Albtraum aufgewacht ist und Vicki in Dauerschleife »Hurra, unsere Welt geht unter« von *KIZ* vor sich hin summt, was auch nicht gerade zur Aufmunterung beiträgt.

Nael war eben noch mal vorn am Höhleneingang und hat geguckt, ob der Himmel nicht endlich aufreißt, doch das Unwetter über uns ist noch immer in vollem Gange. Argrr ... Aber gut, wenigstens haben wir es trocken. Wobei – trocken trifft es nur zum Teil. Aufgrund der Regenfälle draußen steigt der Wasserpegel im Tunnel nämlich immer weiter an, und da wir nicht bis zu den Knien im Schlamm stehen wollen, mussten wir uns eben noch ein ganzes Stück tiefer in den Tunnel zurückziehen. Das heißt, mittlerweile sind wir bestimmt 150 Meter vom Eingang entfernt und ein zweiter Ausgang ist noch immer nicht in Sicht. Mist! Außerdem ist es hier unten saukalt[24], weil keiner von uns in der letzten Nacht mehr als zwei, drei Stunden geschlafen hat, sind wir hundemüde und die Aussicht, hier trotz der Kälte, der Dun-

23 Zum einen wegen des Wetters und zum anderen, weil wir ja im Hellen für Mel und diesen Herrn Zimmer ein viel zu leichtes Ziel wären.

24 Was natürlich auch an den nassen Klamotten liegt, die überhaupt nicht trocknen.

kelheit und des ständig steigenden Grundwasserspiegels noch mindestens sechs weitere Stunden ausharren zu müssen, trägt natürlich auch nicht unbedingt zur allgemeinen Begeisterung bei.

Zumindest sauerstofftechnisch ist aber noch immer alles im grünen Bereich. Allerdings hat keiner von uns eine Ahnung, wie lange das noch so bleibt. Annika meinte, sie hätte mal einen Film über Bergarbeiter im 19. Jahrhundert gesehen, die immer einen Vogelkäfig mit in den Stollen genommen hätten, um sofort rauslaufen zu können, wenn das Tier aufgrund von Sauerstoffmangel tot von der Stange fällt, aber leider hat zurzeit keiner von uns einen Vogel dabei. (Und wahrscheinlich würde Vicki mit ihrer Tiermacke auch jeden von uns zu Hackfleisch verarbeiten, der mit so einer Idee ankäme.)

Aber okay, in ein paar Stunden sind wir ja hoffentlich wieder draußen und bis dahin werde ich es auf diesem vielleicht fünf Quadratmeter großen Felsen, auf dem wir inzwischen hocken, wohl noch aushalten. Schließlich haben wir, sofern wir draußen nicht als lebendige Zielscheiben herumirren wollen, ja ohnehin keine andere Möglichkeit und der Stein hier ist immerhin so hoch, dass wir uns in den nächsten ein, zwei Stunden keine nassen Füße holen dürften. Ach ja, und da Marco und Vicki aus dem Camp ihre Taschenlampen mitgenommen haben, haben wir im Moment sogar dreifach Licht, was nach den vierzehn Stunden mit nur einer Taschenlampe in der alten Höhle natürlich echter Luxus ist! Noch was Positives. (Du siehst, Miss Shlimazl, ich befolge geradezu mustergültig Frau Wolgasts Rat, mich in Krisensituationen vor allem auf die positiven Dinge zu konzentrieren. Ha! Darauf schnell noch eine halbe Trockenaprikose ...)

Eine Sache macht mir allerdings doch Sorgen. Eben, als Nael, Vicki, Marco und Annika die Höhle hier erfolglos nach einem weiteren Ausgang abgesucht haben, habe ich ihre Abwesenheit genutzt, um einen Blick auf mein verletztes Bein zu werfen, weil die Schmerzen allmählich echt abartig werden. Na ja, und als ich die Jeans hochgeschoben hab, hab ich mich total erschrocken. Mein rechter Oberschenkel sieht inzwischen nämlich aus, als wäre er der heimliche Hauptdarsteller eines Splatter-Movies. Wobei die ganzen Schürfwunden gar nicht mal so schlimm sind, aber schräg über dem Knie hat sich ein Lavasplitter ziemlich weit ins Fleisch reingebohrt und an der Stelle hat mein Bein fatale Ähnlichkeit mit Papas ungarischem Hackbraten – und zwar *bevor* er in den Ofen geschoben wird. Ich hab eben schon Naels Hoody (den er mir vorhin in der anderen Höhle voll kavaliermäßig zum Überziehen gegeben hatte) um den Oberschenkel gewickelt, sodass er als eine Art Druckverband fungiert, aber wenn die Wunde so weiterblutet wie bisher, dann ist das Ganze wahrscheinlich schon in ein paar Minuten wieder durchgesabscht. Shit!

Aber egal. Was singt Mama noch immer morgens unter der Dusche, wenn sie denkt, wir hören sie nicht? »Always look on the briiight si-hight of life!« Außerdem habe ich eben, nachdem ich mein Bein verarztet hab, noch mal über Aylins Info nachgedacht, dass Frau Wolgast sich bei ihr gemeldet hat. Und dabei bin ich zu dem Schluss gekommen, dass sie eventuell doch auf unserer Seite steht. Also Frau Wolgast. Ganz sicher bin ich mir da allerdings nicht. Auch wenn der Umstand, dass Mel Frau Wolgasts Mails an mich (und meine an sie) ja anscheinend abgefangen hat, letztlich schon dafür spricht, dass sie eine der »Guten« ist, aber ... Na ja, andere Dinge passen da wieder überhaupt nicht zu, wie zum Beispiel diese ganzen Lügen über ihren Vater oder der Faktor, dass sie vermutlich gar keine Therapeutin ist, was mich ehrlich gesagt noch immer stocksauer macht!

Ich mein, wegen dieser Frau habe ich ernsthaft geglaubt, verrückt zu werden! Das muss man sich mal reinziehen! Ich weiß noch ganz genau, wie panisch ich war, als das Foto von diesem Herrn Zimmer plötzlich von der FTF-Homepage verschwunden ist! In dem Moment hab ich wirklich gedacht, ich halluziniere! Dabei war das garantiert Frau Wolgast höchstpersönlich, die in Windeseile dafür gesorgt hat, dass das Bild da verschwindet, was wiederum voll dafür sprechen würde, dass sie *doch* mit ihm gemeinsame Sache macht. Tja, und damit dann auch mit Mel, die es dank ihrer bescheuerten Perücke ja tatsächlich geschafft hat, mich volle fünf Tage über ihre wahre Identität zu täuschen. Gott, du glaubst gar nicht, wie sehr ich mich noch immer darüber ärgere, dass ich nicht schon früher gemerkt hab, dass sie und diese Blondine aus dem schwarzen Volvo ein und dieselbe Person sind.

Wobei mir gerade einfällt – hab ich das überhaupt schon geschrieben? Dass Mel in der Nacht, in der sie mein Notfall-Set gestohlen hat, gestolpert ist und Annika gesehen hat, wie vor ihr etwas in den Matsch gefallen ist? Etwas, das sich, als Mel es aufgehoben hat, als schwarze Perücke herausgestellt hat? Hammer, oder?

Als Annika uns das vorhin, während unserer improvisierten Party mit den sieben Müsliriegeln und der halben Tüte Trockenobst, erzählt hat, wollte ich es zuerst gar nicht glauben, aber dann hatte ich plötzlich das totale Aha-Erlebnis. Auf einmal hab ich mich nämlich wieder daran erinnert, wie Mel mir damals beim Abwasch mit Annika so merkwürdig bekannt vorgekommen ist, und eine Sekunde später wusste ich auch, an wen sie mich damals erinnert hat: nämlich an die Blondine im schwarzen Volvo. Bingo!

Na, und anschließend war ich dann erst mal völlig geschockt darüber, wie leicht man jemanden nur durch eine andere Frisur täuschen kann. Wobei Mels Look à la »*Jess*« aus *New Girl* garantiert auch seinen Anteil daran hatte, dass ich anfangs überhaupt nicht auf die Idee gekommen bin, sie mit Papa und dem Geheimdienst in Verbindung zu bringen. Schließlich wirken 1,60 m große Frauen mit Blümchenhaarreifen und Katzenpulli ja eher harmlos. Und dann noch gekoppelt mit ihrer besorgten Art und dieser Angewohnheit, uns ständig »Kinder« zu nennen ... Da hab ich echt nicht geschaltet. Dabei hat die ach so niedliche Frau Horstmann wahrscheinlich jede einzelne unserer E-Mails gelesen und war daher immer bestens über alles informiert.

Wenn ich mir vorstelle, dass sie es schon die ganze Zeit auf mich abgesehen hatte und wahrscheinlich deswegen nach unserer Ankunft meine Sachen durchsucht hat, dann könnte ich schreien vor Wut! Verflucht! Und das mit den Erdnüssen im Porridge war garantiert auch Mel. Insofern erübrigt sich auch Naels Theorie mit dem gefakten Krankenwagen. Den brauchten sie schließlich gar nicht. Mel hätte nach meinem allergischen Schock ja ganz selbstverständlich King Kongs angeblichen »Ersatzmann« Norbert Zimmer anrufen können, der mich dann sofort mit seinem Wagen aus dem Camp gebracht hätte. Und alle hätten angenommen, er transportiert mich ins Krankenhaus, während er mich wahrscheinlich schnurstracks in irgendein vorbereitetes Versteck gefahren hätte.

Herrgott! Warum hab ich das alles bloß nicht schon eher

geschnallt?! Dann hätte ich Herrn Kinck vielleicht sogar das Leben retten können! (Zumindest falls er die Leiche ist, die dahinten in seinem Auto liegt, wovon wir inzwischen ausgehen.) So ein Kack!!!!

Und dann auch noch diese Sache mit dem Kräuter-Tee vor drei Tagen bei Mel im Zelt! Da ist mir sogar *aufgefallen*, dass er anders als sonst geschmeckt hat. Aber in meiner Mia-eigenen Dämlichkeit hab ich Mel natürlich geglaubt, als sie meinte, das sei nur eine andere Sorte. Und anschließend hab ich mir von ihr sogar noch einreden lassen, dass an meinem Zwölf-Stunden-Knockout einzig und allein die Tabletten von Frau Wolgast schuld wären! Dabei hatte ich die ja schon vorher genommen, ohne anschließend wie Dornröschen in den hundertjährigen Schlaf zu verfallen.

Gott, gerade frage ich mich echt, ob ich fremden Erwachsenen nach der Nummer hier je wieder vertrauen kann. Wahrscheinlich nicht. Verdammt! Verdammt, verdammt, verdammt, verdammt, verdammt!!! Aaaaaarrrrggghhhh!!!!

Okay, da bin ich wieder. Sorry für den Wutanfall eben. Aus unerfindlichen Gründen bin ich in den letzten Tagen viel wütender als sonst, aber soll ich dir was sagen? Irgendwie fühlt sich das gut an! Zumindest besser als die ständige Panik und das ganze Sorgenmachen vorher! Bisher, wenn ich Angst hatte, hab ich mich nämlich immer ganz klein und zittrig und hilflos gefühlt, wie so eine verschreckte Maus, kurz bevor sie vom dicken schwarzen Kater gefressen wird. Und meistens hab ich dann nachts wach gelegen und ständig so etwas gedacht wie: »Bitte, lass Anakonda aus der Klasse verschwinden!« Oder: »Bitte, sorg dafür, dass der schwarze Volvo nie wiederauftaucht!« Oder: »Bitte lass mich nie wieder auf irgendjemand mit einer Luftpumpe werfen!« Das heißt, ich hab immer jemand anders gebeten, mir zu helfen.

Aber es ist echt verrückt ... Das hat sich total geändert. Im Moment ist es fast so, als wenn die Maus plötzlich eine Art Zaubertrank getrunken hätte und zu einem Hulk geworden wäre – einem riesigen, neongrünen, krass gefährlichen MIA-HULK, der so etwas denkt wie: Diese abartige Melanie Horstmann und dieser beschissene Norbert Zimmer und diese ganzen Kack-Geheimdienst-Arschlöcher – wenn einer von denen meinen Eltern was getan hat, dann mach ich die so was von fertig, das vergessen die nie, diese Schweine!!!

Gott, gerade kommt mir ein ziemlich verrückter Gedanke: Vielleicht haben diese beiden Gefühle ja viel mehr miteinander zu tun, als ich bisher vermutet habe. Als ich eben darüber nachgedacht habe, ist mir nämlich aufgefallen, dass die meisten Leute, die schnell wütend werden (wie zum Beispiel Vicki), selten oder nie ängstlich sind. Bei meinem verstorbenen Opa war das auch so. Der war zwar so gut wie ständig auf Zinne – wegen der Steuern oder weil die Nachbarn zu laut waren oder weil bei ihm

in der Straße gebaut wurde – aber was Angst anbelangt, hat er immer nur gesagt, die würde er überhaupt nicht kennen.

Na, und bei anderen, die eher in die Richtung Angsthase gehen, wie zum Beispiel dieser verschüchterten Referendarin, die wir neulich in Englisch hatten[25], da hat man eher den Eindruck, als ob die gar nicht erst wütend werden *könnten*. Fast so, als wenn das eine Gefühl das andere fressen würde. Wobei ich mir jetzt gar nicht sicher bin, ob das so der Hattrick ist, wenn ich in Zukunft eher aggressiv als panisch rüberkomme, weil ich mir das Leben als Vicki 2.0 auch nicht als unbedingt prickelnd vorstelle, aber ... Egal. Ich schweif schon wieder ab.

25 Du weißt schon, die, die nach Nicos üblicher Standardverarsche in Tränen ausgebrochen ist.

Auf alle Fälle haben wir in der letzten halben Stunde über Frau Wolgasts mysteriösen Ratschlag, ich möge so schnell wie möglich »den richtigen Weg« suchen, geredet, aber herausgekommen ist dabei nur, dass Vicki Marco eine geschallert hat. Ganz toll. Echt, wenn du mich fragst, wird es wirklich dringend Zeit, dass wir hier wieder rauskommen. Mittlerweile liegen die Nerven bei allen nämlich so blank, dass es wahrscheinlich nur noch eine Frage der Zeit ist, bis wir uns gegenseitig an die Gurgel gehen. **Und darauf habe ich wirklich keinen Bock!!!**

Dabei war der Auslöser im Grunde völlig harmlos. Ich glaub, eigentlich wollte Marco Vicki nur stecken, dass er sie mag, aber weil der Junge ja leider über die emotionale Intelligenz einer Klobürste verfügt, hat er das Ganze natürlich mal wieder total behämmert rübergebracht. Nämlich so nach dem Motto: »Ich finde dich ja echt hübsch, aber wenn du mehr essen würdest, wärst du bestimmt noch hübscher …« Na, und daraufhin ist Vicki dann komplett ausgerastet. Das war, als würde man eine 50-Kilo-Bombe in einem Dampfkochtopf zünden! WUMM!

»Was hast du gesagt, du kleines, weißhaariges Stück Scheiße?«

»Fuck! Was regst du dich denn jetzt so auf? Ich hab doch nur gemeint, dass du …«

»Noch ein Wort, und ich schwör, du liegst heulend am Boden! Hast du gehört, du Arschgeburt?«

»Fuck, Vicki, das war doch nur ein Komplimen… Au! Scheiße, lass mich sofort los!! AU! AU!!«

Vicki hat Marcos Gesicht mit ihrem Unterarm so heftig an die Felswand gedrückt, dass der vor Schmerz laut aufgejault hat, und wenn Nael nicht dazwischengegangen wäre, hätte sie ihm in der nächsten Sekunde bestimmt auch noch den Rest des Wangenknochens zertrümmert.

»Vicki, hör auf!«

»Ich hör erst auf, wenn der Typ ruhig ist!«

»Scheiße, ich bin ja ruhig! Fuck!!« Marco hat fluchend die Arme gehoben und Vicki hat tief durchgeatmet und dann langsam losgelassen.

»Verdammt, Vicki. Was war *das* denn? Hast du sie noch alle?«

Vicki hat beim Anblick von Annika, die sichtlich geschockt aussah, noch einmal Luft geholt und dann ungewohnt kleinlaut gemurmelt, upps, da hätte sie wohl ein kleines bisschen überreagiert. »Ist nur so, dass ich solche Scheißsprüche schon ein paarmal zu oft gehört hab ...«

»Und deswegen musst du Marco gleich zusammenschlagen??« Nael hat Vicki einen ungläubigen Blick zugeworfen und die hat seufzend den Kopf geschüttelt und dann hervorgestoßen, sie hätte doch schon gesagt, so hätte sie das nicht gemeint.

»Geht's, Marco? Brauchst du vielleicht 'n Taschentuch?« Vicki hat mit sichtlich schlechtem Gewissen in ihrer Hosentasche zu nesteln begonnen, aber Marco hat sich nur kopfschüttelnd das Blut aus dem Gesicht gewischt und dabei grinsend gemurmelt, nö, das sei schon okay.

»Ich bin ja nicht aus Zucker. Außerdem hab ich auch schon ein paar Fressen poliert, aber das eben war echt nice ... Kannst mir bei Gelegenheit ja mal zeigen, wie du das so schnell hingekriegt hast. So 'n paar neue Tricks kann man ja immer gebrauchen ...« Marco hat vorsichtig seine Nase befühlt und Vicki dabei einen Blick zugeworfen, der fast ein bisschen flirty war (was ich völlig absurd fand), woraufhin Vicki unter ihrem lila Haarschopf rot geworden ist und zwei Sekunden später ebenfalls in den Flirt-Modus geschaltet hat. (Was ich ehrlich gesagt NOCH absurder fand!)

»Klar. Wenn du schön brav bist, zeig ich's dir vielleicht wirklich mal ...«

»Na, dann muss ich mir wohl Mühe geben ...« Marco hat, um die Blutung zu stoppen, seinen Kopf in den Nacken gelegt und Vicki dabei zugezwinkert und ich hab in dem Moment nur noch gedacht, ich spinne. Ich mein, ernsthaft – die ticken doch nicht mehr ganz richtig! Was ist das denn für 'ne Nummer? Erst ausknocken und dann einen auf Geturtel machen, oder wie?

Ich hab schon den Mund aufgemacht, um den beiden zu eröffnen, dass sie definitiv einen an der Waffel haben, aber im selben Augenblick hat Vicki sich auf einmal geräuspert und dann erstaunlich verlegen gemurmelt, sie wisse ja, die meisten könnten das nicht nachvollziehen, aber in ihren Augen sei sie halt noch immer wabbelig und fett.

»Kommt wahrscheinlich noch von früher, als meine Eltern mir zur Belohnung sonntags nach dem Gottesdienst immer Unmengen von Pommes reingestopft haben. Oder von damals, als ich in der Jugendgruppe unserer freikirchlichen Gemeinde für alle bloß der ›Fettkloß‹ war ...«

»Dein Ernst? Aber das ist doch komplett dumm! Wenn *du* fett bist, was ist Mia denn dann? Ne Seekuh??« Marco hat Vicki ungläubig angesehen und ich hätte mich bei Marcos Bemerkung fast verschluckt. Ich mein, Seekuh? Hallo?! Der hat sie ja wohl nicht mehr alle!

»Wow! Danke, Marco! Das hab ich jetzt echt gebraucht ...« Aus den Augenwinkeln hab ich mitgekriegt, wie Nael sich beim Anblick meiner empörten Miene ein Grinsen verkniffen hat, aber ehe ich mich darüber aufregen konnte, hat Annika sich schon entrüstet zu Marco umgedreht und ihm dann mit Inbrunst eine Verteidigungsrede über meinen Körper entgegengeschleudert, die theoretisch zwar lieb gemeint, aber praktisch so endpeinlich war, dass ich mich vor Scham am liebsten zwangsfiletiert hätte.

»Mia sieht überhaupt nicht wie eine Seekuh aus! Die ist voll schön, und nur weil du keine Ahnung hast, wie ein echt perfekter Busen aussieht ...«

Oh! Mein! Gott! Ein Königreich für einen Knebel!

»Äh, Annika, könnten wir jetzt bitte das Thema wechseln?« Während Annika erneut Luft geholt hat, hab ich sie fast schon flehend angeblickt und Nael hat ebenfalls ein Stöhnen unterdrückt.

»Mia hat recht, Annika. Ich glaub, wir haben's alle verstanden ...«

Ich hab Nael dankbar zugenickt, aber leider hat der im selben Moment bereits weitergeredet.

»Auch wenn ich Mias Körperbau natürlich ebenfalls ganz reizend finde, ebenso wie ihren ...«

NEIN!

»... besonderen Charakter, aber letztlich bleibt natürlich die Frage, was diese Frau Wolgast mit ihrem mysteriösen Rat gemeint haben könnte ...«

Genau! Ich hab energisch genickt, aber zum Glück hat Vicki im selben Augenblick schon in die Runde geworfen, eine Sache wäre ihr bei der ganzen Frau-Wolgast-Sache noch immer unklar, und da hat sich das Gespräch dann Gott sei Dank wieder in normale Bahnen zurückbewegt.

»Meint sie mit ›den richtigen Weg suchen‹ jetzt, dass du das moralisch Richtige tun sollst? Oder will sie, dass du irgendwohin gehst?« Vicki hat mich stirnrunzelnd angeguckt und ich hab ratlos den Kopf geschüttelt.

»Keine Ahnung! Ehrlich gesagt kapier ich den Satz überhaupt nicht ...«

»Also wenn ihr mich fragt, klingt das voll wie aus *Der Herr der Ringe* ...« Annika hat ihre Stimme verstellt und so getan, als wäre sie mindestens einhundert Jahre alt. »›Gehe hinfort, Frodo, und mach dich auf die Suche nach dem richtigen Weg! Dieser magische Ring wird dich begleiten!‹«

»Hä?? Wie kommst du denn jetzt auf den Scheiß?« Marco hat Annika einen irritierten Blick zugeworfen und dann gemurmelt, in seinen Augen sei diese komische Wolgast-Ische beim Schreiben der Nachricht einfach nur krass zugedröhnt gewesen. »Im Ernst! Genau so 'ne Kacke geb ich immer von mir, wenn ich stoned bin. Ich sag euch, die war garantiert auf Droge, als sie das geschrieben hat! Und wir machen uns deswegen voll den Kopf! Ist doch Schwachsinn! Oder, Mia?« Marco hat mich angeguckt, als würde er für seine glorreiche Erkenntnis mindestens zwei Sternchen im Hausaufgabenheft erwarten, und ich hab kurz überlegt, ob er das jetzt wirklich ernst meint, aber da es tatsächlich so aussah, hab ich zur Sicherheit doch lieber den Kopf geschüttelt.

»Äh ... Also ehrlich gesagt kann ich mir das jetzt nicht unbedingt vorstellen.«

»Nicht? Na ja, gut. Obwohl, wo ich so drüber nachdenke ... Im Moment hätte ich echt Bock auf 'n Joint ...« Während Marco sich so hoffnungsvoll in der stockdunklen Höhle umgesehen hat, als könnten vielleicht von irgendwoher ein paar Päckchen Dope auf ihn zugeflogen kommen, hab ich innerlich die Augen verdreht und das war's dann auch mit unserem super-niveauvollen Gespräch zum Thema Frau Wolgasts Ratschlag. Du siehst, was Denkrätsel dieser Art anbelangt, sind wir hier voll der Nerd-Club. Na ja, oder so ähnlich ...

Anschließend hab ich Nael auf jeden Fall noch kurz gefragt, ob er anhand des Kompasses, den Marco mitgenommen hat, vielleicht überprüfen könnte, wo wir jetzt genau sind und wie weit es noch bis Madalena ist und ...

OH, MEIN GOTT!!! Weißt du, was mir gerade einfällt? Ich hab doch damals von Papa aus Bengasi diese Kette geschickt bekommen. Die mit dem kleinen silbernen Kompass, wegen der Frau Wolgast damals extra noch bei diesen FTF-Leuten angerufen hatte. Könnte Frau Wolgast *das* vielleicht mit ihrem Hinweis gemeint haben? Dass ich mir Papas Kette genauer angucken soll? Ich mein, was braucht man, wenn man nach dem richtigen Weg sucht? Einen Kompass! Oh, Gott, irgendwie hab ich das Gefühl, das könnte es tatsächlich sein. Ich schau mal kurz nach, vielleicht entdecke ich ja was ...

Pico, den 30. Juli,
wahrscheinlich früher Nachmittag

Liebe Miss Shlimazl,

ob du's glaubst oder nicht – es ist die Kette! Frau Wolgast meinte wirklich die silberne Kompasskette von Papa, die ich die ganze Zeit um den Hals trage!!! Gerade eben hab ich sie abgenommen und anschließend haben wir sie uns alle zusammen genauer angeguckt, und als Vicki hinten auf dem kleinen Kompass zweimal hintereinander auf das Symbol gedrückt hat, das da eingraviert ist (und das ich nur für den Silberstempel gehalten hatte), ist plötzlich die Rückseite aufgegangen und darin lag **ein Computerchip!**

»Seht ihr das? Da ist was drin!«

»Und was?« Vicki hat mir einen neugierigen Blick zugeworfen und im gleichen Moment, als ich den kleinen Chip vorsichtig aus dem Kompass herausgepfriemelt hab, hat Marco bereits vernehmlich die Luft eingesogen.

»Das sieht aus wie 'ne Mini-SD-Karte!«

»Dein Ernst?«

Marco hat Vicki zugenickt und die hat aufgeregt die Hand danach ausgestreckt.

»Gib mal her! Ich tu sie ins Tablet.«

»Aber das Tablet funktioniert doch nicht ...« Marco hat verständnislos den Kopf geschüttelt, aber davon hat Vicki sich nicht stören lassen.

»Ich weiß. Ich will ja auch nur gucken, ob's passt.« Vicki hat eine Haarnadel aus ihrem kunstvoll aufgetürmten lila Dutt gezogen und sie in ein kaum sichtbares Loch am Rand des Tablets gesteckt, woraufhin sich das dazugehörige Fach geöffnet hat. »Ha! Okay, Leute, ich tu das Ding jetzt rein und ... Ja! Sie passt!«

»Na, herzlichen Glückwunsch! Und was jetzt, du Schlaufuchs? Denkst du, die fängt gleich von allein an zu sprechen, oder was?! Mann, Vicki, der Akku ist leer und wir haben keinen Strom! Das heißt, du kannst das Ding zehnmal da reintun – da passiert nichts!«

Marco hat Vicki entnervt angesehen, woraufhin die beleidigt erwidert hat, das wäre ihr schon klar, aber trotzdem. »Manchmal zeigen technische Geräte ja auch was Falsches an und so haben wir es wenigstens noch mal ausprobiert und ...«

»Na toll. Das hätte ich dir auch vorher sagen können. Erzähl uns lieber, wie wir das Ding hier wieder aufgeladen kriegen.«

Marco hat einen schlecht gelaunten Blick aufs Tablet geworfen und ich hab angemerkt, dass ich mal mitgekriegt hätte, wie ein Typ seinen Computer nur mithilfe eines Fahrrads zum Laufen gebracht hätte, was allerdings nur semigut ankam.

»Super, Mia, echt spitzenmäßiger Tipp! Dann brauchen wir hier unten ja nur noch ein Fahrrad, was in einer Lavahöhle natürlich überhaupt kein Problem sein sollte ...« Während Marco leise irgendetwas Uncharmantes über »Frauen und Technik« von sich gegeben hat, hat Nael ihn genervt angesehen, aber im selben Augenblick hat Annika sich schon aufgeregt zu uns umgedreht.

»Wartet mal! So blöd ist Mias Idee gar nicht ...«

»Ach nein?« Marco hat skeptisch die Augenbrauen hochgezogen, aber Annika hat den sarkastischen Unterton in seiner Stimme einfach ignoriert.

»Nein, ist sie nicht. Wir haben zwar keinen Dynamo, aber Strom haben wir schon ...«

»Ach ja, und wo? Siehst du hier vielleicht irgendwo ’ne Steckdose?« Marco hat eine missmutige Kopfbewegung in Richtung Höhle gemacht, aber Annika hat statt einer Antwort nur nach Naels Taschenlampe gegriffen und beim Aufdrehen des Deckels gemurmelt, Strom gäbe es ihres Wissens nicht nur in Steckdosen, sondern auch anderswo.

»Erinnert ihr euch noch an das Thema ›Stromkreise‹ im Physikunterricht? Ich bin mir nicht sicher, ob’s funktioniert, aber eigentlich müssten wir das Tablet mit den Batterien hier zumindest ein Stück weit wieder aufgeladen kriegen ... Kannst du die kurz halten, Vicki? So, dass sich die Plus- und Minuspole berühren?«

Annika hat Vicki die Batterien aus der Taschenlampe in die Hand gedrückt und dann entschlossen nach dem USB-Kabel gegriffen. »Gibst du mir mal dein Taschenmesser, Marco? Du kriegst es auch gleich wieder. Ich will nur den Stecker abschneid...«

»Du willst den Stecker abschneiden? Wieso das denn??« Vicki hat Annika verwirrt angeguckt, aber im gleichen Moment hat Nael Annika schon einen begeisterten Blick zugeworfen.

»Scheiße, Aaron, natürlich! Warum sind wir da nicht gleich drauf gekommen?! Klar haben wir Strom! Mann, du bist echt genial!«

»Na ja, genial würde ich jetzt nicht gerade sagen ...« Annika ist unter ihren roten Stummelzöpfen rot geworden, aber Vicki sah noch immer so aus, als wenn sie nicht kapieren würde, was hier gerade abgeht, und mir ging es ganz genauso.

»Äh, also ... Heißt das jetzt, dass wir das Tablet vielleicht doch noch aufgeladen kriegen?« Vicki hat Nael und Annika fragend angeguckt und Annika hat, während sie die einzelnen Adern aus dem abgeschnittenen Kabel gepult hat, verlegen gemurmelt, vielleicht.

»Gut, also, Mia, du hältst das rote Kabel jetzt an die letzte Batterie und Nael, du hältst das schwarze an die erste und dann ... Shit! Vicki, kannst du bitte nicht so wackeln?«

»Ich versuch's ja, aber das ist gar nicht so leicht ... Wartet, jetzt geht's!« Vicki hat die vier Batterien erneut in einer Reihe aneinandergedrückt, Nael und ich haben brav unsere Kabel an die äußeren Pole gehalten und kurz darauf blinkte tatsächlich das Batteriezeichen des Tablets auf!! Vielleicht sollte ich demnächst doch mal in Erwägung ziehen, im Physikunterricht aufzupassen – na ja, zumindest ab und zu.

»Boah, ich glaub's nicht! Seht ihr, was ich sehe? Es lädt! Das Teil lädt wirklich!!!« Während Vicki genauso fassungslos wie ich auf das leuchtende Symbol in der Bildschirmecke gestarrt hat, hat Marco ein lautes »YES!« gegen die Felswände geschmettert und dabei so selbstverliebt gegrinst, als wäre er soeben für den Nobelpreis nominiert worden.

»Hab ich's doch gewusst! Es funktioniert!«

»Wie bitte? *Du* hast es gewusst? Ich glaub, es hackt! Das war ja wohl Annika, die auf die Idee gekommen ist, während du dir lieber die Eier gekraul...«

»Vicki, sorry, aber könntest du dich, anstatt Marco anzubrüllen, lieber darauf konzentrieren, dass die Batterien gerade sind? So dauert das Ganze hier nämlich garantiert noch Stunden!« Nael hat Vicki, die mit den Batterien ständig hin und her gewackelt ist, einen entnervten Blick zugeworfen, und während Vicki darüber gejammert hat, dass wir keine Ahnung hätten, wie anstrengend es wäre, die Dinger die ganze Zeit gleichmäßig aneinanderzuhalten, ist mir beim Anblick des eben noch schwarzen Bildschirms fast das Herz stehen geblieben. Denn ... Da war es plötzlich, hell leuchtend auf dunklem Grund: das Symbol einer Datei mit dem Namen »Für Mia«. Oh, mein Gott. Frau Wolgast hatte recht! Papa hat mir wirklich eine Nachricht hinterlassen!

»Mann, ich glaub's nicht! Seht ihr das?! Da steht tatsächlich Mias Name!« Annika hat fasziniert den Kopf geschüttelt, und während ich wie paralysiert auf das Display gestarrt hab, haben Nael, Vicki und Marco mich so erwartungsvoll angeguckt, als wären sie drei Zehnjährige und ich der Weihnachtsmann mit einem großen Sack voller Geschenke.

»Los, klick sie mal an!«

»Ja, komm schon, Mia! Trau dich!«

Ich hab noch eine Sekunde gezögert, aber dann hab ich die Datei geöffnet und kurz darauf ist wirklich und wahrhaftig ein Brief auf dem Display erschienen, ein drei Seiten langer Brief von meinem Vater an mich. WOW!

Zuerst konnte ich es gar nicht glauben, aber bei der Anrede »Hallo, mein Mia-Hase ...« sind mir prompt die Tränen in die Augen gestiegen, weil ich erst in dem Augenblick so richtig begriffen hab, dass der Brief wirklich von Papa ist, meinem Papa, der im besten Fall noch immer irgendwo in einem libyschen Krankenhaus liegt und im schlimmsten Fall vielleicht schon gar nicht mehr lebt. Na, und deswegen hab ich die anderen dann erst mal gebeten, mir ein paar Minuten Zeit zu geben, damit ich ihn ungestört lesen kann, und das haben sie netterweise auch getan. Annika ist zu Vicki rübergeklettert, damit ich ein bisschen mehr Platz hab, und Nael hat mir angeboten, mich an seinen Rücken zu lehnen, damit ich besser sitzen kann, und so hab ich Papas Brief dann auch gelesen: mit der Wärme von Nael im Rücken und Vickis leisem *KIZ*-Gesumme im Hintergrund, das mich seltsamerweise zunehmend an früher erinnert hat, als Mama mir zum Einschlafen immer etwas vorgesungen hat. Oh, Mann.

Na ja, und jetzt, nachdem ich den Brief gefühlte fünfzigmal (tatsächlich aber nur zweimal, danach hat der Akku endgültig schlappgemacht) gelesen hab, bin ich endlich ein Stück schlauer darüber, was hier eigentlich los ist. Das meiste haben wir uns zwar schon ziemlich gut zusammengereimt, aber ein paar Dinge waren mir dann doch neu. Einiges hat mich auch extrem wütend gemacht, wie zum Beispiel die Tatsache, dass Papa Mel und diesem Herrn Zimmer wohl ernsthaft vertraut hat. Tja, aber das ist noch nicht alles, denn ...

Gott, sorry. Gerade wird mir schon wieder so ätzend schwummrig. Scheiße! Das hatte ich vorhin schon mal! Keine Ahnung, ob das von dem blöden Bein kommt, das einfach nicht aufhört zu bluten, oder ... Boah! Verdammt ... Gut, hilft nichts. Gib mir ein paar Minuten und dann schreib ich weiter, ja?

Okay, geht wieder, zumindest halbwegs. Also, wo war ich? Ach ja, genau. Bei Papas Brief und dem völlig meschuggenen Umstand, dass er wollte, dass ich in dieses Camp hier fahre, weil er dachte, dass Mel und dieser Herr Zimmer mich hier beschützen würden. Ha, ha, ha, selten so gelacht.

Aber damit man von dem, was ich gleich schreibe, überhaupt etwas versteht, sollte ich vielleicht etwas weiter vorn anfangen, bei den entscheidenden Fakten.

FAKT 1 Der Geheimdienst. Dazu kann ich nur sagen: Ich lag so was von goldrichtig! Und zwar die ganze Zeit! Kannst du dir das vorstellen? Von wegen Halluzinationen und Wahnvorstellungen und die Aufmerksamkeit auf sich ziehen wollen – pah! Mein Vater arbeitet tatsächlich seit Jahren für einen geheimen Nachrichtendienst. Allerdings hat er in seinem Brief nicht erwähnt, für welchen (ich nehme mal an, um mich zu schützen), aber eigentlich ist das im Moment auch gar nicht so wichtig. Viel wichtiger ist, was er für den Geheimdienst getan hat. Und damit kommen wir zu ...

FAKT 2 ... den Chemiewaffenfabriken. Ich kann es noch immer nicht glauben, aber auch da hatte ich recht. Das bedeutet, ich hab ihm ständig die Wahrheit ins Gesicht gesagt und er hat mich jedes Mal, ohne mit der Wimper zu zucken, angelogen. Unfassbar! Papas Tätigkeit für den Geheimdienst bestand wirklich darin, ausgewählte technische Anlagen im Nahen Osten darauf zu prüfen, ob sie zur Herstellung von biologischen oder chemischen Waffen geeignet sein könnten. Wobei er – wenn er und sein arabischer Kollege Tareq dafür Anzeichen gefunden haben – wohl auch das Okay dafür hatte, diese Anlagen zu sabotieren oder sonst wie lahmzulegen. Quasi als Präventionsmaßnahme, um einen späteren Giftgasanschlag zu verhindern. Oh, Mann. So viel also zum Thema »Die Arbeiter werden da so schlecht bezahlt, dass sie ständig Teile aus der Fabrik klauen«. Als ob! Das waren gar nicht die Arbeiter. Das war er selbst! Mein Vater! Zusammen mit Tareq! Und alles, was er Mama und mir über die schlechte Qualität der russischen Maschinenteile erzählt hat, war ausschließlich eins: Tarnung und Fassade!

Ach ja, und wo wir schon bei Mama sind: Mama wusste tatsächlich die ganze Zeit nicht, was Papa trieb! Er hat es also wirklich vor uns *beiden* geheim gehalten! Un-glaublich!!! Im Brief hat er geschrieben, dass das leider zu seiner Arbeit dazugehört, dass man bei bestimmten Aufgaben noch nicht mal seine engsten Angehörigen einweihen darf, weil man sie dadurch in Gefahr bringen könnte. Aber weißt du was? Wenn du mich fragst, ist diese Regelung einfach nur schwachsinnig! Schließlich bin ich in dem ganzen Mist hier ja nur gelandet, weil Papa mir eben NICHT die Wahrheit gesagt hat! Aber gut, ehe ich mich wieder aufrege, komme ich lieber schnell zu ...

+++FAKT 3 ... meinen Verfolgern im Volvo. Hier lag ich nicht ganz richtig. Wobei, eigentlich schon, aber ... Na ja, es ist kompliziert. Also:

Vor ein paar Monaten hat Papas Geheimdienst wohl einen Hinweis bekommen, dass es in seiner Abteilung einen Maulwurf gibt – also einen Doppelagenten, der Papa und seine Kollegen auffliegen lassen und damit in Lebensgefahr bringen könnte. Tja, und in so einem Fall werden wohl sofort Schutzmaßnahmen eingeleitet, wie zum Beispiel die

Überwachung einzelner Agenten und ihrer Familien durch speziell dafür ausgebildete Sicherheitsleute. Na, und jetzt rate mal, wer zu diesen eigens dafür ausgebildeten Sicherheitsleuten gehört? Da kommst du nie drauf! Eine der topausgebildeten Bodyguards ist nämlich ... Mamas neue Freundin Rachel! Unvorstellbar, oder? Ausgerechnet die langweilige Rachel, die in den letzten Wochen ständig bei uns angerufen hat und die mich tödlich genervt hat, weil sie sich andauernd mit Mama zum Kaffeeklatsch verabreden wollte. Wer hätte das gedacht?!

Aber es kommt noch dicker! Wen hat der Geheimdienst nämlich hochnot-offiziell abgestellt, um auf mich aufzupassen? Die Antwort lautet: Norbert Zimmer und Melanie Horstmann. Kein Scherz! Norbert Zimmer, auch bekannt als Monsieur »Ich verstecke Leichen auf Rücksitzen!«, und seine Kollegin Mel, besser bekannt als Madame »Ich vergifte Mia mit Erdnusspulver«, sollten mich vor möglichen Übergriffen eines fremden Nachrichtendienstes beschützen. Willkommen in Absurdistan! Ich mein, *noch* falscher liegen kann man ja wohl nicht! Da wissen diese Geheimdienst-Fredis, dass sie einen Maulwurf haben, und wen bitten sie, auf die Familien ihrer wichtigsten Mitarbeiter aufzupassen? *Eben diesen Maulwurf* und seine Komplizin! Finde den Fehler!

Ehrlich gesagt finde ich es ziemlich erschreckend, wie leicht die beiden Papa und seine Vorgesetzten hinters Licht führen konnten. Aber gut, Nael, Annika, Vicki, Marco und ich sind ja auch voll auf Mel hereingefallen, insofern sollte ich darüber vielleicht nicht allzu laut meckern. Na ja, und außerdem muss Papa irgendetwas bei der ganzen Sache auch komisch vorgekommen sein. Sonst hätte er sich ja nicht heimlich an Frau Wolgast gewandt. Da Frau Wolgast als Psychologin in einer ganz anderen Abteilung arbeitet, hätte er sie nämlich eigentlich überhaupt nicht um so etwas bitten dürfen. Aber Papa meinte, er hätte in den letzten Wochen kaum noch ein Auge zugetan, weil er so besorgt um mich gewesen wäre. Na, und weil er nicht wusste, was er sonst tun sollte, hat er sich dann letztlich an seine frühere Ausbilderin (= Frau Wolgast) gewandt und sie gebeten, mit mir Kontakt aufzunehmen. Unter anderem, damit ich auf jeden Fall hierher nach Pico fahre, weil er ja dachte, dass ich hier in Sicherheit bin. Tja, und das hat sie dann ja auch getan, die gute Frau Wolgast. Natürlich ohne zu wissen, dass mir im Camp ausgerechnet wieder die Maulwürfe auflauern würden ...

Papa hat sich in seinem Brief dreitausendmal dafür entschuldigt, dass er Mama und mich nicht eher ins Vertrauen ziehen konnte, und die Hälfte des Briefes bestand im Grunde nur aus Beteuerungen, dass es ihm wirklich schrecklich, schrecklich leidtut, aber ... Soll ich dir was sagen? Auch wenn ich verstehe, dass es in seinem Job nicht nur um Mama und mich, sondern um viel größere Zusammenhänge und zahlreiche Menschenleben geht, nehme ich ihm das trotzdem übel. Weil das Ganze nämlich schon irgendwie zeigt, dass er, als es drauf ankam, seinen Job über seine Familie gestellt hat und ... Na ja, selbst wenn das von jemandem, der beim Geheimdienst arbeitet, vielleicht erwartet wird, finde ich das scheiße. Und ich denke, das werde ich ihm auch sagen, wenn ich ihn sehe. Dass ich, was das anbelangt, echt mehr von ihm erwartet hätte.

Aber gut, dafür ist später noch Zeit. Momentan haben wir hier ganz andere Sorgen. Wobei ... Weißt du, was das Allerverrückteste ist? Dass ich an Mels Auftauchen im Camp im Grunde selber schuld bin! Mel ist nämlich erst so richtig ins Spiel gekommen, als ich das Foto von Herrn Zimmer auf der FTF-Homepage entdeckt hab. Da haben Papa und Frau Wolgast auf einmal Schiss gekriegt, dass ich mich mit Herrn Zimmer als Betreuer weigern könnte hierherzufliegen, und deswegen haben sie dann Mel gebeten, kurzfristig für ihn einzuspringen. Was sie ja bekanntlich auch getan hat. Allerdings nicht in der Absicht, mich zu beschützen, sondern vielmehr, um mich im Auftrag eines gegnerischen Geheimdienstes zu entführen, damit Papa ihnen irgendwelche streng geheimen Unterlagen aushändiPacbö<ä<nbdiw#

FUCK!!!! Du glaubst nicht, was gerade passiert ist! Hier hat eben die Höhle gewackelt! Oh, mein Gott, das muss ein Erdbeben gewesen sein! Ein richtiges, echtes Erdbeben!!!

Zum Glück ist keiner von uns verletzt, aber das war sooooo gruselig, das kannst du dir gar nicht vorstellen!!! Der Boden hat gezittert wie Wackelpudding und die Wände auch und alle haben geschrien und Annika meinte eben sogar leise zu mir, sie hätte sich vor lauter Schreck in die Hose gemacht (ich hab sie aber beruhigt, dass man das nicht sieht, weil unsere Klamotten ja ohnehin noch immer klitschnass sind) und ... Oh, Mann, sorry, aber ich krieg mich gar nicht wieder ein! Das war wirklich ein Erdbeben! Ich weiß, eigentlich sollte mich das gar nicht so schocken, weil Mel und Herr Kinck ja die ganze Zeit davon geredet haben, dass die Azoren superanfällig für Erdbeben sind, aber ich hab so was wirklich noch nie ...

Gott, da war schon wieder eins! Diesmal etwas schwächer als das davor, aber ... Oh, Shit, das sehe ich jetzt erst: Da sind eben zwei von diesen Stalaktiten runtergekommen! Zum

Glück sind die nur im Wasser gelandet, aber ... Warte, ich muss kurz eine Pause machen. Nael will irgendwas –

Oh, Mist, im Moment kriege ich gerade voll Angst! Und diesmal bin ich nicht allein. Marco, Nael und Annika sehen auf einmal auch alle so aus, als wenn sie kurz vorm Durchdrehen wären, und selbst Vicki hat eben geheult. So eine Scheiße aber auch! Das darf echt nicht wahr sein! So eine verdammte Kacke!!!!!

Seit dem Erdbeben ist ungefähr eine Dreiviertelstunde vergangen und in der Zeit gab es eine ganze Reihe kleinerer Nachbeben, aber das wirklich Schlimme ist, dass uns jetzt ein riesiger Berg Schlamm und Steine den Weg zum Höhlenausgang versperrt. Offenbar ist circa dreißig Meter weiter vorne nämlich ein Erdrutsch runtergekommen und zurzeit hat keiner von uns einen Schimmer, wie es jetzt weitergeht.

Nael, Vicki und Marco sind eben durch das inzwischen hüfthohe Wasser zurückgewatet und haben versucht, das Geröll irgendwie beiseitezuschieben, aber sie meinten, sobald sie einen Stein bewegt hätten, wären ihnen gleich zehn andere entgegengekommen und insofern hätten sie die Aktion lieber abgebrochen, weil sie nicht riskieren wollten, dass wir noch alle verschüttet werden.

Zurzeit sitzen wir hier wieder auf dem Felsen und versuchen verzweifelt, ruhig zu bleiben und irgendeine Art Plan zu entwickeln, aber das klappt überhaupt nicht. Zumindest ist bisher keinem von uns irgendetwas Zündendes eingefallen. Verdammt! Nael meinte eben, vielleicht sollten wir besser erst mal abwarten, bis die Nachbeben vorbei sind, ehe wir noch mal zu der Stelle zurückgehen, wo die Geröllawine runtergekommen

ist. Aber zwei Sekunden später hat Annika uns dann erklärt, dass es ihres Wissens bei Erdbeben noch Tage später zu Nachbeben kommen kann, und das hat unsere Laune dann vollends in den Keller rauschen lassen.

»Und was sollen wir sonst machen?? Hier einfach sitzen bleiben und sterben?? Das kann doch nicht euer Ernst sein!« Marco hat uns einen ungläubigen Blick zugeworfen und Nael hat erwidert, dass keiner von uns vorhätte, hier demnächst zu sterben, aber eine Sekunde später ist Marco ihm schon völlig außer sich ins Wort gefallen und hat rumgetobt, er hätte es gewusst.

»Scheiße, und ich hab's euch noch gesagt!! Das Kuhskelett *war* ein Omen! Klar war das ein Omen! Aber nein, ihr musstet natürlich trotzdem weitergehen! Und was wir davon haben, sehen wir ja nun! Ich mein, checkt ihr das nicht? Guckt euch doch nur mal das Wasser an! **Das steigt immer weiter!** Das heißt, wenn wir jetzt nicht langsam was tun, dann ersaufen wir hier wie die Ratten ...« Marco hat mit der Faust gegen die nasse Felswand geschlagen und kurz darauf ist auch Annika, angesteckt von Marcos Ausbruch, völlig aufgelöst zu Nael herumgeschnellt.

»Nael, meinst du, Marco hat recht? Ertrinken wir hier jetzt alle?!«

»Blödsinn!« Vicki hat der aufgeregten Annika die Hand auf den Arm gelegt, aber die war inzwischen schon so panisch, dass sie Vickis Hand gleich wieder abgeschüttelt hat.

»Aber es stimmt doch! Das Wasser steigt wirklich noch immer! Und wenn der Ausgang jetzt verschüttet ist und wir da nicht mehr rauskönnen, dann ... dann ...«

Annika hat angefangen, leise zu wimmern, aber zeitgleich hat Vicki schon gemurmelt, dann würden wir eben einen anderen Ausgang suchen.

»Dass wir bisher noch keinen gefunden haben, heißt ja nicht, dass hier keiner ist, klar? Vielleicht müssen wir einfach nur ... Shit, was ist *das* denn jetzt??« Vicki hat hektisch an ihrer Taschenlampe herumgeknipst, aber die hat nur noch einmal kurz aufgeflackert und dann endgültig den Geist aufgegeben. »Fuck! Verdammte Scheißbatterie! Jetzt komm schon ...«

»Hey, Vicki, lass! Davon geht sie auch nicht wieder an!« Nael hat Vicki, die noch immer wütend an dem Schalter herumgeknipst hat, angespannt angeblickt und dann gemurmelt, okay, vielleicht sollten wir uns wirklich noch einmal auf die Suche nach einem zweiten Ausgang machen.

»Wenn Marcos Taschenlampe demnächst genauso schlappmacht wie die hier, haut das schließlich nicht mehr hin und deshalb ...«

»Äh, sorry, Nael, aber hast du vergessen, was Mel Vicki und mir auf der Fähre erzählt hat? Diese Story mit der Jugendgruppe, die zu weit in den Lavatunnel reingelaufen ist und die dann ... Na ja, du weißt schon ...« Weil ich in Annikas Gegenwart nicht gleich das nächste Horrorszenario entwerfen wollte, hab ich Nael nur einen vielsagenden Blick zugeworfen, aber zeitgleich hat Vicki mich schon mit der Bemerkung unterbrochen, na, was man von Mels Storys zu halten habe, sei inzwischen doch wohl jedem hier klar.

»Ich schwör euch, damit wollte die uns nur Angst einjagen, damit wir außerhalb des Camps auch ja keinen Schritt ohne sie tun! Wir wissen doch noch nicht mal, ob das überhaupt stimmt, diese Geschichte mit der Jugendgruppe! Und außerdem – habt ihr euch mal überlegt, warum wir überhaupt noch genügend Luft zum Atmen haben? Doch garantiert nur, weil hier durch irgendeine Öffnung Sauerstoff reinkommt ...«

»Oder weil das einfach das letzte bisschen Luft ist. Und wenn wir die weggeatmet haben, dann ersticken wir hier alle wie die ...«

»Verflucht, Marco, dein bescheuertes Weltuntergangsgequatsche hilft uns jetzt auch nicht weiter! Wenn du nichts Konstruktives zu sagen hast, halt doch einfach die Klappe!!« Nael ist gereizt zu Marco herumgefahren und der hat sauer gemurmelt, na toll, das sei ja mal wieder so was von typisch!

»Ihr dürft die ganze Zeit reden, aber wenn ich mal was sage, ist das natürlich nur bescheuertes Gequatsche. Echt geil, Nael! Was soll ich denn sonst machen, wenn ich noch nicht mal reden darf, hm? Vielleicht Wetten darauf abschließen, wer hier als Erster von uns abkratzt? Meinetwegen, das kannst du haben! Also ich setz meinen letzten halben Müsliriegel auf Mia. Die sieht definitiv so aus, als ob sie's nicht mehr lange macht. Ich mein, ich weiß ja nicht, ob's einem von euch schon aufgefallen ist, aber der Verband um ihr Bein da, der ist total dunkelrot. Das ist bestimmt 'n halber Liter, wenn nicht mehr, und ...«

»Noch ein Wort, und die Frage, wer hier zuerst draufgeht, ist beantwortet. Und ich versprech dir, es ist *nicht* Mia! Hast du verstanden, ya hmar!« Nael ist so wutentbrannt zu Marco herumgefahren, wie ich ihn noch nie gesehen hab, aber ehe er sich auf ihn stürzen konnte, hat Vicki ihn schon mit aller Kraft zurückgehalten und dabei mit finsterer Miene hervorgestoßen, das dürfe doch alles nicht wahr sein.

»Dreht ihr jetzt völlig durch?? Mann, Leute! Ich glaub, es hackt! Jetzt reißt euch gefälligst zusammen oder ich ...«

»Oh, Gott, ich will hier nicht sterben! Ich will hier raus! Ich will hier sofort raus!!!! Lasst mich los, hört ihr?! Ich will hier raaauuus ...« Während Nael und Marco sie instinktiv zurückgehalten haben, hat Annika hysterisch schluchzend versucht, vom Felsen hinunter ins Wasser zu klettern, aber kurz darauf ist sie bereits gestolpert und mit einem Schmerzensschrei zurück auf den Stein geknallt.

»Ahh! Au, au, au... AU! AU! AU ...«

»Hey, Annika, nicht weinen. Wir kommen alle nach Hause, ganz bestimmt! Du musst dich jetzt nur ein bisschen zusammenreißen und dann ...«

»Aber ich kann nicht! Ich kann mich nicht zusammenreißen. Ich hab solche A... Ang... Ang...«

»Hey ... AU! Scheiße, Aaron, das tat weh, verdammt!« Vicki hat versucht, Annika zu trösten, aber die war inzwischen so von der Rolle, dass sie Vickis Hand einfach weggeschlagen hat, und deshalb hab ich die Zähne zusammengebissen und bin trotz meines Beins mühsam zu ihr hinübergerobbt.

»Hey, Annika ... Soll ich dir mal was sagen? Vicki hat recht ... Wir kommen hier raus! Und weißt du, woher ich das weiß? Weil du mir doch dieses Schmink-Tutorial zeigen wolltest. Das, von dem du mir beim Abwaschen erzählt hast. Das mit Shawn Mendes ...«

»Du meinst das, wo dieser australische Make-up-Artist ihn zur Dragqueen geschminkt hat?« Annika hat mich aus verheulten Augen angeblickt und ich habe entschlossen genickt.

»Genau. Immerhin müssen wir ja wissen, wie wir Nael zum nächsten Christopher Street Day am besten stylen, nicht wahr? Ich glaub nämlich nicht, dass ihm Pink sonderlich gut steht. Oder was meinst du, Vicki? Nael in Pink?« Ich hab Vicki fragend angeguckt und die hat zum Glück sofort geschnallt, worum es mir ging, und sich taxierend zu Nael umgedreht.

»Ich glaub, ich wäre mehr für Türkis. Türkis mit einem Hauch Glitzer, passend zu seinen braunen Augen ...«

»Na ja ... Ehrlich gesagt hätte ich mehr Bock auf Gold. Zumindest beim Lidschatten ...« Nael hat seufzend seine Stirn in Falten gelegt. »Allerdings nur, wenn Annika mich stylt. Euch Anfänger lass ich da nicht ran. Hm, was meinst du, Annika? Denkst du, dass mir Gold stehen würde?« Nael hat Annika lächelnd angesehen und die hat sich mit ungläubiger Miene die Tränen von der Wange gewischt.

»Im Ernst, Nael? Würdest du da wirklich mitmachen? Und ich darf dich schminken?« Annika hat sich mit verweintem Gesicht zu Nael umgedreht und der hat lächelnd die Schultern gezuckt.

»Klar. Ich wollt schon immer mal wissen, wie ich so als Dragqueen rüberkomme. Aber wie gesagt – Gold wäre mir lieber als Türkis oder Pink ...«

»Ist gebongt!« Während Annika eifrig genickt hat, hat Nael ihr einen Blick zugeworfen, der mich unwillkürlich an den eines großen Bruders erinnert hat, der seiner kleinen Schwester nichts abschlagen kann, und dabei ist mir auf einmal ganz warm ums Herz geworden. Aber gleich darauf wieder furchtbar elend. Weil ich mich plötzlich nämlich daran erinnert hab, wie Nael mir damals am Strand vom Tod seiner jüngeren Schwester berichtet hat, und in dem Moment hätte ich ihn am liebsten in den Arm genommen und ganz doll an mich gedrückt. Aber ehe ich dazu noch Anstalten unternehmen konnte, hat Nael sich schon wieder zu Vicki und Marco umgedreht und dabei hat sich der Ausdruck in seinen Augen so schlag-

artig verändert, dass mir sofort wieder der Ernst unserer Lage bewusst geworden ist.

»Okay. Aber vorher sollten wir drei erst mal zu der Stelle zurück, wo der Erdrutsch war, und gucken, ob wir den Eingang nicht doch irgendwie freigeräumt kriegen. Was meint ihr? Vicki? Marco?«

»Meinetwegen ...« Vicki hat sich seufzend aufgerichtet und ist dann vorsichtig den Felsen heruntergerutscht, allerdings nicht ohne Nael vorher noch fragend anzusehen.

»Aber wieso nur zu dritt? Ich mein, klar, Mia, kann nicht, aber Annika ...«

»Genau. Nur weil Aaron hier rumheult, heißt das ja wohl nicht, dass er da vorn nicht mit anpacken kann. Schließlich brauchen wir dabei garantiert jede Hand!« Marco hat Annika gereizt von der Seite angeguckt und ist dann ebenfalls vom Felsen geklettert, aber Nael hat, anstatt Vicki und Marco zuzustimmen, noch immer gezögert.

»Also, ehrlich gesagt wäre mir wohler, wenn einer hier bei Mia bleibt. Und da Annika die Jüngste und Kleinste von uns dreien ist ...« Nael hat die Schultern gezuckt, aber zeitgleich hat Marco schon entnervt den Kopf geschüttelt.

»Das heißt, die kleine Schwuchtel kriegt schon wieder ’ne Extrawurst, oder wie? Super, ey! Ganz, ganz super!«

»Scheiße, Marco, kannst du nicht einmal die Fresse halten? Nur ein einziges Mal? Fuck, nur weil dein Alter seinen Scheiß-Zahnarzt vögelt ...« Vicki ist wütend zu Marco herumgefahren, aber ehe der reagieren konnte, hab ich die beiden schon so heftig angefahren, dass ich mich richtig über mich selbst erschrocken hab.

»Mann! Das ist doch alles krank! Könnt ihr nicht *ein Mal* nett zueinander sein?? Wenigstens **jetzt?** Ich mein, wir sterben hier vielleicht! Begreift ihr das überhaupt??! Das, was wir jetzt zueinander sagen, ist vielleicht das Letzte, was wir auf dieser Welt hören, und ich will einfach nicht glauben, dass das irgendwelche bescheuerten Beschimpfungen sind! So sind wir einfach nicht! Wir sind nämlich keine Arschlöcher, sondern Freunde! Kapiert ihr das?

Puh. Ich sag dir, nach dem Ausbruch ist mir ganz schwarz vor Augen geworden und kurzzeitig hab ich befürchtet, dass ich gleich vom Felsen kippe und es das dann gewesen ist: Schluss, aus, vorbei – Time-out. Aber eine Sekunde später ist etwas echt Verrücktes passiert. Nachdem ich zu Ende gebrüllt hatte, waren alle nämlich ganz still, so still, dass man nur noch das von der Decke tröpfelnde Wasser gehört hat. Und dann hat Vicki plötzlich angefangen, in die Hände zu klatschen, und Nael hat es ihr nachgemacht und Annika ist ebenfalls eingefallen und ganz zum Schluss hat sogar Marco mit einem stöhnenden »Ach, was soll's?!« seine Hände aus den Hosentaschen gezogen und mitgemacht.

Gott, das war wirklich schön! So schön, dass ich kurzzeitig überhaupt keine Schmerzen mehr hatte und mir auch gar nicht mehr schwummrig war, und überhaupt fühlte sich das alles für einen klitzekleinen Moment so an, als säßen wir hier nicht verschüttet im Dunkel eines gefluteten Lavatunnels, sondern in hellem Sonnenschein auf einer Picknickdecke am Meer zwischen Schokokeksen und Capri-Sonne. In der ganzen Höhle hat man nichts anderes als unser Klatschen gehört, das dank der Akustik so klang, als wären wir gerade auf einem supercoolen Rockkonzert, und ...

Oh, Mist, ich merk gerade, mir wird so kalt. Und ich werd so müde ... Ich glaub, ich schaff's nicht mehr, dir weiterzuschreibn, wobeo vads so schade ist, ist so schade, dass ich wärsogrn hierraus, ich glaub, ich mus

1. August

Liebe, liebe Aylin

bestimmt hast Du Dich gewundert, als Deine Eltern Dir den Umschlag hier gegeben haben, aber Papa meinte, eine Kollegin von ihm könnte ihn bei Euch im Laden abgeben, das sei zurzeit der sicherste Weg der Kontaktaufnahme, und deswegen bekommst Du von mir jetzt einen richtigen, echten Brief, so wie früher.[26]

Hoffentlich hast Du Dir nicht zu viele Sorgen gemacht, als Du nichts mehr von mir gehört hast! Es tut mir sooo leid, dass ich mich nicht schon gleich vorgestern nach unserer Rettung bei Dir gemeldet habe, aber durch den Blutverlust bin ich in der Höhle ohnmächtig geworden und deshalb hat mich die portugiesische Polizei erst mal ins Krankenhaus nach Faial verfrachtet. Na, und als ich da endlich nach Stunden wieder zu mir gekommen bin, war auf einmal das Tablet weg, weil die Polizei das zur Auswertung mit aufs Revier genommen hatte, und deswegen konnte ich Dir bisher nicht schreiben.

Aber weißt Du, wer dafür, eine halbe Stunde nachdem ich aufgewacht bin, an die Tür meines Krankenhauszimmers geklopft hat? Das errätst Du nie! Es war nämlich – meine Mutter! Ja!!! Stell Dir vor, Mama war überhaupt nicht in Libyen! Sondern mit ihrer Beschützerin Rachel und Frau Wolgast (die übrigens definitiv zu den Guten gehört) in einem sicheren Haus auf der Nachbarinsel

26 Sogar mit »Dir« und »Dein« großgeschrieben. Wenn das nicht stilecht ist, weiß ich auch nicht …

São Jorge, keine 60 Kilometer von mir entfernt. Gott, hätte ich das gewusst! Aber vielleicht sollte ich Dir erst mal die Hintergründe erzählen ...

Als die Lage in Libyen nämlich immer brenzliger wurde, hat Papas Geheimdienst beschlossen, die Reißleine zu ziehen und uns – also Mama und mich – sofort aus Hamburg rauszubringen. Mama sollte in ein Safehouse in Tschechien und ich sollte in das FTF-Camp auf Pico, weil Papas Leute hier wohl schon öfter gefährdete Jugendliche untergebracht haben, aber ... Na ja, du weißt ja, ich hab mich mit Händen und Füßen dagegen gewehrt und deswegen ist Papa zunehmend nervös geworden, und als dann noch das mit dem Unfall in der Düngemittelfabrik passiert ist (der in Wahrheit wohl ein gezielter Drohnenanschlag auf Papa und Tareq war, soooo gruselig!), hat er sich über alle Sicherheitsvorschriften hinweggesetzt und Mama per verschlüsselter Telefonleitung aus der Klinik heraus in alles eingeweiht. Obwohl ihm das eigentlich streng verboten war! Aber was anderes ist ihm einfach nicht mehr eingefallen und das hat sich dann ja auch als richtiger Schachzug herausgestellt, denn ohne das Gespräch mit Mama wäre ich wahrscheinlich nie nach Pico geflogen.

Mama wiederum hat Papas Kollegen in der Nacht vor meinem Abflug wohl ganz wahnsinnig gemacht, weil sie sich geweigert hat, mich allein in das Camp zu schicken, und deswegen haben Papas Chefs dann zähneknirschend ihre Pläne geändert und Mama wenigstens halbwegs in meiner Nähe auf São Jorge untergebracht, was auch erklärt, warum sie vorgestern so schnell bei mir in der Klinik war.

Gott, ich kann Dir sagen, als im Krankenhaus die Tür

aufgegangen und Mama auf mich zugelaufen ist, da hab ich so was von losgeheult – das war wie eine Tsunamiwelle! Na, und als Mama mir dann auch noch gesagt hat, dass Papa wohlauf und in Sicherheit ist, da gab's dann überhaupt kein Halten mehr. Da haben wir uns nur noch in den Armen gelegen und geweint, was das Zeug hält – so lange, bis das gesamte Klinikbettzeug klitschnass war und eine der Krankenschwestern ganz aufgeregt hereingelaufen gekommen ist, weil sie dachte, es wäre jemand gestorben.

Ach, Aylin, am liebsten hätte ich Dir das alles schon gestern berichtet, aber das ist leider die Kehrseite der Medaille, dass Mama und Frau Wolgast[27] hier sind. Die beiden haben es nämlich in kürzester Zeit geschafft, mich komplett von der Außenwelt abzuschirmen, und ehe ich überhaupt so richtig begriffen hatte, was los ist, saß ich schon gemeinsam mit ihnen und einem dicken Verband um mein Bein im Flugzeug.

Ja, Du hast richtig gelesen! Inzwischen bin ich überhaupt nicht mehr auf den Azoren und auch nicht in Deutschland und Du glaubst gar nicht, wie gern ich Dir jetzt schreiben würde, wo ich stattdessen bin! Aber leider sind Mama, Papa (ja, er ist auch hier!) und Frau Wolgast in dieser Sache total strikt: solange wir nicht wissen, was mit Mel und Herrn Zimmer ist, darf ich keine Menschenseele über meinen derzeitigen Aufenthaltsort informieren – noch nicht mal Herrn Mäder, die Schule oder Dich. Deshalb darf ich hier in dem Brief auch nichts erwähnen,

27 Die übrigens wirklich ausgebildete Psychologin und Ärztin ist, deswegen konnte sie mir auch die Beruhigungstabletten verschreiben.

was darauf schließen lassen könnte, wo wir sind. Was konkret leider bedeutet, dass ich Dir nichts über das Wetter hier schreiben darf und nichts über den Ausblick aus meinem Fenster (obwohl das voll schade ist, weil der echt besonders ist) und nichts über die Sprache, die die Leute hier sprechen, und nichts über die Landschaft (wobei das nicht schlimm ist, die ist nämlich eh langweilig). Du merkst schon, da bleibt nicht viel, was ich Dir mitteilen darf – vielleicht nur, dass das Essen hier gewöhnungsbedürftig ist und dass ich hundsmiserabel schlafe. (Was, wenn Du mich fragst, vor allem daran liegt, dass ich Nael ganz furchtbar vermisse, aber davon später mehr ...)

Zuerst hat Papa mir sogar verboten, mich überhaupt bei *irgendwem* aus Deutschland zu melden, aber da bin ich dann doch ausgerastet und hab gesagt, dass er das nicht mit mir machen kann. Ich mein, ich versteh ja, dass wir noch immer in Gefahr sind und uns deswegen besser an die Vorgaben von Papa und Frau Wolgast halten sollten, aber bei dem Ausdruck »komplettes Kontaktverbot« bin ich einfach geplatzt. Schließlich können Mama und ich ja nun wirklich nichts dafür, dass Papa vor ein paar Jahren die falsche Entscheidung getroffen hat (nämlich, sich überhaupt vom Geheimdienst anwerben zu lassen), und uns jetzt dafür leiden zu lassen, ist einfach nicht fair! Na, und nach zähen Verhandlungen heute Vormittag hat Papa das dann auch irgendwann eingesehen und jetzt darf ich zumindest Dir und Nael schreiben. Gut, zwar auch nur unter Auflagen und per Brief, aber immerhin.

Okay, aber ehe ich Dich noch weiter mit Papas Ängsten und Frau Wolgasts Sicherheitsvorkehrungen zuschwalle, sollte ich vielleicht lieber berichten, wie die ganze Sache in der Höhle vorgestern überhaupt ausgegangen ist. Oh, Aylin, ich bin Dir ja so, so, soooo dankbar! Weißt Du, dass Du uns wirklich und wahrhaftig das Leben gerettet hast? Ohne Deine ganzen Mails hätte die portugiesische Polizei bestimmt nie diese groß angelegte Suchaktion gestartet, die uns letztlich gerettet hat! Und zwar so, wie Nael es mir erzählt hat, buchstäblich in letzter Sekunde! Allerdings hatte wohl *noch* jemand einen entscheidenden Anteil daran, und wenn ich daran denke, krieg ich schon wieder einen Föhn, weil ich nie im Leben gedacht hätte, dass ich diesem Mädchen je zu so etwas wie Dank verpflichtet sein könnte. Aber gut, ist leider nicht zu ändern: Ohne Anakonda hätte uns die azoreanische Polizei wohl auch nicht so schnell gefunden.

Als vor vier Tagen nämlich niemand in Madalena aufgekreuzt ist, um sie am Fähranleger abzuholen, hat Anna-Constanza empört ihre Eltern in den USA angerufen und die haben dann einen Riesenaufstand veranstaltet und dem gesamten FTF-Team in Deutschland per Smartphone die Hölle heißgemacht. Mit dem Effekt, dass die sofort ganz aufgeregt versucht haben, Herrn Kinck oder Mel zu erreichen. Doch das hat natürlich nicht geklappt, weil Herr Kinck zu dem Zeitpunkt ja schon tot war und Mel definitiv andere Sorgen hatte. Tja, und deswegen haben sich die FTF-Leute dann an die Polizei auf Pico gewandt, und da die das Camp durch Deine Mails eh schon unter Wind hatten, sind sie gleich am nächsten Morgen in Richtung FTF-Lager aufgebrochen, wo sie aber nur noch verlassene Zelte vorgefunden haben. Na ja, und weil ihnen das dann zunehmend seltsam vorkam, haben sie schnell einen Suchtrupp zusammengestellt, wobei sie durch die letzten Signale von Herrn Kincks Tablet wohl eine ungefähre Ahnung hatten, wo sie suchen mussten und – Bingo! Puh!

Nael meinte, in der letzten halben Stunde, bevor sie die Rufe der beiden portugiesischen Polizisten gehört hätten, die uns letztlich gerettet haben, wäre die Stimmung unten in der Höhle schon arg verzweifelt gewesen, aber gestritten hätten sie sich nach meinem Ausbruch wenigstens nicht mehr. Ach ja, und noch was: Ich hab das ja nicht mehr mitgekriegt, weil ich da schon bewusstlos war, aber ... Als die zweite Taschenlampe ausgegangen ist, ist Marco wohl plötzlich zusammengebrochen und hat einen Mega-Weinkrampf gekriegt, und weißt Du, was Vicki da gemacht hat? Sie hat ihm versprochen, dass sie, wenn er jetzt zu heulen aufhört, in Deutschland mal mit ihm ins Kino geht! Woraufhin Marcos Tränen wohl schlagartig versiegt sind. Unfassbar, oder? Nael meinte, er könne sich gut vorstellen, dass aus den beiden tatsächlich ein Paar wird, und irgendwie finde ich das echt creepy, aber ... na ja, auf eine seltsame Art auch süß.

Wobei apropos Paar werden ... Mir fällt gerade ein, ich hab Dir ja noch gar nicht geschildert, wovon ich gestern Morgen im Krankenhaus aufgewacht bin. Dabei ist das im Grunde das Schönste und Tollste von allem! Geweckt hat mich nämlich nicht die Ankunft von Mama (die kam erst eine halbe Stunde später), sondern – dadadadaaam – ein Kuss von Nael! Und nicht irgend so ein schnöder, brüderlich-besorgter Kuss auf die Stirn. Nein, so ein richtiger romantischer Hollywood-Kuss, mit allem, was dazugehört!

Das Erste, was ich gespürt hab, als ich wach geworden

bin, war nämlich Naels Hand, die mir ganz vorsichtig eine Haarsträhne aus dem Gesicht gestrichen hat, und als ich dann mit noch geschlossenen Augen realisiert hab, dass ich anscheinend nicht mehr auf dem kalten, nassen Höhlenboden, sondern in einem warmen, weichen Bett liege, hab ich plötzlich seine Lippen auf meinen gespürt und in dem Moment hab ich mich so glücklich gefühlt, das kannst Du Dir gar nicht vorstellen! Das war wie ein riesiges, buntes, glitzerndes Glücksfeuerwerk, das tief in mir drin explodiert ist. Na, und ein paar Sekunden später hab ich dann völlig geflasht die Lider gehoben und dabei direkt in Naels wunderschöne haselnussbraune Augen geschaut.

»Fuck! Tut mir leid, Mia! Ich wollte dich nicht ...« Nael ist peinlich berührt vor mir zurückgewichen und in dem Moment hab ich gemerkt, dass er mich nur geküsst hat, weil er gedacht hatte, dass ich noch schlafe und das nicht merke. Na, und weil mich das auf eine Idee gebracht hat, hab ich kurzerhand meine Stirn in Falten gelegt und dabei so getan, als sähe ich sein Gesicht zum ersten Mal.

»Kennen wir uns?«

»Äh, ja, ich mein ... Mia?? Ich bin's! Nael!« Nael hat mich perplex gemustert, aber ich hab mich davon nicht aus dem Konzept bringen lassen, sondern beinhart weiter so getan, als litte ich unter Amnesie und hätte nicht den geringsten Schimmer, wer er ist.

»Na-was? Na-gel?« Ich hab Nael so ratlos angeguckt, als hätte ich seinen Namen noch nie gehört, woraufhin er hörbar nach Luft geschnappt hat.

»Oh, verflucht ... Mia, das gibt's doch nicht. Erinnerst du dich wirklich nicht mehr? Die Höhle? Das Erdbeben?«

»Ein Erdbeben??« Ich hab verwirrt den Kopf geschüttelt und dann gemurmelt, sorry, aber ich hätte wirklich keine Ahnung, wovon er da rede.

»Obwohl, vielleicht doch. Irgendwie erinnerst du mich an jemanden. Ich weiß nicht, ob du ihn kennst, aber er heißt Manuel-Jérôme und modelt und ich glaub, er spielt Fußball bei St. Pauli ...« Ich bin so ernst geblieben, wie ich konnte, aber leider muss ich es mit meiner letzten Bemerkung wohl doch übertrieben haben, denn eine Sekunde später hat es um Naels Mundwinkel bereits gezuckt.

»Boah, Mia, ich glaub's ja nicht! Wenn du mich hier gerade hochnimmst, dann ...«

»Was dann? Küsst du mich dann noch mal?«

»Oh. Das hast du gemerkt?« Nael hat verlegen innegehalten, aber statt einer Antwort hab ich nur gelächelt und in dem Moment ist Naels Stimme plötzlich ganz rau geworden und eine Sekunde später hat er sich dann mit einem grinsenden »Na ja, ich kann's ja mal probieren ...« erneut über mich gebeugt und eigentlich wollte ich noch irgendetwas Schlagfertiges erwidern, aber dazu bin ich gar nicht mehr gekommen, denn dieser zweite Kuss ... Ach, Aylin, dieser zweite Kuss, der war *noch* besser als der erste! Wie gleichzeitig über den Wolken fliegen und Eis essen und Trampolin springen und in der Sonne schmelzen. Ich sag dir, dass ein Junge überhaupt so gut küssen kann, sollte einfach verboten werden! Und zwar so was von!

Tja, und anschließend konnte ich dann natürlich überhaupt nicht mehr aufhören zu grinsen. Das war, als hätte jemand ein dickes, breites Lächeln auf meinem Gesicht zementiert, und wahrscheinlich hätte ich noch mein gesamtes weiteres Leben damit zugebracht, Nael ein drittes und viertes und fünftes Mal zu küssen, wenn nicht im selben Moment eine portugiesische Krankenschwester hereingekommen wäre, die ...

Oh, tut mir leid, Aylin. Gerade erst wird mir klar, was ich hier tue. Ich labere dich hier mit Sachen zu, die eigentlich viel eher in ein Tagebuch gehören, dabei verdrehst Du wahrscheinlich schon längst die Augen und denkst Dir, wow, was in Gottes Namen schreibt sie mir denn da, aber ... Ich glaub, das kommt nur, weil ich Nael so wahnsinnig vermisse! Oh, Aylin, ich vermisse ihn so, so, sooo sehr! Und wenn ich daran denke, dass ich gerade Tausende Kilometer von ihm entfernt bin und keinen Schimmer hab, ob ich ihn je wiedersehen werde, dann könnte ich schreien vor Wut!

Gott, ich glaub, ich war noch nie so unglaublich verliebt in jemanden wie in Nael! Verdammt! Warum ist das zwischen Nael und mir nicht schon vor drei Monaten passiert? Warum musste diese bescheuerte Anakonda nur diesen ätzenden Keil zwischen uns treiben, sodass wir so viel Zeit verloren haben? Warum?? Wobei an dem ganzen Schrott natürlich in erster Linie mein Vater schuld ist oder vielmehr seine unfähigen Vorgesetzten, die ... Egal.

Sorry, Aylin, ich weiß, wilde Beschimpfungen bringen mich jetzt auch nicht weiter, und das Wichtigste ist natürlich nach wie vor, dass es Mama, Papa und mir gut geht und Nael, Vicki, Marco und Annika auch. Wobei mir gerade noch etwas Positives einfällt: Nael hat mir im Krankenhaus erzählt, dass Annikas Eltern so froh über ihre Rettung waren, dass sie ihr sogar wieder den Kontakt zu ihrer besten Freundin erlaubt haben! Ist das nicht toll? So hatte der ganze Schrott immerhin irgendetwas Gutes.

Ach ja, und noch was Schönes: Nael war gestern nach

unserer Rettung noch immer so sauer auf Anna-Constanza, dass er ihr gedroht hat, er würde nie wieder ein Wort mit ihr wechseln, wenn sie je wieder schlecht über mich redet – noch nicht mal ein »Hallo!« oder »Tschüss!«. Na, und zuerst hat sie wohl gedacht, das sei nur ein Spruch, aber dann hat sie gemerkt, dass es ihm bitterernst ist, und daraufhin hat sie sich – jetzt kommt's – doch glatt für die Sache mit dem gefakten Facebook-Account entschuldigt! Ha! Ich mein, gut, bei mir hat sie sich natürlich nicht entschuldigt und wahrscheinlich wird sie das auch nie tun, aber trotzdem. Immerhin etwas. (Nael meinte, als er ihr gesagt hätte, dass er in mich verliebt wäre, hätte sie zu weinen angefangen, und das stimmt mich wahrscheinlich etwas gnädig.) Na ja, und außerdem ...

Oh, warte, das ist Mama. Ich schreib gleich weiter ...

So, da bin ich wieder. Und zwar mit gigantomanisch guten Nachrichten! JAAAAAAAAAAAAAA!!!!!!!!!!!!!!! Die Polizei hat Mel und Herrn Zimmer einkassiert! Oh mein Gott, sie sind verhaftet worden! Und das bedeutet, dass ich wieder nach Hause darf! Mit Mama und Papa! Das heißt, wenn alles gut geht, bin ich zu Beginn der 10. Klasse wieder bei Euch in Hamburg!

HURRRAAAA!!!!!!!!!!!!!!!!!!!!!!!!!

Ich werde Nael wiedersehen! Und Dich! Und Annika und Vicki! Annika wohnt nämlich in Elmshorn, was gar nicht so weit von Hamburg entfernt ist, und Vicki in Kiel, was mit der Bahn auch nur ein Katzensprung ist. Marco lebt, glaub ich, ein bisschen weiter weg, aber das finde ich jetzt nicht so dramatisch. Ich mein, klar, in der Höhle hat er sich als netter als gedacht entpuppt (und dass er in der Nacht überhaupt mit Nael mitgegangen ist, rechne ich ihm hoch an, obwohl, mir fällt gerade ein, das weißt Du ja noch nicht, das muss ich Dir alles noch zu Hause erzählen), aber na ja ... mein Bedürfnis, ihn öfter zu sehen, hält sich doch deutlich in Grenzen. Aber von Marco mal abgesehen ...

Gott, ich freu mich so!!! Gleich muss ich allerdings Schluss machen, Mama will nämlich mit mir reden. Wahrscheinlich geht's um Papa und wie es in Zukunft weitergeht. Puh!

Jetzt drücke ich Dich auf alle Fälle erst mal ganz doll und kann es kaum erwarten, dass wir uns wiedersehen (hoffentlich GANZ BALD, YIPPIE!!!!).

Deine Mia

Franca Düwel

978-3-401-06407-9

Julie und Schneewittchen

Julies Leben besteht aus Höhepunkten. Und Tiefpunkten. Mehr Tiefpunkten, wenn sie ehrlich sein soll. Die beinhalten ein uraltes Ponynachthemd (zur unpassenden Zeit getragen), einen süßen Jungen (der ungerne in Kellern eingesperrt ist) und eine Person, die dringend Hilfe braucht, sich aber nicht helfen lassen will!! Als einzige Ratgeberin muss Sharon von der Sexhotline aus dem Nachtprogramm herhalten. Und Julies Tagebuch. Noch Fragen? Dann Julie lesen!

978-3-401-06449-9

Julie und die Schwarzen Schafe

Julies Leben ist eine Achterbahnfahrt. Mit ihrer großen Liebe aus Versehen in einem japanischen Sexfilm zu landen – diese Peinlichkeit kann sie ja gerade noch ausbügeln. Aber dann ist Ben davon überzeugt, dass Julie die perfekte neue Leadsängerin in seiner Band abgeben würde! Was er nicht ahnt: Seine Freundin kann nicht mal »Alle meine Entchen« singen. Höchste Zeit also für einen Original-Julie-Plan.

978-3-401-06581-6

Julie und das Herzschlamassel

Julie ist fast 14 und seit Kurzem wohnt der Däne Jesper bei ihr zu Hause. Jesper sieht aus wie ein Gott und flirtet wie ein Profi. Davon ist Julies Freund Ben alles andere als begeistert, vor allem weil er bald zu einem Schüleraustausch nach Amerika fliegt. Als Julie in Bens Reisegepäck dann eine unfassbare Entdeckung macht, beginnt sie an ihrer Beziehung zu zweifeln ... und das Chaos ist wieder einmal perfekt.

Franca Düwel

Julie und die Frage, was Jungs wollen

Warum muss das Leben mit vierzehn bloß so kompliziert sein? In letzter Zeit hat Julie zunehmend das Gefühl, dass alle um sie herum verrückt geworden sind. Was ist zum Beispiel mit ihrer Hippie-Oma los, die plötzlich eine Traumhochzeit von intergalaktischen Ausmaßen plant, und das ausgerechnet mit dem Vater ihres Klassenkameraden? Und was soll sie auf Bens Frage erwidern, ob sie bei ihm übernachten will?

Julie und der achte Himmel

Julie wird einmal mehr vom Leben durchgewirbelt: Während sie noch versucht, über den Tod ihrer heiß geliebten Oma hinwegzukommen, stellt der schöne Rafael ihre Freundin Jette im Internet auf fieseste Art und Weise bloß. Klar, dass Julie und die anderen Girlteers da an Rache denken. Was das aber mit Selbstschussanlagen, Kindergarten-Butterbrotdosen und einer Botschaft aus dem Jenseits zu tun hat, das ist mal wieder fast ohne Worte!

Band 4
320 Seiten • Gebunden
ISBN 978-3-401-06746-9
www.arena-verlag.de
www.julies-tagebuch.de

Arena

Band 5
272 Seiten • Gebunden
ISBN 978-3-401-60001-7
Als Hörbücher bei Arena audio